insel taschenbuch 4487

Gunilla Linn Persson

Heimwärts über das Eis

Gunilla Linn Persson

HEIMWÄRTS ÜBER DAS EIS

Roman

Aus dem Schwedischen von
Stefan Pluschkat

INSEL VERLAG

Die Originalausgabe erschien 2015 unter dem Titel *Hemåt över isen*
bei Wahlström & Widstrand, Stockholm.

Der Insel Verlag dankt dem Schwedischen Kunstrat
für die Förderung der Übersetzung.

Erste Auflage 2016
insel taschenbuch 4487
Deutsche Erstausgabe

Quellennachweise für die im Text zitierten Gedichte am Ende des Bandes.

Vertrieb durch den Suhrkamp Taschenbuch Verlag
Umschlag: Rothfos & Gabler, Hamburg
Umschlagfoto: Jeppe Wikstrom, Getty Images, München
Satz: Satz-Offizin Hümmer GmbH, Waldbüttelbrunn
Druck: CPI – Ebner & Spiegel, Ulm
Printed in Germany
ISBN 978-3-458-36187-9

HEIMWÄRTS ÜBER DAS EIS

In Erinnerung an meinen Bruder, Dozent Gunnar Persson,
»Den russischen Prinzen«, Norröra

und

In Erinnerung an Fräulein Edit Engström, Norröra

Das Laubfeuer, heut hab ich's entfacht!
Yang Jifu

TEIL I

Der Schlüssel zu den Geheimnissen liegt
im Gras am Himbeerhügel

AN DEN MAST GEBUNDEN

Das Universum ist Gottes Gehirn, dachte Ellinor, als sie aufwachte.

Es war ein dunkler Morgen in den Schären, und für einen Moment schien alles glasklar. Sie war schlaftrunken, etwas benommen, ihr Haar zerzaust, doch in diesem kurzen Augenblick war es ihr, als hätte sie das Geheimnis des Universums erfasst.

Die Küche war altmodisch eingerichtet, als stünde die Zeit hier schon seit Langem still. Ein Holzherd, ein Spülbecken aus Zink, alte orange und blau gemusterte Tapeten, blau lackierte Holztruhen – und dazwischen ein moderner Kühlschrank in Avocadogrün.

Als um fünf vor sechs der Seewetterbericht im Radio lief, dachte Ellinor schon nicht mehr an das Universum, sondern horchte stattdessen auf die Meldungen der nächstgelegenen Wetterstation in den Svenska Högarna.

Ellinor Ingman war fünfundfünfzig Jahre alt und vollkommen unprätentiös, wenn man einmal von dem Lidschatten absah, von dem sie sich jedes Jahr ein Döschen gönnte. Würde sie nur die geringste Anstrengung unternehmen, etwas mehr als nur Lidschatten von Dior, Farbe Mauve, aufzutragen, sie wäre eine äußerst attraktive Frau. Doch wozu der Aufwand? Seife, Wasser, ein Haargummi für das lange dunkle Haar und eine einfache Fettsalbe mussten im Alltag genügen.

Sie hievte sich aus dem Küchensofa, das ihr als Bett diente, und ging, leicht hinkend, durch den Raum.

Der Seewetterbericht warnte vor Eisbildung.

Ellinor rieb sich den Schlaf aus den Augen. Sie war kaum in ihre Allwetterstiefel und einen dicken Wollpullover geschlüpft, da vernahm sie ein Klopfen gegen die Zimmerdecke, drei Mal. Sie griff nach einem Besenstiel und klopfte zurück – ein Morsesystem innerhalb des Hauses.

Aus der Feuerholztruhe nahm sie ein trockenes Scheit und schnitzte Kerben für zwei Flügel hinein, wie es hier auf Hustrun Brauch war. Jede Insel hatte ihre eigenen Gepflogenheiten. Nachdem der Holzengel seine Flügel in Form von sich aufrollendem Zunder bekommen hatte, zündete Ellinor ihn mit einem Streichholz an, warf ihn in den Ofen und stieß einen tiefen Seufzer aus. Ein Seufzer, der ins Nichts verflog.

Sie streckte sich. In einer Fensternische lag ein tönerner Vogel, so klein, dass er in eine Hand passte. Für einen Kuckuck war die Schwanzfeder ungewöhnlich lang. Es war kein gebrannter Ton, fremde Hände hatten ihn vor langer Zeit geknetet und geformt.

Elinor mochte den Vogel, auch wenn sie sich nicht mehr entsinnen konnte, wo sie ihn herhatte; die Erinnerung war wie ausgelöscht. Als sie den Vogel fest mit der Hand umfasste, stahl sich eine Träne in ihren Augenwinkel. Aber nur eine. Immer nur eine. Ein Tropfen Erinnerung – zu wenig für eine vollständige Geschichte. Für Tränen war keine Zeit, und wozu sollten sie überhaupt gut sein? Für jene, die an den Mast gebunden waren, war eine Träne am Tag mehr als genug.

Ellinor Ingman, die Frau auf der Insel, im Jahr 2013. Noch nicht einmal ein Gnadenjahr.

1914

Februar. In einer Scheune mit dünnen Bretterwänden wird zum Tanz aufgespielt. Rund zwanzig junge Leute haben sich eingefunden, sie wirbeln umher, mal Junge mit Mädchen, mal Mädchen mit Mädchen. Die Mädchen tragen schwarze Röcke und haben sich geblümte Tücher um die Schultern gelegt, ihre Zöpfe sind lang und dick, mit eingeflochtenen Bändern. Bänder, die sie während der langen, winterlichen Dämmerstunden bestickt haben. Die Burschen tragen Lodenhosen, weiße Hemden, Westen und um den Hals gebundene Vierecktücher. Der Duft von Lavendel erfüllt den Raum.

Das Spiel einer Geige und einer Ziehharmonika ist zu hören, und alles sehnt sich nach einem langsamen Tanz zu *Kristallen den fina,* einem der schönsten Lieder über die Jungfrau Maria, das die gottesfürchtigen jungen Leute kennen.

Kyra Ingman löst sich aus der Menge und blickt durch ein kleines Fenster aus mundgeblasenem, von Luftbläschen durchzogenem Glas. Sie haucht gegen die Scheibe, die von etlichen Eisblumen überzogen ist, und reibt sie mit der Handfläche blank, um besser sehen zu können. Schon im nächsten Moment ruft sie durch die Musik: »Werner, schau, es schneit!«

Werner lächelt bloß und umklammert Kyras Taille, um sie aufs Neue herumzuwirbeln, schließlich findet sich eine solche Gelegenheit nicht alle Tage. Heute Abend ist es an der Zeit für tänzelnde Füße und strahlende Gesichter, und Werners Hand streicht im Tanz über Kyras Nacken. Sie schmiegt eine Wange an seine Schulter.

Das Leben ist schön. Da mag es ruhig schneien!

DIE SCHWEBENDEN

Ein Düsenjet zog einen dicken weißen Strich quer über den Himmel und schnitt wie ein scharfes Messer durch die Wolken.

Vor Hustrun spaltete sich das Eis, die Schollen trieben rasch und lautlos auseinander, wie aufgestemmt von einer unsichtbaren Hand.

Im Flugzeug saß ein Mann, dessen feingliedrige linke Hand einen kratzenden Kohlestrich über ein grobkörniges weißes Blatt Papier zog. Er hielt die Hand in einem seltsamen Winkel. Allmählich wurde der Strich zu einer Rundung und verwandelte sich, ohne dass der Mann den Stift auch nur ein einziges Mal absetzte, in einen Vogel. Eine längliche Taube, die amerikanische Wandertaube. Die Letzte ihrer Art. Martha. Der Mann hob seine Hand und zeichnete die Konturen der Taube mit dem Finger in die Luft.

Ellinor Ingman hatte sich einen warmen Mantel übergeworfen, maulwurfbraun und so abgewetzt, dass an manchen Stellen das Futter durchschimmerte. Als sie eine Hand in die Tasche steckte, fand sie eine kegelförmige Samenkapsel von Türkischem Mohn, die sie wohl im Vorjahr versäumt hatte zu setzen. Sie öffnete die Hand, stieß die Tür auf und trat hinaus. Schnappte nach Atem, als ihr der letzte Rest der Nachtkälte entgegenschlug.

Sie ging zur Wäscheleine, die zwischen zwei knorrigen Apfelbäumen aufgespannt war. Ingrid-Marie und Gravensteiner. Zwar brachten die Bäume kaum noch Früchte, doch für eine Wäscheleine taugten sie allemal. Ellinor nahm ein weißes, froststeifes Bettlaken von der Leine. Es war Mitte März, und am Boden vermischten sich gräulich-schmutzige Schneehaufen mit dem frisch aus der Erde sprießenden Grün.

Ellinor strich mit der Hand über das hübsch gestickte Monogramm. Alle ihre Laken waren mit Initialen versehen, E I und A I, dieses hier jedoch mit einer altmodischen Stickerei – K I. Ihre Finger verharrten eine Weile auf den Buchstaben. Das Laken hatte einmal Kyra Ingman gehört, die es höchstselbst für ihre Aussteuertruhe bestickt hatte.

Ellinors Hand war kräftig und sehnig, Ringe trug sie keine. Sie flüsterte, ganz still zu sich selbst: Kyra, Kyra, Kyra. Ingman, Ingman, Ingman.

Die Bettlaken auf der Leine glichen großen Eisschollen, die knisterten, als Ellinor sie herunternahm.

Der Mann, dessen Hand mit einem einzigen Kohlestrich einen Vogel aufs Papier zu bringen vermochte, hieß Herrman Engström. Geboren auf Hustrun, irgendwo in seinen Fünfzigern, weder besonders alt noch jung. Sein Gesicht war von Wind und Wetter gegerbt, und er fuhr sich häufig mit den Fingern durchs windzerzauste aschblonde Haar.

Der Mann, der auf dem Platz neben ihm saß, fragte: »Sie zeichnen Vögel, stimmt's?«

»Den einen oder anderen habe ich schon gezeichnet, ja«, gab Herrman zur Antwort.

»Ausgezeichnet. Sie könnten sich damit ihre Brötchen verdienen ...«

Herrman kniff seine graugrünen Augen zusammen, sein Lächeln war so schief wie ein alter Zaun. Weiße Zähne blitzten hervor. Die traurige Geschichte der amerikanischen Wandertaube schoss ihm durch den Kopf. Früher einmal hatte es Milliarden ihrer Art gegeben. Wenn sie sich in die Lüfte schwang, verwandelte sie sich in eine wahre Flut aus Flügeln. Sie war wie eine Sonnenfinsternis und wurde gejagt, mit Schüssen und Scheppern, mit Steinen und Schwefelrauch, mit Schreien und Sirenen. Sie wurde verspeist, die Abfälle verrotteten, und aus Milliarden Tauben wurden Millionen, wurden Tausende, wurden Hunderte, bis eines Tages nur noch Martha übrig war. Sie starb 1944 in einem Käfig in Cincinnati. Was hatte sie Böses getan? Sich von Eicheln und Nüssen ernährt ... ihr Leben als Taube gelebt?

Zurück im Haus, war Ellinor in ein Paar abgenutzte Wrangler-Jeans und ein ausgewaschenes T-Shirt mit Aufdruck geschlüpft: Patti Smith' *Piss Factory*. Ihr Haar war am Hinterkopf zu einem nachlässigen Knoten zusammengebunden, ein paar einzelne Haarsträhnen fielen ihr ins Gesicht.

Sie machte sich an die Frühstücksvorbereitungen, nahm einen großen, mehlbestäubten Brotlaib und schnitt mit einem ratschenden Geräusch zwei dicke Scheiben ab. Dem Schneidebrett war deutlich anzusehen, dass es schon seit vielen Jahren in Gebrauch war. Dann holte sie den Käse, ein dicker Klotz. Auf einer Insel ohne Festlandverbindung kaufte man stets groß und viel ein; die Vorräte mussten schließlich eine Zeitlang reichen.

Als Nächstes holte sie die Butter, die über Nacht draußen in der Kälte gestanden hatte. Ellinor kaufte immer Kilopakete. Sie schmierte die Butter auf die Brote, hobelte ein paar dicke Scheiben vom Käse ab und griff dann nach einem Glas mit selbstgeschriebenem Etikett: »Walderdbeermarmelade vom Hof der Schwarzen Henne«, darunter eine winzige Zeichnung des schwarzen Federviehs.

In der Zwischenzeit hatte auf dem Herd ein großes, rosafarbenes Ei gekocht. Sie setzte es in einen Eierbecher, der geformt war wie ein gelber Hahn, dann nahm sie ein Wasserglas und schüttete einen Fingerbreit Whiskey ein. Four Roses. Darauf ein paar Tropfen ihres Geheimelixiers, ein Extrakt aus drei Kräutern, und einen Eiswürfel, aus dessen Mitte eine winzige blaue Blume hervorschimmerte. Zu guter Letzt ein großer Becher schwarzer Kaffee. Dann griff Ellinor nach einem Tablett, das mit einer Weltkarte bedruckt war, von der jedoch schon ganze Erdteile verschwunden waren, weggeschrubbt von der Spülbürste.

Während all dieser Vorbereitungen dachte Ellinor an rein gar nichts. Es war jeden Morgen dasselbe Lied. Die Vormittage reihten sich aneinander wie die Perlen an einem Rosenkranz.

Ave Maria!

Ellinor pustete eine hartnäckige Strähne, die ihr ständig über die Augen fiel, aus dem Gesicht. Sie hatte ihre grauen Strähnen gezählt, es waren zwölf. Die Menopause hatte sie bereits vor einigen Jahren hinter sich gebracht, Kinder hatte sie nie bekommen. Ab und an nähte sie Stoffpuppen für ein Kinderheim in Rumänien, sie wusste ja, wie es war, ohne Mutter aufzuwachsen. Hier auf der Insel war es das Inselmütterchen gewesen, von der sie Liebe und Trost erfahren hatte, und sie hatte Ellinor auch das Puppennähen beigebracht. Sie hatte schon oft mit dem Gedanken gespielt, dem Kinderheim einen Besuch abzustatten und die Kinder zu fragen, welche Namen sie den Puppen gegeben hatten. Doch dafür war sie zu tief auf der Insel verwurzelt. Wie ein Baum.

Sie nahm das Frühstückstablett und balancierte es routiniert vor sich her. Der Eiswürfel mit der erquicklichen Blume hatte zu schmelzen begonnen, die Butterbrote waren mehr als üppig belegt, und das Ei wackelte in seinem pompösen Becher vor sich hin.

Sie ging an einem Zimmer vorbei, dessen kleine Fenster ungewöhnlich weit oben eingelassen waren, wie in einer Kajüte.

Auf den Fensterbänken standen Töpfe mit Sprösslingen von rotem Basilikum, gelben Tomaten und roter Paprika. Mit ein bisschen Hühnermist und einem grünen Daumen würden die Pflanzen sicherlich auch dieses Jahr gedeihen. Ein paar ausrangierte, gegen die Südwand gelehnte Innenfenster gaben für gewöhnlich ein gutes Gewächshaus ab.

Ellinor stieg die schmale, steile Treppe ins Obergeschoss hinauf. An der rechten Wand hingen alte, eingerahmte Fotografien; Schwarzweißportraits ernst dreinblickender Männer, Frauen und Kinder. Nur auf einem Bild lächelte eine junge Frau. Kyra Ingman. Als eine der Stufen knarrte, trat Ellinor, ohne dabei das Gleichgewicht zu verlieren, das lose Dielenbrett beherzt fest.

Das Klopfen war aus dem Zimmer gleich links von der Treppe gekommen. Auch rechts ging ein Zimmer ab, doch dessen Tür war stets verschlossen. Bruchstücke eines Gedichts von Edith Södergran kamen Ellinor in den Sinn: »Der Schlüssel zu allen Geheimnissen liegt im Gras am Himbeerhügel.«

Aber wo lag der Schlüssel zum verschlossenen Zimmer?

Da klopfte es wieder. Das Tablett in Ellinors Hand erbebte.

»Rettung naht«, rief Ellinor und streckte unwillkürlich den Rücken durch. Dann sackte sie wieder in sich zusammen und schleppte sich vorwärts, das Tablett auf dem linken Arm balancierend, während sie mit der rechten Hand die Tür öffnete.

1914

Die große Scheune mit den dünnen Bretterwänden ist noch immer von Musik erfüllt. Es ist der vierzehnte Februar. Bisher war der Winter mild, doch die Eisdecke hat sich in den Schären weit genug ausgebreitet, dass die Jugendlichen von Hustrun bis hierher nach Tasslan kommen und sich zum Tanz versammeln konnten.

Die Burschen von Hustrun stehen dicht gedrängt beieinander. Es ist düster in der Scheune, alles mutet schwarzweiß an, mit grauen Nuancen. Die geblümten Tücher haben ihre Farben eingebüßt, die schwarzen Röcke der Mädchen hängen gerade herunter, und die jungen Männer zupfen ihre Westen zurecht. Werner Engström legt einen Arm um Kyra Ingmans Taille, kaum merklich, damit die anderen nichts mitbekommen, und Kyras Lippen umspielt ein geheimnisvolles Lächeln. Sie sind zu siebt von Hustrun hergekommen; fünf Mädchen und zwei Burschen.

Kyra flüstert: »Es ist so schrecklich dunkel heute Abend, und dann dieser Schnee. Ich kann mich nicht erinnern, jemals eine solche Dunkelheit gesehen zu haben.«

Werner knufft sie leicht in die Seite. »Es ist spät«, antwortet er mit fester Stimme, »aber der Weg ist abgesteckt, und bis nach Hustrun ist es nur ein Kilometer. Fast könnte man seine Schiffermütze von hier bis nach Hause werfen!«

Alles lacht. Werner setzt seine Mütze ab und lässt sie durch die Luft wirbeln.

»Wir tanzen nach Hause«, lacht er triumphierend und fischt einen kleinen Kompass aus der Tasche, den er vor ein paar Jahren zur Konfirmation bekommen hat. Der Kompass ist sein ganzer Stolz. Kyra sieht Werner an und nickt zustimmend, während er weiter schwadroniert.

»Solange wir wissen, wo Norden ist, finden wir nach Hause. Das wird ein Kinderspiel!«

Trotz allem ist ihr bange ums Herz. »Die Dunkelheit ist so seltsam«, flüstert sie, doch ihre Worte ertrinken in der Musik.

Dann eine letzte Drehung. Kyra spürt Werners Kraft und seine Freude. Wozu die unnützen Sorgen?, denkt sie. Stampf lieber den Takt! Schweb einen Augenblick!

Doch schon ist der Augenblick vorbei, die Musik verstummt, und die Musikanten packen ihre Instrumente ein. Kyra legt ihr Tuch zu einem Dreieck und bindet es sich um. Ein Gefühl der Verlorenheit macht sich breit: Ist alles vorbei? Jetzt schon? Bis zum nächsten Tanz dauert es womöglich ein ganzes Jahr. Doch es hilft alles nichts. Jetzt geht es heimwärts.

* * *

Nach der Landung in Arlanda wartete Herrman Engström mit seiner kleinen Tasche an der Gepäckausgabe. Als das Band schließlich losruckelte, suchte sein Blick eifrig nach seinen Koffern. Gerade als er seine Staffelei herunterhievte, trat der Mann, der im Flugzeug neben ihm gesessen hatte, neugierig näher. Er war so ein Typ mit in den Hosentaschen vergrabenen Händen und lässig schlenderndem Gang. Bestimmt ein Vertreter. Er setzte ein künstliches Lächeln auf und sagte: »Sie könnten wirklich etwas aus dieser Vogelsache machen. Make a living, verstehen Sie?«

Herrman öffnete sein Handgepäck und zog ein dickes Buch heraus. Ein Prachtstück. Es hieß *Die Schwebenden*, und auf dem Umschlag war ein Flamingo abgebildet. Der Mann blickte ihn mit großen Augen an.

Herrman drückte ihm das Buch in die Hand, dann hielt er Ausschau nach seinem restlichen Gepäck.

Als Ellinor mit dem linken Fuß die alte Kassettentür aufstieß, verlor sie für einen Moment das Gleichgewicht. Ein beißender Alter-Mann-Geruch schlug ihr entgegen, doch an den war sie gewöhnt; ausatmen, nicht einatmen. Im Zimmer war es schummerig, viel zu viele Möbel standen herum, und mitten in diesem heillosen Durcheinander hockte ihr Vater Algot in seinem altmodischen Rollstuhl mit dem hölzernen Sitzrahmen. Er war jetzt ein alter Mann, und was früher einmal stark gewesen war, war nun gebrechlich. Seine Beine trugen ihn kaum mehr. Mit einer Hand stützte er sich auf einer alten Flinte ab. Ebenjener Flinte, mit der er gegen den Fußboden hämmerte, Ellinors Zimmerdecke, um seine Morsesignale auszusenden. Er war ein weißhaariger, sauertöpfischer Greis, schroff wie Sandpapier, doch mit wachem und klarem Blick. Eisblaue Augen. Sein Zimmer nannte er »die Kommandobrücke«.

»Guten Morgen, Käpt'n.« Ellinor stellte das Tablett auf einem kleinen Beistelltisch ab.

»Du wirst doch nicht etwa meine Mixtur vergessen haben, Ellie? Ich schwöre auf diese Tropfen. Vielleicht schaffen sie es, diese alten Halunken wieder zum Zappeln zu bringen!«

Er klopfte sich auf die mehr oder minder unbrauchbaren Beine. Früher hatten sie ihn übers Eis getragen oder zu seinem Boot, gar bis ans »Ende der Welt«, wie eine Landzunge der Insel genannt wurde.

Ellinor zeigte auf das rosafarbene Ei. »Genau vier Minuten und fünfzehn Sekunden.«

»Nur ein Brot mit Marmelade?« Algot musterte das Tablett mit kritischer Miene und zog die Stirn kraus.

»Du musst auch was Vernünftiges essen, Papa. Außerdem soll die Marmelade noch eine Weile reichen. Ich kann erst im Sommer wieder frische Walderdbeeren auf Kålskär pflücken gehen. Seltsam, dass sonst noch niemand die Stelle entdeckt hat.«

»Wer fährt auch schon raus bis nach Kålskär?« Algot blickte sie aufrichtig verdutzt an.

»Ich tue das. Haben wir heute eine Tour?«

»Jaa, irgendein Herr Man, hab den Namen über Funk nicht richtig verstanden.«

»Du solltest dir vielleicht ein Hörgerät zulegen«, antwortete Ellinor.

»Wozu?« Der Alte blinzelte sie an.

»Um wie viel Uhr?«

»Um zehn Uhr am Dampfschiffsanleger auf Tasslan. Im Übrigen funktioniert mein Gehör ganz ausgezeichnet, Ellie. Wehe, du behauptest das Gegenteil! Sind die Tiere schon versorgt?«

»Um die kümmere ich mich nach deinem Frühstück, Papa. Wie immer.«

»Jaja. Im Übrigen hat die Tour irgendwas mit Vögeln zu tun. Ein Herr Man und Vögel. Da kommen sicher ein paar Fahrten zusammen, Ellielein. Kleinvieh macht auch Mist!«

»Erinnerst du dich, wie ich als Kind immer so getan hab, als wäre ich ein Vogel?« Ellinor lachte.

»Du sahst dabei aus wie eine angeschossene Krähe.«

»Ich war eine Eiderente. Da fällt mir ein: Bevor der Sommer kommt, muss ich noch nach den Eidernestern sehen.«

»So ein überflüssiger Humbug«, schnitt der Alte ihr das Wort ab.

»Jaja, wie du meinst«, erwiderte Ellinor.

Wo die Eiderenten brüteten, war ihr wohlbehütetes Geheimnis.

Herrman Engström war ein breitschultriger, muskulöser Mann mit markanten Gesichtszügen. Seine Bewegungen waren geschmeidig, fast so, als würde er nicht gehen, sondern schweben. Doch jetzt musste er stehen, in der Schlange vor dem Informationsschalter der Fluggesellschaft, und die Menschenmenge lavierte um ihn herum wie um eine Boje.

Der Großteil seines Gepäcks war abhandengekommen. All

das, was er, der sich mit Expeditionen in freier Wildbahn doch bestens auskannte, so sorgfältig vorbereitet hatte. Warme Sportunterwäsche aus Merinowolle, Instant-Brühe, schützende Kleidung, Handschuhe und Mütze, Trockenfleisch und -fisch – alles war verschollen. Die Frau vor ihm ratterte gerade eine Tirade über irgendeinen Hut herunter, und Herrman hatte nicht übel Lust, sie zu verscheuchen. Die macht ja ein Buhei um diesen Hut, als würde er einem allmächtigen Zauberer gehören, dachte er bei sich.

Schließlich war er an der Reihe.

»Es geht um einen großen Rucksack und eine Reisetasche. Vielleicht sind die beim Umsteigen in Nizza nicht richtig umgeladen worden? Ich komme aus Labrador, Kanada, und bin auf dem Weg auf eine Insel an der Menschengrenze.«

»An der Menschengrenze?«

»Ach, vergessen Sie's. In der Reisetasche befinden sich ein paar Kilo Aquarellfarben von Lefranc & Bourgeois, die besten auf dem Markt. Außerdem Lebensmittel, Unterwäsche und eine Windjacke.«

»Na, so was!« Die Dame setzte eine verständnisvolle Miene auf. »Ich bin untröstlich, aber hin und wieder kommt so etwas vor. Dann wollen wir mal sehen. Dürfte ich bitte einen Blick auf Ihr Ticket werfen?«

»Ich bin per Anhalter unterwegs. Wollen Sie vielleicht meinen Daumen sehen? Ich komme vom magnetischen Nordpol.«

»Ich glaube nicht, dass uns das jetzt weiterhilft«, sagte die Dame geduldig.

»Zum Teufel!«, platzte Herrman heraus.

»Ich versichere Ihnen, wir tun alles, was in unserer Macht steht«, antwortete die Dame ungerührt. »Wenn Sie bitte dieses Formular ausfüllen. In welchem Hotel werden Sie übernachten?«

»Hotel? Ich fahre nach Hustrun raus, in die Schären.«

Er sah an sich herab und stieß einen tiefen Seufzer aus. Er trug lediglich einen ausgebleichten Leinenanzug und leichte Wildlederschuhe. Die Frau sah ihn weiterhin mitleidig an, vermutlich weil ihr Arbeitsvertrag ihr diese Miene vorschrieb, und fragte höflich: »Verraten Sie mir bitte Ihre Handynummer?«

In diesem Moment begriff Herrman, dass er hier nichts würde ausrichten können.

DIESE VERMALEDEITEN ERINNERUNGEN, SIE SIND GEGEN MICH

Während des Frühstücks verspürte Käpt'n Algot, wie er scherzhaft genannt wurde, eine gewisse Besorgnis, wenn nicht gar ein tiefes Unbehagen. War das etwa Herrman Engström, der zurück auf die Insel kam? Es hatte da einen lästigen Briefwechsel gegeben, den Algot bereute – zumindest ein bisschen, denn er könnte jetzt zu einem Problem werden. Jener Brief, in dem er Herrman seinerzeit mitgeteilt hatte, Ellinor wohne in Frankreich, zusammen mit einem Franzosen, der mit einem einzigen Strich eine Kirche mitsamt Wetterhahn zeichnen könne. Das war natürlich nicht besonders nett gewesen. Andererseits hatte es nicht den Anschein gemacht, als ob Ellinor Herrman seit seiner Abreise auch nur einen Moment lang vermisst hätte. Sie war hier bei ihrem Vater und mit ihren Aufgaben glücklich.

Unterdessen war Ellinor in ein paar hübsche Gummistiefel der Marke Le Chameau gestiegen – das waren die besten. Und immer noch wie neu, obwohl sie die Stiefel schon vor sieben Jahren gekauft hatte. Ihr Vater hatte sie damals geradezu lächerlich teuer gefunden; zu der Zeit hatten sie noch ein gemeinsames Konto gehabt. Ihren fünfzigsten Geburtstag hatte Ellinor dann mit Wachteleiern und einem eigenen Konto begangen. Wenn etwas lächerlich war, dann, dass sie so lange damit gewartet hatte.

Jetzt ging sie hinaus, bis zum Hühnerstall waren es genau zwölf Schritte. Im Arm hielt sie einen Topf mit frisch gekochten Spaghetti. Kaum hatte sie die Klappe geöffnet, trippelten die Hühner auch schon hinaus, eines nach dem anderen, und blinzelten dem neuen Tag entgegen. Es waren schwarze Hühner, Orpingtons, eine schwere Rasse, und mittendrin ein gelber Orpington-Hahn, dessen Federkleid fast orange leuchtete und den sie deshalb Apfelsine getauft hatte. Als Küken hatte er das Sexen überlebt und war als Gluckhenne eingekauft worden. Gelbe Orpingtons waren bekanntlich gute Brüter, doch dieses Exemplar hatte sich schon früh reichlich seltsam benommen. Als Apfelsine eines Tages zu krähen anfing, wusste man auch warum.

Ein Hahn im Hühnerstall – er durfte leben.

Alles hatte eine Geschichte. Ihr bescheidenes Heim, all die Orte auf der Insel, im Grunde nicht mehr als verstreute Punkte auf einer Landkarte, für Ellinor jedoch die ganze Wirklichkeit.

Und jetzt stand sie da, im Hühnergehege, und war doch in Gedanken – wie so oft – woanders. Während die Hühner sich um sie herumscharten, sah Ellinor vor ihrem inneren Auge einen Feurigen Perlmutterfalter. Jenen bräunlichen, recht scheuen Schmetterling mit schwarz getupften Flügeloberseiten, dessen Raupen sich von Veilchen ernährten. War der Falter erst geschlüpft, lebte er von Disteln. Von Veilchen zu Disteln, dachte Ellinor, wie sie so mit dem Kübel in der Hand dastand, und die eifrig gackernden Hühner um sie herumscharwenzelten.

Veilchen. Disteln. Dazu fiel ihr ein Zitat von Strindberg ein: »Diese vermaledeiten Erinnerungen, sie sind gegen mich.« Ellinor lachte auf und kippte das Futter auf den gefrorenen Boden. Die Hühner gurrten ihre Gurgellaute, und Apfelsine postierte sich in der Mitte und verteilte das Futter in alle Richtungen.

Diese vermaledeiten Erinnerungen!

Strindberg hatte eine Zeitlang in den Schären gelebt, eine Episode in seinem Leben, der er auch in seinem Werk Rechnung getragen hatte. Den Einheimischen allerdings hatten seine Schilderungen gehörig missfallen, sodass Strindberg ihnen nicht mehr willkommen war. Wie man wohl heute über die Schären schreiben würde?, überlegte Ellinor. Die Schären, die ihre Mutter umgebracht hatten. Aber nicht abrupt wie durch einen Stich oder einen Schuss, nein, schleichend und schmirgelnd, kräftezehrend, zäh und klebrig und ohne einen Täter.

Hertha Ulendorff.

Es war ein Unglück, dass die junge Hertha die Sommerferien mit ihren Eltern ausgerechnet auf Hustrun hatte verbringen müssen. Ein Schärensommer sollte der Familie Erholung und Freude bescheren, denn Hertha war ein kränkliches, verträumtes Kind, und manchmal konnte man sogar hören, wie sie mit sich selbst redete. Zumindest flüsterte sie. Eine frische Brise und wogende Wellen würden ihr sicher guttun, hatte man sich gedacht.

Die Ulendorffs waren Auslandsdeutsche, doch Hertha verstieß gegen das ungeschriebene Gesetz und zog dem deutschen Pflichtbewusstsein das weitaus sanfter wirkende französische Flair vor – Bonmots. Und trotzdem: Aus Veilchen wurden Disteln.

Draußen auf den Klippen wuchsen wilde Stiefmütterchen, und fast überall in den Felsspalten erblühten wahre Blumenbeete. Aber selbst dort wucherten mannshohe Disteln.

»Das schmeckt euch, was?«, sagte Ellinor zu den Hühnern. »Und unser braver Apfelsine verteilt das Essen!«

Um das Gehege herum war ein Netz gespannt, doch jetzt öffnete Ellinor das Gatter und ließ die Hühner ins Freie. Nur zum Herbst hin hielt sie das Gehege verschlossen, um die Hühner vor den gerade flügge gewordenen Hühnerhabichten zu schützen, die allerdings nicht selten bei ihrer Jagd versagten. Sie rauften sich mit den Hühnern, und Ellinor hatte schon einige lädierte Habichte aufpäppeln und sie in einer Voliere überwintern lassen müssen. Sie bekamen Hackfleisch und Eigelb zu fressen, und für gewöhnlich erholten sie sich so gut, dass sie sie im Frühling wieder freilassen konnte. Kurioserweise machte es den Anschein, als hätten die Vögel ein winziges Glockenspiel im Kopf, ein leise klingendes Glöckchen, das außer Ellinor jedoch niemand zu hören schien. Hatten die anderen einfach weniger Erfahrung mit Habichten? Ellinor taufte sämtliche Habichte auf den Namen Ewert. In diesem Winter kümmerte sie sich um Ewert den Siebzehnten. Das klang fast majestätisch! Auch er hatte ein Glöckchen im Kopf. Vielleicht spielten ja alle Hühnerhabichte, die dank Ellinor noch am Leben waren, zusammen eine kleine Melodie. Sie hatte in einem Vogelbuch geblättert, um mehr über dieses Phänomen herauszufinden, doch seltsamerweise fand sich nirgends ein Wort über das Glockenspiel.

Das Wetter war launisch, und die Bucht war von einer Eisdecke überzogen. Sie würde heute in der Fahrrinne fahren müssen. Herr Man. Ein merkwürdiger Name. Wer mochte das sein?

Sie ging die vierzig Schritte zur Scheune hinüber, die zugleich als Stall diente. Früher war der Putz an den Außenwänden weiß gewesen, doch jetzt war er grau und verwittert, von Rissen durchzogen und mit Moos und feuchten Flecken übersät.

Es gab so viel, das getan werden müsste! So viel »man müsste« und »man sollte mal«. Und seit Algot außer Gefecht gesetzt war, musste Ellinor sich allein um *Algots Schärentaxi* kümmern. Sie hatte schon früh begonnen, ihm dort auszuhelfen, wie bei allem, was zu Hause anfiel. Ihre Mutter war nie besonders nützlich gewesen. Sie war wie ein verirrter Perlmutterfalter, auf der Suche nach seinem Sumpf-Veilchen.

Ellinor hatte sich kaum der Stalltür genähert, da gab das Pferd auch schon sein vertrautes Wiehern von sich. Edison. Ein isabellfarbener Ardenner mit mittelhohem Widerrist. Ramses, der schwarze Kater, schmiegte sich um Ellinors Beine, als sie in den dunklen Stall trat.

Einige verirrte Sonnenstrahlen fielen durch das bleiumfasste, halbmondförmige Fenster.

Der stattliche Hengst trabte ungeduldig auf der Stelle. Ellinor betrat die Box, wo Edison mit einem ledernen Halsriemen festgebunden war. Kurz drückte sie ihren Menschenkörper gegen den massigen Leib des Pferdes, so, wie sie es immer tat. Manchmal kam es ihr vor, als erwiderte er ihre Berührung.

Es war an der Zeit, auf die Koppel zu gehen. Sie schnappte sich mit der einen Hand einen Strohballen, mit der anderen band sie Edison los. Als er einen Schritt zurückwich, strich sie ihm über die Mähne. Er gehorchte ihr blind. Sechshundert Kilo Kraft, die sich von ihrer Hand auf der Mähne leiten ließen.

»Heute wird ein schöner Tag«, sagte Ellinor. »Wir gehen auf die Koppel am Strand, ein bisschen Seegras tut dir bestimmt gut. An einigen Stellen ist der Schnee schon geschmolzen.«

Edison schnaubte.

Sie machten sich auf den Weg zur Salzwiese, langsam, denn Ellinor hinkte stark. Sie passierten ein kleines Grab, auf dem sieben Steine lagen, so unbeständig wie die lose sitzenden Zähne der Zeit. Es gab auch eine kleine Kapelle, aber keinen Glockenturm.

Der Hengst trottete gemächlich neben Ellinor her, und der Strohballen schlug ihr gegen das gesunde Bein. Als sie einen flüchtigen Blick auf die Gräber warf, lief ihr ein Schauder über den Rücken. Sie musste an ein Gedicht aus Málaga denken. Irgendein Estrada Soundso hatte ein Verzeichnis über die Grausamkeit von Edelsteinen verfasst. Ellinor entsann sich einiger Zeilen über den Granat. Nach dem Tod des Mädchens, das er geliebt hatte, küsste der Philosoph und Dichter Lorenzo Romano fünf Jahre lang (bemessen am Maß der sogenannten großen

Sehnsucht) die hautfarben schimmernde, kühle Oberfläche eines Granats. Auf gewisse Weise weckten diese Zeilen ein so tiefes Gefühl in Ellinor, wie es nur Gedichte vermögen. *Bemessen am Maß der großen Sehnsucht.*

Herrman Engström saß in einem Taxi und war auf dem Weg zum Schiffsanleger von Tasslan. Die Straße war ein alter Kuhpfad, der sich durch die Schärenlandschaft von Roslagen schlängelte. Hinter der Sjuhundra-Kirche in Husby bog das Taxi scharf nach links ab und fuhr über eine Brücke, danach eine Weile über eine Schnellstraße. Dann ging es eine kleine, schmale Straße entlang und hinter dem Penningby-Schloss scharf nach links gen Küste. Früher einmal waren die Inseln dem Schloss unterstellt gewesen, doch dann wurden die Schärenbewohner Herren über ihren eigenen Besitz. Auch Herren über sich selbst?

Bis nach Hustrun hatte Herrman noch zwei Fährüberfahrten vor sich, und von Tasslan aus würde er ein Taxiboot nehmen müssen. Hier draußen in den Schären stellte das Leben andere Anforderungen, fernab der gewohnten Zivilisation.

Er betrachtete seine Hände. Er war auf dem Weg nach Hause. Ein seltsamer Gedanke.

Nach Hause ...

Schon seit einer halben Ewigkeit war er nicht mehr hier gewesen. Vor vielen Jahren hatte er sich in die große, weite Welt aufgemacht und war seither in gewisser Weise ein ewig Reisender geblieben; reisend mit den Vögeln, seit über dreißig Jahren. Und trotzdem rüttelte die Rückkehr ein Gefühl von Heimat in ihm wach. Die Fahrt führte ihn zu wohlbekannten Kurven, Erhebungen, Windungen – und jetzt passierten sie eine Bucht, in der früher ein treues Schwanenpaar gelebt hatte. Ob es sein großes Nest weitervererbt hatte? Und da, der Wald mit den hohen Tannen, wo früher immer Seeadler gebrütet hatten. Herrman hatte gehört, dass sie eine Zeitlang mit Wild gefüttert worden waren, um die Bestandsdichte zu erhöhen.

Nach Hause ...

Sein Zuhause, das war inzwischen Labrador, allerdings hatte er seine Wurzeln weder vergessen noch gekappt. Er erinnerte sich gut an die Insel, die runde Bucht, in der er als Kind immer schwimmen war, die zahlreichen seichten Tümpel, in denen er Froschlarven gesammelt und sie in Einmachgläser mit trübem Wasser gesteckt hatte. Auch den einen oder anderen Salamander hatte er entdeckt. Salamander. Als Kind hatte das Wort in seinen Ohren geradezu magisch geklungen. Wie Zauberei: Sim Salamander!

Ob Ellinor womöglich zurückgekehrt war?

Nein, sie war fort. Ausgeflogen.

Seine große Jugendliebe. Schon vor geraumer Zeit hatte sie einen Franzosen kennengelernt. Bestimmt hatte sie Kinder und Kindeskinder, die *Ça va?* sagten. Kleine Frösche. Er lächelte in sich hinein. Dass der Gedanke an Ellinor ihn noch immer zum Lächeln brachte. Ellinor, die er so mühsam und sorgfältig vergessen hatte. Wie schön sie gewesen war.

Offenbar wurde die Überfahrt immer noch von *Algots Schärentaxi* bestellt. Der alte Mistkerl musste inzwischen mindestens so alt sein wie Methusalem. Unkraut vergeht nicht, dachte Herrman, nicht ohne bitteren Beigeschmack.

Ellinor ...

Jeune fille au chapeau fleuri de marguerites. Eine Skulptur von Rodin, die der jungen Ellinor bis aufs Haar glich. Und genauso kannte er sie: als *jeune fille*.

Das Taxi fuhr an einem kleinen Hof in Roslagen vorbei, vor dem jede Menge alte Schrottkarren standen. Ich kehre heim, um einen Schlussstrich zu ziehen, dachte Herrman.

Ich werde verkaufen. Ich verkaufe unser Land. Mit allem, was dazugehört, samt dem »Ende der Welt« und dem »Kap der Guten Hoffnung«, wie es dort auf Hustrun heißt.

Ellinor stand in ihrem Freilandkeller, es roch nach Erde, die Luft war feucht und kühl. Die gewölbte Decke erinnerte an eine Sakristei. Die Heiligtümer bestanden aus einem Haufen Kartoffeln der Sorte »Blauer Schwede« sowie Möhren einer alten Sorte namens »Großmutter Smålands gute Karotte«, die besonders süß und saftig schmeckte. Außerdem gab es herrliche, große Kohlköpfe und mehrere Regale voller Weckgläser mit Marmelade. »Walderdbeermarmelade vom Hof der Schwarzen Henne«. Die Walderdbeeren hatte sie auf Kålskär gepflückt, einer kleinen Ausflugsinsel vor Åland, die Hagebutten für die Hagebuttenmarmelade hier auf Hustrun, wo reichlich Kartoffelrosen wuchsen. Ehe sie die Marmelade einkochte, trocknete Ellinor die Hagebutten, das verlieh ihnen eine besondere Süße. Es gab auch Stachelbeermarmelade. Zudem Gläser mit Gelee von roten und schwarzen Johannisbeeren und einen Sack mit Muschelschalen für die Hühner. Blaue Glasflaschen mit dem Saft von Wildhimbeeren, die sie am Hang beim Kahlschlag geerntet hatte. Sie hatte gern ein paar Flaschen vorrätig, wenn im Frühling die ersten Wochenendgäste kamen. Und mit ihnen die Kinder, die Ellinor so oft zu Hause besuchten.

Eigentlich hatte Ellinor nicht viel für Kinder übrig, aber dafür konnten die Kinder sie gut leiden. Sie mochten diese ganz eigene Welt, in der Ellinor lebte. Und vielleicht auch Ellinor selbst, ihre Strenge. Bei Ellinor fiel stets etwas an, wobei sie ihr helfen durften. Hier war alles so echt; die Tiere, die Düfte, die Eier, einfach alles. Ebenjene Welt, in der ihre Mutter sich so unwohl gefühlt hatte. Hertha mit ihren feinen Tischmanieren und Vokabeln, ihrem *Bon appétit!* oder nur *Bon ap!*, als ob jeder verstünde, was das bedeuten sollte. *Une femme fatale* in Gummistiefeln, die ihrer Tochter rote Schleifchen ins Haar band, für die sie dann gehänselt wurde. Die Welt des Film noir, dafür hatte Hertha geschwärmt. Was war schon die Gehässigkeit von ein paar Inselkindern gegen Jean-Paul Belmondos Lächeln?

Die Ehe zwischen ihrem Vater Algot, dem Kerl aus den Schären, seinerzeit ein guter Tänzer, der ebenso fröhlich wie verschroben und miesepetrig sein konnte, und Hertha Ulendorff, schön und zerbrechlich wie eine Eierschale, war nicht gerade glücklich gewesen. Das erste Kind kam ohne Umschweife, Ellinor. Dann noch ein Kind, Ellinors kleiner Bruder Elvin. Ein Unfall. Wann immer Ellinor einen Fuß in den Freilandkeller setzte, musste sie unweigerlich an ihre Mutter denken. An das Ungeheuerliche, das sie getan hatte, als sie ins Meer gegangen war. Ellinor versuchte zu vergessen, jeden Tag ihres Lebens versuchte sie zu vergessen, doch auch das wirbelte ihre Erinnerungen auf.

Im letzten Herbst hatte sie allerhand Pilze eingelegt. Es gab ein ganzes Regal voller Fichtenreizker, von denen man allerdings nicht zu viele essen durfte, sonst wurde man trübsinnig. Außerdem Trompetenpfifferlinge von den Tümpeln im Inselinneren sowie Gemeine Riesenschirmlinge, die so gut nach Mandel schmeckten und perfekt zu Fleisch passten. Manchmal, wenn der Pilz noch frisch war, briet sie einen ganzen Hut und aß ihn wie ein Omelett. Natürlich nur dann, wenn sie zwei gepflückt hatte, denn der erste war für ihren Vater bestimmt.

Die Hexe Hu.

Und schon war die Erinnerung wieder da. Die Initialen ihrer Mutter – H U –, jene zwei Buchstaben, mit denen Herthas Bettlaken bestickt war, das sie mit auf die Insel gebracht hatte. Im Inselmund verwandelten sie sich in einen Scherz über die »Hexe Hu«. Hertha war dabei nicht zum Lachen zumute, sie war verletzt. Irgendwann verebbte der Scherz jedoch wieder von selbst.

Über Ellinor machte sich niemand lustig. Jedenfalls jetzt nicht mehr.

Die Insel Hustrun lag weit draußen in den äußeren Schären, knapp vor der Verbreitungsgrenze des Geißklee-Bläulings, ein kleiner blauer Schmetterling mit verschwommenen schwarzen Flügelrändern. Weil die Larven Licht und Sonnenröschen mochten, hatte Ellinor eine Reihe Sonnenröschen ausgesät, deren Blüten sich dem Licht zuwandten und der Sonne zunickten wie ein kleines Mädchen mit einem Hut aus Margeriten.

Sie nahm ein Glas Hagebuttenmarmelade vom Regal, während ihr der Geruch feuchter Erde in die Nase stieg. Dann verließ sie den Freilandkeller, ganz vorsichtig, um nicht auf einer Eispfütze auszurutschen, im Arm das Marmeladenglas und den leeren Topf fürs Hühnerfutter. Noch bis vor Kurzem hatte ihr treuer Hund namens Kumpel sie überallhin begleitet, und sie trug sich mit dem Gedanken, wieder einen anzuschaffen, einen Welpen, einen rot-weißen Setter wie Kumpel, aber »ein Tier bringt so viele Verpflichtungen mit sich«, lächelte sie in sich hinein.

Außerdem hatte sie einen Kater, Ramses, der ins Haus durfte, wenn ihm danach war, der aber die meiste Zeit durch Wald und Flur stromerte.

Ellinor hoffte, dass das Schicksal ihrer Mutter sie eines Tages loslassen und ihr keinen Schmerz mehr zufügen würde. Doch die Tür, die ihre Mutter durch ihren Selbstmord geöffnet hatte, die Tür zum ewigen Nichts, ging immer wieder auf. Ein ums andere Mal schlug Ellinor sie zu, doch jedes Mal sprang sie aufs Neue auf.

Belle de jour.

Ein Tagfalter.

Das war ihre Mutter.

Hier draußen im Meer war ihre Mutter verrückt geworden.

Sie hatte sich mithilfe von ein paar Plastiktüten voller Steine ertränkt. Und niemand hatte etwas geahnt.

Hätte sie schweigen und ihr Leid erdulden sollen?

Damals, als es geschah, war Ellinor zehn Jahre alt. Jetzt fühlte sich die Erinnerung an wie eine Eispfütze in ihrem Innern, ein Fleck, der immer glatt war. Glatteis, Gischteis – und wieder war sie darauf ausgerutscht.

Die schöne Hertha Ulendorff hatte ihre Tage auf Hustrun unter dem Namen Hexe Hu gefristet. Ein Dasein, als hätte man sie mit schwarzer Farbe übermalt. Als hätte der verschwommene schwarze Rand auf dem Schmetterlingsflügel sich über das Blau ergossen.

Die allmorgendlichen Pflichten. Zuallerletzt kümmerte Ellinor sich um sich selbst. Machte Feuer im Ofen, zog den Stecker vom Radio heraus und stöpselte stattdessen einen kleinen CD-Spieler ein. Sie spielte eine CD der Sängerin Laleh, die ihr beim Schlussverkauf in die Hände gefallen war. Ein Lied über das Meer. Mit ihrer vollen und weichen Altstimme sang Ellinor leise mit: »Er sagte: Ich sah dich wandern. Jeden Abend denkst du laut und winkst. Er sagte: Ich bin ein Blauwal und bring dich von hier fort.«

Ihren Kaffee trank sie am liebsten nach alter Sitte. Dafür goss sie ein wenig Kaffee in eine Untertasse, steckte sich einen Zuckerwürfel in den Mund und schlürfte den Kaffee durch den Zucker hindurch. Dann warf sie ein Holzscheit in den Ofen, einen gelben der Marke AGA, der seinerzeit so modern gewesen war wie ein Astronaut auf dem Mond, setzte sich an den Küchentisch und begann zu schreiben. Mit Bleistift auf rauem Papier, so wie jeden Morgen.

Sie schrieb:

Papa!
Ich bin deine endlosen Lappalien und deine ausgespiene Verbitterung leid.

Ellie

Kritisch überflog sie die Zeilen und begriff einmal mehr, dass sie diesen Brief unmöglich an Postmeister Algot im Obergeschoss abschicken konnte. Es ging einfach nicht.

Womöglich meinte sie es gar nicht so. Nur ein bisschen, manchmal, in jenen flüchtigen Augenblicken des Überdrusses, der Müdigkeit und der Sehnsucht nach einem Blauwal.

Sie schnaufte kurz. Knüllte dann das Papier zusammen und schleuderte es ins Feuer. Die Flammen fauchten kurz auf, dann war es wieder vorbei.

Ellinor holte ihre Fettsalbe und cremte sich Lippen und Wangen ein. Dann klopfte sie zwei Mal gegen die Zimmerdecke, um ihrem Vater anzuzeigen, dass sie sich um die Tour kümmern würde.

Er klopfte zwei Mal zurück.

ES IST SO KALT, DIE WORTE WERDEN ZU EIS

1914

Die sieben jungen Tänzer von Hustrun machen sich auf den Weg heimwärts über das Eis. Es ist nicht weit, einen Kilometer vielleicht, doch es rieseln dicke, flache Schneeflocken vom Himmel, der noch schwärzer ist als schwarz. Ein sanfter Wind erfasst die Flocken und wirbelt sie durch die Lüfte.

Kyra Ingman sorgt sich am meisten. »Was, wenn der Wind zunimmt?«

Werner Engström legt einen Arm um ihre zarten Schultern, beschützend und zärtlich. »Die Flocken sind schon jetzt so groß wie Fäustlinge, da nimmt der Wind nicht mehr zu.« Und weiter: »Außerdem haben Vater und ich gestern den Weg markiert, damit wir vom Tanz heil nach Hause kommen.«

In seiner Stimme schwingt ein gewisser Stolz mit. Er ist stolz auf all die Wacholderbüsche, die sie geschlagen haben, auf die Löcher, die sie ins Eis gebohrt haben, darauf, dass sie das Richtige getan haben. Denn wenn man hier draußen in den Schären lebt, müssen die Dinge stets auf die rechte Weise erledigt werden, hier, wo man den Elementen vollkommen ausgeliefert ist, so nah an der Grenze dessen, was ein Mensch auszuhalten und zu bewältigen vermag. Das Fischen, das Auswerfen und Einholen der Netze, das Abkochen der Seeskorpione für die Hühner, das Filetieren der Fische für die Sommergäste, das Einlegen der Strömlinge, weil man sonst so gut wie nichts für ein Kilo Strömlinge bekommt. Vergebene Mühen kann sich hier niemand leisten. Ja, so ist das Leben auf Hustrun, wo alles auf die rechte Weise zugehen muss, und wenn man tanzen geht, dann wird vorher der Weg abgesteckt, denn Wetter bleibt Wetter und wird manchmal zu Unwetter. Alle zwei Schritte wird drei Mal ein Strahlstock ins Eis gerammt, und in die Löcher werden Wacholdersträucher gesteckt.

Die sieben jungen Leute sind die Dunkelheit nicht gewohnt, für gewöhnlich schlafen sie um diese Zeit. Werner, der Älteste, geht vorneweg. Er holt seinen Kompass hervor, den er ganz fest unter dem Fäustling umfasst hält. Auch ein Ring aus Blech und Emaille liegt in seiner Hand, doch den versteckt er schnell. Kyra soll ihn bekommen, aber jetzt noch nicht. Die Jugendlichen drängen sich so dicht aneinander wie Tauben in der Luft. Werner wendet sich um und sagt mit fester Stimme: »Keine Angst. Ich hab ja den Kompass. Wenn wir dem abgesteckten Weg folgen, können wir schon bald das Licht von unserem Küchenfenster sehen.«

Dann klettert der kleine, unverzagte Trupp über den Schneewall, der sich ein Stück abseits vom Ufer aufgetürmt hat. Die Mädchen raffen ihre Röcke und treten ganz vorsichtig mit ihren Knöpfstiefeln auf. Die Burschen machen große Schritte. Hinein in die Finsternis, hinein in den Sturm.

Keiner von ihnen hat Angst, zumindest zeigt es niemand. Immer dichter stieben die Schneeflocken durch die Luft, doch das Schlimmste ist, dass sie bereits kein Land mehr sehen, wenn sie sich umdrehen, obwohl es nur wenige Meter entfernt ist.

Kyra erinnert sich an die Strophe eines alten Gedichts, das sie irgendwo aufgeschnappt hat:

Ist's wahr, ich hab geliebt
Drei ganze Tage lang,
Und werde lieben noch drei mehr,
Wenn es hält, das schöne Wetter.

Ja, wenn das Wetter sich hält, werden sie es über das Eis bis nach Hause schaffen.

Aber hat der Wind nicht längst zugenommen?

Haben die Flocken, die so groß wie Fäustlinge sind, nicht aufgehört zu tanzen, um jetzt wie Pfeile vom Himmel zu donnern? Kyra ballt in ihrer Manteltasche die Hand zu einer bangen Faust. Nimmt drei routinierte Schritte auf dem glatten Eis und versucht, sich mit Gedanken an ihre Brauttruhe zu beruhigen. Das handgewebte Leinenlaken, die breite Spitze, die sie in den Dämmerstunden geklöppelt hat. Das Nadeletui. Die kleine Seife mit Lavendelduft. Das alles wird sie mitbringen, wenn die beiden zu »sie und er« werden – zu Kyra und Werner. Ingman und Engström. Schon bald werden sie wieder zu Hause sein auf Hustrun. Was könnte ihnen schon zustoßen? Gewiss, das Wetter spielt verrückt, aber noch können sie die Wacholdersträucher ausmachen, zumindest stellenweise. Sie werden heimkehren, und Kyra wird sich umsonst Sorgen gemacht haben. Und in der Brauttruhe liegen ein Brautlaken und eine Lavendelseife und ein Nadeletui. Klingt das nicht verheißungsvoll?

Mit einem Mal wird es kalt. Eisig kalt, inmitten des Schneesturms. So bitterkalt, dass die Worte zu Eis werden. Worte, die Kyra sagen möchte, übers Umkehren, doch sie gefrieren ihr auf der Zunge. Sie hakt sich bei Werner unter, denn im Geheimen sind sie längst ein Paar. Solange sie zu zweit sind, ist die Nacht weniger gefährlich, diese Nacht, die so kalt ist, dass die Worte zu Eis werden.

* * *

Die roten Steine hatte Hertha am Västernäsörn geholt.

Sie hatte alles gründlich geplant. Heimlich trug sie die Steine nach Hause, türmte sie zu einem Haufen auf, und womöglich dachte sie im Stillen, jetzt ist es nicht mehr weit bis zum Anleger.

Was hatte sie angetrieben?

Was hatte sie fortgetrieben?

Ich konnte sie nicht im Leben halten, ging es Ellinor durch den Kopf. Herthas einziges überlebendes Kind war ihr keine Boje gewesen, an die sie sich hätte klammern können. Stattdessen legte sie die Steine in Plastiktüten, die sie sich um die Knöchel schnürte, als wollte sie sich damit gegen das Leben versichern.

Hertha wollte allem entfliehen.

Sie las viel, am liebsten die russischen Erzähler. Einmal begegnete sie einem Mann auf dem grasbewachsenen Weg ins Dorf. Er litt unter einer Psychose.

»Ich bin Leo Tolstoi«, verkündete er.

Hertha war entzückt. »O, wie wunderbar, Herr Tolstoi.«

Da war Ellinor zehn Jahre alt, und in just diesem Moment ging ihr auf, dass die Welt verrückt war. Der Mann hieß Kurt Andersson. War er wirklich so wunderbar?

Nach ihrem Tod wurde Herthas Name nicht mehr erwähnt. Sie wurde ausgelöscht: Die Epoche Hertha war vorüber. Algots Trauer bestand aus Schweigen, während Ellinors Trauer sich in ihren schleppenden Schritten äußerte, Schritte, wie man sie tut, wenn einem die Steine der Mutter um die Knöchel gebunden wurden. Ob sie deshalb hinkte?

Eine Weile stand Ellinor reglos da. Sie tagträumte manchmal, sie wäre ein Baum.

Eine Eiche. Ein knorriger Baum mit tiefem Wurzelwerk, der jeden Herbst Eicheln abwarf, die ein Eichhörnchenpaar durch den Winter brachten. Eine Eiche, die einst ein junger Baum gewesen war, mit Zweigen, die sich sanft im Wind wiegten, biegsam und gelenkig, wo sie jetzt steif war.

In jenen Momenten als Baum sinnierte sie darüber, was in ihrem Leben wirklich von Bedeutung war. Sie hatte zwar keine eigenen Kinder, doch dafür kamen im Sommer die Inselkinder zu ihr, und das bedeutete ihr etwas. Zig Jahrgänge hatte sie aufwachsen sehen. Nicht allen Kindern war es gleichermaßen gut ergangen, und für gewöhnlich erkannte Ellinor schon früh, wer mit der Sonne und wer mit dem Mond gehen, wer Stab und wer Tasche tragen würde. Die Bilder in ihrem Innern waren häufig altmodisch, hatten manchmal beinahe etwas Biblisches an sich. Sie lebte nach einer Devise aus dem Zweiten Korintherbrief: »Darum werden wir nicht müde; sondern wenn auch unser äußerer Mensch verfällt, so wird doch der innere von Tag zu Tag erneut.«

Ja, so war es, dachte Ellinor. Aber dann und wann geriet auch sie ins Straucheln.

Sie pflegte eine etwas ulkige Eigenheit. Solange sie denken konnte, ahmte sie Laute nach, ohne sich dessen bewusst zu sein. Ein Vogel war ein *Piip Piip* oder ein *Quu Quu*, und ein Motor war ein *Wrooom*, und ein Baum war ein zwischen den Zähnen hervorgezischtes *Tsss*.

Sie besaß keinen Fernseher. Nur ihr Vater hatte einen im oberen Stockwerk, der von Solarzellen betrieben wurde, da es auf Hustrun keinen Strom gab (dem verfluchten Engströms sei Dank). Wenn sie Puppen nähte, Marmelade einkochte oder Saft machte, hörte sie gerne Radio. Sie war an ihrer Umwelt interessiert, wollte ihr jedoch nicht auf brutale Weise begegnen, durch Bilder. Sie weigerte sich, verstümmelte Menschen anzusehen, und bezog ihre Nachrichten deshalb lieber aus dem Radio, Informationen ohne sichtbares Blut. Auf diese Weise brauchte sie sich nicht wie ein Aasgeier zu fühlen. Auch die Kulturprogramme und Konzerte hörte sie gern.

Aber jetzt stand sie einfach reglos da und verharrte in ihrem Moment als Baum. Sie musste an den kleinen Erfinder denken, der ihr den »Idiotenvernichter« und den »Kommentator« geschenkt hatte, listig zusammengeflickte Geräte, die durchaus von gewissem Nutzen sein konnten. Ihn hatte Ellinor am allermeisten geliebt, doch jetzt war er eine Erinnerung, die sie abschütteln, ja vertreiben wollte, aber der pfiffige kleine Flachskopf, der unter Ellinors Aufsicht sogar den Pferdewagen hatte lenken dürfen, stahl sich immer wieder in ihr Bewusstsein.

Jede zu Boden fallende Eichel war eine Erinnerung von dieser Insel. Ihr ganzes Leben hatte sie hier verbracht. Nur einmal im Jahr reiste sie, bewaffnet mit einem Bündel Geldscheine, nach Stockholm. Dort suchte sie ihre Lieblingsgeschäfte auf und schlenderte durch Straßen. In der Stadt war sie ein Niemand. Daheim auf Hustrun war sie immer Ellinor.

Sie mochte diese anonymen Tage, kaufte teure Leinenkleider in hübschen Farben bei Nygårdsanna. Sie, die Tochter von Hertha Ulendorff, kleidete sich in den edlen Boutiquen rund um den Stureplan ein und leistete sich im Kaufhaus NK Lidschatten von Dior. Keine gottverdammte Seele wäre auf die Idee gekommen, Ellinor Ingman könnte solchen Angewohnheiten frönen, am allerwenigsten sie selbst.

Ich bin eine Eiche.

Nein, ich bin eine Fichte. Werfe meine Nadeln ab. An den Schläfen ist mein Haar leicht ergraut, aber rot färben will ich es nicht, das sähe so garstig aus.

Nein, nein. Ich bin eine sich mürrisch windende Kiefer, die aus einer Felsspalte emporwächst, sich dort festbeißt. Nicht gerade hoch, doch mit ausladender Krone, die sich über den Fels neigt. In der Krone befindet sich ein Nest, aber nur der Baum selbst weiß, welcher Vogel darin brütet.

Eine Espe, dachte Ellinor bei sich. Ich bin eine Espe, mit Abertausenden im Wind raschelnden Blättern, und wenn der kurze Sommer vorüber ist, malt der Herbst mich rot an.

Das bin ich, dachte Ellinor und setzte sich wieder in Bewegung. Ich bin ein wandelnder Baum. Mit flirrenden Blättern. Der Frühling färbt mich grün.

Doch ihr Moment als Baum war bereits wieder vorüber.

DER VOGELMALER

Ob Algot, dieser alte Kauz, sich endlich herbequemen würde?

Herrman Engström stand am Schiffsanleger von Tasslan, lediglich mit seinem Leinenanzug und den leichten Wildlederschuhen bekleidet. Zu seinen Füßen lagen eine Staffelei und eine kleine Reisetasche.

Er klapperte mit den Zähnen und schlug kräftig die Arme um den Oberkörper, um sich aufzuwärmen.

Hoffentlich hatte Algot ihn nicht vergessen, bei so alten Tattergreisen konnte man ja nie so genau wissen.

Nicht einmal die Tankstelle oben an der Straße war geöffnet. Die gesamte Inselwelt hatte sich in einen reinen Ort des Sommers verwandelt. Alles spielte sich innerhalb weniger intensiver Wochen ab, in denen die Sommergäste die Inseln in Beschlag nahmen. Das wusste Herrman von seinem Vater Wollmar, der ebenfalls vor einiger Zeit das Weite gesucht hatte. Für Herrman selbst war seit Langem die Eisorgelküste von Labrador Ausgangspunkt seiner zahlreichen Reisen geworden.

Jetzt herrschte in den Schären Spätwinter. Es war Mitte März, eine heimtückische Zeit, in der das Wetter mir nichts, dir nichts umschlagen konnte.

Da, ein Motorengeräusch draußen in der Fahrrinne! Herrman hielt in der Bewegung inne. Es klang wie ein Innenborder; ein Albin-Motor vielleicht? Wahrscheinlich hatte der alte Algot noch immer dasselbe Boot. Die alteingesessenen Inselbewohner wechselten ihre Boote nicht wie Unterwäsche, man besorgte sich Schrauben und Muttern, pflückte das Boot auseinander, um es dann wieder zusammenzubauen. Die Gerätschaften mussten taugen, bis sie auseinanderfielen.

Das war doch ein Albin-Motor, oder etwa nicht?

Ta-dunk, ta-dunk. Ellinor hatte damals immer Laute nachgeahmt. *Ta-dunk, ta-dunk*. Wie ein Herzschlag aus dem Meer.

Herrman schlang sich die Arme um den Leib. Die Fahrrinne war von einer dünnen, knisternden Eisschicht überzogen.

Na, sieh einer an! Wenn das nicht Algots Schärentaxi war, das dort drüben die Landzunge umschiffte?

Ellinor hatte sich ordentlich eingepackt, in einen Winteroverall samt Mütze und Handschuhen aus Schafsfell. Im Winter stieg immer eine besonders zähe Eiseskälte vom Meer her auf, also sah sie zu, dass sie warm genug angezogen war, wenn sie mit dem Boot hinausfuhr. Ein roter Wollschal um den Hals, Stiefel mit Filzsohlen – sie kam sich vor wie bei der russischen Armee. Als wäre sie unterwegs zu einem Militärmanöver.

Wer mochte der Fahrgast wohl sein?

Ein Vogelmaler.

Ellinors Gedanken schweiften ab, halblaut murmelte sie vor sich hin: »Sibirische Kraniche.«

Das musste sie irgendwo im Getöse aufgeschnappt haben. Im Meer. In der Musik. Durch ein offenes Fenster bei der Gartenarbeit. Eine französische Laute. Musik ist ein Gefühl, dachte sie bei sich, aber Sibirische Kraniche – war das auch ein Gefühl?

Das Boot war eine wuchtige Barkasse, sieben Meter lang und zweieinhalb Meter breit, mit Platz für acht Passagiere samt Gepäck. Grün gestrichen und mit einer roten Aufschrift versehen: *Algots Schärentaxi*. Jetzt steuerte das Boot auf den Schiffsanleger von Tasslan zu. Und tatsächlich, dort stand ein Mann. Ein Mann, der wie wild mit den Armen fuchtelte. Ob er ein Sibirischer Kranich war? Es lag etwas in seiner Erscheinung, etwas Bekanntes. Sie versuchte auszumachen, was es war, zu begreifen, was sie in ihm sah. Eine plötzliche Mattheit durchfuhr Ellinors Körper.

Sie versuchte, das Tempo zu drosseln, während die Eisschollen am Rumpf kratzten. Ein unheimliches Geräusch. Der Motor lief auf Hochtouren. Je näher das Boot dem Anleger kam, desto enger kniff Ellinor die Augen zusammen, um den Blick zu schärfen. Konnte sie ihren Augen trauen?

Mit einem Mal wollte ihr Körper nicht mehr gehorchen, und schon im nächsten Moment krachte das Schärentaxi geradewegs in den Steg hinein. Erst in allerletzter Sekunde fand Ellinor den Hebel für den Rückwärtsgang.

Herrman fuhr erschrocken zusammen. Der Kauz schien alt geworden zu sein. Aber wer hätte das Geschäft schon von ihm übernehmen sollen?

Die Redensart besagt, man hat mit jemandem ein Hühnchen zu rupfen, doch in Algots Fall hatte Herrman eine ganze Vogelschar in petto. Dummerweise stand ihm keine andere Transportmöglichkeit zur Auswahl. Wie so häufig in den Schären, galt es, sich mit den Menschen zu begnügen, die zur Verfügung standen, wie eben ausgeteilte Spielkarten. Es gab schlichtweg keine Alternative. Im Umkreis vieler Seemeilen stand ihm einzig Algots Schärentaxi zur Verfügung, nach Hustrun gab es keine reguläre Anbindung. Jedenfalls nicht außerhalb der Feriensaison, oder wie sein Vater sich immer ausgedrückt hatte: im Sommer. Immer nur im Sommer.

Herrman Engström stieg über den Bug an Bord und hievte das Wenige, was von seinem Gepäck übrig war, hinterher. Die Staffelei nahm er unter den Arm. Als er die Tür zum Deckshaus öffnete, versuchte die eingemummelte Ellinor, einen so unberührten Eindruck wie möglich zu machen.

Es war eine ganz gewöhnliche Tour.

Nur ein x-beliebiger Vogelmaler.

Kein Grund zur Panik.

Sie zog die Schafsfellmütze tiefer ins Gesicht und nahm sein Gepäck entgegen, eine kleine, aber schwere Reisetasche, eine Staffelei und eine Aktentasche aus weichem Leder. Ein empfindliches Leder, schoss es ihr durch den Kopf. Als sie seinen Sommeranzug und das leichte Schuhwerk bemerkte, beugte sie sich nach hinten und griff nach einem alten schwarzen Wintermantel mit Robbenfellkragen und einer schwarzen Persianermütze. Nickte ihm zu. Für einen Moment begegneten sich ihre Blicke.

Da sah Herrman Ellinor.

Begriff, wen er da sah.

Sah, dass sie es war.

Und das alles binnen eines winzigen Augenblicks.

»Du bist also der Vogelmaler«, sagte Ellinor schließlich.

»Mir ist kalt«, erwiderte Herrman und nahm dankbar die altmodischen Sachen entgegen. »Jetzt sehe ich aus wie zu Großvaters Zeiten.«

»Wie zu Sailors Zeiten«, antwortete Ellinor, und ihre Stimme war die eines jungen Mädchens, derselbe Tonfall wie damals. Und seine Stimme war so samtig wie ein Streicheln.

ÜBER PFLAUMEN

Was sollte sie ihm als Nächstes sagen, dem Mann mit dem Robbenfellkragen?

Sie sagte: »Ein Pflaumen-Clafoutis ist etwas Köstliches.«

Herrman blickte sie verdattert an. Nach bald vierzig Jahren Schweigen war dies das Erste, was ihr in den Sinn kam? Er rechnete noch einmal nach. Doch, es war tatsächlich so lange her.

Ellinor ließ sich nicht beirren. »Man nimmt fünf Pflaumen, schneidet sie in der Mitte durch und entkernt sie. Bei uns wachsen Edelpflaumen, die schmecken süß und lecker.«

Wir, dachte Herrman. Sie ist verheiratet. Natürlich ist sie das. Sie ist zurück nach Hause gekommen, mit diesem Franzosen, und jetzt essen sie Froschschenkel in Sahnesoße und lassen es sich gutgehen.

»Zuerst brät man die Pflaumenhälften kurz an. Dann fettet man eine runde Backform ein und reibt ein wenig Zitronenschale darüber.«

Ellinor nickte energisch, während sie so über Pflaumen dahinerzählte, doch im Stillen dachte sie nur: Was mache ich hier? Was rede ich da?

Herrman lächelte breit. »Ich backe uns oft einen schnellen Apfelkuchen«, erklärte er. »Mit Zitronenäpfeln. Zwei Äpfel, zwei Tassen Weizenmehl, zwei Tassen Zucker, man nimmt natürlich ein und dieselbe Tasse, zwei Teelöffel Backpulver, und dann verrührt man alles zu einem trockenen Teig. Die Äpfel werden in Scheiben geschnitten, ein paar Mandelplätzchen für den besonderen Pfiff, eine Prise Zimt –«

Ellinor schnitt ihm das Wort ab: »Keine Eier?«

Sie sah, dass er schlotterte. Nein, er zitterte wie Espenlaub.

»Ich schlage die Eier mit Butter«, fuhr er fort.

Als sie die Fahrrinne hinter sich ließen und aufs offene Meer gelangten, verstummte das Kratzen am Rumpf.

»Das Entscheidende für einen guten Clafoutis ist Kardamom«, schloss Ellinor ab.

Das Entscheidende ist, dass wir uns einmal geliebt haben, wollte Herrman entgegnen, behielt es aber für sich. Hatte sie womöglich alles vergessen? Er seinerseits hatte nichts vergessen, obwohl er das weiß Gott versucht hatte.

Ellinor nahm ihre Mütze ab, denn inzwischen war es recht warm an Bord. Das Boot schaukelte vorwärts, die Wellen waren lang und weich, wie im Wind wiegendes Getreide.

Herrman hatte aufgehört, zu schlottern. Etwas hatte an Ellinor gerührt, doch sie begriff nicht, was es war. Eine Erinnerung? Herrman, jung und gelenkig, wie er am Strand auf den Händen lief, am Kap der Guten Hoffnung, an der Landzunge des Engström-Grundstücks. Wie jung Herrman damals gewesen war. Doch da riss die Erinnerung jäh ab.

Herrman schaute aus dem kleinen Kajütenfenster hinaus. Wer jetzt ins Wasser fällt, stirbt binnen einer Minute, dachte er. Er linste zu Ellinor hinüber. Sie war so schön. Damals und jetzt und ewiglich. Ja, das dachte er.

Im nächsten Moment brandete eine kräftige Welle gegen das Boot, und Herrman verlor beinahe das Gleichgewicht.

Ellinor warf ihm einen flüchtigen Blick zu. Einen Blick, der knisterte, was Herrman nicht verborgen blieb. Sie war so unverbraucht, ihr Blick so jung.

Damals und jetzt und ewiglich.

Früher hatte er sich sein Leben immer an Ellinors Seite ausgemalt. Es konnte gar nicht anders werden. Und doch – es kam alles anders. Was war passiert?

»Schon lustig, dass in deinen Kuchen Zitronen und in meinen Zitronenäpfel kommen«, sagte er, unwissend, wo diese Worte herkamen.

»Erinnerst du dich noch an den allerwertesten Arnold?«, fragte Ellinor.

Herrman nickte. Arnold hatte weit draußen auf der Landzunge zum Fjärd hin gewohnt, die die Einheimischen auch »Inselallerwertesten« nannten.

»Wusstest du, dass er später seinen Namen geändert hat?« Sie lächelte. »Von Arnold zu Lars. Von da an hieß er nur noch Pups-Lars.«

Herrman brach in kurzes Gelächter aus.

Endlich nahmen sie Kurs auf Hustrun. Da sich von allen Seiten eine dicke Eisdecke um die Insel gelegt hatte, mussten sie wieder in die Fahrrinne einscheren. Je weiter das Boot sich vorwärtsschraubte, desto durchdringender wurde das Kratzgeräusch am Rumpf.

»Wie läuft's auf der Insel?«

»Tja, wie läuft's«, erwiderte Ellinor zögerlich. »Es ist anders als früher. Warum hast du nur leichtes Gepäck?«

»Der Rest ist unterwegs verschollen. Mit allem, was man für die freie Wildbahn so braucht. Ich bin es ja gewohnt, draußen in der Natur zu sein. Beim Malen liege ich lange auf der Lauer, um nach Vögeln Ausschau zu halten, nur um einen kurzen Blick auf eine kleine Schnepfe zu erhaschen.«

»Du kannst dir von uns ein paar ausrangierte Sachen borgen«, sagte Ellinor. »Stell dir einfach vor, du würdest vor hundert Jahren leben.«

»Vielleicht nicht ausgerechnet vor hundert Jahren.«

»Nein, natürlich. Übrigens ist vom Engström-Steg oder, besser gesagt, von eurem Steg, kaum noch etwas übrig. Das Eis hat ihn vor fünf Jahren fortgetragen. Die Eisdecke war bestimmt einen halben Meter dick und hat sämtliche Bootsstege mitgerissen. Die Reste wurden weit draußen vor einer Insel gefunden, nur von eurem Steg war keine Spur. Aber es war ja ohnehin niemand da, der ihn hätte bergen können.«

Außerdem hätte den Engströms niemand geholfen, dachte Ellinor, sprach es aber nicht aus.

»Vor fünf Jahren habe ich Kraniche gemalt«, erinnerte sich Herrman. »Zugformationen in der Luft.«

Die alten Sachen standen ihm richtig gut. Der Robbenfellkragen, die Persianermütze. Ellinor betrachtete ihn aus den Augenwinkeln. Da geht ein Mann in Leinenanzug und Wildlederschuhen an Bord, macht einen Schritt hundert Jahre zurück und verwandelt sich mir nichts, dir nichts in einen handfesten Schärenkerl.

»Ein Clafoutis«, sagte Hermann und rieb sich das Kinn, »wieder was gelernt.«

»Hier auf Hustrun wachsen auch Zitronenäpfel«, bemerkte Ellinor.

»Ich hab damals einen Ableger mitgenommen, als ich ausgewandert bin. Wahrscheinlich, weil ich mich erinnern wollte.«

Ellinor überkam ein diffuses Gefühl.

»Lebt Algot noch?«, fragte Herrman.

»Er ist krank.« Ihr Gesicht war ausdruckslos, doch in ihr überschlugen sich die Gefühle. »Vater hatte von einem Herrn Man gesprochen. Ich solle einen Herrn Man abholen, einen Vogelmaler. Du malst also Vögel?«

Er lächelte sie warm an. »Ich habe dich nie vergessen.«

Ellinor zuckte die Achseln. »Ich habe ziemlich viel vergessen, um ehrlich zu sein. Wo hast du dich all die Jahre herumgetrieben?«

»Überall und nirgends. Aber mein Lebensmittelpunkt ist an der Eisorgelküste von Labrador, in Kanada. Vater ist vor Kurzem gestorben. Ich bin hier, um alles zu verkaufen. Außerdem will ich Eiderenten malen. Die Eiderente ist so etwas wie die Meisterprüfung. Wusstest du, dass man in vielen Sprachen ›Eider‹ sagt? Auf Schwedisch, Deutsch, Englisch ... immer heißt es Eider.«

»Dafür kommst du zu spät.«

»Zu spät? Jetzt ist doch genau die Zeit, wenn sich die Erpel scharenweise in den Fjärden herumtreiben und vor sich hin krakeelen. Sie klingen dann immer wie Geister.«

»Das war früher so«, antwortete Ellinor. »Da haben die Weibchen auch noch an den Ufern gebrütet.«

»Aber?«

»Sie sind fort, Herrman. Die Eiderenten sind fast alle fort.«

»Aber ein paar werden doch wohl noch hier sein?« Es klang, als wäre es ihm sehr wichtig.

Ob ich's ihm erzählen soll?, überlegte Ellinor. Sie zögerte. »Eiderenten haben es inzwischen sehr schwer«, wich sie aus. »Wegen der Wasserverschmutzung sind die Muscheln knapp. Außerdem gibt es viel zu viele Möwen, die die Nester ausrauben. Und dann die Sommergäste, die mit ihren Kompakttraktoren die Strände entlangfahren und die Enten vertreiben.«

»Also – sind keine Eiderenten mehr auf der Insel?«

»Nein, bloß ich. Eine einsame Frau im Meer mit einem zu kurzen Bein. Regelrecht lächerlich.«

»Du bist Ellinor«, entgegnete Herrman, »du könntest niemals lächerlich sein.«

»Mal sehen«, fiel sie ihm ins Wort. »Vielleicht finde ich ja irgendwo ein paar Eiderenten. In welcher Sprache auch immer.«

Das Kap der Guten Hoffnung verkaufen?

Algots Schärentaxi tuckerte nahezu geisterhaft langsam durch die schmale Fahrrinne. Das verschaffte ihnen reichlich Zeit, um sich zu unterhalten, auch wenn man fast schreien musste.

»Wird unsere Landzunge immer noch so genannt?«

Ellinor nickte.

Herrmans Blick fiel auf ihre Schafsfellhandschuhe. Nur zu gern hätte er einen Blick auf ihren Ringfinger geworfen.

»Mann? Kinder?«, fragte er, fast etwas barsch.

Ihre Antwort kam hastig, so wie einstudiert. »Ich hab ja Vater. Mit dem habe ich schon genug um die Ohren. Hin und wieder nehme ich mir einen Sommermann.« Sie lachte, wie um sich zu rechtfertigen.

»Klingt wie eine Sommerkatze«, bemerkte Herrman, und ein Funken Ernsthaftigkeit schwang in seiner Stimme mit. »Man lässt sie ins Haus, füttert sie, schmust ein bisschen mit ihr, und bei Herbstanbruch wirft man sie wieder raus.«

Ellinor nickte stumm. Sie wollte nicht, dass er ihre Enttäuschung sah, die Einsamkeit.

Herrman bohrte nicht weiter nach, doch in seinem Herzen erklang ganz plötzlich eine eigentümliche Melodie. Ellinor war nicht verheiratet!

»Bestimmt gibt's gerade viele Haseln auf der Insel.« Etwas Neutraleres fiel ihm nicht ein.

»Hasel und Gefasel«, murmelte Ellinor vor sich hin.

»Erinnerst du dich an das Köln-Konzert? Fünfundsiebzig? Keith Jarrett und der Flügel, auf dem sich kaum noch spielen ließ. Erinnerst du dich? Wir haben es uns auf Schallplatten angehört. Das war so eine richtig alte Platte mit Sprüngen und allem Drum und Dran. Wir wussten immer genau, an welchen Stellen sie hängenbleibt.«

»An die Musik erinnere ich mich, aber nicht an die Sprünge in der Platte«, antwortete Ellinor wahrheitsgemäß.

Herrman blickte sie fragend an. »Aber du magst doch immer noch Musik, oder?«

»Ich spiele regelmäßig auf der Orgel in der Kapelle.«

»›Und Gott hielt seine schützende Hand über die Inseln.‹ Die Inschrift in der Kapelle werde ich nie vergessen.«

»Es soll durchaus schon vorgekommen sein, dass der Herrgott alle Hände voll mit anderen Dingen zu tun hatte«, erwiderte Ellinor.

Sie nickten beide.

Und dann erreichte Algots Schärentaxi endlich Ingmans Anleger, denn der Engström-Steg war ja vom Eis 2008 fortgetragen worden. Auf der Insel wurde das Eis nach seinem Jahrgang benannt. Wie auch das Eis 1914.

Ellinor bot Herrman an, die Kleider zu behalten, bis sein Haus ausreichend aufgeheizt war. Sie bereute, was sie alles von sich gegeben hatte. Warum in aller Welt hatte sie ausgerechnet von Sommermännern und Pflaumen faseln müssen? Doch gesagt ist gesagt, geschehen ist geschehen. Diesmal legte sie mit einem dumpfen Poltern an, ohne in den Steg zu rauschen wie auf Tasslan, als sie den wild mit den Armen fuchtelnden Herrman erblickt hatte und wie aus dem Nichts an Sibirische Kraniche denken musste.

Herrman Engström. Herr Man. Der Vogelmaler.

Er war zurück.

Würde er das Kap der Guten Hoffnung wirklich verkaufen? Was würde dann aus ihrem Geheimnis?

1914

Das Eis 1914. Sieben junge Menschen haben sich hinaus in die Finsternis begeben. Die einzige Lichtquelle ist eine mickrige Petroleumlampe in Werners rechter Hand. Die Flamme flackert bedenklich. Der Schnee fällt in immer dickeren Flocken herab. Sie atmen den Schnee, spüren ihn in ihren Lungen.

Da ist Mandis, Arm in Arm mit Fischer-Stina, dicht dahinter folgt Kyra. Werner geht vorneweg, fast wie ein Jäger, denkt Kyra, denn sie hat neulich in der Zeitung auf dem Plumpsklo etwas über Trapper gelesen. Arthur, der immer nur Doppelkorn-Arthur gerufen wird, taumelt schon bedenklich und hintendrein folgen Otta und Kummer-Lise, die trotz ihres jungen Alters bucklig ist und humpelt.

Kyra hat Angst und versucht, ihren Blick auf die kleine Flamme der Lampe zu heften. Doch alles ist düster, sogar das Licht.

Wir gehen geradewegs in den Schneesturm hinein, denkt sie.

Aber sie ist es gewohnt zu gehorchen, also lässt sie ihre Bedenken nicht laut werden. Wenn Werner Engström sagt, sie seien in Sicherheit, dann folgt sie ihm. So, wie sie auch ihrem Vater und ihrer Mutter folgt und ganz still im Boot sitzt, selbst wenn es krängt, die Wellen emporklettert und herumgewirbelt wird, wie ein Stück Seife in einer Waschschüssel.

Sie hat sich ihr Halstuch bis unters Kinn gezogen und sucht in ihrer Erinnerung nach wohlbekannten Momenten. Sie hegt den ungeheuerlichen Traum, eines Tages Schriftstellerin zu werden. Oder Aeronautin. Ein abwegiger, verirrter Einfall, doch das Wort gefällt ihr so gut. Kyra mag schöne Wörter. Aber sie weiß auch, dass sie niemals etwas anderes sein wird als Kyra. Auf den Inseln ist und bleibt man zeitlebens man selbst. Sie wird Kinder bekommen und am Bootssteg Wäsche waschen, Stachelbeermarmelade einkochen und Monogramme sticken. Die bloße Vorstellung fühlt sich so an, als schürfe sie sich das Knie an Kiessteinen auf, um dann noch Salz in die Wunde zu streuen. Und trotzdem ist es so und es wird so sein. Schärenmädchen werden zu Schärenfrauen und später zu buckeligen alten Schärenweibern. Basta! Doch man kann immer träumen und hinterm Stirnbein liebgewonnene Erinnerungen heraufbeschwören.

Wie die Geschichte, die Kyra, die Schriftstellerin, sich im Sturm erzählt, um bei Verstand zu bleiben. Die Geschichte ihrer Kindheit, davon, auf Hustrun aufzuwachsen, mit allem, was die Insel gibt und nimmt. Sie nennt sie: *Die Geschichte von mir selbst*.

Die Geschichte von mir selbst

»Der Mond«, sagte Kyras Vater. »Siehst du den Mond?«

Sie sah genau hin und kniff die Augen so fest zusammen, dass sich ihr Nacken verkrampfte. Der Mond hing dort oben am dunklen Himmel, und trotzdem konnte sie keine Schnur ausmachen.

Der Mond. Solche Gedanken. Solche Wollkegel. Manchmal waren es nur einzelne Wörter, die Kyra im Kopf herumschwirrten. Beinebaumeln. Treibholz. Astloch. Serviettenfächer. Glühkopfmotor. Glasflügler. Petter Nicklas. Strohkopf. Nachtzweig.

Solche Wörter. Verstreute, einsame Wörter bar jeden Zusammenhangs. Vogelscheuche. Mond.

Sie hielt auf der Küchenbank einen Mittagsschlaf, wie sie es immer tat. Bis zu ihrem fünften Geburtstag war es nicht mehr lange hin und nach dem Mittagessen wurde sie immer etwas müde. Jetzt war Sommersommer, wie ihre Mutter Julia sagte. Die Küche war geräumig und hell mit Fenstern nach Süden und Westen. Vor dem Westfenster, dem besten für Blumen, thronte ein Weihnachtskaktus. Vor dem Südfenster hingen leichte Gardinen, auf der Fensterbank standen Pelargonien. Rote Pelargonien. An den Wänden hingen blitzblanke Tassen, und es gab einen Holzofen und Kübel und Schalen, die einmal im Jahr von den Meereszigeunern verzinnt wurden. Aus Holz geschnitzte Eimer und ein großer Holzkochlöffel für die Suppe. Alles Vater Gerolds Werk. Das Tuch auf dem Küchentisch hatte ihre Mutter bestickt. Im Frühling hatten sie immer einen Strauß Maiglöckchen, aber nicht jetzt, und doch hing die Erinnerung an den Duft noch immer im Raum.

Ach, wie schön es doch war, mitten in diesem Geschnitzten und Geschnittenen und Gestickten und Gekochten und Gebratenen ein Nickerchen zu halten, während Mutter sich in der Küche zu schaffen machte. Vielleicht würde es am Abend Ofenpfannkuchen geben, Kyras Leibspeise. Mit Marmelade aus Walderdbeeren von Kålskär, wo man vor lauter Beeren so rote Fußsohlen kriegte wie ein Indianer. Von ihrer Mutter hatte Kyra gelernt, den Korb nie randvoll zu machen, sondern die Beeren immer mal wieder in einen größeren Behälter umzufüllen.

Sie wurde von einer eisigen Stille in der Küche geweckt. Wenn ihre Mutter daheim war, war es niemals ruhig und still, es herrschte ein stetes Klirren und Schlagen und Kneten; Fässer wurden gerollt und Hering wurde gebraten.

»Mama?«

Sie setzte sich kerzengerade auf und schlug die Decke zurück.

Ihre Mutter antwortete nicht. Ihre Mutter, die doch immer da war, die immer antwortete. Aber jetzt war sie fort.

»Maria?«

Kyras Schwester Maria war fünf Jahre älter und hatte bereits die Rolle der Hausmagd inne. Wenn Mutter mal fehlte, war Maria gleich zur Stelle.

Doch jetzt war sie weg.

»Sailor?«

Sailor war der Älteste, zwölf Jahre und schon bald ein echter Seemannsjunge. Über der Oberlippe wuchs ihm ein lichter Flaum.

»Vater?«

Vater Gerold war jetzt ihre letzte Hoffnung, obwohl er tagsüber für gewöhnlich nie zu Hause war. Die Boote, das Bootshaus, das Gestell zum Trocknen und Saubermachen der Netze – das war sein Reich.

Wahrscheinlich war er gerade auf dem Meer unterwegs und gab ihr deshalb keine Antwort.

Nachdem sie ein Weilchen platt wie eine Flunder auf dem Küchensofa gelegen und alle Namen gerufen hatte, sprang Kyra auf, flink wie ein zappelnder Fisch. So flink, dass ihr schlichtes weißes Leinenkleid zu flattern begann. Barfuß flitzte sie aus dem leeren Haus und hinüber zu Octavia Sjöblom. Die wohnte auf dem Hof bei der länglichen Bucht, die sich in die Insel hineinbohrte wie ein Sargnagel. Die Bucht hieß Öjan. Die Tür war angelehnt, und Kyra rief hinein: »Octavia, komm raus spielen!«

Sie spielten oft Kaufladen, mit Steinen und Tannenzapfen. Kyra und Octavia waren im selben Alter, und fast hätte man meinen können, die beiden seien Zwillingsschwestern.

Doch obwohl bei den Sjöbloms die Tür offen stand, waren weder Otta noch deren Mutter Sina zu sehen.

Zitternd setzte Kyra ihre Wanderung fort, rüber zu den Södermans, wo Aksel wohnte. Auch dort stand die Haustür einen Spaltbreit offen. Alle schienen unterwegs zu sein, aber wohin? Auf einer Insel gibt es nur Kanten, Buchten, Seiten. War dies etwa der Jüngste Tag? Und hielt der Herrgott seine schützende Hand über diesen einen Meter Mensch namens Kyra?

Von hier an durfte sie nicht mehr weitergehen, denn es war

streng verboten, sich dem Meer allein zu nähern. Es gab zwar noch ein paar Höfe weiter unten, doch weil Kyra die Blicke ihrer Mutter im Rücken spürte, machte sie kehrt.

Das Haus war noch immer verlassen, und Kyra blieb in der Tür stehen, in ihrem weißen Kleid, die Füße rot gefärbt vom gestrigen Ausflug nach Kålskär.

Schließlich setzte sie sich an den Sekretär und griff nach Papier und Feder, wie sie es sich von ihrem Vater abgeguckt hatte.

Sie wusste, dass es etwas gab, das man die Nachwelt nannte, und an ebenjene Welt schrieb sie jetzt einen Brief:

Es gibt mich, wenn mich jemand findet.

K I

Dann stieß sie versehentlich das Tintenfässchen um, und mit einem Mal war alles noch viel schlimmer; sofern das überhaupt möglich war. Nur zwei Buchstaben blieben übrig: K I.

Sie horchte auf Schritte im Flur, doch es kam niemand. Außer Esmeralda, die rot-weiße Katze, die draußen im Stall geworfen hatte. Die Kätzchen würden sterben, noch ehe sie die Augen aufgeschlagen hatten, das wusste Kyra, denn ihr Vater brachte es nicht übers Herz, ein Katzenjunges mit offenen Augen zu erschlagen. Sie wusste so viel! Aber nicht, wohin alle verschwunden waren.

Sie ging in die Stube und schnappte sich den bekleckssten Brief. Legte ihn auf den Küchentisch. Sie selbst wusste ja, was darauf stand, auch wenn der Tintenfleck ihre Buchstaben ruiniert hatte, jene verschnörkelten, putzigen Buchstaben, die an die zitternden Fühler einer Heuschrecke erinnerten.

Sie ging hinaus. Nun war sie allein in jener ihr so wohlbekannten Welt, mutterseelenallein auf Hustrun, der kargen Insel mit den flachen, ins Meer abfallenden Felsen, der Insel mit einem einzigen kleinen Wäldchen und einer dünnen Streuschicht, wo die Wurzeln sich mit Gras und Steinen verflochten.

Es gab nur einen Ort, wo hohe, blaue Glockenblumen wuchsen, unmittelbar neben ihrem Haus. Die Blumenpracht war Vater Gerolds ganzer Stolz, und jeden Herbst verteidigte er seine kleine Wiese. Niemand durfte die Glockenblumen pflücken. Sie sollten wachsen und sich sanft im Wind wiegen. Jetzt war es Kyra, die sich dort wiegte.

Längs der Wiese verlief eine niedrige Steinmauer. Die runden Findlinge waren mit Moos und Hopfen bewachsen. Grüne und graue Tupfen, und hier und da ein bisschen Orange. Es sah aus, wie ein großes Grab, ein sehr großes Grab für ein kleines Mädchen, dachte Kyra.

Da hörte sie etwas. Es kam vom Dorfweg. Füße, Klauen und Hufe, die über Gras trampelten. Und da war noch etwas anderes. Das Meer war es nicht, denn das klang wie ein stetes Rauschen, und auch nicht das kleine Wäldchen, das war eher ein Surren.

Waren es Stimmen?

Sie ließ sich zwischen den Glockenblumen in die Hocke sinken und glaubte das Brausen einer Orgel zu hören. Es war ein Lärm, wie sie ihn schon einmal auf Tasslan gehört hatte, bei einer Beerdigung.

Da, sie kamen!

Die gesamte Inselbevölkerung in einem Trupp.

Vorneweg eine Kuh und ein neugeborenes Kalb auf wackeligen Beinen. Wahrscheinlich hatte die Kuh im Wäldchen gekalbt, überlegte Kyra und rappelte sich auf. Das Orgelbrausen verebbte. Die Inselbewohner hatten bestimmt nach ihnen gesucht. Und jetzt sah Kyra zu, wie ihre Mutter vorbeizog und dann Maria und Sailor. Otta und Sina.

Aber niemand sah sie.

* * *

Eine erste Erinnerung.

Eine Erinnerung daran, nicht zu existieren. Ausgeschlossen zu sein. Nicht vermisst zu werden. Die niemals vergessene Erinnerung, genau ein Meter Mensch zu sein. Und doch ein Niemand.

Sich die Knie aufzuschürfen, für die Ewigkeit.

Wie ein verstreuter Haufen kämpfen sich die Jugendlichen weiter voran, wankend, strauchelnd, gebeugt, manchmal können sie die Gegenwart der anderen nur noch erahnen. Sie richten ihre Blicke auf das flackernde Licht von Werners Lampe, tasten sich vorsichtig vorwärts, während sich in ihnen das Gefühl breitmacht, sich inmitten einer Katastrophe zu befinden. Woran die anderen denken, weiß Kyra nicht, also fährt sie mit ihrer Geschichte fort, erzählt sie ganz still sich selbst, und wenn es das Letzte ist, was sie tut.

Am meisten fürchtet Kyra sich vor den Waken, wo das Eis so trügerisch dünn ist. Stellen, an denen der Teufel mit dem Wind Hambo getanzt und mit seinen glühenden Bocksfüßen Löcher ins Eis gebohrt hat.

Die Insel Der Kühe

Das Küchensofa, auf dem Kyra schlief, stand mitten im Dorf, ganz genau in der Mitte, in einem hellgelben Haus, dessen Nordwand vom Nordwind ganz grau geschmirgelt war. Fast alle Häuser auf Hustrun waren gelb mit grauen Nordgiebelwänden. Nur Olaussons Pörte war rot mit schwarzen Kanten, allerdings tanzte Olausson auch sonst in jeder Hinsicht aus der Reihe. Seitdem er eines Tages in der Öjan-Bucht von Bord eines Klippers gegangen war, behauptete er, Hustrun sei der schönste Platz auf Erden. Es gab nichts, was Olausson noch nicht gesehen hatte; vom Atlantik und dessen Inseln über den Indischen Ozean und den Persischen Golf bis hin zum Golf von Bengalen. Und trotzdem war Hustrun in seinen Augen die Krone der Schöpfung. Und gewiss, mit all den blühenden Orchideenwiesen, den wogenden Weiden, den geschlängelten Steinmauern und dem hohen Laubengang war die Insel geradezu zauberhaft. Dazu kleine Buchten und Meeresausläufer, die sich landeinwärts in die Insel hineinfädelten, und nicht zuletzt die Steinwüste auf der Nordseite, die, wenn es nach Olausson ging, der Wüste Gobi in nichts nachstand. In alle Himmelsrichtungen war die Insel genau zwei Kilometer lang und sah aus wie ein Stern mitten im Meer.

Olausson hatte ein altes, verlassenes Häuschen westlich des Dorfs beziehen dürfen. Daran, dass Hustrun angeblich auf der falschen Seite der Menschengrenze lag, störte er sich nicht. Wenn die Einheimischen im Winter Zeitungspapier in ihre Stiefel stopften und durch die Schneewehen stapften, schippte Olausson den Schnee beiseite, obwohl schon bald alles wieder zugeschneit war. Er war eben in jeglicher Hinsicht ein bisschen anders.

Hustrun war wie ein Flickenteppich aus Grundstücken, die miteinander verwoben waren – und das galt auch für die Bewohner. Ein Österman nahm sich eine Norman zur Frau, deren Mutter eine Österman war. Kreuzcousinenheirat über mehrere Generationen hinweg. Manchmal und unabsichtlich jedoch wurde frisches Blut von den Schiffen in der Öjan-Bucht untergemengt. (Besonders ein flämischer Schiffsarzt namens Cornelius Kaleshoek hatte frischen Wind in die Inselgesellschaft gebracht. Zahlreiche Kinder waren das Ergebnis dieser erquicklichen Frucht, und mehr als eine Frau auf der Insel fragte sich, wie es so weit hatte kommen können. Die Kinder hatten helle, fast durchsichtige Haut, genau wie Cornelius. Doch darüber schwieg man sich aus, denn obwohl dem Dorfgeschwätz selten etwas entging, war es hin und wieder das Klügste, einfach den Mund zu halten und aufs Vergessen zu vertrauen.)

Auf Hustrun hatte alles seinen Platz und jeder Mensch seine Aufgabe – so lauteten die Regeln. Lange war es an den Frauen gewesen, den Kindern das Lesen und Schreiben beizubringen, erst vor Kurzem war auf der Nachbarinsel Tasslan eine Volksschule eröffnet worden. Um dorthin zu gelangen, mussten die Kinder sich in einem Ruderboot von der einzigen seichten Stelle in der Öjan-Bucht abstoßen.

Ansonsten waren die Kinder fast immer dabei, wenn ihre Eltern arbeiteten und ihren Aufgaben nachgingen. Von ihren Vätern lernten sie, wie man vom Boot aus eine Störstange ins Wasser stieß, um die Fische ins Netz zu jagen.

Schwimmen konnte niemand, außer natürlich Olausson, der sich diese Kunst am Golf von Bengalen angeeignet hatte. Sommers konnte man beobachten, wie er mit weit ausholenden Armbewegungen und schnaubend wie ein Elch zwischen den Bootsstegen hin und her paddelte. Wozu das wohl gut sein sollte?

Die Kinder lernten auch, wie man am Trockengestell die Netze säuberte; mit einem gekrümmten Holzstöckchen wurde Seetang und anderer Unrat herausgezupft.

Die Mädchen machten dabei nicht nur mit der Störstange Jagd nach Fischen und säuberten die Netze, sie gingen auch ihren Müttern zur Hand, sei es in der Küche, im Kuhstall oder am Steg, wenn alle halbe Jahre Waschtag war. In der Küche fiel immer Arbeit an, und Kyras große Schwester Maria liebte dieses geschäftige Treiben.

Kyra indes wollte viel lieber an den Mond denken oder spaßschreiben. Sommelibom huttikalutt.

Sie grübelte gern. Als ob das eine Aufgabe wäre!

Und sie ging gern hinaus zur Kuh.

Die Kuh hieß Amanda. Schon der Name verriet, wie sehr sie geliebt wurde. Amanda! Sie war groß und imposant und warm und lieb, und sie gab Milch, aus der man Butter oder Sahne für die Geburtstagspfannkuchen machen konnte. Amanda wärmte einen, wenn man fror, und Kyra Ingman, die diese kleine Geschichte erzählt und in just diesem Moment auf dem Eis umherirrt, wäre gerade nirgends lieber als neben dem warmen Maul ihrer Kuh.

Auf der Insel waren die Kühe der Nabel jeder Familie.

Amanda war eine Schwedische Rotkuh mit noch einem anderen Einschlag, von dem das weiße, landkartenartige Muster an der Flanke zeugte. Nichtsdestotrotz besaß sie die für Schwedisches Rotvieh typische Sanftmütigkeit. Wenn man zu ihr sprach, wandte sie einem sachte den Kopf zu und blickte einen aus ihren braunen Kulleraugen groß an.

Ja, auf der Insel waren die Kühe der Mittelpunkt, alles andere geschah in der Peripherie. Das Leben hing hier nicht von den Booten ab, wie die Menschen gerne glaubten, den Bootsanlegern, den Fischernetzen oder deren Trockengestellen, nein, das Leben hing von den Kühen ab. Davon, dass die Frauen ihre Kuh hegten und pflegten, damit sie Milch gab und kalbte und muhte, wenn jemand näher kam. Hier, so weit draußen in den Schären, war nicht das Warnsignal der Nebelhörner der wichtigste Laut, sondern das Muhen der Kühe. Jeder Haushalt besaß eine Kuh, so viele konnte die Insel tragen. Machte insgesamt fünfzehn Kühe. Es gab auch Schafe, zwei Zibben pro Stall. Sie weideten gemeinsam auf Skäret, der südlichsten Landzunge der Insel, auf der Bäume bis hinunter zum Wasser wuchsen, Erlen, deren Baumkronen im Frühjahr voll von Nachtigallen waren. Vielleicht hatte Olausson ja recht, und die Insel war tatsächlich der schönste Ort auf der Welt. Höchstens Madagaskar hätte es mit Hustrun aufnehmen können. Aber dort gab es bestimmt keine Amanda.

Kyra dachte nicht nur gern an besondere Wörter und an warme Kuhmäuler, nein, sie dachte auch an Zahlen. Und Vögel. Schnepfen, Finken, Kohlmeisen und die Spechte, die versuchten, ihre Großmutter aus dem Haus zu vertreiben.

Kyra reckte ihren blonden Schopf aus dem Glockenblumenmeer. Keiner rief nach ihr, keiner bemerkte sie. Die anderen hatten sie nicht so sehr vermisst, wie sie die Kuh und das Kalb vermisst hatten.

Der Tintenklecksbrief blieb unkommentiert, ihre Mutter schwieg und vergaß. Ihr schien alles lästig, beschwerlich und dröge zu sein, ein notwendiges Übel. Als wäre sie am liebsten woanders – aber wo? Am Golf von Bengalen? Kyras Mutter war der Meinung, dass eine Insel so schrecklich schnell aufhörte, ganz gleich, in welche Richtung man ging. Sie zeigte nie ein Lächeln. Und wäre ihr doch mal eins unterlaufen, hätten alle gleich gewusst, dass es sich bloß um ein Versehen handeln konnte.

Seit Maria melken durfte, beanspruchte sie Amanda für sich. Die Kuh lag ihr sehr am Herzen, Maria wusch ihr mit einem feuchten Tuch den Kopf, striegelte ihr Fell und war stolz, dass Amanda als Leittier der Insel alle anderen Kühe morgens zur Fageräng, der großen Weide der Insel, und abends zurück ins Dorf anführen durfte. Das Melken ging der geschickten Maria ganz leicht von der Hand, und ihre Mutter war ihr für die Hilfe überaus dankbar. Maria ließ sich wirklich gut an.

Wenn Kyra in den Stall ging, dann, um sich an der Kuh zu wärmen. Sonst hielt sie sich lieber in der Küche auf und blätterte in den Haushaltsbüchern ihrer Mutter.

Natürlich gab es kaum Bargeld im Haus, denn man versorgte sich in erster Linie selbst. Die wenigen eingekauften Waren jedoch wurden fein säuberlich aufgelistet, in Mutter Julias altmodischer Handschrift, so wie sie es von ihrer Mutter Olivia gelernt hatte; die Schnörkel der Ziffern reichten bis weit ins neunzehnte Jahrhundert zurück.

Jetzt saß Kyra am Küchentisch und addierte Summen. Hin und wieder hob sie den Blick und erspähte eine Drossel, die über den Hof stakste. So eine drollig-dusselige Drossel, dachte sie, behielt den Gedanken aber lieber für sich, um den anderen nicht noch mehr Kummerfalten ins Gesicht zu treiben. Kyra und ihre Wörter – das war eine Sache für sich.

Salz plus Zucker plus Nähnadeln plus schwarzes Garn – das machte zusammen 47 Öre. Für einen Meter Mensch ein wahres Vermögen.

Kyra rechnete für ihr Leben gern. Sie wusste, dass sie für derlei Rechenübungen eigentlich noch zu klein war, doch sie konnte nicht anders. Und für sie war eine Drossel eben nicht bloß eine Drossel, sondern eine drollig-dusselige Drossel.

Sie freute sich schon auf die Schule, darauf, im Unterricht etwas über den Himmel zu lernen, den glühend roten Schärenhimmel und die Sterne in der Nacht. Jenes plötzliche Licht im endlosen Dunkel. Genauso, wie es Maria die Kuh angetan hatte, war Kyra von Sternen verzaubert.

Eines schönen Tages würde sie die Sterne gut zählen können, und bestimmt kämen mehr als siebenundvierzig zusammen.

Ich bin ein freier Mensch, dachte Kyra, ohne zu wissen, wo dieser Gedanke herrührte. Womöglich hatte sie angefangen zu denken – das musste es sein! Von außen sind die Gedanken nicht zu sehen, sie sind wie der Geschmack von Apfelsinen im Kopf. Einmal hatte Kyra eine Apfelsine kosten dürfen. Jawohl!

* * *

Kyra blickt aus ihren Erinnerungen auf. Einen Meter vor sich erspäht sie die flackernde Flamme von Werners Lampe. Womöglich sollte sie von ihrer Geschichte ablassen, doch wenn sie es täte, würde die Angst sie so schnell einholen, dass sie keinen Schritt mehr würde tun können. Die jungen Leute haben sich auf dem Eis kaum vom Fleck bewegt. Sie setzen einen Fuß vor den anderen und kommen doch nicht weiter. Im Dorf, denkt Kyra, wird man sich später davon erzählen, wie die Inselkinder in jener Nacht heimwärts über das Eis gingen.

Sie beschließt, ihre Geschichte von sich selbst um ein weiteres Kapitel voranzuspinnen.

Wenn die Geschichte nicht wäre, dann würde sie jetzt den Mund aufmachen. Würde laut sagen: Nein, Werner, du irrst dich! Der Sturm wird immer schlimmer. Lasst uns nach Tasslan umkehren und im Gebetshaus auf dem Boden schlafen. Und dort würde sie witzeln: Steiß an Steiß wird's niemals zu heiß!

Doch sie bleibt stumm, weil sie es nicht gewohnt ist, etwas zu sagen. Die wichtigen Dinge auszusprechen.

NOUS AMOUR

Herrman Engström und Ellinor Ingman gingen einen schmalen Trampelpfad entlang, der sich über Felsen und durch Täler schlängelte, wie Pfade es für gewöhnlich tun. Er führte zu der kleinen Ansammlung von Häusern und Heimen, die hier als Dorf bezeichnet wurde.

Innerlich hörte Ellinor Keith Jarrett bei einem Konzert in der Scala *Over the Rainbow* spielen, unwissend, warum ihr ausgerechnet dieses Lied im Kopf herumschwirrte. *Somewhere over the rainbow, way up high …*

Der Pfad war beschwerlich, überall lauerten Steine und Wurzeln, Eisflecken und Schmelzwasserpfützen. Ellinor ging vorneweg, zog das linke Bein etwas nach, doch ohne an Tempo zu verlieren. Herman trottete hinterher. Er hatte sich auch die Stiefel von Ellinors Großvater vom Boot leihen dürfen, die zwar klobig, aber im Grunde gar nicht mal übel waren. In den Händen hielt er seine Wildlederschuhe und die Staffelei, die Reisetasche hatte er sich über die Schulter gehängt. Als er den Blick hob und den Engström-Hof erspähte, war er drauf und dran, einen Schleichweg zu nehmen, doch da wandte Ellinor sich um und hielt ihn mit einer Hand auf der Schulter zurück. Einen Moment ließ sie ihre Hand dort ruhen.

»Da kannst du nicht entlang, Herrman. Der Weg gehört jetzt zum Grundstück der Normans. Siehst du, da sitzen sie in der Küche und gucken aus dem Fenster. Bestimmt liegen sie gerade mit der Querflinte auf der Lauer und hören Polizeifunk.«

Herrman schaute sie ungläubig an. »Du machst Witze, oder?«

Er linste zum Haus der Normans hinüber und sah, wie sich etwas hinter der karierten Gardine im Küchenfenster regte. Das Haus war gelb mit einer grauen Nordgiebelwand und sah ausgesprochen gemütlich aus. Ob die Idylle trog? Er unterdrückte ein Niesen.

»Nous amour«, sagte Ellinor.

»Wie bitte?«

»Das sagt man in Frankreich, wenn jemand niest.« Sie lächelte.

»Und ich dachte schon, du meintest uns«, antwortete Herrman.

Als Ellinor ihn fragend anblickte, versuchte er es anders: »Erinnerst du dich, wie ich die höchste Fichte der Insel hochgeklettert bin, um dich zu beeindrucken? Da waren wir vielleicht zehn, elf Jahre alt.«

»Und ich rief hinauf, ob du das Meer sehen kannst.«

Sie lachten.

»Oder wie wir einmal diesen kleinen Generator angeschmissen und einen Projektor aufgestellt haben. Aber was wir auch versucht haben, der Projektor spielte den Film immer in die falsche Richtung ab, und wir mussten mit ansehen, wie Vater ein und denselben Fisch Dutzende Male rein- und rausschleppte. Als Leinwand hatten wir ein Segel aufgespannt. Da müssten wir schon ein paar Jahre älter gewesen sein.«

Ellinor nickte, und Herrman schöpfte frischen Mut. »Hattest du ... in Frankreich eine Familie?«

Ellinor blickte ihn verdattert an. »Na ja, ich hatte natürlich Mutter.«

Er war irritiert. Wollte sie ihn zum Narren halten? Da machte man sich darauf gefasst, dem alten Algot zu begegnen, dem man so einiges zu verzeihen hatte, und dann tauchte an seiner statt Ellinor auf und tat so, als hätte sie die Insel nie verlassen. Ellinor, das schönste Mädchen der Schären, so schön, dass es wehtat. Sie war immer noch schön, nur auf eine reifere Weise. Sie hinkte, war verletzt, ein Vogel mit lahmendem Flügel. Eine Eiderente, ein Eiderweibchen, mit gelblich braunem Gefieder.

»Polizeifunk und Querflinte sagst du? Ernsthaft?«, fragte er.

»So ungefähr«, antwortete Ellinor.

Ihre Stimme hatte einen so schönen Klang, beinahe singend, dachte Herrman.

»Es herrscht eine eigenartige Stimmung bei uns auf Hustrun«, fuhr sie fort.

»Klingt ungemütlich«, erwiderte Herrman, und sie tauschten einen raschen Blick aus.

Als sie schließlich an eine Weggabelung kamen, fragte Herrman: »Können wir hier nach rechts abbiegen?«

»Nein, das Grundstück gehört von alters her den Sjöbloms, und euer Wegerecht ist verjährt. Wir müssen weiter geradeaus bis zu unserem Hof, von da aus hast du ein Wegerecht bis zu eurem Haus.«

Herrman dämmerte, dass die Dinge auf Hustrun ziemlich verworren waren. »Ich erinnere mich an diesen Ausdruck, ›von alters her‹.«

»Tja, hier auf Hustrun gilt alles von alters her, wenn nicht gar länger.«

Er betrachtete ihren leicht gekrümmten Rücken, bis Ellinor sich unvermittelt mit einem bitteren Lachen zu ihm wandte: »Auf Hustrun halten sich alle ans eigene Grundstück und die eigenen Wege, und Gnade dem, der fremdes Land betritt. Du bist lange fort gewesen, aber hier steht die Zeit seit neunundneunzig Jahren still.«

»Ach *das*«, antwortete Herrman, und sie wussten beide, was damit gemeint war.

Sie seufzte. Ja, *das*. Kurz trafen sich ihre Blicke.

Herrman stolperte, und Ellinor konnte ihn gerade noch mit einer ausgestreckten Hand vor dem Hinfallen bewahren.

Für einen kurzen Moment fühlte sie sich beflügelt, fast glücklich, sodass sie am liebsten losgerannt wäre wie ein kleines Mädchen. Es war, als hätte ihr Körper sich an etwas Eigenartiges erinnert. Doch schon im nächsten Moment war das Gefühl verflogen, und sie entsann sich einer Geschichte, die ihr ihre Mutter erzählt hatte, von einem französischen Dorf, wo man zuerst entschied, welches Schwein geschlachtet werden sollte, um es anschließend schlechtzureden.

Besser ein anderes Thema: Elektrizität!

»Dein Vater hat sich immer gegen Elektrizität auf der Insel gesträubt.«

Herrman zuckte zusammen. Der Klang ihrer Stimme hatte sich verändert. »Jaa ...?«, fragte er zögerlich.

»Wie du weißt, müssen sich alle Landbesitzer einig sein. Ich warte immer noch auf elektrisches Licht auf Hustrun. Ich komme gerade eben mit einem Solarmodul über die Runden, und für den äußersten Notfall habe ich einen kleinen Generator, den zu betreiben ich mir aber eigentlich überhaupt nicht leisten kann.«

Herrman sah sie verunsichert an.

»Kein Grund zur Sorge«, meinte Ellinor mit einem fast bissigen Ton in ihrer Stimme. »Aber es ist nicht gerade leicht, in tiefster Dunkelheit zu leben. Vielleicht erinnerst du dich noch an die Winter, als du klein warst?«

»Ich erinnere mich an das Nordlicht«, entgegnete Herrman wahrheitsgemäß, »und an sternenklare Nächte.«

Doch darauf sprang Ellinor nicht an. Das fröhliche, leichte Gefühl hatte sich verflüchtigt, und als Herrman nach einigen Augenblicken betretenen Schweigens anfing, von Labrador zu erzählen, war sie, gelinde gesagt, nur leidlich interessiert. Sie stapfte weiter vorwärts, während er seinen Vortrag hielt.

»Labrador ist nicht weit weg vom magnetischen Nordpol.

Ich interessiere mich sehr für Vogelzüge, für das Zusammenspiel zwischen Sonne, Magnetfeldern und Sternen – wie all das den Weg der Vögel bestimmt. Auch Düfte sollen eine Rolle spielen. Es ist ein hochkomplexes System!«

»Ach ja.«

»Ja, wirklich.«

»Außer Algot und deinem Vater haben alle über die Jahre Teile ihrer Grundstücke verkauft. Nur an unserem und eurem Grundstück hat sich nichts geändert. Oder besser gesagt, *deinem* Grundstück.«

»Ja, jetzt gehört es wohl mir.«

Sie schauten einander einen Moment lang an, länger als beim ersten Mal. Seine Augen funkelten grau-grün. Er war ein lebendiger Mensch, dachte Ellinor. *The only living boy in New York*. Sie dachte oft in Liedern. Aber was dachte er?

Sie gelangten an eine weitere Weggabelung.

»Von hier aus kannst du allein weiter«, sagte Ellinor.

»Kannst du dir vorstellen, dass wir uns seit Fünfundsiebzig nicht mehr gesehen haben«, fragte Herrman und wartete auf eine Reaktion.

»Du findest den Weg doch?«

»Verzeih, dass ich frage, aber wie ist es passiert? Das mit deinem Bein?«

»Ach, das ist angeboren«, antwortete Ellinor, und es klang, als ob sie es selbst glaubte.

Herrman schüttelte den Kopf und machte sich dann zu seinem Grundstück auf, zum Engström-Hof. Doch er drehte sich noch einmal um und rief ihr etwas hinterher: »Hilfst du mir, wenn das Gepäck kommt?«

»Helfen? Ich bin Unternehmerin«, erwiderte Ellinor mit nüchterner Stimme. »Du musst eben Algots Schärentaxi anheuern.«

Kann ein kurzer Augenblick ein ganzes Menschenleben durcheinanderbringen, alles auf den Kopf stellen? Kann ein einziger Moment ans tiefste Herz rühren, alles aufwirbeln, bis nichts mehr ist, wie es war?

Ellinor hinkte heimwärts und verspürte eine schier unbändige Lust, Herrman, ja ausgerechnet Herrman, von dem versteckten Klostergarten zu erzählen. Dem hinter ihrem Garten. Zuerst sah man nur eine üppige Pracht aus Lupinen und Fliederbüschen und dicken Strauchpfingstrosen und Wolken aus weißen Mohnblumen, die die Menschen ausrufen ließen: »Was für eine ausgezeichnete Erde du hast, Ellinor! Kommt das vom Dung?«, worauf sie zustimmend nickte. Doch hinter dieser Blumenkulisse verbargen sich neun Beete mit Heilkräutern wie Herzspannkraut und Mariendisteln und Fingerhut (für den Fall, dass sie jemanden um die Ecke bringen wollte), Gemeine Ochsenzunge (für einen klaren Kopf) und noch viel, viel mehr. Und das alles wollte sie Herrman erzählen. Wie dumm, wie verrückt, wie unnötig!, dachte sie bei sich. Warum sollte ich jemandem mein einziges Geheimnis anvertrauen? Verraten, was sich hinter meinem Garten verbirgt. Mein Klostergarten voller winziger Eulenfalter mit blinkenden Augen. Nein!

Und trotzdem, Herrman, will ich dir am liebsten hinterherrufen: Mein Leben ist ein Kloster, und der März ist ein harter Monat! Aber ich schweige.

Am Boden vermischten sich glatte Eisfützen mit frischem Grün.

DAS INSELMÜTTERCHEN

Auf Hustrun gab es einen Pfad, auf den niemand mehr einen Fuß setzte. Mittlerweile war er nicht viel mehr als ein zertrampelter Wildwechsel, und doch war er da, gleichwohl begraben unter einer verharschten Schneedecke. Er führte Richtung Ängslöt.

Ängslöt war ein kleines Wunder, eine Wiese, auf der im Frühjahr Schlüsselblumen mit kräftigen, satten Blüten wuchsen. Ellinor erinnerte sich, wie sie als Kind ganze Körbe voll davon gepflückt hatte, um sie dem Inselmütterchen zu bringen, einer buckeligen Alten, die so tief gebückt ging, dass ihr Blick bis zu den Kleinen der Insel hinabreichte – den Kindern.

Ach, das Inselmütterchen!

Niemand wusste, wer ihr den Namen gegeben hatte. Getauft war sie auf den Namen Daga, Daga Sjö. Sie entstammte keiner der größeren Inselfamilien. Sie kam aus dem Nichts, lebte von nichts und starb eines Tages einen stillen Tod – im Schlaf. Den Schlüsselblumenkorb, den sie jedes Frühjahr von Ellinor bekam, nahm sie mit nach Telje, wo sie die Blumen gut auf dem Markt verkaufen konnte. Im Gegenzug bekam Ellinor eine Tüte Bonbons und einen freundlichen Blick. Keine Bonbons der Welt schmeckten so gut wie die vom Inselmütterchen.

Etwas früher im Jahr pflückte Ellinor auch immer Maiglöckchen vom sumpfigen Västernäsörn. Mit den Blumen verdiente das Inselmütterchen sich ein paar Öre, die sie durch den Sommer brachten. Ihren Kaffee trank sie am liebsten mit einem Stück Zucker, und Zucker war teuer.

Wie konnte Ellinor ihr sonst helfen? Mit Pilzen natürlich. Auf der Insel galten Pilze vornehmlich als Kuhfraß, und auch schwimmkundige Elche konnten einen beträchtlichen Teil verdrücken, doch der Toten-Trichterling, der unter Haselsträuchern wuchs, ließ sich getrocknet in Telje verkaufen. Er wurde gern für deftige Suppen verwendet. Die Pilze wurden in große Weidenkörbe gefüllt, wo sie, von Eicheln bedeckt, trockneten. Inselmütterchens Toten-Trichterlinge. So konnte sie ihren Kaffee auch im Winter mit Zucker trinken.

Das Eigentümlichste und Erstaunlichste am Inselmütterchen war jedoch ihre Burma-Katze, die auf die unwahrscheinlichste Weise zu ihr gekommen war, nämlich über das Eis. Dass eine Katze einfach so vom Festland emigrierte, war ziemlich ungewöhnlich. Nichtsdestotrotz hatte dieses Exemplar eines Tages beim Inselmütterchen auf der Vortreppe gesessen und um Einlass miaut. Eine Rassekatze, hatte Olausson erklärt, der ja bekanntlich die Welt hinterm Horizont wie seine Westentasche kannte. Doch niemand auf der Insel wusste, dass alle europäischen Burma-Katzen von einer einzigen Katze abstammen, Wong Mau, die, gekreuzt mit einer Siamkatze, eine völlig neuartige Rasse hervorgebracht hatte. Die Katze hatte goldgelbe Augen und ein samtweiches Fell, und das Inselmütterchen gab ihr den Namen Katzenvieh. Katzenvieh wurde Stammmutter vieler Generationen bernsteinäugiger Samtpfoten auf Hustrun. Auch Ellinors Ramses stammte vom Katzenvieh und nicht zuletzt von Wong Mau ab.

Auf Hustrun hatte alles einen Namen, ja, man konnte geradezu von einer Namensmanie sprechen. Jedes Gras, jede Taube, jede Holzart war mit einem Namen versehen, ebenso wie die Vögel, Fische und Füchse, die nachts umherpirschten, und Hühner waren nicht einfach nur Hühner, sondern Orpingtons.

Auch in der Welt der Frauen trug alles einen Namen, wovon nicht zuletzt die blau-weißen Monogramme auf den Bettlaken zeugten. Die Marmeladengläser waren stets hübsch etikettiert, denn es war ungemein wichtig, wo die verwendeten Beeren herkamen. Auf der Fageräng zum Beispiel, einer sonnigen, offenen Weide, wuchsen besonders süße Himbeeren. Die Himbeeren von Gilleskär dagegen, einem alten Kartoffelacker, ließen sich gut mit den außergewöhnlich großen und süßen Schwarzen Johannisbeeren aus den äußeren Schären mischen.

An all diese Dinge dachte Ellinor, als sie nach dem Abschied von Herrman heimwärts stiefelte. Sie hatten sich an der Abzweigung bei der kleinen Mauer getrennt. Noch lag sie unter der Schneedecke, doch im Sommer war sie von Hopfen überwuchert, weshalb die Eingeweihten sie auch als Hopfenmauer kannten.

Herrman Engström. Ein Vogelmaler.

Und was war aus ihr geworden?

Eine einsame Frau, bald schon ein wenig alt. Noch nicht so alt wie das Inselmütterchen natürlich, die ja nie jünger als hundert gewesen war, doch auf eine kaum merkliche Weise war auch Ellinor gealtert. Eigene Familie hatte sie keine, sie kümmerte sich bloß um anderer Leute Nachwuchs.

Sie hatte mit ihm vor der Hopfenmauer gestanden, mit Herrman Engström, in Sailors altem Mantel, der aber immerhin einen feinen Robbenfellkragen hatte. Ellinor hätte ihn nur allzu gern gefragt: Darf ich dir nach deiner langen Reise ein Glas Limonade anbieten? Ich habe noch eine Flasche La Mortuacienne mit Granatapfelgeschmack, ungeöffnet, ich weiß nicht einmal, warum ich sie gekauft habe, vielleicht der hübschen Flasche wegen – doch sie hatte nichts gesagt. Das hätte ja ausgesehen, als ob sie auf jemanden gewartet hätte.

Herrman stapfte das letzte Stück nach Hause, seine feinen Wildlederschuhe baumelten wie nasse Tüten an seiner Hand. Er musste an den steingesäumten Bach denken, der sich von einer Quelle im Inselinnern südwärts bis runter ins Meer schlängelte. Nahe der Mündung ließ sich gut Steinbutt angeln. Steinbutte, so groß wie Brunnendeckel. Bei hundert Grad im eigenen Saft im Ofen geschmort. Ganz ohne Gewürze, einfach köstlich.

Aber es waren nicht die Fische im Bach, die seine Gedanken vereinnahmten.

Stattdessen sah er einen kleinen Knirps vor sich.

Elvin.

Elvin Ingman, Ellinors kleiner Bruder. Er war fünf Jahre jünger gewesen und hatte nie aufholen können, weil er vorher in dem steingesäumten Bach ertrunken war. Ja, so konnte man es unverhohlen ausdrücken. Niemand wusste, wo genau er hineingefallen war. Ellinor war gerade in der Schule gewesen, für gewöhnlich war sie es, die ihren kleinen Bruder im Auge behielt. Hätte man ihm nur ein Seil um den Leib gebunden, hatte man noch viele Jahre gemunkelt, doch Herrman dachte erst jetzt daran. Kinder und Apfelbäume. Er entsann sich des halb erstickten Flüsterns, als er nach dem letzten Schultag zurück auf die Insel kam. Allerorts wurde sich tuschelnd und zischelnd über das Unglück verbreitet, doch niemand sprach ein klares Wort; keine tiefere Erkenntnis wurde erlangt. Also legte sich schon bald das Schweigen wie eine klamme Decke über die Tragödie. Wie das Schicksal so spielte, war Hertha wieder einmal *indisponiert* gewesen, um es in ihren Worten auszudrücken. Indisponiert, das klang beinahe französisch.

Elvin war drei Jahre alt, als er sich davonstahl. Seine Beine waren kurz, und seine Füße zeigten nach innen; er stolperte quasi über sich selbst. Er ging dorthin, wo er nicht sein durfte. Und fiel ins Wasser. Es gab keine Zweige, die in den Bach hineinragten, alles war fortgespült. Das Wasser riss alles mit sich.

Es war Ellinor, die ihn gefunden hatte. Ob sie sich erinnerte? Ob sie daran dachte? Ob sie Gewissensbisse plagten?

Herrman hätte sie fragen wollen, doch so ein Thema durfte man nicht forcieren. Nicht einmal damals, als sie Kinder waren, hatte sie ein Wort darüber verloren, was ihn jetzt, da er erwachsen war, nachdenklich stimmte. Als hätte sie hinter der Erinnerung eine Tür verriegelt. Aber was hätte sie auch sagen sollen?

Das Seil, ging es ihm durch den Kopf. Die Inselmütter hatten ihren Kleinsten immer ein Seil um den Leib gebunden, das sie mit einem anderen Seil, das an einem Apfelbaum festgemacht war, mittels eines festen Trossensteks verknoteten. So bekamen die Kinder eine Extra-Mutter mit dem Namen einer Apfelsorte, eine Ingrid-Marie oder eine Cox Orange. Nur nicht Herthas Kinder, denn in ihren Augen war das Seil pure Barbarei; so konnte man doch kein Kind behandeln.

Damals.

Jetzt.

Wie Ellinor dort an der Hopfenmauer gestanden hatten, brannte Herrman eine Frage auf der Zunge: Was ist ein Sommermann? Das hatte sie doch so gesagt, oder nicht? Bald ist wieder Sommer, dachte er.

Sie hatten dort gestanden, während ein Stück abseits der Bach vor sich hin plätscherte. Hatte nicht irgendwo eine Nachtigall gesungen? Und die Erde war weiß-grün getüpfelt, und der März war ein harter Monat – womöglich hatten sie beide daran gedacht?

Und dann waren sie ihrer Wege gegangen.

Jedes Mal wenn neue Menschen auf die Insel kamen, Sommer- oder Wintergäste, stellte Ellinor sich eine bestimmte Frage: Könnte diese Person in der Natur überleben?

Die Antwort war in der Regel eindeutig: Nein.

Noch ehe Ellinor sichs versah, standen sie bei ihr auf der Vortreppe, hämmerten eifrig gegen die mit geschnitzten grauen Rosen verzierte Tür und hatten allerlei Fragen und Forderungen im Gepäck.

Bei Ellinor gab es immer eine Reservepackung Kaffee und natürlich Eier von den eigenen Hühnern. Mehl, Zucker, Tee, Grillkohle und Grillanzünder sowie Fleisch und Fisch aus der Gefriertruhe. Nur ihr Brecheisen verlieh sie nicht mehr, nachdem sie sich das schwere Ding unzählige Male hatte zurückholen müssen.

Herrman Engström dagegen, mit dem sie eben noch vor der Hopfenmauer gestanden hatte und der für sein Alter unfassbar gut aussah, wirkte wie ein Mann, der in der Natur schlankerhand überleben könnte. Eine Erinnerung wollte sich aufdrängen, doch Ellinor sperrte sie aus.

Der Pfad zum Engström-Hof war von Unkraut überwuchert, also musste man einen von Tieren zertrampelten Wildwechsel nehmen. Was früher einmal ein Garten gewesen war, glich einem Wirrwarr aus Büschen und Gestrüpp. Alles lag in einem tiefen Dornröschenschlaf. Herrman kam es vor, als befände er sich auf einer Expedition. Er redete sich ein, er sei der Eiderente auf der Spur, jener gelblich braun gefiederten Ente, die sich so unglaublich schwer in einem Bild festhalten ließ. Deshalb bin ich hier, sagte er zu sich selbst und stolperte im nächsten Moment über einen Kartoffel-Rosenstrauch, aus dessen dornigen Zweigen er sich mit tauben Händen befreien musste.

Endlich gelangte er zu dem Haus, das er geerbt hatte, ein Holzhaus, das in den Siebzigerjahren mit roten Ziegeln verkleidet worden war. Unter dem runden Stein neben der Treppe lag ein rostiger Schlüssel. Ein Dieb musste hier keinen Gedanken vergeuden, sämtliche Schlüssel waren an der gleichen Stelle versteckt. Außer dem *Schlüssel zu allen Geheimnissen*, wie Ellinor als Mädchen immer gewitzelt hatte, denn der lag im Gras am Himbeerhügel.

Herrman schloss die Tür auf und trat ein. Feuchte, muffige und abgestandene Luft schlug ihm entgegen. Linoleumboden und Seegrastapete. Er schaute sich um. Der Ledersessel, in dem sein Vater immer gesessen und selbstgedrehte Schmalfilme aus dem Zweiten Weltkrieg angesehen hatte, für den er sich so interessierte. Er hatte den Krieg als Seemann miterlebt, in einem Geleitzug vor Rotterdam, während die Stadt 1945 bombardiert wurde. Die Erinnerungen daran hatten ihn nie losgelassen, neuerdings spräche man vermutlich von einem Trauma. Von Rotterdam blieb nicht mehr als eine Windmühle übrig, doch wie durch ein Wunder entkam Wollmars Schiff dem Feuer völlig unversehrt.

Derlei Erinnerungen überfielen Herrman, als er das Haus seines Vaters betrat, ein Haus, das nach und nach verlassen worden war, zuerst von der Mutter, dann von Herrman und zu guter Letzt auch von Wollmar. Seit einer halben Ewigkeit hatte hier niemand mehr geschlafen.

Auf dem Küchentisch lag eine karierte, mit Kaffeeflecken übersäte Kunststofftischdecke, darüber hing eine orangefarbene Petroleumlampe. Es sah aus, als wäre seine Mutter gerade erst zur Tür hinaus. Sie war die Erste gewesen, die es an die Eisorgelküste von Labrador verschlagen hatte. Und nun ruhte sämtliche Last auf Herrmans Schultern. Er würde verkaufen. Jetzt gehörte alles ihm, und trotzdem kam es ihm so vor, als wäre es eine Leihgabe. Jetzt war auch sein Vater nicht mehr, und in Gedanken schritt Herrman den Wanderweg ab, den er als Kind alljährlich mit ihm gegangen war – den Vogelpfad. Man muss nicht Freud heißen, um sich einen Reim auf mein Faible für Vögel zu machen, dachte Herrman bei sich. Dieses Interesse hatte sein Vater geweckt.

Wollmar war ein kleiner, untersetzter Mann gewesen, mit energischem, leicht nach vorn geneigtem Gang. Ein scharf geschnittenes Gesicht, graugrüne Augen, buschiges Haar und eine tiefe, sonore Stimme. Vögel nannte er »die Schwebenden«. Ziemlich poetisch, wenn man bedachte, dass er Autodidakt war. Er war einfach nur Wollmar, und das musste reichen.

Mutter Sara hatte sich auf der Insel nie heimisch gefühlt. Eine Frau könne ohne Plaudereien nicht überleben, pflegte sie immer zu sagen, aber auf Hustrun seien die Gespräche ausgestorben. Hier wurde nur das gesagt, was gesagt werden musste, darüber hinaus herrschte eine Stille, wie nach einem abrupt verstummten Vogelgezwitscher. Ein Umzug aufs Festland schien die letzte Rettung für die Engströms zu sein, doch das Haus auf der Insel behielten sie, aus Jux und Tollerei, wie Wollmar immer sagte, um so alle Nistkästen und Baumlöcher zu bewahren. Nistkästen und Baumlöcher, das war ein himmelweiter Unterschied. Während ein Nistkasten ein künstliches kleines Haus an einem Baum war, war ein Baumloch ein natürliches Schlupfloch.

An einer Pinnwand hingen mit Heftzwecken aufgehängte Zeichnungen von Vögeln mit auffällig schwerem Steiß. Und eine verschwommene Zeichnung von der jungen Ellinor.

Herrman fuhr sich mit der Hand durchs Haar. Er mochte kaum glauben, dass die Bilder immer noch hier hingen. Die ersten Vögel, die er gezeichnet hatte. Damals war es ihm nur leidlich gelungen, sie flügge werden zu lassen, sie erinnerten eher an Steine mit Flügeln. Da hatte er noch nicht gelernt, wie man die Umrisse mit einem einzigen Strich zeichnete.

Und Ellinor. Seine erste Liebe. Eine Liebe wie ein Stein mit Flügeln, der nicht fliegen konnte. Damals hatte er noch nicht begriffen, wie tief die Wunde auf Hustrun saß.

In einer Truhe lag ein Stoß morsches Holz. Solch eine Holztruhe war in den Schären von größter Wichtigkeit, Besucher setzten sich nie an den Küchentisch, sondern nahmen ohne Umschweife auf der Truhe Platz. Ob sich das inzwischen geändert hatte?

In der Küche öffnete Herrman die Luke des AGA-Holzherds und fand darin eine zusammengeknüllte Zeitung aus den Neunzigerjahren. Damals hatte Wollmar einige Sommer auf Hustrun verbracht. Ohne einen Blick auf die Überschriften zu werfen, stopfte Herrman die Zeitung zurück, legte ein paar Holzscheite nach und entfachte ein Feuer.

Er fühlte sich wie ein handfester Schärenkerl, knetete sich den Nacken, reckte und streckte sich. Legte ein weiteres Holzscheit nach und atmete auf. Er hatte immer noch Sailors alten Mantel an, da es im Haus bitterkalt war. Die eisige Feuchtigkeit vieler Jahre steckte in den Wänden. Aber wen kümmerte das schon, er würde ohnehin verkaufen, so viel stand fest. Wer könnte hier, auf Hustrun, schon leben? Die Insel war gottvergessen, jenseits der Menschengrenze, wie die Leute immer sagten.

Wie in aller Welt hatte Ellinor hierbleiben können? Hier leben können? Nach allem, was geschehen war. Oder nicht geschehen war. Hatte es etwa gar keinen Franzosen gegeben? Herrman wollte keine schmerzlichen Erinnerungen heraufbeschwören.

Mit einem Mal sah er sie vor seinem inneren Auge, die junge Ellinor. Wenn er sie doch noch einmal so sehen könnte wie damals. Ihr Lachen. Nur noch ein einziges Mal.

Plötzlich quoll Rauch aus dem Holzherd. Zuerst nur ein dünner grauer Striemen, der zu Boden sank, bevor er sich dann zu einer dicken Wolke erhob. Der Schornstein war verstopft.

Hustend stürzte Herrman aus dem Haus und fand eine alte, morsche Holzleiter, die er rasch gegen die Hauswand lehnte. Vorsichtig trat er auf die unterste Sprosse. Sie hielt. Alle Sprossen trugen ihn. Doch kaum hatte er sich aufs Dach gewälzt, krachte die Leiter in sich zusammen. Durch und durch morsch. Jetzt saß er in der Falle.

End of philosophy, dachte er.

Ellinor stand auf dem Südweg, wo die Sonne den Schnee schon zum Schmelzen brachte. Da entdeckte sie das erste Schneeglöckchen. So schneeweiß, so zart, so zerbrechlich. Als sie es mit dem Zeigefinger berührte, begann es, hin und her zu wippen wie ein Pendel.

Da sah sie, wie eine dicke Rauchwolke aus Engströms Haus quoll und über die Insel rollte.

Hätte er mich mal gefragt, dachte Ellinor mit einem verschmitzten, beinahe diabolischen Lächeln auf den Lippen. Aber der Herr ist ja Vogelexperte.

Sie hörte ein Rufen. Auf Hustrun konnte man Stimmen über weite Entfernungen hören, das Wasser trug sie wie kleine Boote.

Jetzt sitzt er auf dem Dach fest, dachte Ellinor. Sie beugte sich hinab und pflückte das erste Schneeglöckchen dieses Frühlings. Hier wurde es auch Mariä-Lichtmess-Blume genannt. Alles auf dieser Insel hatte einen Namen. So auch der Mann auf dem Dach.

Sie rief zurück, nicht ohne eine Prise Hohn in der Stimme: »Herrman, bleib, wo du bist! Ich komme! Kannst du das Meer sehen?«

1914

Der Schneenebel ist jetzt so dicht wie ein Sandsturm. Die sieben jungen Leute streben heimwärts, doch den abgesteckten Pfad haben sie schon längst hinter sich gelassen. Sie sehen kaum die Hand vor Augen. Der Wind ist eiskalt und beißend, und sie müssen auf Werners Kompass vertrauen. In Doppelkorn-Arthur macht sich das Gefühl breit, dass sie nach Westen, nicht nach Osten gehen, doch er wagt nicht, etwas zu sagen. Er hält Mandis bei der Hand, ihr Handschuh ist mit einer gestickten roten Rose verziert. Zwischen ihnen herrschte eine unheilschwangere Stille, nur der Wind brüllt und schreit und tobt, übertönt die Gedanken und die Hoffnung. Sie sind erschöpft. Nun sind sie schon so lange auf dem Eis unterwegs und womöglich doch nur im Kreis gegangen.

Doppelkorn-Arthur heißt eigentlich Arthur Blomström, der Familienname seiner Mutter Lilly, der Schneiderin auf Hustrun. Alle Inselbewohner gehen zu ihr, um neue Kleider anzuprobieren. Nicht dass reger Betrieb herrschte, auf Hustrun trägt man seine Sachen, bis sie einem vom Körper fallen, doch vor einer Hochzeit und einer Beerdigung ist bei Lilly Hochsaison. Außerdem, so munkelt man, ist stets Saison für eine andere Art von Besuchern, denn ohne je verheiratet gewesen zu sein, hat Lilly drei gesunde Kinder zur Welt gebracht, zwei Mädchen und einen Jungen. Doppelkorn-Arthur ist der Jüngste. Man könnte meinen, für jemanden wie Lilly sei kein Platz auf der Insel, doch hier wie überall muss es ein Ventil geben. Nicht dass sie besonderes Ansehen genießen würde, aber es wird auch nicht schlecht über sie geredet. Außerdem ist sie eine geschickte Schneiderin. Sie sieht die Körper sämtlicher Inselbewohner, was beinahe etwas Mystisches an sich hat. Und sie schneidert Kleider, die zu ebenjenen Körpern passen. Den langen und schmalen, den knorrigen, den sehnigen, den kräftigen, den runden, den buckeligen und den gekrümmten. An ihrer statt müssen die Kinder leiden und sich Namen wie Doppelkorn-Arthur, Stoppelbart-Karla oder ulkige Ulla gefallen lassen.

Arthurs Schwestern sind schon erwachsen und aufs Festland gezogen, wo sie in einem Wirtshauskeller in Gamla Stan in Stockholm arbeiten und Bierkrüge schleppen. Und Doppelkorn-Arthur irrt zwischen Tasslan und Hustrun übers Eis und hegt das starke Gefühl, dass Werner Engströms eminenter Kompass sie geradewegs in die Hölle führt. Werner ist Doppelkorn-Arthurs Halbbruder, das Resultat einer besonders gründlichen Wintermantelanprobe.

Aber davon weiß Arthur nichts.

Können sie noch umkehren?

Kyra grübelt und lässt einen Moment von ihrer Geschichte ab.

Ist eine Umkehr überhaupt noch möglich? Nirgends ist eine Landmarke in Sicht, es gibt keinerlei Orientierungspunkte, in welche Richtung sollten sie umkehren?

Das Atmen tut weh, noch mehr als vorhin. Anstatt sich bei den Händen zu halten, pressen sie jetzt einen Zipfel ihrer Halstücher oder Schals fest auf den Mund.

»Habt keine Angst«, ruft Werner, »bald sind wir zu Hause. Wir sind auf dem richtigen Weg.«

Doch der Sturm wird immer stärker. Mandis Sjöblom geht in die Hocke und beginnt, über das Eis zu kriechen. Fischer-Stina tut es ihr gleich.

ETWAS UNAUSGESPROCHENES ZWISCHEN DEN MENSCHEN

Die kleinen Schärenhäuser, die es seit Mitte des achtzehnten Jahrhunderts auf der Insel gab, manche waren umgebaut, andere erweitert worden, lagen allesamt etwas erhöht. Rings um jedes Haus waren mit viel Mühe Gärten angelegt worden, wo Flieder und Mohnblumen, Englische Rosen und hie und da auch blaue Iris wuchsen. Einzig Ellinor hatte sich die Mühe gemacht, Gewächse anzupflanzen, die besonderer Pflege und Mühe bedurften. In ihrem geheimen Klostergarten reihten sich neun Beete mit verschiedenen Kräutern aneinander.

Es gab einen französischen Ausdruck, den sie sehr mochte: *Raison d'Être*. Die Berechtigung zu existieren, da zu sein. Ellinors Grund zu leben hauste im Obergeschoss, hörte auf den Namen Algot und war ihr Vater – in guten wie in schlechten Zeiten. Solange er lebte, würde es neben der Haustür ein Beet mit schwarzen Pfingstrosen, Meersenf und Waldmeister geben.

Dann wäre es an der Zeit für die Sense.

Ein Leben nach dem Tod ihres Vaters konnte Ellinor sich nicht vorstellen.

Es war typisch, dachte sie bei sich, als sie das kleine Schneeglöckchen in die Küche brachte. Da kam ein Inselgast herausgefahren, erklomm eine Leiter und saß mir nichts, dir nichts auf dem Dach fest. Und solange er nicht von allein hinunterpurzelte, war sie es, die mal wieder zu Hilfe eilen musste.

Ellinor. Die Inselfrau.

Das Schneeglöckchen wippte in ihrer Hand hin und her, die weiße Blüte war von einem schmalen grünen Blätterband umfasst. Plötzlich schoss ihr ein anderer Gedanke in den Kopf.

Es gibt immer etwas Unausgesprochenes zwischen den Menschen, dachte sie. Manchmal ist es wie eine Art Gift, ein unheilvolles Gas, das mich so unerhört traurig, ja beinahe ängstlich macht, ohne dass ich den Grund kenne. Aber manchmal gibt es auch etwas Gutes. Etwas Schönes, wie ein ätherisches Öl. Etwas wie Herrman, dachte sie vorsichtig.

Ihn wiederzusehen hatte sich gut angefühlt. Irgendwann einmal hatten sie etwas Gemeinsames gehabt, doch es war in Vergessenheit geraten. Das Ganze war nun schon so unchristlich lange her.

Doch was genau war es, das sie gemeinsam gehabt hatten? War es die Strophe eines Musikstücks gewesen? Das Köln-Konzert. Verstreute Melodiefetzen, ein Jubelgefühl in der Musik, ein Gefühl, wie es sich jetzt in ihr breitmachte, das sie aber nicht ganz zu fassen bekam. Ihre Erinnerung war voller weißer Flecken, wie Eispfützen, die sich über ihr Gedächtnis gelegt hatten.

Die Insel ist wie ein Sumpf, überlegte Ellinor, als sie das Schneeglöckchen in ein Schnapsglas steckte und auf den Küchentisch stellte. Ein Sumpf, der alles verschluckt. Und ich bin die dazugehörige Sumpfkröte.

Er wird noch ein bisschen warten müssen, dachte sie, während sie in ihren Mantel schlüpfte und aus dem Haus trat. Erst einmal würde sie ihren restlichen Pflichten nachgehen müssen. Für einen in Not geratenen Herrman war erst danach Zeit.

Sie passierte die große Voliere, die sie für Raubvögel gebaut hatte. Im Moment versorgte sie einen jungen Habicht, der im Spätherbst bei den Hühnern gelandet und bei seinen Jagdversuchen kläglich gescheitert war. Sie hatte sich dicke Handschuhe angezogen, den Vogel eingefangen und ihn in die Voliere gebracht, damit er dort überwintern konnte. Für gewöhnlich erholten die Tiere sich gut, und auch diesen Vogel würde sie schon bald wieder aus seiner Gefangenschaft in die Freiheit entlassen können. Ellinor musste sich jeden Herbst eines Habichts annehmen. Jeden Herbst, jahrein, jahraus. Sie verständigte keine Behörde, denn die Schärenbewohner hatten noch nie einen sonderlich engen Kontakt zu den Behörden auf dem Festland gepflegt. Das war wie eine andere Welt.

Die Schärennatur dagegen – das war ihre Welt. Womöglich lebte sie selbst in einer gigantischen Voliere, umgeben von einem unsichtbaren Netz.

Sie rief Herrman auf dem Dach zu: »Ich muss erst die Leiter holen. Es dauert noch ein Weilchen!«

Von dort oben hatte Herrman einen hübschen Blick über die Insel. Ein regelrechtes Panorama.

Er sah, dass die Grundstücke zugewachsen waren, auch das Engström'sche. Überwuchert von Gestrüpp und etwas, was sich zum Sommer hin vermutlich in hohes Mädesüß verwandeln würde. Einzig Ingmans Wiesen waren von sämtlichem Wildwuchs befreit. Das heißt, im Grunde waren es Ellinors Wiesen.

Bald kommt sie her, dachte er und ertappte sich bei einem Lächeln.

Er hatte sein Leben in Kanada gelebt, zusammen mit Meryl und den Kindern. Es war kein glückliches Leben gewesen, aber bedeutete das zwingend, dass es ein unglückliches Leben gewesen war? Immerhin war es ein Leben mit den Vögeln – den Schwebenden.

Er ließ seinen Blick über das Umland schweifen und blieb immer wieder an dem kleinen, verfallenen Haus in der Mitte der Insel hängen. Das Haus der Inseljugend, von alters her. Die Jugendlichen hatten seinerzeit die Erlaubnis bekommen, sich ein eigenes Haus zu bauen, solange es nicht zu weit weg vom Dorf war, schließlich wollten ihre Eltern ein Auge auf sie haben können. Dort drinnen hatten sie Saft getrunken, Hochprozentiges bekamen sie nicht in die Finger. Damals hatte sich der unglückselige Schmuggel noch nicht in den Schären ausgebreitet und das Leben auf den Inseln vergiftet.

Man trank also Saft und aß selbst gebackenes Hefegebäck, in einer abgeschiedenen Gemeinschaft, wo die Jugendlichen unter sich waren. Sie hatten ihre Initialen in die Bretterwände geritzt: K I, W E, D K A – Doppelkorn-Arthur. Herrman wusste, welche Namen sich hinter den Buchstaben verbargen. Den Boden hatten sie mit Tannenreisig bedeckt, und vermutlich hatte es stark nach junger Liebe geduftet.

Das Haus war vor vielen Jahren in sich zusammengefallen, doch die Jugendlichen der nachfolgenden Generationen hatten aus Ästen und Zweigen eine Höhle in den Ruinen gebaut, die, sofern das überhaupt möglich war, zu einem noch aufregenderen Treffpunkt wurde.

Und dort war er mit ihr gewesen.

Ellinor hatte alle Möglichkeiten dieser Welt, doch sie ist hiergeblieben, dachte Herrman. Ich erinnere mich, wie ich sie manchmal, wenn wir auf dem Tannenreisig ganz dicht, Herz an Herz, beisammenlagen, darum gebeten habe, mir etwas zu erzählen. Und schon in der nächsten Sekunde war ihr ein Ort eingefallen, die Neuen Hebriden, Tasmanien oder das Ende der Welt, und im Handumdrehen fühlte es sich an, als ob wir tatsächlich dort wären. Sie vermochte die Orte in so lebendigen Farben auszumalen, mitsamt allen Geräuschen und Menschen, wie in der Geschichte von dem Mädchen, das seine Flügel verloren hatte. Woher mochte sie all diese Geschichten nur haben? Ellinor. Wir lagen da, und mein Herz hat gegen ihre Handfläche gepocht.

Eine junge Ellinor und ein junger Herrman. Er hatte nicht vergessen, wie es sich angefühlt hatte. Wusste noch immer, wie empfindlich sie auf Berührungen reagierte.

Dort draußen auf dem Eis versucht Doppelkorn-Arthur, sich selbst Mut zu machen. Er redet sich ein, dass keine Gefahr bestehe, dass sie sicher bald zu Hause seien. Der abgesteckte Pfad ist bestimmt ganz in der Nähe und der heftige Sturm wird sich bald legen. Er wird abflauen, denn nachts stürmt es selten.

Abflauen. Er bleibt an diesem Wort hängen.

Legt seine ganze Hoffnung in das Wort.

Er kämpft sich vorwärts, stark nach vorn geneigt, und tröstet sich mit dem Gedanken, dass es ihnen nicht so ergehen wird wie dem Ostindienfahrer Götheborg, der, mit Tee und Porzellan beladen, vor der Festung Älvsborg Schiffbruch erlitten hat. Die Geschichte hatte sich bis an die Ostküste herumgesprochen. Ja, immerhin sind sie nicht an Bord eines Ostindienfahrers, und Werner Engström hat seinen Kompass. Jetzt gilt es, auf Werner zu vertrauen. Aber wo ist Werner? Wo sind die Mädchen?

* * *

Ellinor hatte sich inzwischen auf den Weg gemacht. Dass sie nicht so schnell gehen konnte, war ihm doch hoffentlich klar? Sie hatte ein Handicap und damit war nicht zu spaßen. Natürlich brachte sie es trotzdem fertig, Algots Schärentaxi zu fahren – *avec la femme* Ellinor. Ein paar vereinzelte Wortfetzen auf Französisch, mehr hatte Mutter Hertha ihr nicht hinterlassen. Ihre Schuhe waren Ellinor zu klein gewesen, die Kleider in der Taille zu schmal und ihr Parfüm *Femme* zu trocken und penetrant. Nur die Schildpattspange steckte Ellinor sich jeden Tag fest in ihr langes Haar, wie eine Krone. Ihre Mutter hatte ihr erzählt, die Spange sei von *Alexandre de Paris* und habe in London zwölf Pfund gekostet. Ein ganzes Leben sollte sie halten, doch weil das Leben ihrer Mutter so kurz gewesen war, taugte sie auch noch für Ellinors Leben.

Aber konnte man das überhaupt ein Leben nennen?, überlegte Ellinor. War es nicht eher ein Haufen Pflichten? Man tappt von einer Pflicht zur nächsten, ist mit seinen Pflichten verkettet wie ein Haken mit der Öse. Vater, die Tiere, das Schärentaxi – und plötzlich steht Herrman Engström auf dem Steg, und ich erinnere mich an etwas, bekomme es aber nicht zu fassen. Ob wir uns damals geküsst haben? Er hat mich angesehen wie jemand, den man einmal geküsst hat.

Mutter, dachte Ellinor. Mutter hatte mich Eleonora taufen wollen, aber es hieß, das sei zu exotisch. Auf Hustrun galt man schnell als überkandidelt, nur ein klitzekleiner Fehltritt und schon war man eine aufgeblasene Kuh. Es reichte eine Schildpatthaarspange oder ein abgespreizter kleiner Finger an der Kaffeetasse.

»Verflucht, Ellinor! Bist du taub?«

Gib mir einen Hinweis, dachte Ellinor. Etwas mehr als ein bisschen Musik und eine verschwommene Erinnerung.

»Ich komme! Bleib, wo du bist! Ich muss nur noch schnell zum Postboot!«

»Ich kann das Meer sehen«, rief Herrman zurück.

Sein Lachen wehte über die Insel bis zu ihr hin.

1914

Bald ist Frühling. Der Gedanke überkommt Mandis Sjöblom, als sie im Sturm über das Eis kriecht. Und wenn der Frühling erst einmal da ist, will ich Schlüsselblumen pflücken und sie auf dem Markt in Telje verkaufen. Bestimmt werde ich reich.

Ein tröstlicher Gedanke.

Und weil doch bald Frühling ist, wird dieser Wintersturm schon nicht so gefährlich sein. Es ist bloß ein heftiger Sturm, der den Frühling herbeiweht.

Ein sicherer Frühling. Das klingt gut.

Fast so gut wie ein sicherer Heimweg.

Allmählich ahnt Mandis, dass sie die Orientierung verloren haben. Sie kriecht, weil sie nicht länger aufrecht gegen den Wind ankommt. In ihr macht sich das scheußliche Gefühl breit, dass sie sich im Kreis bewegt, wie eine Spinne, die ihr Netz webt. Oder sind es Serpentinen? Vom Pfad ist weit und breit keine Spur. Der Pfad, der extra für den Tanz abgesteckt worden ist, damit sie sich ausnahmsweise einmal vergnügen können.

In ihrem Innern spürt sie ein Glühen. Eine Furcht.

Ihr einziger Trost ist der nahende Frühling, und dass sie Schlüsselblumen am Ängslöt pflücken wird. Und alles ist miteinander verflochten, genauso wie der hübsche Zopf auf ihrem Rücken mit den Bändern, in denen Erinnerungen verwoben sind, Erinnerungen an Herbstgras und Schlitten und Waken im Eismeer und an Windböen, die Nester aus den Zweigen reißen, und Rote Beete, so groß wie Kaninchen, und Steinbutt, so groß wie Brunnendeckel. Alles geschieht zur selben Zeit. Psalmen und Lieder und Pferde, die auf der Salzwiese weiden, und die Glücksstätte im Wald beim Ängslöt.

So ist alles miteinander verwoben.

* * *

Mit dem braunen Postsack über der Schulter stapfte Ellinor hinunter zum Schiffsanleger. Das bügelförmige Schloss stach ihr in den Rücken. Das tat es jeden Werktag, jede Woche, jeden Monat.

Und so, dachte Ellinor, verstrichen die Jahre, sie bewegten sich vorwärts wie eine Standuhr auf zwei Beinen.

Vierhundertvierundsiebzig Schritte hinunter zum Schiffsanleger und ebenso viele Schritte zurück. Das war ihr Leben. Ein Trott, den nichts zu unterbrechen vermochte.

Das Leben war wie eine tickende Uhr.

Manchmal fühlte es sich an, als hätte ihr Gedächtnis einen Sprung von der Kindheit ins Erwachsenenalter gemacht und die Jugend übersprungen.

Es kam ihr seltsam vor, dass sie sich in Herrman Engströms Gegenwart so zu Hause fühlte, ausgerechnet bei ihm. Ausgerechnet bei einem Engström. Seit frühester Kindheit hatte sie unzählige Male mit angehört, wie die Familie Engström verflucht wurde wie die Heuschrecken in Ägypten, in allen erdenklichen Tonarten. Herrman war, um nicht lange um den heißen Brei herumzureden, ein verfluchter Engström.

Und ausgerechnet er sollte ihr dieses Gefühl der Zugehörigkeit vermitteln? Weiche Knie und ein Prickeln im ganzen Körper.

Inzwischen hatte Ellinor sich am Anleger postiert, zu ihren Füßen der kindsgroße braune Postsack. Jetzt war sie allein in dieser Frühlingswinterwelt, in der die Buchten noch immer zugefroren waren. Sie zog einen Handschuh aus und strich sich über das Gesicht, eine ungewohnte Geste.

Das Postboot tuckerte durch die Rinne auf den Anleger zu. Wieder war dieses knisternde, kratzende Geräusch zu vernehmen. Als das Boot schließlich mit dem Bug zum Steg hin anlegte, kletterte Ellinor an Bord, tauschte die Postsäcke aus und ging schnell wieder an Land. So schnell, wie es ihr krankes Bein erlaubte.

Als das Boot zurücksetzte, hob der Kapitän eine Hand zum Abschied. Ellinor erwiderte seine Geste.

Auf dem Rückweg tat sie etwas sehr Ungewohntes: Sie machte einen Hopser wie ein kleines Mädchen und unterbrach damit die Kette exakt gleicher Schritte, die so lange ihren Weg geprägt hatten.

Ich habe zu Hause meinen eigenen Greis, ging es ihr durch den Kopf, während sie die vierhundertvierundsiebzig (mit dem Hopser vierhundertfünfundsiebzig) Schritte heimwärts ging. Früher war es eher die Ausnahme gewesen, die Alten selbst zu pflegen, ob im eigenen Haus, wenn sie eins besaßen, oder im Armenhaus. Bis zu Beginn des zwanzigsten Jahrhunderts wurden die meisten in Pflege gegeben. Erst später behielt man die Alten in der Familie. Um sie noch später dann wieder in Altenheime abzuschieben.

Hier auf der Insel kursierte eine sonderbare Geschichte von einem Samen, der auf mysteriösen Wegen in einem Verschlag gelandet war. Nackt und blind hauste er dort, und zu essen bekam er Eingeweide, Gedärme und Schwimmblasen. Weiter kümmerte sich niemand um ihn. Das war im Jahr neunzehnhundertvierzehn. Und kurz vor seinem Tod belegte er die Insel mit einem Fluch. So erzählte es die Legende.

Mein eigener Greis, dachte sie noch einmal. Vater und ich. Wir sind die Gefängniswärter des jeweils anderen. Wäre er nicht gewesen, hätte ich der Insel schon vor langer Zeit den Rücken gekehrt. Und vielleicht hätte auch er die Insel verlassen, wenn ich nicht gewesen wäre. Trotzdem gilt es, das Leben mit Sinn zu erfüllen. Wie zum Beispiel Eiswürfel mit blauen Leberblümchen für Papas Mixtur und den Himbeersaft der Kinder herzustellen, eine Hand auf die Mähne des Pferdes zu legen, um es zur Wiese am Meer zu geleiten, oder ein nestwarmes Ei aus dem Hühnerstall zu holen.

Wenigstens das konnte ihr keiner nehmen. Und danach ist Schluss, pflegte Ellinor zu denken, und der Gedanke spendete ihr Trost. Sobald ihr eigener Greis nicht mehr wäre, würde sie mit allem Schluss machen. Schluss mit den Pflichten, den Seewetterberichten und den Beobachtungen. Schluss mit der Einsamkeit. Und Schluss mit dem Leben.

Herrman stand auf seinem Dach und genoss die atemberaubende Aussicht. Das Meer brandete gegen den hohen Felsen, den man auf Hustrun »Kap der Guten Hoffnung« nannte, und zog sich dann wieder zurück.

Er sah Wald und Wiesen und Ellinors stattlichen Hengst, der fast wie eine Landmarke von der Weide aufragte.

Dass sie immer noch hier auf der Insel lebte.

Fast hätte er sie vergessen, so wie ein Wanderer versuchte, ein Unwetter zu vergessen, um sich wieder auf den Berg zu wagen. Was für ein sonderbarer Gedanke. Er erinnerte sich an ein Zitat: »Mit der Stirn arktisch. Nur mit der Stirn.« Michaux. Herrman wusste, dass sein Herz niemals arktisch gewesen war. Allenfalls in seiner Einbildung.

Ellinor erinnerte ihn an jemanden. Irgendwem sah sie zum Verwechseln ähnlich. Er kramte in seinen Erinnerungen, durchblätterte sein Gedächtnis. Es wollte ihm nicht einfallen – doch da kam ihm das Bild vor Augen: Helene Schjerfbeck.

Die Ähnlichkeit mit der finnlandschwedischen Malerin, der erst im hohen Alter der Orden »Finnlands weiße Rose« verliehen worden war, war verblüffend. Wie so häufig bei bedeutenden Künstlern war auch Schjerfbeck erst spät entdeckt worden. Ihre Kunst hatte etwas so Ehrliches und Unverstelltes. Herrmans Interesse für Schjerfbeck reichte weit zurück, doch erst jetzt ging ihm auf, dass der Grund womöglich ihre Ähnlichkeit mit seiner Ellinor war.

Meine Ellinor? Wieso *meine* Ellinor? Die meine ist sie nur einen Augenblick lang gewesen. Einen Augenblick und ewiglich, dachte er. Für ihn war sie immer noch schön. Andere hätte ihm da vielleicht widersprochen, aber das war ihm einerlei. Sie war wie Schjerfbecks Selbstportrait in einem zerborstenen Silberspiegel, mit einer flügelgleichen Hand. Allerdings hatte Ellinor ihm deutlich zu verstehen gegeben, ihr ja nicht zu nahe zu kommen. Noli me tangere. Komisch, dass sowohl Schjerfbeck als auch Ellinor eine Behinderung hatten, in Schjerfbecks Fall war es eine schlimme Hüfte. Ellinors Behinderung war ihm ein Rätsel. Er konnte sich nicht erinnern, dass sie in ihrer Jugend gehinkt hätte.

Eine Möwe glitt übers Wasser.

Hustruns weiße Rose. Das war Ellinor.

Er würde sie bitten, sie portraitieren zu dürfen. Die Frau mit dem lahmen Flügel.

Als er einen Blick in den Schornstein warf, entdeckte er ein Elsternest. Als er das große, aus Stöcken und Zweigen gebaute Gebilde heraushob, entdeckte er zwischen ein paar alten Federn und allerlei Unrat zwei funkelnde Silberlöffel.

Aber was war das? Herrman fischte einen kleinen Ring aus dem Nest. Er war aus Metall, und in emaillierten gotischen Buchstaben in Rot und Blau war der Name *Kyra* zu lesen. Er steckte den Ring in die Mantelinnentasche.

Kyra.

Sein Blick schweifte hinaus über den Fjärd, wo einmal sieben junge Menschen heimwärts über das Eis gewandert waren. Die Eisdecke war an vielen Stellen schon schwarz und morsch, bald würde sie aufreißen. Und überhaupt, dachte er im Stillen, schien auf Hustrun so einiges schwarz und morsch. Aber das war eher ein Gefühl denn ein klarer Gedanke.

Und mittendrin: eine weiße Rose. Eine einzige weiße Rose.

»Bitte sehr, hier kommt die Rettung!«

Er war so sehr in seine Gedanken versunken gewesen, dass er nicht mitbekommen hatte, wie Ellinor inzwischen eine Leiter gegen die Hauswand gelehnt hatte. Schon im nächsten Moment hinkte sie davon, und er konnte lediglich einen flüchtigen Blick auf ihren Rücken erhaschen.

1914

Der Schnee ist wie eine Wand. Eine Wand aus Stein. Eine Mauer. Der Schnee kennt kein Erbarmen, und die Jugendlichen haben sich auf dem Eis zerstreut wie Tauben in einem Schwarm von Schrotkörnern. Der Schnee ist eine weiße Welle, die über das Eis hinwegrollt. Eine Welle, die in einem Moment aus der einen Richtung kommt und schon im nächsten aus einer ganz anderen. Die jungen Leute sind wie hilflose Schiffe auf einem aufgewühlten Meer. Keiner hört die erstickten Rufe. »Mandis?«, »Doppelkorn-Arthur!«, »Werner, wo bist du?«, »Kyra?«, »Fischer-Stina?«, »Otta!«, »Kummer-Lise?« Alle rufen, doch keiner hört etwas.

Kyra steht reglos wie eine Statue da. Sie kann kein Land sehen. Ganz gleich, wohin sie den nächsten Schritt tut, es wird ein Schritt in die falsche Richtung sein. Plötzlich ist ihr, als würde jemand einen Arm um ihre Taille legen. Der Schnee ist eine Mauer. Der Schnee ist eine Welle. Himmel und Eis tauschen die Plätze. Alles steht kopf, wie in einem umgedrehten Marmeladenglas. Die Welt wird auf links gedreht.

Gibt es noch Rettung? Werden sie jemals wieder die Wärme eines Hauses spüren?

* * *

Es war inzwischen Mittagszeit, und Ellinor stand vor ihrem AGA-Ofen und bereitete ein Omelett zu. Dazu nahm sie Eier von den eigenen Hühnern, Speckreste, ein paar getrocknete Pilze, eine Salzkartoffel und eine halbe Tomate. Es sah äußerst appetitlich aus. In einem Haushalt ohne Festlandanbindung musste man mit den Zutaten, die gerade zur Hand waren, etwas aus dem Ärmel schütteln können. Und da sie stets frische Eier im Haus hatte, war Ellinor eine wahre Omelett-Meisterin geworden. Nach Herthas Tod hatte es zwar geheißen, jetzt sei Schluss mit dem Französischen im Hause Ingman, aber in der Not fraß der Teufel eben auch Omeletts. Im Winter brachte sie die Hühner mit einer batteriebetriebenen Lampe zum Brüten, die das liebe Federvieh für die Sonne hielt.

Im Ofen brannte ein ordentliches Feuer. Esche, festes, gutes Holz, von dem sie jedes Jahr zwölf Kubik nach Hause brachte. Holz sägen, spalten, stapeln – das alles waren Aufgaben, die es zu erledigen galt. Raison d'Être.

Plötzlich klopfte es an der Tür.

Ellinor zog die Pfanne von den eisernen Ofenringen, wischte sich die Hände an der Schürze ab und öffnete die Tür. Zaghaft lächelnd sagte sie: »Ach, du bist es, Herrman. So eine Überraschung!«

»Darf ich die Leiter den Tag über behalten? Es war übrigens sehr nett von dir vorbeizukommen.« Er bemerkte ihre misstrauische Miene. »Ich bringe die Leiter zurück, versprochen.«

Dann gab er ihr zwei Silberlöffel. »Das Diebesgut einer Elster. Sie gehören doch sicher dir?«

Sie nickte. »Das arme Ding nistet schon seit vielen Jahren in eurem Schornstein, aber kein Elstermann will sich ihrer erbarmen. Sie hat ein Faible für Löffel.«

»Von dem Nest hast du mir nichts erzählt, bevor ich Feuer im

Ofen gemacht habe«, sagte er und trat ins Haus. Seine Stimme klang weich und ein wenig heiser.

»Ich dachte, du bist das Leben in freier Wildbahn gewohnt«, erwiderte Ellinor. Sie lachte und im selben Moment wurde ihr bewusst, dass sie schon seit Jahren nicht mehr so gelacht hatte.

Herrman atmete den Duft aus der Küche ein.

»Was steht bei Ihnen heute auf dem Speiseplan, Herr Man?«

Herrman lächelte. »Mister Man, bitte sehr. Ich hatte mir eigentlich etwas Trockenfleisch mitgebracht, aber das ist mit dem Rucksack verschollen.«

»Ich habe ein Omelett auf dem Ofen. Und frisches Brot gibt es auch. Komm rein.«

Sie brachte ihrem Vater das Tablett mit dem Mittagessen. Das Omelett, ein *Lyckholms*-Bier, eine Scheibe selbst gebackenes Brot mit Butter, eine dicke Scheibe Käse – alles so, wie er es gern hatte.

Als sie die Treppe hinaufstieg, blieb ihr Blick wieder einmal eine Weile an den Schwarzweißfotografien hängen. Auf der knarrenden Stufe hielt sie inne. Sie betrachtete das Bild von Kyra Ingman, der jüngeren Schwester ihres Großvaters Sailor. Für einen Moment kam es ihr so vor, als hörte sie das Tosen eines Schneesturms. Natürlich war das nur Einbildung.

Zögerlich erklomm sie die letzten Stufen.

Herrman legte den schweren Mantel ab und fuhrwerkte in der Küche herum. Er holte Teller aus dem Schrank. Sie waren alt, das Porzellan hatte ein verschwommenes Blau und zahlreiche Sprünge.

Auch das Besteck war alt; Messer mit breiten Stahlklingen. Dann nahm er kleine, geschliffene Seltersgläser aus dem Regal.

Er deckte den Tisch hübsch ein, zündete eine Kerze an und warf ein Holzscheit in den Ofen. Schließlich entdeckte er das kleine Schneeglöckchen im Schnapsglas auf dem Tisch. Als er es sanft mit dem Zeigefinger antippte, wippte es hin und her.

DIE KOMMANDOBRÜCKE

Algot Ingman saß in seinem Rollstuhl mit dem Holzrahmen und den großen Rädern. Auf der einen Seite seiner Kammer stand ein schmales Bett und an der Wand gegenüber den Fenstern ein massiver Tisch für das Sortieren der Post.

Algot. Der Postmeister.

Seine müden Beine hingen schlaff hinunter wie zwei Mohrrüben ohne Grün. Er blickte zum Fenster hinaus. Als Ellinor mit dem Mittagessen kam, setzte er ein Grinsen auf.

»Ich habe auf meiner Kommandobrücke Posten bezogen. Auf dem Engström'schen treiben sich Leute rum. Sieht so aus, als wollten sie der Elster Feuer unterm Allerwertesten machen.«

Ellinor stellte mit einem Knall das Tablett ab. Algot beäugte es misstrauisch.

»Hatten wir kein ordentliches Stück Fleisch im Haus?« Er stocherte mit der Gabel im Essen herum und jammerte: »Fett wird man hiervon bestimmt nicht.«

Ellinor seufzte. »Das ist ein französisches Omelett, Papa.«

»Und was genau ist das Französische daran?«

»Und was genau ist der Grund für deine Nörgeleien? Du weißt genau, dass ich mich hier ganz allein abrackern muss. Und es sieht wirklich nicht rosig für uns aus. Wir können also froh sein, wenn wir ein französisches Omelett zwischen die Zähne bekommen. Ich habe auch ein bisschen Kartoffel mit reingemacht.«

»Ohm-ä-lätt. Ja, da heißt es wohl brav danke sagen und essen, was auf den Tisch kommt. Mir war vorhin, als hätte ich unten Stimmen gehört. Haben wir Besuch? Frisst der Besuch uns die Koteletts weg?«

»Es ist der Vogelmaler. Herr Man. Sein richtiger Name ist allerdings Engström. Wahrscheinlich ein Verwandter der Hustrun-Engströms. Er ist berühmt. In acht Sprachen übersetzt.«

»Dann wird er sicher ein paar Taler springen lassen.«

»Es gab ein Problem mit seinem Gepäck«, erklärte Ellinor. »Es ist auf dem Flug abhandengekommen. *Er* wird mein französisches Omelett bestimmt zu schätzen wissen.«

»Bestimmt wird er dein *Französisch* zu schätzen wissen«, antwortete Algot mit finsterem Blick.

»Er ist hier, um Eiderenten zu malen«, fuhr sie sachlich fort.

»Diesen Allerweltsvogel? Früher haben wir ganze Fässer voll gepökelt.«

»Ja, vor langer, langer Zeit ...«, schnitt Ellinor ihm das Wort ab.

»Einer von der Engström-Sippschaft also. Tja, Unkraut vergeht nicht. Eiderenten ... die sieht man doch kaum noch, zumindest keine Weibchen. Die Erpel treiben sich in den Fjärden rum. Na, wenn der Herr auf Eidersuche gehen will, kommen bestimmt ein paar Fahrten zusammen. Immer schön die Rechnung salzen, wie schon der alte Strindberg gesagt hat.«

Ellinor nickte. Jetzt steckte sie mit ihrem Vater unter einer Decke. Sie blinzelte ihn an. »Ich könnte ihm ja sagen, dass es draußen bei Skinnet Eiderenten gibt. Das wäre doch eine gesalzene Fahrt, oder nicht?«

Algot nickte zufrieden.

Auf halbem Weg hinunter in die Küche hielt Ellinor inne, um sich etwas himbeerroten Lippenstift aufzulegen. Sie strich sich eine Haarsträhne aus dem Gesicht, rieb sich die Stirn und versuchte sich vor dem gesprungenen Spiegel an einem vorsichtigen Lächeln. Schließlich nahm sie Herrman gegenüber Platz.

Sie staunte nicht schlecht, dass er den Tisch für sie gedeckt hatte. »Es passiert nie, dass jemand so etwas für mich macht«, entfuhr es ihr.

Herrman zwinkerte ihr leicht zu. Die rote Farbe auf ihren Lippen war ihm nicht entgangen. Außerdem glaubte er einen Tropfen Parfüm zu erahnen, aber vielleicht war das nur Einbildung.

»Bon ap«, sagte Ellinor.

»Es schmeckt köstlich«, sagte Herrman. »Du hast ein wenig Rosmarin und Totentrompete verwendet, nicht wahr?«

Sie nickte.

»Und was für fantastische Eier deine Hühner legen, diese goldgelbe Farbe!«

»Ich bin allergisch gegen Safran, deshalb müssen die Eier für die Farbe sorgen. Die Hühner haben angefangen, bei der Südwand zu picken, Apfelsine stolziert dort herum.«

»Apfelsine?«

»Das ist mein Hahn. Er ist falsch sortiert worden.«

»Es gibt ein persisches Märchen über das erste Huhn, das fliegen lernte. Es heißt, dass es eines Tages wiederkehrt. Ein Huhn, das sich in die Lüfte schwingt und davonfliegt. Hat das Schneeglöckchen hier eigentlich einen bestimmten Namen?«

»Ich nenne es Sir John Sucklings Schneeglöckchen. Es ist eine englische Sorte mit besonderen Blütenblättern.«

Herrman strahlte. Zaghaft begann er: »Ist's wahr, ich hab geliebt …« Er sah sie erwartungsvoll an.

Ellinor zögerte einen Augenblick, dann setzte sie vorsichtig nach. »Ich hab geliebt …?«

»Drei ganze Tage lang …«

»Und werde …«

»… lieben noch drei mehr …«

»Wenn es hält, das schöne Wetter!«

Sie lachten.

»Warum erinnern wir uns an dieses Gedicht?«, fragte Ellinor.

»Sag du es mir.«

Unter behaglichem Schweigen aßen sie weiter. Schließlich fragte Herrman: »Fühlst du dich hier auf der Insel nicht einsam? Eine Insel hat doch bloß Kanten. Und die können manchmal ziemlich scharf sein.«

»Ich habe meine Tiere. Und alle meine Tiere haben Namen, sie sind wie Freunde. Außerdem habe ich meinen Garten, in die Blumen lege ich meine ganze Seele. Und Vater nimmt natürlich auch viel Zeit in Anspruch«, erklärte sie und betonte dabei das »viel«.

»Haustochter im Schoß der eigenen Familie nannte man das früher. So ein Dasein galt als unerfülltes Schicksal.«

Ellinor machte eine abwehrende Geste. »Kein Grund zum Weinen, Herrman. Ich habe ja auch noch die Musik. Wie gesagt, ich spiele manchmal auf der Orgel.«

Letzteres sagte sie, als trete sie regelmäßig auf einer imposanten Bühne vor großem Publikum auf. Dabei spielte sie doch nur für sich unter dem Kreuz in der Kapelle.

»Bist du glücklich, Ellinor?«

»Glücklich? Ich finde, um die Sache mit dem Glücklichsein wird viel zu viel Aufhebens gemacht«, wehrte sie ab. »Ich fahre einmal im Jahr nach Stockholm. Dann gehe ich ins Theater, am liebsten sehe ich Shakespeare. Vorher kümmere ich mich natürlich darum, dass jemand anders einen Tag nach den Tieren und Vater sehen kann.«

»Einer deiner Sommermänner?«

Warum zum Kuckuck hatte sie ihm davon erzählt? So etwas Idiotisches.

Als sie keine Antwort gab, bohrte er weiter: »Was genau ist eigentlich ein Sommermann?«

»Das ist jemand, den man *sofort*« – sie stockte – »hinauswerfen will, wenn es vorbei ist. Weil es einen nicht glücklich macht. Weil man zwei Minuten seines Lebens verplempert. Nichts als leere Versprechungen und Körper, die einander etwas vorspielen. Für den Moment mag es einem aufregend vorkommen, doch dann entpuppt sich das Ganze als fürchterlicher Unfug. Solche Dummheiten mache ich nicht mehr.«

Herrman konnte nicht umhin, über ihren Zorn zu lachen. »Man muss keine Kuh vom Eis bringen, solange ihr Hinterteil noch an Land ist«, sagte er, und Ellinor verstand nicht so recht, was er damit meinte.

Ganz flüchtig beugte er sich über den Tisch und streichelte ihre Hand, die sie jedoch augenblicklich wegzog.

EIN KUMPEL

Herrman war zurück auf seinen Hof gegangen.

Rüber zu Seinereinen, wie man in den Schären sagte. Meinereiner, Deinereiner. Im Samischen gab es ein Wort für »uns zwei«. Ein Wort, das zwei Menschen vereinte.

Ellinor hingegen war in der Küche geblieben, denn sie war diejenige, die zurückblieb. Die noch da war, wenn alle anderen zurück zu Ihrereinen gegangen waren. So war es gewesen, als ihre Mutter mit den Steinen in den Tüten ins Meer gegangen war, und als Herrman sie und die Insel verlassen hatte – so war es doch gewesen, oder nicht?

Aber spielte das eine Rolle?

Schnickschnack, dachte sie und verscheuchte das diffuse Gefühl, das sie soeben gestreift hatte wie eine Wolke, die über einen blauen Himmel zog. Ein Gefühl wie ein Streifen Blau an einem grauen Novembermorgen.

Jetzt war es wieder Zeit für die Arbeit.

Die Sache mit Herrman, die geht vorüber, dachte Ellinor. Er soll bloß nicht an mein Leben rühren. Ich habe schon genug, womit ich mich herumschlage, Vater zum Beispiel. Dafür habe ich keinen Hund mehr, keinen Kumpel.

Er war angeschossen worden, fahrlässige Tötung hatte es geheißen. Aber was bitte war daran fahrlässig gewesen?

Auf der Nordseite der Insel gab es ein Gebiet mit Tillit-Boden, der zum Meer hin abfiel wie ein Steinwall, dicht bewachsen von Kiefern. Keine hohen Bäume, sondern Kriechkiefern, die aussahen, als schleppten sie sich zum Meer hinunter. Es war eine ungastliche Umgebung, fast ein wenig unheimlich. Ellinor war dort mit ihrem Hund spazieren gegangen, Kumpel, ein Irish Red and White Setter, eine ziemlich ungewöhnliche Rasse.

Sie wagte kaum daran zu denken, was passiert war.

Sie ging jeden Herbst in den Kriechwald, um Butterpilze zu sammeln, die vornehmlich in der Nähe von Kiefern wuchsen. Ganze Tüten voll sammelte sie, machte die Pilze sauber und blanchierte sie. Anschließend wurden sie eingelegt, sodass Ellinor ihre Omeletts mit Butterpilzen, Trompetenpfifferlingen, Fichtenreizkern oder auch dem ein oder anderen Herrenpilz verfeinern konnte.

Der Hund.

Es war eine Erinnerung, die sich häufig durch ihr Schutzschild bohrte, sich aufdrängte und ihr das Gefühl gab, dass man auf Hustrun nicht wohnen, geschweige denn leben konnte. Ein Leben hier draußen war im Grunde unmöglich. Und trotzdem war sie noch hier, ihres Vaters wegen.

Ich bin eine Kriechkiefer, dachte Ellinor. Kann nur so hoch wachsen, wie der Fels hinter mir ist, und bin, seit der Sache mit Kumpel, geduckt und krüpplig.

Mein Kumpel. Wahrscheinlich sah ich einfach zu glücklich aus, wie ich damals mit ihm spazieren ging. Kumpel lief im Zickzack vor mir her. Nachdem ein paar tote Rehe im Wald gefunden worden waren, hatte es geheißen, der Hund habe sie gerissen. Dabei waren sie an Lungenödemen gestorben.

Denk an etwas anderes, irgendetwas! Denk daran, wie ein kleines Kind einmal den Buchstaben B lernten sollte, B wie Biene, und am Ende rief es: Ameise!

Denk daran. Denk an B wie Ameise und an nichts anderes.

Doch die Gedanken taten, was sie wollten. Sie stahlen sich aus der Küche, wo eine Hand soeben eine ungewohnte Berührung erfahren hatte.

Sie stahlen sich zurück zu einem Tag, als Ellinor wieder einmal Feuerholz für den Winter hatte holen müssen. Die frisch beschlagenen Hufe ihres Pferdes trabten bedächtig und entschieden zugleich durch den Schneematsch. Unter der porösen weißen Decke brachen Zweige entzwei, dass es sich beinahe anhörte wie Donner. Das Geschirr war gut geschmiert, am Joch hing ein Glöckchen. Das helle Klirren hob sich gegen das Meeresrauschen ab. Hintenan war ein Hornschlitten eingespannt, auf dem sie kniete und die Zügel hielt. Mit Zischlauten leitete und führte sie das Pferd. Kumpel war wie immer dabei und jagte vor der Equipage hinweg, den rot-weißen Schwanz aufgestellt. Glücklich.

Und dann kam ein neuer Herbst und mit ihm tote Rehe. Und es wurde ein Schuss abgefeuert. Und keiner wollte es gewesen sein.

WENN DER BUCHFINK DIE ROTE BRUST ZEIGT

Herrman Engström balancierte auf dem kümmerlichen Holzstumpf, der vom Engström'schen Steg übriggeblieben war. Das Wintereis hatte sich wirklich nicht lumpen lassen; die Pflöcke und Planken hatte es so gut wie komplett fortgerissen, und mehrere der Steinkästen aus dem Fundament waren zermalmt worden.

Da das Gewässer hier seicht war, war der Steg mit der Leeseite nach Osten hin über fünf Steinkästen errichtet und mit einem Winkel abgeschlossen worden. Neunzig Kiefern hatte er seinerzeit gekostet.

Herrman stand wie angewurzelt da und starrte ins Schilf. In seinem Kopf erklang eine Melodie. Das Spiel einer französischen Laute, das ihm seit seiner Abreise von Labrador nicht mehr aus dem Kopf gehen wollte. In der Hand hielt er ein kleines Fernglas.

Ellinor. Was für ein atemberaubendes Gefühl es doch war, sie wiederzusehen. So unerwartet und überwältigend. Warum hatte sein Vater nie erwähnt, dass sie noch immer auf Hustrun lebte. Um ihn zu schützen? Natürlich hatte sein alter Herr sich zusammenreimen können, was damals vorgefallen war; die Hoffnung, die Enttäuschung, das schmerzliche Gefühl der Abweisung. Ein Sohn, der nie zu Besuch kam, um sich vor jeder Erinnerung an die Vergangenheit zu schützen. Sein Vater hatte über einiges Bescheid gewusst, aber eben nicht über alles. Der Rest war etwas, worüber der Mantel des Schweigens gebreitet wurde, ein Schweigen, das sich nach und nach in Ringe auf dem Wasser verwandelte, bis man sich zu guter Letzt allenfalls darüber unterhalten konnte, wie es war, den Krieg in einem Geleitzug vor Rotterdam mitzuerleben.

Ellinor – sie war ganz sie selbst und doch eine andere.

Und noch ehe Herrman diesen Gedanken zu Ende denken konnte, entdeckte er eine Schwarzkopfruderente. War das überhaupt möglich? Eine Schwarzkopfruderente!

Er spähte durch sein Fernglas und sperrte den Mund vor Verblüffung weit auf. So etwas Seltenes. Doch schon im nächsten Moment, als irgendwo eine Motorsäge angeschmissen wurde, flatterte die Ente davon. Die Sägekette fraß sich durch einen Stamm nach dem anderen. Es mussten junge, schmale Bäume sein, denn die Säge erklang immer nur kurz.

Und währenddessen stand Herrman wie angewurzelt auf den kläglichen Überresten seines Stegs und erinnerte sich bruchstückhaft an das gemeinsame Leben mit Meryl. Ein Leben, das nun vorbei war.

Meryl war etwas älter als er. Als sie sich kennenlernten, hatte ihre biologische Uhr bereits zu ticken begonnen. Aber was wusste er schon von so etwas? Er kannte sich aus mit Finken, Schwalben, Adlern und Schnepfen, doch über eine Frau, deren innere Uhr unaufhaltsam tickte, wusste er so gut wie nichts.

Wahrscheinlich, dachte er jetzt, wollte sie mich in erster Linie als Samenspender.

Meryl war mit einem goldenen Löffel im Mund geboren. Zum ersten Mal waren sie sich begegnet, als er das Revierverhalten von Buchfinken auf den Ländereien ihres Vaters studierte. Sie liefen sich förmlich in die Arme, sie in Begleitung ihres Deerhounds, er mit einem Fernglas in der Hand. Und die ganze Zeit tickte die Uhr, tick tack. Sie erzählte ihm, der Deerhound sei der einzige Hund, der mit dem Blick jage. Darauf folgte eine Teestunde mit feinstem Porzellan, perlweiß mit goldenen Gravuren. Später war ihm aufgegangen, dass der ganze Prunk eine verführerische Wirkung auf ihn gehabt haben musste, eine Art Verlockung. Außerdem war Meryl schön. Es war allerdings keine freundliche Schönheit, sondern eher eine Schönheit um ihrer selbst willen. All das hatte er durchaus erkannt, und doch war er wie blind gewesen. Obwohl die Kälte ihres Lächelns ebenso wenig zu übersehen gewesen war, wie wenn ein Buchfink seine rote Brust zeigt.

Und er selbst war so fixiert auf die Vögel gewesen, die Schwebenden, darauf, seine Malerei weiterzuentwickeln, den dünnen Kohlestift in zierlichen Bögen über das Papier zu schwingen. Als Meryl und er ein Paar wurden, wusste er nicht, wie ihm geschah. Der Sex war eine Art notwendiges Übel gewesen, und als Meryl schwanger wurde, wollte er sich nicht vor seiner Verantwortung drücken.

Schon früh hatte Meryl eine leidlich verhohlene Verachtung für Herrmans Unvermögen, Geld heranzuschaffen, gezeigt. Bis zu seinem großen Durchbruch hatte er so gut wie nichts verdient. Mit dem Buch *Die rote Brust* hatte er dann seinen ersten größeren Erfolg gefeiert. *Die rote Brust* damit war natürlich der Buchfink gemeint, aber auch sein eigenes blutendes Herz.

Als schließlich die Kinder kamen, schlug die Uhr zwölf.

Meryl als Mutter – die reinste Katastrophe. Weder die Stimmen noch die Nähe ihrer Kinder konnte sie ertragen. Also wurde ein Kindermädchen eingestellt. Und ein Gärtner. Und eine Köchin. Alles vom Geld ihres Vaters. Man führte ein Leben mit Stil, wie Meryl es ausdrückte.

Die ohnehin jämmerliche Erotik zwischen den beiden erlosch endgültig, und es kamen keine weiteren Kinder. Eleonora lebte mittlerweile in New York. Ein Mädchen, das den Vater zur Mutter gehabt hatte. Der Sohn, Wollmar Isak, war heute Kapitän auf einem Schiff.

Und die Jahre glitten vorüber, wie die Perlen auf einem Abakus. Fünf plus fünf plus fünf ... Bis schließlich alles in sich zusammenfiel. Mehr als Meryls Untreue hatte ihn verletzt, dass sie ihn mit seinem besten Freund und Autor seiner Texte betrogen hatte.

Nicht selten hatte er eine tiefe Sehnsucht danach verspürt, einfach zur Tür hinaus und immer nur geradeaus zu gehen. Ein Land nach dem anderen zu beschreiten, Meere zu überqueren, unbeirrt geradeaus zu gehen, bis er irgendwann Meryls schrille Stimme nicht mehr würde hören müssen.

Einfach weitergehen.

Aber wohin?

Ob er jetzt angekommen war?

Er wandte sich um und ließ den Blick über die Grundstücke der Engströms und der Ingmans schweifen. Zwei Familien, die sich seit jeher in den Haaren gelegen hatten. Er erinnerte sich, dass Ellinor und er sich wie Romeo und Julia gefühlt hatten. Nur mit dem kleinen Unterschied, dass sie noch am Leben waren. Vielleicht war es pure Einbildung, aber er hatte das leise Gefühl, dass seine Rückkehr Ellinor nicht ganz kaltgelassen hatte.

Ellinor hatte einen Weihnachtskaktus mit hauchzarten, fast durchsichtigen und trichterförmigen Blüten in Hellrosa. Eine ganz wunderbare Topfpflanze, allerdings schien sie falsch programmiert worden zu sein, denn statt im Dezember fing sie jetzt im März an zu blühen. Waren die Blüten erst einmal aufgesprungen, durfte man den Weihnachtskaktus nicht mehr verrücken, weil er sonst keine Knospen mehr trieb. Jeden dritten Tag brauchte er eine kleine Erfrischung von unten, rund eine Viertelstunde musste er im Wasser stehen.

Bei Blumen funktioniert alles so exakt, dachte Ellinor. Ein Jammer, dass Menschen nicht auch so ticken.

An solche Dinge dachte sie, als sie mit ihrem Pferd am Strandsaum stand und mit der Motorsäge einen Windbruch abästete. Die Säge war für Männerhände gemacht, sie war schwer und hatte ein langes Blatt. Früher hatte sie ihrem Vater gehört. Für Neuanschaffungen, die eher auf Ellinor zugeschnitten waren, gab es kein Geld. Also war es an ihr, sich den Gerätschaften anzupassen. Aber mussten Frauen sich nicht häufig mit solchen Problemen herumschlagen? Waren die Dinge nicht häufig zu schwer, zu hoch, zu mühsam?

Sie erledigte die Arbeit ruhig und präzise. Trug dabei die alten Sicherheitsstiefel ihres Vaters, die ihr eigentlich zu groß waren, doch die Schutzkappen waren unerlässlich für den Fall, dass sie doch einmal mit der Säge abrutschte. Zweig um Zweig ästete sie die Kiefer ab. Plötzlich entdeckte sie ein kleines Vogelnest in der Baumspitze, wahrscheinlich von einem Wintergoldhähnchen. Sie schaltete die Säge aus und streifte die Handschuhe ab, dann hob sie vorsichtig das Nest auf und legte es in eine Schneewehe.

Unterdes stand der Hengst seelenruhig da und fraß Heu aus seinem Futterbeutel.

Ellinor ließ die Säge wieder an, um sich weiter um das Feuerholz zu kümmern. Es war eine wichtige Aufgabe. Das Holz war die Wärme des nächsten Winters.

Herrman war zurück ins Haus gegangen und stand nun unschlüssig in der Küche. Nach der Beseitigung des Elsternests war es ihm endlich gelungen, im Ofen ein Feuer zu entfachen. Er hatte Sailors Mantel aufgeknöpft, in dem er sich fühlte wie einer anderen Zeit entsprungen. Wie ein Mann aus der Ära der Segelschiffe, der Barken, der Fregatten und der Schoner. All diese Segelschiffe mit ihren Seilen, Messingbeschlägen und Hellegatten. Damals hatte man sich die Zukunft als eine Zeit größerer Segel ausgemalt.

Herrman durchforstete die Küchenschränke nach Kaffee, denn der Vorrat, den er eingepackt hatte, war ja mit seinem Rucksack verschollen. Das Einzige, was er fand, war ein alter Teebeutel in einem Karton der Marke *Kung Markatta*. Apfeltee.

Wir haben damals Tee getrunken, oder etwa nicht? Doch doch, wir haben Tee getrunken, literweise.

Wir. Auf dem batteriebetriebenen Radio haben wir den Klassiksender gehört und waren ganz vernarrt in Bach. Besonders hat uns fasziniert, dass er seinen eigenen Namen in die Partitur mit eingeschrieben hatte: B A C H. Sein Name wurde Musik. Wir, Herrman und Ellinor, waren nur zwei Töne, H und E … Doch all das schien sie vergessen zu haben. Eigenartig.

Auf dem Holzofen brachte er ein wenig Wasser zum Kochen. Eine Tasse Tee, um der alten Zeiten willen. Eine Tasse Tee für die Parzelle, in der die Siebzigerjahre ruhten. Auf dem Friedhof von Tasslan war alles in Parzellen aufgeteilt. Und vielleicht war es jetzt an der Zeit, auch die Erinnerungen an H E zu Grabe zu tragen, ein für alle Mal. Eine sonnige Erinnerung, die ganz plötzlich abriss, abrupt und schmerzlich. Eine Erinnerung, die ihn niemals losgelassen hatte. Immerzu hatte er alles mit der Vergangenheit verglichen. Als *wir* noch waren, *Ellinor und ich …*

In der Ferne war immer noch die Kettensäge zu hören. Ein hartnäckiges, durchdringendes Geräusch.

Endlich bin ich frei, dachte er. Meine Kinder sind erwachsen und ich – ich bin wieder nur ich.

Er nippte an seinem Tee. Der letzte Teebeutel aus der Parzelle der Siebzigerjahre. Er schmeckte, wie eine Erinnerung häufig schmeckt. Nach fast nichts, der Geschmack war kaum mehr als ein Duft. Doch manchmal war ein Duft genug, um eine Erinnerung heraufzubeschwören.

Er machte eine Runde durchs Haus. Das Wohnzimmer war mit reichlich Krimskrams vollgestopft. Die Dinge standen noch immer dort, wo sie einst platziert worden waren. Kleine Glasvögel, grässliche Wichtel und noch grässlichere Trolle bildeten ein heilloses Durcheinander, eine Art ästhetische Kernschmelze. Was Wollmar sich dabei gedacht haben mochte? Vielleicht: ›Ach, diese grüne Glasschwalbe macht sich bestimmt besonders gut neben einem Wichtel mit einem Sack über der Schulter!‹ An den Wänden hingen Bilder mit Tiermotiven. Die Füchse sahen irgendwie genmodifiziert aus, dachte Herrman, und die Birkhühner wie Igel.

Dieses Haus war ihm nie ein Zuhause gewesen. Er war in Telje aufgewachsen, weil sein Vater der Meinung gewesen war, dass man auf Hustrun im Winter nicht leben konnte. Nicht zuletzt wegen all der Inselfehden.

Herrman erinnerte sich an seine Lehrlingszeit bei Holmström in Telje. Holmström hatte ein großes und ein kleines Atelier, und Herrman hatte das kleine benutzen dürfen. Manchmal kam Holmström höchstselbst herein und redete über alles Mögliche, aber gewiss nicht über Kunst. Doch eines Sommermorgens, um sechs Uhr in der Früh, als ein leichter Nebel in der Luft lag, stand Holmström auf dem Bootssteg unterhalb des Ateliers und malte frisch gefangene Flussbarsche. Er schulte sein Auge. Und er besaß eine fast kindliche Neugier. Eine Eigenschaft, die Herrman prägen sollte.

Jeden Sommer waren Vater und Sohn in das Haus auf Hustrun zurückgekehrt. Sie fischten, beizten Felchen, machten dem Wildwuchs kurzen Prozess und sprachen über die Windmühle von Rotterdam. Bereiteten ofengebackenen Steinbutt im eigenen Saft zu, und Herrman lernte, wie man Flöten aus Salweide schnitzte.

Und doch waren die Inselfehden allgegenwärtig. Sie waren einfach da.

Herrman stieg die Treppe hinauf. Dort oben war sein ehemaliges Kinderzimmer. Motorradposter an den Wänden, ein großer brauner Schreibtisch, ein schmales Bett, das quietschte, eine orangefarbene Tagesdecke und ein braunes Kissen. Ein Zimmer aus den Siebzigern, Farben wie Volvobraun.

Seine Erinnerungen waren in gänzlich andere Farben getaucht. Sie waren eher pastellig, wie die Farben, die er für seine Vogelbilder verwendete.

Dass ausgerechnet Ellinor mit dem Boot gekommen war, um ihn abzuholen! Sie war übers Meer gekommen wie eine Welle.

Als er flüchtig aus dem Fenster linste, entdeckte er sie am Strandsaum. Sie war so kräftig, so voller Energie. Wie eine Kriegerin. Mit ihren eleganten Bewegungen war sie ganz Herthas Tochter, doch gleichzeitig bediente sie die Motorsäge wie eine … wie eine gestandene Frau.

Doch schon waren Herrmans Gedanken wieder in eine andere Richtung abgedriftet, er dachte an Fische. Wenn man beim Frühlingsfischen einen ungewöhnlich großen Fisch fing, musste man ihn wieder freilassen, denn sonst, so hieß es, erwartete einen die Armut. Hatte er damals Ellinor zurück ins Meer geworfen? Nein, er hatte gekämpft. Zuerst hier und dann an der Eisorgelküste, dem Ort, der auch ihre Zukunft hätte sein können.

Er dachte an das Märchen vom Aal, von dem es hieß, er gehe nachts an Land, um die Erbsenacker zu besuchen. Ein erbsenfressender Aal! Er sah Ellinor, wie sie unten am Strandsaum stand und einen Baum fällte und abästete, und er, Herrman, würde jetzt zu ihr zum Hauklotz gehen, so entschlossen wie ein Aal auf dem Weg zum Erbsenacker.

Während er treppab und in die Küche ging, musste er an Ellinors Mutter Hertha denken, die jetzt mit all den anderen Ertrunkenen in der Bucht bei den Barschen war. Aber Ellinor war noch da. Wie schaffte sie das nur? Was trieb sie jeden Tag an? Was war mit ihrem Leben passiert, mit ihrer Liebe? *Ihrer* Liebe. *Nous amour …*

Dann eine Bewegung im Augenwinkel.

Eine große Ratte flitzte über den Fußboden! Und noch eine. Sieht aus, als hätten die Viecher einen richtigen Club, dachte Herrman.

ZWEI AM HAUKLOTZ

Ellinor brachte das Pferd zum Stehen, indem sie das stattliche Tier mit wohlüberlegten Befehlen dirigierte. Nicht weit vom Hauklotz entfernt stand ein rot angestrichenes Häuschen, der Holzschuppen. Der Boden ringsum war übersät von aufgeweichten und verrotteten Sägespänen, die wellenartige Muster bildeten.

Als Edison seinen mit Heu gefüllten Futterbeutel wieder umgeschnallt bekam, kaute er augenblicklich drauflos. So konnte er stundenlang dastehen.

Ellinor griff nach einer Packzange und machte sich daran, das Holz abzuladen, das sie frisch geschlagen und abgeästet hatte. Sie achtete darauf, die Kraft aus den Beinen zu holen, um ihren Rücken zu schonen.

Neben dem Hauklotz lag bereits ein Stoß abgeästetes Holz. Ellinor holte eine schwere Spaltaxt und einen Keil. Das Holzstück würde sich gut in acht Scheite spalten lassen. Eschenholz. Der Baum war fast hundert Jahre alt, sie hatte die Jahresringe gezählt.

Plötzlich merkte sie, dass sie nicht allein war und drehte sich um. Hinter ihr stand Herrman, eine Hand nach der Spaltaxt ausgestreckt.

»Darf ich?«, fragte er so vorsichtig, als wollte er sie zu einem Tango auffordern.

»Ja …«, antworte Ellinor zögernd. »Wenn du noch weißt, wie man Holz hackt?«

Herrman setzte den Keil an, schwang die Axt und schlug das Eschenholz mit einem Hieb entzwei. Von innen war es wurmstichig, Hunderte Irrgänge bildeten ein Muster, als ob das Holz von Worten überzogen wäre.

Kurz ließ er den Axtschaft ruhen und sagte: »Gönn dir doch eine kleine Pause, Ellinor. Geh ein bisschen spazieren, wenn du magst. Wie ein Sommergast.« Er lächelte.

Warum eigentlich nicht? Das Pferd kaute seelenruhig vor sich hin, und Herrman würde das Holz spalten.

»Dann drehe ich mal eine Runde«, sagte sie.

Kaum war sie losgegangen, kam ihr eine Geschichte in den Sinn, die sie sich manchmal selbst erzählte. Auf gewisse Weise glich sie jener, die nur ein einziges Mal erzählt worden war, als vor vielen Jahrzehnten ein Mädchen heimwärts über das Eis ging, Kyras Geschichte. Ellinor hatte allerlei Märchen und Anekdoten vom Inselmütterchen erzählt bekommen, Geschichten wie ferne Erinnerungen an eine längst vergangene Zeit. Es hatte nichts gegeben, was das Inselmütterchen nicht wusste. Sämtliche Inselgeschichten hatte sie in sich aufgesogen und weitererzählt, so als wären es ihre eigenen.

Die englische Bibliothek

Es war einmal an einem gewöhnlichen Abend im Gnadenjahr 1904. Es war Hochsommer, und eine lange, von Sonne und Wind geprägte Wetterperiode hatte die Erde völlig ausgedörrt. Gerold Ingman und sein Sohn Sailor nahmen die Netze vom Trockengestell, die Kyra gründlich sauber gemacht hatte. Entlang der gesamten Uferlinie spielten sich ähnliche Szenen ab; Väter und Söhne, die die Netze für den morgigen Fischfang zusammenlegten. Zu dieser Jahreszeit wurden Felchen gefischt, die von den Frauen gebeizt und auf der Skeppsbron in Stockholm verkauft wurden. Weißes Fleisch, das Feinste vom Feinen.

Gerold und Sailor Ingman arbeiteten unter Schweigen. Wäre die kleine Kyra dabei gewesen, hätte das ganz anders ausgesehen, denn die war ein wahres Plappermaul und hatte den Mund immer voller Wörter. Sailors Mund hingegen war wie ein Strich, und ihr Vater war eher von der grüblerischen Sorte.

Plötzlich glaubte Gerold drüben auf der Insel Kråkan, an der man auf dem Weg nach Furusund vorbeisegelte, eine Rauchsäule aufsteigen zu sehen. Obwohl die Insel unbewohnt war, gab es dort in einem alten, verwunschenen Herrenhaus aus unerfindlichen Gründen eine englische Bibliothek. Besitzer unbekannt.

»Siehst du da drüben, was ich sehe, Sailor?«

Sailor kniff die Augen zusammen und fixierte die Insel. Niemand sonst entlang dem Ufer schien etwas bemerkt zu haben.

»Da ist Rauch, Vater. Die englische Bibliothek steht in Flammen!«

Hier draußen auf den Inseln fürchtete man sich am allermeisten vor dem Feuer, denn es gab keine Feuerwehr. Als die Russen seinerzeit vom Feuer Gebrauch gemacht hatten, war die Arbeit etlicher Generationen zunichtegemacht worden.

»Komm, wir nehmen das Ruderboot«, sagte Gerold.

Es wehte noch immer eine leicht Abendbrise, mit der im Rücken sie gut vorankommen würden, und Gerold Ingman legte einen Sack und einen Spaten ins Boot.

Sailor sah ihm verdattert zu.

Auf halbem Weg nach Kråkan begegneten sie einem der Boote der Meereszigeuner. Man grüßte sich nicht, obwohl die Boote haarscharf aneinander vorüberglitten und man sich direkt in die Augen sehen konnte.

Als sie am krummen Kråkan-Steg anlegten, gab es für die Bibliothek keine Rettung mehr. Sailor vertäute das Boot mit einem Mastwurf um einen Pfahl.

»Gib mir die Schaufel«, befahl Gerold. »Und halt den Sack auf.«

Ohne nach dem Grund zu fragen, tat Sailor, wie ihm der Vater aufgetragen hatte. Vor der Konfirmation stellte man keine Fragen und auch danach war es die Ausnahme.

Gerolds Ziel dieser Aktion war die Rettung eines Ameisenhaufens. Er machte sich daran, Ameisen und Tannennadeln sowie Ameiseneier und Zapfen in den Sack zu schaufeln. Ringsherum tanzten Rußflocken durch die Luft. Als das Herrenhaus schließlich krachend in sich zusammenfiel, kam Gerold dem Feuer gefährlich nah, doch er wollte den Ameisenhaufen retten, koste es, was es wolle.

Daheim überkam Julia Ingman ein ungutes Gefühl. Also stapfte sie über den steilen Abhang zum Meer hinunter. Hier kannte sie jede Wurzel und jeden Stein.

Die Netze lagen fein säuberlich gestapelt, doch vom Boot war nirgends eine Spur. Da erblickte sie den Rauch samt einer ganzen Armada von Booten, die von Hustrun aus auf das Feuer zusteuerten. Ihr Mann und Sailor mussten sich als Erste aufgemacht haben. Dass Gerold auch immer so verdammt rechtschaffen sein musste, dachte sie bei sich. Dann kamen auch Maria und Kyra herbeigeeilt, barfuß, wie immer im Sommer, und mit weit aufgerissenen Augen. Sämtliche Boote der Insel versammelt im Hustrun-Fjärd – welch ein Anblick!

Wie oft schon hatte Julia Ingman bei Unwetter auf dem Steg gestanden und auf ihren Mann gewartet? Bisweilen hatte sie kriechen müssen, um nicht vom Sturm erfasst zu werden. Was soll es denn bringen, wenn du auf allen vieren über den Steg krabbelst?, hatte ihr Mann sie vorsichtig gefragt.

Julia hatte keine Erklärung. Manchmal hielt sie die Warterei daheim einfach nicht mehr aus. Einmal hatte sie sogar versucht, selbst hinauszurudern, doch die Wellen hatten sie zurück an Land getrieben.

Das Meer.

Das Meer kitzelte und neckte, es trieb seinen Schabernack, bäumte sich auf, rollte hierhin und dorthin. Das Meer trug, und das Meer ertränkte. Das Meer gab, und das Meer nahm.

»Wir konnten die Ameisen retten«, waren Gerolds erste Worte, als er und Sailor wieder am heimischen Steg anlegten. »Ich hab sie hier im Sack!«

»Und was sollen wir mit noch einem Ameisenhaufen?«, wollte Julia wissen.

»Ich lasse sie unten auf der Wiese frei. Immerhin sind die Krabbelviecher nicht gegrillt worden.« Er räusperte sich.

So war er. Voller Mitgefühl.

Und von diesem Tag an, dem Tag, an dem die englische Bibliothek in Flammen aufgegangen war, konnte man, wenn der Wind günstig stand, eine Strophe englischer Poesie vernehmen, die wie eine Rußflocke durch die Lüfte tanzte.

* * *

Bei dem alten Posthäuschen an der Öjan-Bucht hielt Ellinor inne. Ihr Blick fiel auf ein Sommerhäuschen, das mit waagerecht angebrachten Holzpaneelen verkleidet war. Ein grässlicher Anblick. Alle Neubauten auf Hustrun bildeten zusammengenommen ein abscheuliches Stückwerk. Vor jedem Haus gab es eine sogenannte Zivilisationsfläche. Ein Fleck, der sich sommers in eine Rasenfläche verwandelte und zum Herbst hin dem Wildwuchs überlassen wurde. Das Ingman'sche Grundstück hielt Ellinor gründlich sauber. Sie entfernte jegliches Unkraut wie Sumpfziest, Gänse- und Beifuß oder Pechnelken. Dafür griff sie auf altmodische Gerätschaften zurück wie den Kurbelhasen oder die Unkrautpflugschar, die sie hinter das Pferd spannte. Und trotzdem wucherte die Insel zu. Das Mädesüß breitete sich aus, die Kartoffelrosen bildeten regelrechte Dornröschenhecken; Büsche und Gestrüpp, wohin das Auge reichte. Für einen einzigen Menschen war das alles nicht zu bewältigen, und Geld gab es auch keins.

Algot saß in seiner Kammer, hörte, wie das Holz gespalten wurde, und verspürte ein tiefes Unbehagen. Gedanken und Erinnerungen, von denen er dachte, er wäre sie für immer los, drängten an die Oberfläche. Hertha und der kleine Elvin wollten bei ihm sein, mit ihm sprechen, ihn anklagen. Du gibst wohl niemals auf, Hertha, murmelte er in seinen Bart. O verdammich! Verzeih die Schreibweise. Doch da streckte der Kleine seine Hand nach ihm aus. *Nimm meine Hand, Vater, nimm meine Hand!* Es tat weh, so fürchterlich weh. Und er konnte die Erinnerungen nicht kontrollieren.

Er versuchte, sich zu beruhigen, indem er nach einem vergilbten Schriftstück griff.

Verkaufsurkunde, 1902.

Unterschrieben war sie vom Schärenbauer Birger Ingman, Algots Urgroßvater väterlicherseits. Kurz darauf war er im Eis eingebrochen. Birger war ein echter Schärenkerl gewesen, und es hatte immer geheißen, allein das Eis könne ihn zur Strecke bringen. Kein Sturm, kein Wind, kein Wetter, kein umstürzender Baum. Kein Pferd und keine Frau. Das Eis war sein Schicksal.

Schwindelerregende Summen

Gerold Ingman saß vor seinem selbstgezimmerten Sekretär, akkurate Handarbeit, hübsch lackiert und mit einer mit Intarsien verzierten Klappe. Er fragte sich, warum das Tintenfässchen schon wieder leer war.

Verkaufsurkunde. Immer und immer wieder versuchte Gerold, in dem Schriftstück ein Schlupfloch zu finden, irgendetwas, womit er den Verkauf eines Teils seines Grundstücks für 2300 Reichstaler würde annullieren können. Genauer gesagt ging es um das halbe Grundstück, Gilleskär samt Baugenehmigung und Bootssteg. Hier wuchsen die besten Johannisbeersträucher weit und breit, behangen mit üppigen Trauben voller roter Beeren. Ganze Klötze mit Früchten, wie man in den Schären sagte. Faustgroße Rispen.

Gerold las die Urkunde. Acker- und Weideland und Fischgründe waren verkauft worden, »... gemäß folgender Aufteilung«.

Er las die Worte noch einmal.

»... ebendas und fürderhin«, »... Eigentum fortan in Besitz von ...« – die Buchstaben verschwammen vor seinen Augen. Er trug eine Brille mit dicken, runden Gläsern und vergoldeten Bügeln, die kaputt waren und mit Garn umwickelt und zusammengehalten wurden. Er rückte die Brille auf der Nase zurecht. Das Schriftstück war ordnungsgemäß mit Stempeln versehen und durch die Pfarrbezirke Blidö, Frötuna und die Gemeinde Länna offiziell beurkundet worden. Sogar ein Lacksiegel der Provinz Stockholm gab es. Kurzum: Das Dokument war so wasserdicht wie Ölzeug.

Es war ja nicht so, dass Gerold keine eigenen Fischgründe oder zu wenig Acker- und Weideland für die Tiere gehabt hätte. Doch zu dieser Zeit des Jahres, wenn die Johannisbeeren allmählich reif wurden, wurmte es ihn gehörig, dass Julia kleine, ausgedorrte Beeren pflücken musste, während auf der anderen Hälfte des Grundstücks pralle, leuchtend rote Beeren an den Sträuchern baumelten. Einfach ein paar neue Johannisbeersträucher anzuschaffen wäre ihm nicht im Traum eingefallen. Seine Gedanken waren wie die Bügel seiner Brille – verschnürt, verworren, verknotet.

Und wohin waren die zweitausenddreihundert Reichstaler überhaupt verschwunden? Dieses Geheimnis hatte Birger Ingman, sein Vater, mit in die Wake genommen, in der er erfroren und mit einem Eisbeil in der starren Hand gefunden worden war. Im Nachlassverzeichnis tauchte das Geld an keiner Stelle auf. Hatte Birger es womöglich irgendwo vergraben? Hatte er es verschenkt? Seine Witwe und die Kinder hatten jedenfalls keine einzige Krone von dem Geld gesehen. Jetzt war es an Gerold, sich um seine Mutter, die Schärenbauernwitwe Susanna, zu kümmern. Sie hatte stets eine graue Decke um die Schultern gelegt. Ihre blauen Augen standen etwas schief, und da sie keine Zähne mehr hatte, aß sie ausschließlich Gestipptes. Julia backte Weißbrot für sie, das in ihrem Mund zu Brei wurde. Und Weißbrot war nicht gerade billig. Hin und wieder bekam sie auch eine Stampfkartoffel zu essen. Sie bewohnte ein kleines Auszugshäuschen hinter Gerolds Haus, das »Mutter Susannas« genannt wurde. Oder auch: »das Knusperhäuschen«.

Es gab noch zwei weitere erblose Geschwister; Miranda, die nach einem Schiff getauft war, und George. Beide hatten geheiratet und waren mit ihren Familien nach Rödlöga gezogen, das noch weiter abseits in den äußeren Schären lag. Deshalb oblag es Gerold und Julia, sich um Mutter Susanna zu kümmern. Und überhaupt schien alles in seiner Verantwortung zu liegen. Vater, du bist ein verfluchter Hohlkopf gewesen, dachte Gerold, wie er so dasaß und die Urkunde studierte. Einfach ins Blaue hinein ein Teil des Grundstücks zu verscherbeln. Und ausgerechnet an Sjöblom, der jetzt unentwegt mit seinem schelmischen Grinsen umherstolzierte. Aber wen wundert's; bei diesen Johannisbeeren!

* * *

Über die Insel zu spazieren wie ein Urlaubsgast, das war Ellinor nicht gewohnt. Sie überlegte, ob sie hin und wieder stehenbleiben und herausplatzen sollte: *Was für eine herrliche Aussicht!* oder *Stell dir mal vor, früher haben die Menschen von dem gelebt, was das Meer ihnen gab*! Nein, sie würde lieber sagen: *Und vergiss nicht die Kühe!*

Dann ging sie weiter und ließ sich noch ein Weilchen in den Geschichten aus der Vergangenheit treiben. Geschichten, die seit Jahrzehnten über die Insel wehten, sich ihr eingeschrieben hatten, die kamen und gingen wie das Eis und der Sommer und der Wind und die Jahreszeiten.

Der Geschmack von Wörtern

Die kleine Kyra leistete ihrem Vater im Tischlerschuppen Gesellschaft. Ihr Vater war der einzige Mann auf ganz Hustrun, der einen Tischlerschuppen besaß. Wäre er nicht als Schärenkerl geboren worden, hätte er sicher einen guten Möbeltischler oder Zimmermann abgegeben. Bei den geschickten Händen!

Kyra blickte sich um. Obwohl durch das buckelige und alte Glas in den Fenstern genug Licht fiel, war es in den Ecken des Schuppens immer etwas schummerig. Kyra war mächtig stolz, die Namen aller Werkzeuge zu kennen, die an der Längswand an ihren angestammten Plätzen hingen.

Raubank – ein Hobel. Das Wort schmeckte – ja, wonach schmeckte es eigentlich? Nach Namenstag, überlegte sie.

Eine Säge. Die schmeckte nach Rührkuchen.

Ein Beitel – der war sehr scharf und gefährlich, hatte man ihr erklärt. Das Wort fühlte sich auf der Zunge an wie Eis.

Eine Bohrkurbel, mit der man Löcher machen konnte. Himbeergeschmack, zweifellos.

Kurze Schraubzwingen und lange Schrauben. Eiscreme. Nur ein einziges Mal hatte Kyra Eiscreme gekostet. Den Geschmack hatte sie nie vergessen.

Laubsäge – die verwendete Vater für Intarsien wie in der Klappe seines Sekretärs. Sie schmeckte nach Preiselbeerzweigen.

Das Beil mit den scharfen Ecken. Kartoffeln.

Der Kuhfuß zum Herausziehen von Nägeln. Rüben.

Der Schraubenzieher. Spinat.

Der Anschlagwinkel – auch so ein Wort, das Kyra gern im Mund hatte. Karamellgeschmack.

Dann verging ihr die Lust am Wörterspiel. Sie stellte lediglich fest, dass es außerdem einen Schleifstein gab, den Sailor ankurbeln musste, wenn ihr Vater das Beil, ein Messer oder die Sense schliff. Es gab Lack für Möbelarbeiten, verschiedene Messer, einen Holzhammer, Schläuche und Lote für rechte Winkel. An einer anderen Wand hingen ein Messstab und Kurvenlineale. Und das Allerwichtigste war natürlich der Hammer. Damit man den Nagel auf den Kopf treffen konnte.

Dies war die Welt ihres Vaters, über der der unverkennbare Geruch von Sägespänen, Terpentin und Polierwolle hing. Hier stand alles still, und die strikte Ordnung verschaffte Kyra ein Gefühl der Ruhe. Hier fühlte sie sich so viel wohler als in Mutter Julias Welt, wo ständig etwas gequirlt, gestampft, püriert, gebraten und aufgeschlagen wurde – wie in einer schier endlosen Bewegung.

Siebenfinger-Dick

Siebenfinger-Dick besaß etwas, das niemand sonst auf der Insel hatte, jedenfalls keiner der Männer, nämlich ein einnehmendes Wesen. Sein Lächeln war lebensgefährlich. Er hatte breite, kräftige Zähne, und seine Augen leuchteten wie Blitze. Zumindest wenn ihm der Sinn danach stand, denn er konnte genauso gut trübsinnig sein wie ein trister Novemberabend.

An der linken Hand hatte er fünf Finger wie jeder gewöhnliche Sterbliche, doch sieben Finger an der rechten, wovon einer ein Extra-Daumen war.

Keiner kannte sein Alter.

Sein Lächeln war zeitlos.

Seine Herkunft war ein ungelöstes Rätsel. Er sprach mit Akzent, war hellhäutig wie ein Holländer.

Dass er auf Hustrun mehrere Kinder hatte, war sein kleines Geheimnis. Eine Infamie, die er einzig mit den Müttern der Kinder teilte. Auch Octavia Sjöblom, Kyras beste Freundin, entstammte seinem Samensäckchen. Bisweilen wurde er auch »der Saatman« genannt, aber niemals laut, höchstens hinterrücks.

Er lebte von der Jagd und vom Fischen. Da er außerhalb der Fischgründe der Vollbauern fischen musste, ging er zu einer Flachwasserstelle, wo sich gut Steinbutt angeln ließ und wo er, wie man auf Hustrun zu sagen pflegte, aus Öre Kronen machen konnte.

Er verkaufte seinen Fang am Kai von Telje. Steinbutt, ein feiner Fisch. Siebenfinger-Dick hatte ein Faible für alles Feine. Er besaß kein eigenes Land, dieses Privileg war den Vollbauern der Insel vorbehalten. Aber er war ein freier Mann, der seine eigenen Spuren und Pfade trampelte. Mit leerem Magen jagte er wie ein Habicht, und nicht selten verstieß er gegen Vorschriften und Gesetze. Aber was scherten einen Habicht schon irgendwelche Vorschriften? Im allgemeinen Gewässer zu angeln, konnte ihm niemand verbieten, und ab und an konnte es eben vorkommen, dass sich die Angelschnur in private Fischgründe verirrte. Meistens gingen ihm Felchen an den Haken, aber bisweilen auch Schollen oder Barsche.

Eine Frau war ihm allerdings nie an den Haken gegangen. Und so hatte er auch keine Familie zu versorgen, denn um seine Kinder kümmerten sich ja andere Männer.

Julia Ingman war wieder einmal in froher Erwartung, und Siebenfinger-Dick war der Einzige, der davon wusste. Er hatte die Nachricht mit einem schlichten Achselzucken quittiert. Dass den Weibsbildern das auch ständig passieren musste! Es reichte schon eine einzige heißblütige Umarmung, wenn der Göttergatte irgendwo über den Boden robbte und Vögel schoss. Ausgerechnet schöne Vögel, lachte Siebenfinger-Dick in sich hinein. Und ich habe das Rebhuhn erlegt.

Wie konnte ich nur!, verfluchte Julia sich selbst, immer und immer wieder. Das Fleisch war zu stark, der Geist zu schwach. Wie konnte ich nur? Und dann auch noch schwanger werden. Herr Allmächtiger!

Dass Siebenfinger-Dick ebenso blaue Augen hatte wie Gerold, war der einzige Trost. Vielleicht würde niemand etwas merken. Vielleicht würde es ihr Geheimnis bleiben.

Und trotzdem trug sie sich mit dem Gedanken, ins Meer zu gehen, mit um die Fußknöchel gebundenen Steinen. Ins Meer zu gehen und ein Bojenstein zu werden. Ein Tod aus Schuld und Scham. Dass das Fleisch so infernalisch stark sein konnte.

Sie war Siebenfinger-Dick am Hauklotz begegnet. Er hatte sie angelächelt und einen Witz über das Wetter gemacht: *Bei Regen soll es ruhig regnen,* ein Inselsprichwort. Dann war er ihr einen Schritt zu nahe gekommen, nur eine Armlänge Abstand.

»Ich nehm' das Holz«, hatte er gesagt. »So was Schweres muss die kleine Julia nicht schleppen.«

Es war eine halbe Ewigkeit her, dass sie jemand »kleine Julia« genannt hatte. Es klang wie Musik in ihrem Herzen. So zärtliche Kosenamen war sie nicht mehr gewohnt.

In der Küche angelangt, strich er ihr über die Wange, kaum merklich. Sie streckte eine Hand aus und ließ einen Finger über seine Oberlippe wandern. Schon war sie ihm unweigerlich verfallen, während ihr Gatte in irgendeiner Felsspalte kauerte und die Kinder draußen herumtollten. Ein Glück, dass die Katze nicht tratschen konnte.

Es war auf dem frisch gemachten Küchensofa passiert, im Februar, als die Sonne gerade in die Schären zurückgekehrt war. Jetzt konnte sie das vermaledeite Sofa nicht einmal ansehen, ohne dass ihr speiübel wurde. Sie ertrug den Anblick von Siebenfinger-Dick mit seinem scheußlichen Grinsen nicht mehr, und sogar ihre eigenen Kinder mochte sie kaum noch sehen.

Sie erwartete ein Kuckuckskind – schon wieder.

Im Frühling, als der kleine Goldfisch in ihrem Bauch anfing zu zappeln, kamen die Meereszigeuner vorbei, um Gefäße und Bütten zu verzinnen. Sie kamen jedes Jahr. Niemand wusste, woher sie kamen oder wohin sie auf dem Weg waren. Urplötzlich tauchten sie auf, in ihrem neun Meter langen Boot mit runden Tilden. In der Mitte gab es eine kleine Kajüte, ansonsten war man an Deck Wind und Wetter ausgeliefert. Wie konnte man nur so leben?

Auch in diesem Jahr war Zigita, die Kartenleserin, mit an Bord. Bislang hatte Julia nie etwas um die Wahrheiten der Karten gegeben, doch diesmal war alles anders. Sie war in tiefer Not, einer heimlichen Not, gefangen in einem stillen und stummen Schrecken.

Zigita empfing die Leute in der kleinen Kajüte. Dort drinnen war es finster, nur auf einem kleinen Tisch brannte eine rote Kerze. Zigita hatte große Ohrringe aus Gold, die immerzu klirrten.

Obwohl die Zigeuner hier draußen nicht gern gesehen waren, wollten alle etwas von ihnen verzinnt haben. Und viele hofften auf die Hilfe der Karten, wenn sonst keine Hilfe in Aussicht war.

»Was willst du wissen?«

»Die Zukunft«, stammelte Julia.

»Soll ich das Keltische Kreuz legen? Kostet eine Krone.«

»So viel?«, seufzte Julia, die die Münzen mit der Hand fest umklammert hielt. Die läppischen Münzen, wie sie immer sagte.

»Auch wir können nicht nur von Luft und Liebe leben«, erwiderte Zigita.

Julia nahm eine Krone.

»In den Karten steckt unsere ganze Lebensweisheit. Wir haben unser Wissen in allen Winkeln der Welt gesammelt, unter Himmeln und Sternen, auf den Weltmeeren. Wenn man genau darüber nachdenkt, ist eine Krone gar nicht viel. Wir haben auch Berge erklommen. Den Arafāt zum Beispiel.«

Mit diesem biblisch klingenden Wort hatte sie Julia schlussendlich überzeugt.

»Jetzt betreten wir das Reich der großen Arkana«, sagte Zigita, legte das Keltische Kreuz und saß ein Weilchen gedankenverloren da. Schließlich sagte sie: »Mir scheint, deine Zukunft handelt von Mäßigkeit.«

Julia horchte auf.

»Jetzt kommt die Ruhe nach dem Sturm. Vielleicht hattest du es eine Zeitlang schwer, aber jetzt wird alles leichter. Das Leben muss nicht immer gut oder böse sein. Strebe nach dem Kompromiss, um ein Gleichgewicht zu finden. Denk nach, bevor du redest.«

War das alles? Das war Julias erste Reaktion. Dafür hatte sie einen ganzen Reichstaler bezahlt?

Doch andererseits: Denk nach, bevor du redest! Julia hatte es schon einige Male auf der Zunge gehabt, das Bekenntnis, die Wahrheit, mit der sie ihrem Mann fürchterlich wehtun würde.

Jetzt hatte sie Gewissheit: Sie würde schweigen und darauf hoffen, dass das Kind keine sieben Finger hatte.

Und wenn dem doch so wäre, würde sie nicht lange fackeln. Dann würde sie ins Wasser gehen!

* * *

Ellinor stand an der kleinen Wiese, wo Glockenblumen wuchsen. Jeden Hochsommer mähte sie diese mit der Sense ab und harkte sie zusammen, wenn sie sich versamt hatten.

Und wie sie so dastand und den Blick über die Glockenblumen schweifen ließ, erklang in ihrem Innern eine weitere Geschichte aus der Vergangenheit. Es war eine der Lieblingsgeschichten ihres Vaters, die er ihr als Kind oft erzählt hatte. Über Kyra, die kleine Schwester von seinem Vater Sailor, und eine ihrer eigensinnigen kleinen Unternehmungen: als sie die Hose ihres Vaters ins Meer geworfen hatte.

Die kleine Geschichte von der Nordostpassage

Wie in aller Welt hatte Kyra etwas derart Törichtes tun können! Wie in Herrgotts Namen war sie auf die Schnapsidee gekommen, Vaters Latzhose ins Meer zu werfen? Es war ja zweifellos seine Hose, die auf Tasslan an Land geschwemmt und ihm mit einem schiefen Grinsen zurückgebracht worden war. Sailor hatte zwar alles mit angesehen, aber Kyra nicht von ihrem Vorhaben abgehalten.

Kyra hatte in der *Telje Tidning* über den Polarforscher und Pionier Fridtjof Nansen gelesen, der von einer seiner Expeditionen niemals zurückgekehrt war. Dass Kyra trotz ihres jungen Alters schon lesen konnte, war allerdings ihr wohlbehütetes Geheimnis. Nansen war mit seiner *Fram* in den Arktischen Ozean gefahren und hatte das Schiff im Packeis einfrieren lassen, um mit der Eisdrift zum Nordpol zu treiben, dorthin, wo noch nie zuvor ein Mensch seinen Fuß hingesetzt hatte.

Bei einer morgendlichen Tasse Kaffee im Jahr 1884, so hieß es nämlich, hatte Nansen die Meldung über eine Hose gelesen, die an der Südspitze Grönlands an Land geschwemmt worden war. Kyra wusste, wo Grönland lag, weil sie die Weltkarte im Schulbuch ihrer Schwester studiert hatte. Sie kannte alle Flüsse und Berge und Täler Chinas und konnte sämtliche Staaten Amerikas auswendig aufsagen. Aber keiner wusste davon.

Eine Hose an der Südspitze Grönlands! Sie musste von einer unbekannten Strömung längs einer nicht minder unbekannten Passage durch die Beringstraße getragen worden sein. Es stellte sich heraus, dass sie einem Matrosen von der Besatzung der im Arktischen Ozean eingefrorenen *Jeanette* gehört hatte. Für alle, außer Nansen, war dies lediglich ein weiteres Kapitel in der Geschichte eines Schiffsunglücks. Bloß eine Hose. Nansen hingegen hatte sie auf eine Idee gebracht. Hier gab es einen Weg zum Nordpol! Die Nordostpassage. Er musste nur dem Weg der Hose durchs Eis folgen.

Kyras Mutter Julia ließ der Hosenstreich keine Ruhe. Sie rügte Kyra mit den härtesten Strafen, wenn man von der Todesstrafe einmal absah; eine ganze Woche lang schickte sie Kyra ohne Abendessen ins Bett.

Warum nur hatte das Mädchen ausgerechnet Gerolds Hose ins Meer werfen müssen! Wo er doch nach ihrer Eskapade mit Siebenfinger-Dick ohnehin schon ohne Hose dastand – wenn auch ohne es zu wissen. Als hätte Kyra geahnt, dass dies ein heikles Kapitel war. Als hätte sie demonstrieren wollen, dass ihr Vater, Gerold Ingman, bis unter die Gürtellinie blamiert worden war. Hätte das Kind doch wenigstens ein Unterhemd, eine Mütze oder eine Jacke gewählt – was auch immer, nur nicht die Hose.

Kyra litt viel zu wenig darunter, hungrig ins Bett zu müssen. Weil sie auf dem Küchensofa schlief, konnte sie einfach in den Zeitungen blättern, die in der Holztruhe aufbewahrt wurden. Sie verschlang sämtliche Artikel, und keiner bekam davon etwas mit.

Sie war unsichtbar. Fiel nur dann auf, wenn sie Schabernack trieb, zum Beispiel, wenn sie mithilfe der väterlichen Hose die Nordostpassage zu erkunden suchte.

Wieder einmal waren Gerold Ingman und die kleine Kyra im Tischlerschuppen gewesen, und Kyra hatte den Geschmack der Wörter probiert. Raubank und Schraubzwinge zum Beispiel schmeckten heute nach Holz. Jetzt stiefelten Vater und Tochter zurück zu dem kleinen Schärenhof, der ihr Zuhause war, bestehend aus einem Wohnhaus und einem Kuhstall mit angebauter Scheune. Dort drinnen war ausreichend Platz für die Kühe und Mutterschafe; das Weihnachtsschwein war jung verstorben, nachdem es seine Schnauze zu tief in ein Einmachglas gesteckt hatte. Der Weihnachtsschinken würde dieses Jahr ausfallen. Aber natürlich würde ein Weihnachtsbaum stibitzt werden, denn auf Hustrun stahlen die Familien sich gegenseitig die Tannen. Ein kleiner Jux am Rande.

Jetzt beäugten Gerold und Kyra den Ameisenhaufen oder,

besser gesagt, den Haufen aus Nadeln und Zapfen, den die Ameisen langsam, aber sicher zu einem Haufen auftürmten.

Vaters Hand fühlte sich warm und rau an. Kyras kleine Faust war eine Flügelspitze.

Da hörte sie es plötzlich! Hörte es zum allersten, aber gewiss nicht zum letzten Mal: eine eigentümliche Strophe. Worte, die sie sich auf die Zunge legen konnte. Als hätten die Ameisen plötzlich Stimmen bekommen.

Only a sweet and virtous soul.

Kyra flüsterte die Worte in ihrem Kopf nach. Onli a swiet änt wötschöäs sol.

Was für Wörter! An ihren Klang sollte sie sich noch lange erinnern.

Sie schielte zu ihrem Vater hinauf. Ob er es auch gehört hatte? Er sah völlig unverändert aus. Er glich Vater, wenn Vater sich selbst glich. Aber Kyra war nicht dieselbe. Sie hatte eine Botschaft aus der Ferne vernommen. Ob es die Stimme eines chinesischen Flusses gewesen war?

»Lass uns reingehen«, flüsterte sie, und ihr Vater gehorchte.

Ihre Mutter hatte bereits den Abendbrottisch gedeckt, Kyra durfte wieder mit der Familie essen, und ihre Schwester Maria stand wie gewöhnlich bei den Kochtöpfen und strahlte etwas durch und durch Patentes aus. Weil die Erntezeit noch nicht gekommen war, wartete der Tisch mit einer ziemlich mageren Ausbeute auf: Salzhering und ein paar matschige Kartoffeln aus dem Vorjahr. Die Butter war aus, doch das dünne, selbstgebackene Brot schmeckte auch so.

* * *

Ellinor war wieder am Hauklotz angekommen. Herrman war nass geschwitzt.

»Soll ich dir etwas zu trinken holen?«

»Ja, gerne. Aber bitte keinen Stachelbeersaft.«

»Warum sollte ich?«

»Erinnerst du dich nicht? Ellinors hausgemachter Stachelbeersaft von 1975. Unvergesslich! Er sollte säuerlich sein, schmeckte aber nur wie alter, abgestandener Tee.«

Ellinor schüttelte den Kopf und ging nach Hause, um schwarzen Johannisbeersaft zu holen. Stachelbeersaft? An so ein Gebräu würde ich mich doch erinnern!

Der Makel

Sailor war übel. Am Hering lag es nicht, an den hatte sein Magen sich längst gewöhnt, auch nicht am Stachelbeersaft oder am ranzigen Schmalz, das als Butterersatz diente – nein, es lag an der Stimmung im Haus. Am verkniffenen Mund und den blinzelnden Augen seiner Mutter, an der grimmigen Falte auf der Stirn seines Vaters, an Marias überbordendem Fleiß und nicht zuletzt an Kyras Flausen mit der Nordostpassage.

»Hunger ist das beste Gewürz«, meinte sein Vater, so pflegte man auf Hustrun zu sagen. Man sagte nie, dass etwas gut schmeckte, das wäre der reinste Dünkel gewesen.

»Ich bin nicht hungrig«, log Sailor. Er hatte durchaus Hunger, aber vor allem war ihm zum Weinen zumute, und ein großer Junge durfte nicht weinen. Ein Bursche wie er ging zur See, bekam Seebeine und trotzte Wind und Wetter. Für einen gestandenen Sailor wie ihn gehörte es sich nicht zu flennen, bloß weil seine Mutter mürrisch, sein Vater grimmig und seine große Schwester emsig wie eine Biene war.

»Wenn das so ist, stehst du jetzt auf«, bestimmte sein Vater.

Gerold Ingman war nicht dumm. Er hatte begriffen, unter welchen Umständen Julia schwanger geworden war; er konnte ja rechnen. Trotzdem sagte er keinen Mucks. Was hätte das auch gebracht?

»Geh und leg dich schlafen, Sailor«, fuhr er in unnötig schroffem Ton fort.

In einem verzweifelten Versuch, die Stimmung aufzuheitern, platzte Kyra heraus: »In den Pyramiden gibt es Mumien. Die sind muminfiziert!«

Es war nun Abend geworden. Die Dunkelheit hatte sich über die Familie Ingman und ihr Zuhause gelegt. Mutter und Vater Ingman schliefen im Obergeschoss, Maria und Sailor ebenso. Die kleine Kyra lag auf der Küchenbank, der einzige Platz, der für sie übrig war. Das Holz im Ofen hatte sich in ein stummes Kohlebett verwandelt, das glühte, aber nicht mehr prasselte.

Plötzlich hörte sie schleichende Schritte auf der Treppe. Da in einer Familie jeder die Schritte des anderen kennt, wusste sie, dass es Sailor war, der sich da heranpirschte. Die Schritte eines großen Bruders auf einer knarzenden Treppe.

Sicher musste er mal pinkeln.

Doch die Schritte kamen näher. Sie verharrten kurz mitten im Raum, dann kroch Sailor zu ihr auf die Küchenbank und murmelte leise vor sich hin.

Sie verstand kein Wort. Und umso weniger begriff sie, wie ihr geschah, als Sailor sich eng an sie drückte und mit einem Mal am ganzen Körper zu zittern begann. Dann spürte sie seine heißen Tränen, die ihm in Strömen das Gesicht hinabliefen. Er weinte und klammerte sich an seine kleine Schwester. Kyra wusste, dass Jungs alles durften, nur eines nicht. Und sie wusste auch: Mutter darf ich nichts davon erzählen. Vater auch nicht. Und auch nicht Maria. Zu niemandem auf der ganzen Welt darf ich etwas sagen!

»Hör auf zu weinen!«, flüsterte sie, ganz leise, um ja nicht das ganze Haus zu wecken.

Kyra spürte, wie Sailor sich anspannte, sich noch enger an sie klammerte und ihr beinahe die Luft nahm. Ihr eigener Körper fühlte sich taub an, wie abgeschnitten. Ihr Kopf wie ein Planet in einer eigenen Umlaufbahn, die weit vom Körper entfernt war.

Dann war es vorbei. Schließlich mühte er sich auf und ging.

Alles, was zurückblieb, waren seine Tränen auf dem Laken.

Kyra legte sich auf die Kante der Bank und dämmerte weg. Sie schlief unruhig und träumte von dem steingesäumten Bach. Sie war hineingefallen, trieb in einer Stromschnelle. Das Ufer war so rutschig, dass sie nirgends Halt fand.

* * *

»Woran denkst du?«

Herrman ließ die Axt ruhen, umklammerte den Schaft mit beiden Händen und stützte sich auf dem Hauklotz ab. Er hatte so gierig von dem schwarzen Johannisbeersaft getrunken, als wäre er kurz vorm Verdursten gewesen.

»Na ja, jedenfalls nicht an Feuerholz. Und woran denkst du, Herrman?«

Seine Antwort traf sie unerwartet. »An den Kaminfeger Valentin, der im Verzasca-Tal lebte.«

»Und wo liegt dieses Tal?«

»In den Alpen.«

»Bist du mal dort gewesen?«

»Ich habe vor einiger Zeit eine Postkarte von dort bekommen. Sie war ohne Absender, und ich dachte, sie wäre von dir. Ich habe mich über die Kaminfeger in diesem Tal informiert. Kleine Jungen, die in die schmalsten Schornsteine geschickt wurden. Auf der Postkarte trägt Valentin ein völlig zerlumptes Hemd. Die Häuser dort sind aus Steinen gebaut, die aufeinandergestapelt werden. Und auch die Schornsteine werden so errichtet.«

Ellinor schüttelte den Kopf. Sie hatte nicht den blassesten Schimmer, warum er diese Postkarte mit ihr in Verbindung gebracht hatte.

»Und wieso dachtest du, ich hätte dir die Karte geschickt, Herrman?«

»Es hätte zu dir gepasst«, sagte er lächelnd. »Irgendwann wurde mir klar, dass die Karte bloß falsch zugestellt worden sein musste. Falsch zugestellt – und dennoch goldrichtig.«

Ein Moment der Stille zog über den Hauklotzhügel.

Ohne sein Lächeln zu erwidern, schmiss Ellinor die Motorsäge an.

1914

Auf Hustrun herrscht die stille Übereinkunft, hin und wieder frisches Blut auf die Insel zu lassen, denn es ist allseits bekannt, dass Inzucht Schärenbewohner mit außergewöhnlich langen Ohren oder vier Füßen hervorbringen kann – Kreaturen.

Mandis Sjöblom ist das Andenken an eine chinesische Dschunke, die eine Sommerwoche lang in der Öjan-Bucht verankert gewesen war. Sie sieht exotisch aus: rabenschwarzes Haar und funkelnde, mandelförmige Bernsteinaugen. Solche Augen hat auch Victor Sjöblom, ihr vermeintlicher Vater, weshalb die anderen Inselbewohner mit leidlich verhohlener Ironie witzeln:

Die Kleine kannst du nicht verleugnen! Und Victor verleugnet sie nicht. Mandis ist Papas Liebling.

Ihre ältere Schwester Octavia ist blitzgescheit, genau wie ihre Freundin Kyra; Mandis' Stärke hingegen sind ihre geschickten Hände. Obwohl sie erst dreizehn ist, trägt sie mit ihren Schiffchenarbeiten bereits zur Versorgung der Familie bei. Schiffchenarbeit ist eine Mischung aus Klöppeln und Häkeln, und Mandis beherrscht diese Kunst geradezu meisterhaft.

Jetzt aber kriecht sie übers Eis, inmitten dieses Orkans des Jahres 1914, der später als grausamster Orkan des ganzen Jahrhunderts in die Geschichte eingehen soll.

Der Sturm fühlt sich an wie eine Mauer, eine Steinmauer. Mandis versucht, sie wegzuschieben, und schürft sich dabei die Knie auf dem Eis wund. Meinen Namen kennt einzig Gott, denkt sie.

Ob Gott auch von ihren Schiffchenarbeiten weiß? Ob er weiß, dass sie der Stockholmer Schneiderei Bohlins zuarbeitet und dass ihr Vater sehr stolz auf sie ist? Stellt euch mal vor, was dieses Mädchen alles zustande bringt!, prahlt er immer. Mandis' Ziel ist es, Brüsseler Spitzen zu fertigen, schnell und korrekt. Wiederholungen, Muster. Doch nun hat sie sich auf dem Eis verirrt. Wenn man doch nur alles umwenden könnte wie einen Pfannkuchen in der Luft, denkt sie. Die Welt umwenden und wieder Licht vom Festland erblicken. Doch es ist kein Licht zu sehen, nicht einmal zu erahnen.

Es gibt keinerlei Orientierungspunkte.

Keine Muster.

Nichts, worauf der Blick sich heften könnte.

Keinen Pfad, wo man einen Fuß vor den anderen setzen könnte, keinen abgesteckten Weg, keinen Himmel, keinen Boden. Ob sie womöglich *unter* dem Eis wandert?

Und dennoch kriecht Mandis immer weiter, setzt ein Knie

vor das andere, schiebt die Steinmauer vor sich her, im festen Vertrauen auf Werner Engströms Kompass. Norden ist Norden, und Süden ist Süden. So ist es einfach.

Nichts ist so trügerisch wie das Eis mit seinen Rissen und Waken und Strömungen, die es hauchdünn und zerbrechlich schmirgeln. Die Eishaut birgt Falten und Spalten, die urplötzlich aufreißen können. Windbrunnen, die dort entstehen, wo der Wind auf ein und dieselbe Stelle hinabwirbelt.

Mandis Sjöblom stemmt sich weiter gegen die weiße Mauer. Doch plötzlich wird sie von einem Windbrunnen verschluckt. Keiner sieht es. Keiner kann reagieren und eine Hand nach ihr ausstrecken, als Mandis' geschickte Hände kurz durch die Luft wirbeln, bevor sie in die Tiefe sinkt und sich ihr Rock wie ein Trichter über ihren Kopf stülpt. Keiner kann nach ihrem dicken Zopf greifen.

Als Werner sich umdreht, sieht er, wie sie sinkt, wie ihre kleinen Hände rotieren, als wollten sie sich umeinanderschnüren.

Mandis ist fort. Verschluckt von der Dunkelheit und der Eiseskälte.

DIE SACHE MIT DEN RATTEN

Es war so ein herrliches Gefühl, nicht allein am Hauklotz zu stehen, sondern zusammen mit jemandem, der ihr zur Hand ging.

»Ellinor, es gibt da ein Rattenproblem bei mir zu Hause«, sagte Herrman dann.

»Ein Problem? Du kamst also mit einem Hintergedanken hierher ...«

»Ehrlich gesagt – ja.«

Wenigstens ist er ehrlich, dachte sie. Trotzdem machte sich ein Gefühl der Enttäuschung in ihr breit.

»Also, was willst du? Kost und Logis vielleicht?« Sie stemmte die Hände in die Hüften und fokussierte Herrman mit dem Blick. Ein hartgesottener Blick, der zu sagen schien: Ich kenne Typen wie dich.

»Auf dem Engström'schen kann man momentan unmöglich wohnen. Die Ratten tanzen auf dem Tisch. Und im Bett.«

»Und die Katze ist aus dem Haus. Ich hab ein Gästezimmer hinterm Hühnerstall, bei uns im Haus kannst du nicht übernachten. Das würde Vater nicht dulden. Er hat schwache Nerven und chronische Magenbeschwerden. Frühstück gibt's um sieben. Ich brauche acht Kubikmeter gespaltenes Holz!«

»Acht Kubikmeter?« Herrman nahm die Persianermütze ab.

»Vielleicht findest du ja ein schickes Hotel, wo man statt mit Holz mit Kreditkarte zahlen kann«, entgegnete sie mit einem verschlagenen Blick. »Aber das Hotel zur Schwarzen Henne nimmt nur Feuerholz.«

Sie ist wirklich süß!, schoss es Herrman durch den Kopf. Vor allem wenn sie sauer ist und verhandeln will.

»Abgemacht«, antwortete er und schwang die Spaltaxt durch die Luft. Dann sagte er: »Sollen wir Tango tanzen?«

»Tango?«

»Erinnerst du dich nicht? Drei Schritte rückwärts, die Augen schließen ...«

Nein, sie erinnerte sich nicht. Stattdessen sagte sie wie einstudiert: »Herrman, ich hinke.«

»Du hast nicht immer gehinkt.«

»Das werde ich ja wohl am besten wissen.«

»Ich glaube nicht.«

Sie sahen sich einen Augenblick prüfend an, dann ging Ellinor zu Edison und kontrollierte den Futterbeutel. Plötzlich drängte sich ihr eine Erinnerung an die Siebziger auf. An gesprungene Schallplatten und ein batteriebetriebenes Grammofon.

Das Pferd schnaubte.

»Ich gehe das übrige Holz abladen«, sagte Ellinor schließlich, und ihr war, als würde sie nach einer kurzen Auszeit in die Wirklichkeit zurückkehren.

»Hast du eine zweite Packzange? Ich bin zwar bloß ein philosophierender Vogelmaler, aber mit anpacken kann ich trotzdem.«

Ellinor zögerte und wog ihre Antwort sorgfältig ab. Selbstverständlich gab es eine zweite Packzange, die ihrem Vater gehörte. Sie atmete tief durch.

»Im Holzschuppen. Ist nicht schwer zu finden.«

Herrman lächelte.

Im Stall war es schummerig. Ellinor trocknete Edison gründlich mit einem Bündel Stroh ab, denn wenn ihm kalt im Kreuz würde, könnte das böse enden. Unterdessen spürte sie eine Wut in sich aufsteigen, einen schier unbezähmbaren Zorn. Dass der

Kerl so mir nichts, dir nichts in Sommerschuhen auf die Insel spazierte! Im Leinenanzug! Er kam einfach so her, um Vögel zu malen, und jetzt wollte er dies und das, das und jenes. Und obendrein hatte er auch noch Angst vor Ratten und setzte seine Küche halb in Brand – zum Kuckuck noch mal!

Letzteres hörte sie sich selbst laut sagen. Gleich darauf kamen ihr die Tränen. Tränen, die ihren ganzen Körpern erzittern ließen, sodass sie ihre Arme um den starken Hals des Pferdes schlang. Sie klammerte sich krampfartig fest, während sie im Hintergrund die rhythmischen Hiebe der Axt vernahm.

Edison schnaubte und stampfte unruhig mit seinen schweren Hufen auf der Stelle. Ellinor konnte einfach nicht aufhören zu weinen; nicht von jetzt auf gleich, wie sie es sonst konnte.

Die Tränen waren eine Flut, die sich ihren Weg durch ihre Seele bahnte.

1914

Als würde man durch ein Spitzenmuster fallen, vermag Mandis gerade noch zu denken. Sie hat keinen Namen mehr, ist jetzt ein Niemand, sie fühlt sich wie eine Fliege, die sich in einem Spinnennetz verfängt. Der Tod spinnt ihr einen Kokon.

Sie wird von einer Strömung unters Eis gezogen. Wird zu Brüsseler Spitze, geklöppelt aus Eis. Früher war sie eine Klöpplerin. Jetzt ist sie namenlos. Ein Niemand.

* * *

Algot hatte schlechte Laune, wie so oft.

Er erlaubte sich, seinen im Grunde genommen stinkgewöhnlichen Tag mit ein bisschen Zitronensaft und etwas Essig zu säuern. Ein Tag mit Schuss sozusagen.

In der Ferne hörte er die Axthiebe. Sie kamen ihm bedrohlich vor, ohne dass er hätte sagen können, warum. Sie erinnerten ihn an das Klappern eines Webstuhls, ein Geräusch aus seiner Kindheit, die nun schon so weit zurücklag. Wenn seine Mutter Kummer gehabt hatte, hatte sie immer ziemlich hässliche Flickenteppiche gewebt. Aus Flicken von schwarzen Jacketts und grauen Westen, dazwischen ein paar bunte Streifen aus einem Sommerkleid, doch auch die machten die Teppiche nicht ansehnlicher. Ganz im Gegenteil.

Und in diese auf links gekrempelte Welt war eines Tages Hertha getreten. Am Anfang war sie so blauäugig, entsann sich Algot, und am Ende todunglücklich. Also hatte er sie gefragt, ob sie sich etwas wünsche. Ob es irgendetwas gebe, dass sie fröhlicher stimmen könnte. Ein bunter Streifen Sommerkleid im Schwarz und Grau. Ein Diadem, hatte sie geantwortet. Zuerst wusste er kaum, was das war, doch dann dachte er praktisch. Für irgendetwas musste sein handwerkliches Geschick doch zu gebrauchen sein. In einer Rumpelkammer verwahrte er eine kleine Sammlung hübscher Muscheln mit Perlmuttschimmer, die er als Kind gesammelt hatte. Dazu ein wenig Kupferdraht, der sich gut biegen ließ und obendrein hübsch anzusehen war. Zu guter Letzt etwas Leim, der eigentlich zum Flicken der Räder des Fahrradanhängers gedacht war, aber bestimmt seinen Zweck erfüllen würde.

Algot zitterte in seinem Rollstuhl. Sich an all das zu erinnern war eine nahezu lusterfüllte Form der Selbstkasteiung.

Hertha hatte einen entsetzten Schrei ausgestoßen, als er ihr sein selbst gebasteltes Diadem überreicht hatte, das womöglich einer in Seetang gewandeten Meerjungfrau gut zu Gesicht gestanden hätte, aber ganz bestimmt keiner Hertha Ulendorff. Noch bin ich nicht tot!, hatte sie gesagt. Dabei hatte sie seinen spitzbübischen Charme doch einmal so geschätzt.

Er nahm seine alte Büchse, eine Doppelbüchse, die er nur »die Doppelte« nannte. Als Ellinor eintrat, um nach ihm zu sehen (ihre Tränen hatte sie gründlich weggewischt), schnaubte Algot, so als hätte er einen triftigen Grund unfreundlich zu sein: »Wer hackt denn dieses Jahr unser Holz?«

»Ach, nur der Vogelmaler«, antwortete Ellinor rasch, um möglichst selbstsicher zu wirken. »Er soll sich ruhig ein bisschen nützlich machen, schließlich wird er heute Nacht in unserer Scheune schlafen und bei uns essen. Sein Haus ist voller Ratten.«

»Hier wird er ganz bestimmt nicht schlafen«, sagte Algot. »Ich habe schwache Nerven und –«

»– chronische Magenbeschwerden.«

Algot nickte ernst. Er nahm sich wirklich mächtig wichtig.

»Es geht hier schließlich um meine Gesundheit!«, insistierte er. »Woher kommt dieser Schmierfink überhaupt?«

»Von der Eisorgelküste auf Labrador«, antwortete Ellinor. »Noch so ein Ort, wo man nie gewesen ist.«

Algot kratzte sich mit dem Büchsenlauf die Stirn. »Wer braucht schon eine Weltreise, Ellinor? Eine vernünftige Karte und ein bisschen Fantasie tun's auch. Außerdem wohnen wir hier mitten in der Welt, genau mittendrin. Was gibt's zum Abendessen?«

»Meine leckere Fleischbrühe«, sagte Ellinor, beinahe fröhlich. »Und im Übrigen wäre ich dir dankbar, wenn du heute Abend mal nicht gegen den Fußboden klopfen würdest; wir haben schließlich Besuch.«

»Und wie bitte schön soll ich dann um Hilfe rufen?«, Algots Stimme klang jetzt klein, piepsig, jämmerlich.

»Vielleicht brauchst du ja heute Abend mal keine Hilfe mehr«, antwortete Ellinor. »Das ist so … peinlich.«

»Peinlich? In meinen eigenen vier Wänden? Ich bin ein kranker Mann! Ich sollte in einem Heim sein!«

»Ja, in der Tat –«, antwortete Ellinor, und die Antwort kam auf tiefstem Herzen.

»Unfug!«, fiel Algot ihr ins Wort. »Ich brauche meine Freiheit.«

»Und meine«, konterte Ellinor. Aber das überhörte Algot geflissentlich.

Vater ist wie ein Gerandeter Saftkugler, überlegte Ellinor, während sie die Treppe hinabstieg. Sie hielt einen Augenblick inne. Ein kleines, gepanzertes Insekt, das sich zu einer ebenso gepanzerten Kugel zusammenrollt, sobald man es antippt.

Hustrun war Ellinors ganze Welt. Hier kannte sie jedes noch so kleine Lebewesen beim Namen. Sie selbst war ein Schmetterling, ein Tagfalter, ein Geißklee-Bläuling. *En belle de jour.* Sie würde kein langes Leben führen. Für sie war das Leben etwas, das sie tagein, tagaus über sich ergehen ließ, zumindest so lange, wie ihr Vater lebte, das hatte sie sich geschworen.

Das Leben, überlegte sie, kann man sich vorstellen wie einen Tag. Als *eines langen Tages Reise in die Nacht,* wie es in diesem berühmten Theaterstück hieß. Sie hatte einmal eine Aufführung gesehen – und sich in der Stimmung wiedererkannt.

Ellinor wusste, dass ein Selbstmord zu weiteren Verzweiflungstaten in der Familie führen konnte. Die Steine, mit deren Hilfe sich ihre Mutter ertränkt hatte, waren auch um ihre Knöchel gebunden. Aber was nützte ihr dieses Wissen?

Hertha.

Hertha Ulendorff mit dem hochtoupierten Haar und den nachgezogenen Augenbrauen – hier draußen im Meer. Mit schmalen Lippen, die aussahen wie rote Striche.

Hertha war der falsche Mensch zur falschen Zeit am falschen Ort gewesen.

Aber Ellinor erinnerte sich auch, wie stolz sie auf ihre Mutter gewesen war. Ihre schöne Mutter, die so gut duftete, nach *Femme*, einem starken und schweren Parfüm, und nicht nach Hering wie die anderen Mütter. Ellinor hatte in Stockholm eine Parfümerie am Stureplan entdeckt, wo sie jedes Jahr einen Flakon *Oud Immortel* kaufte. Hin und wieder ein Tropfen konnte nicht schaden. Sollte sie auch heute Abend etwas Parfüm auflegen?

Aber weshalb eigentlich?

Für Herrman Engström? Er würde bestimmt kein Sommermann werden, da war sie sich vollkommen sicher. So war es einfach.

Doch sie konnte ihm leckeres Brot anbieten, ein italienisches Landbrot. Der Teig musste insgesamt drei Mal gehen und wurde jedes Mal in drei Lagen geschichtet. Das Brot passte hervorragend zur Suppe, die sie mit ein bisschen Chili (aus dem eigenen Garten) und reichlich Kohl (aus dem Freilandkeller) verfeinert hatte.

Ellinor kochte gern. Genauso gern, wie sie sich um die Wäsche kümmerte. Diese Tätigkeiten hielten sie am Leben.

Der Frühling rückte näher. Schon bald würden die Bienen aus ihren Fluglöchern krabbeln. Würde sie auch aus ihrem Versteck kriechen? Herrman rührte an etwas, womit sie keine Erfahrung hatte.

Sie setzte den Teig an und hörte Radio. Es lief *Hebridean Sea Poems*, eine Musik, die sie sehr gut kannte. Sie knetete mit Leibeskräften und formte den Teig zu pyramidenartigen Gebilden.

Von draußen waren Axthiebe zu hören.

Für einen kurzen Augenblick hatte Ellinor einen Mann. Einen Herr Man. Was für ein sonderbares Gefühl.

Herrman stützte sich auf den Axtschaft, um einen Moment zu verschnaufen. Obwohl er ein Naturbursche war, war er solch harte körperliche Arbeit nicht gewohnt. Seine Paradedisziplin war, durch Wald und Flur zu pirschen und nach Vögeln Ausschau zu halten.

Acht Kubikmeter hatte sie mit einem verschmitzten Lächeln bestellt. Dafür würde er bestimmt mehrere Tage brauchen.

Ein paar Tage für Ellinor.

Es machte den Anschein, als hätte sie ihre gemeinsame Geschichte von 1978 komplett vergessen oder verdrängt. Egal, was er sagte, sie wirkte vollkommen ahnungslos. Er hingegen erinnerte sich. An die Musik. An Keith Jarretts Köln-Konzert. Ein magisches Jahr. Er hatte Ellinor nie vergessen. Nicht eine Sekunde lang. Nicht für einen einzigen Ton des Köln-Konzerts. Für sie beide war es in jeder Beziehung das erste Mal gewesen.

Er atmete tief durch. Meine Ellinor, erlaubte er sich zu denken.

Dann schwang er neuerlich die Axt und schlug zu. Spaltete einen großen Kloben mit einem einzigen Hieb.

1914

Dort draußen auf dem Eis haben die jungen Leute sich verstreut, als hätte der Wind sie wie Spreu auseinandergetrieben. Vielleicht kämpfen sie gegen unterschiedliche Sturmmauern an, und jeder verschwindet in seinem eigenen Labyrinth.

Sie sind jetzt Schatten. Namenlos umherirrende Schatten. Die Sturmmauern kommen aus unterschiedlichen Richtungen auf sie zu, geschoben von Kräften, denen sich niemand zu widersetzen vermag.

Sie sind Ausgelieferte.

Werner Engström ruft in alle erdenklichen Richtungen, in dem eitlen Versuch, die Gruppe wieder zusammenzutreiben. Vielleicht ist er der Einzige, der weiß, dass Mandis Sjöblom von einem Windbrunnen verschluckt wurde. Oder wissen es die anderen auch? Aber vielleicht kann er es selbst noch nicht fassen, gleichwohl er es mit eigenen Augen bezeugt hat? Die zierlichen Klöpplerinnenhände, der Rock, der sich wie ein Trichter über ihren Kopf stülpte.

Jetzt hält er den Kompass in der bloßen Hand. Kyras Ring hat er sich an den kleinen Finger gesteckt, um ihn ja nicht zu verlieren. Er ist aus einfachem Metall, ein winziges Etwas inmitten des gewaltigen Unwetters. Trotzdem beruhigt es ihn, den Ring betrachten zu können. Seine Finger sind so steif wie Eiszapfen.

Er ruft allen und niemandem zu: »Wir müssen nach Osten! Mein Kompass zeigt an, dass wir nach Osten müssen!«

Werners Worte ertrinken im Sturm. Mauern aus zementschwerem Schnee werden vor- und zurückbewegt, die Labyrinthe drehen sich, und die jungen Tänzer suchen nach dem Weg heimwärts über das Eis. Manchmal können sie die anderen erahnen. Oder sind es doch nur Schatten? Ein Trupp verlorener Seelen.

* * *

Ellinor stand in dem kleinen Schuppen, wo Herrman übernachten sollte. Die Wände waren weiß lasiert mit einer Milchfarbe von den Anthroposophen. Sie mochte deren Produkte, auch wenn sie keinerlei Interesse daran hatte, selbst ein Grasfresser zu werden. Ein Grasfresser? Ja, das war es doch, was die Anthroposophen taten; ein bisschen Grünzeug pflücken, um es mit etwas Dill aufzukochen. Oder etwa nicht? Wie dumm von mir, sie so zu nennen, dachte Ellinor. Wo sie doch so hübsche Farben haben.

Die kleine Scheune war eine Notunterkunft für all jene, die auf der Insel strandeten. Verwandte, die bei ihren Verwandten alles andere als willkommen waren, Freunde, die ihren Freunden plötzlich Feinde waren, Alleinreisende im Allgemeinen – alle klopften sie an Ellinors Tür.

Die Tür der Einheimischen.

Sie hatte die Scheune selbst hergerichtet. Als ihr Vater noch Herr über das Haus gewesen war, hatte er keine Besucher geduldet und denen, die Obdach suchten, die kalte Schulter gezeigt. Ellinor war gastfreundlicher. Zu guter Letzt hatte sie ihn überzeugen können, dass sie ein Gästezimmer brauchten, so wie jede Insel einen sicheren Hafen benötigte.

Sie strich mit der flachen Hand über das Monogramm auf Kyras Brautlaken, das sie am Morgen von der Wäscheleine genommen hatte. Wie kunstvoll die Buchstaben gestickt waren! Eine breite Frivolitätenspitze. Mandis Sjöbloms Handwerk. Fünfzehn Rosen, die eine zwei Dezimeter breite Borte bildeten. Ein Meisterwerk. Wie Eisblumen auf einem Fenster.

Für das Kopfkissen hatte Ellinor einen Bezug mit einer anderen Stickerei ausgesucht; E I in Blau und ohne Borte. Dazu eine dicke Patchwork-Decke, deren Muster den Baum des Lebens mit einem kleinen Vogel im Geäst darstellen sollte.

Außerdem hatte sie einen Wasserkrug und eine emaillierte Waschschüssel bereitgestellt. Daneben eine Seife aus dem Hotel *Reisen*, die sie von einem ihrer alljährlichen Stockholmausflüge mitgebracht hatte, immer noch in das knisternde Papier eingewickelt. In eine Fensternische hatte sie das kleine Schnapsglas mit dem Schneeglöckchen gestellt.

Ein letztes Mal strich sie mit der Hand über das Bettzeug und schüttelte das Kopfkissen etwas auf. Dann betrachtete sie ihr Werk und versuchte, nicht weiter darüber nachzudenken.

Herrman stand am Hauklotz und begutachtete sein Werk. *The moon is waning gibbous,* ging es ihm durch den Kopf.

Er schätzte, dass er zwei Kubikmeter gespaltenes Holz beisammen hatte. Er war ein willensstarker und ausdauernder Mann, der genau wusste, was er wollte: Er würde den Engström'schen Hof an den meistbietenden Interessenten verkaufen, sich sämtlicher Gedanken an Hustrun entledigen und mit dem Geld sein Leben auf Labrador als ein bedeutend besser gestellter Mann führen als der geschiedene Vogelmaler Herrman Engström, der er jetzt war.

Basta finito!

Aber erst einmal erwartete ihn eine leckere Mahlzeit.

Während der Teig zum zweiten Mal ging, hatte Ellinor etwas Zeit für sich. Aus einem Impuls heraus las sie den Brief. Jenen Brief, den sie nach dem Tod ihrer Mutter unter deren Kopfkissen entdeckt hatte.

Petite enfant,

So begann er; typisch Mutter, noch bis zuletzt französische Wörter einzustreuen.

Kleines Kind.

Dabei war Ellinor schon zehn Jahre alt gewesen. Ein Teil von ihr sollte nie älter werden. Dieser Teil von ihr sollte zu Eis gefrieren. Ein reichlich abgegriffenes Bild, dachte sie, aber deshalb war es nicht weniger wahr. In ihr steckte ein Eispfropfen, der so vieles blockierte.

Petite enfant,

Vergiss nicht, dir Handschuhe anzuziehen.

Mama

Konnte man das überhaupt einen Brief nennen? War es nicht eher ein Telegramm? Leinenpapier, darauf das Logo mit den drei Lilien der Papierfabrik Lessebo. Ein nicht adressiertes Kuvert. Mehr hatte ihre Mutter nicht zu sagen gehabt.

Sie hätte etwas darüber schreiben sollen, wie Ellinor ein Leben ohne Mutter führen sollte. Oder war für all ihre Gedanken auf einem einzigen Blatt Leinenpapier schlichtweg zu wenig Platz gewesen?

Ellinor erinnerte sich, wie sie sich einen ganzen Winter lang geweigert hatte, Handschuhe zu tragen, nur um das Taubheitsgefühl in den Fingerspitzen zu spüren. Um zu fühlen, wie ihre Hände sich in kleine Meeresvogelfüße verwandelten.

Vergiss nicht, dir Handschuhe anzuziehen.

Was hätte sie nur um einen Rat gegeben, einen guten Rat für das Leben und die Liebe, dafür, wie sie mit Neid und Scham und mit ihrem Vater umgehen sollte.

Aber nein.

Ihre Mutter war zeitlebens kein besonnener Mensch gewesen, warum also hätte sie mit einem Mal weise werden sollen? Nur weil sie sich dazu entschlossen hatte, ihrem Leben ein Ende zu bereiten?

Ellinor verstaute den Brief wieder an seinem Platz. Sie bewahrte ihn auf wie eine letzte Verbindung in die Vergangenheit.

»Frisst deine Mutter Frösche?«

Herthas Tochter zu sein. Hertha – die hier draußen im Meer so schrecklich deplatziert gewesen war. Irrsinniger ging es gar nicht. Ein Fräulein Julie mit Algot als Jean, rücksichtslos, selbstherrlich, ohne Verständnis für Herthas unentwegtes Sinnieren über das Raison d'Être.

Ob zwischen den beiden einmal so etwas wie Leidenschaft existiert hatte? Etwas Sexuelles? Ein Funke, der einen Brand ausgelöst hatte?

Der Teig war jetzt fertig gegangen. Das Kind hatte mit bloßen Händen gebacken.

Algot saß in seinem Rollstuhl vor dem Schreibtisch. In einer Ecke des Zimmers, verdeckt von einem Gerümpelberg, stand ein rotes Tretauto, noch immer in seiner Originalverpackung. Elvins Tretauto. Genau so eines, wie es der Kleine sich sehnlichst gewünscht hatte. Es war mit der Post gekommen, eine Woche nach seinem Tod.

Er war so ein braver Junge gewesen, ein richtiger kleiner Seemann. *Es ist genug, dass jeder Tag seine eigene Plage hat,* hatte er immer gesagt, obwohl er doch noch so klein war. Er musste es von Hertha aufgeschnappt haben. Ja, ein goldiger, kleiner Flachskopf war er gewesen. Als der kleine Elvin zum ersten Mal auf dem Ingman'schen Küchentisch gelegen hatte, hatte Algot zu Ellinor gesagt, sie könne ihm ruhig die Hand streicheln. Zuerst hatte sie sich geziert.

Bestimmt ist das Tretauto inzwischen einiges wert, überlegte Algot, immerhin ist es noch originalverpackt.

Manchen Menschen, sinnierte er weiter, ist es vergönnt, im Alter zu vergessen. Man schleppt so viele Erinnerungen mit sich herum, die man loswerden möchte. Eine riesige Rumpelkammer, ein schwer beladenes Frachtschiff. Manchen ist es vergönnt zu vergessen, aber mir nicht. Ich kann mich an alles erinnern und trotzdem wüsste ich nicht, was ich hätte anders machen sollen. Manchmal denke ich, dass ich eine Bürde für die Gesellschaft sein möchte. Keine Ahnung, warum. Nur so ein verirrter Gedanke.

Sie hatte nach Veilchen gerochen, aber es war kein Parfüm,

sondern ihr natürlicher Duft. Ein lieblicher Duft nach Veilchen. Hertha Viola, schon ihr Name duftete danach.

Ça va?

Ça va bien.

Das waren die einzigen französischen Vokabeln, die sie mir hatte einprügeln können, dachte Algot. Wenn wir tanzten, war sie so leicht wie die Flugschirmchen einer Pusteblume. Ich hatte auf einem Fels bei der Landzunge neben ihr gelegen und gesagt: »Mach mit mir, was immer du willst.«

Vielleicht hatte der Tod des Jungen das Ende ihres Lebens eingeläutet. Die Sache mit dem Apfelbaum und dem Seil. Dass sie ihre Kinder nicht so hatte großziehen wollen, wie es auf Hustrun üblich war, sondern eher wie in einem kleinen französischen Dorf.

Er war bloß ein kleiner Stöpsel gewesen, aber wenn man ihn gefragt hatte: *Was magst du zum Frühstück?*, hatte er geantwortet: *Haferschleim und Bier.* Die Erinnerung fühlte sich an wie ein Knoten in Algots Herz.

Alles muss auf die rechte Weise erledigt werden, dachte Herrman. Woher hatte er das nur aufgeschnappt?

Alles muss auf die rechte Weise erledigt werden. Also stapelte er die frisch gespaltenen Holzscheite an der Schmalwand des Holzschuppens aufeinander. Die schmalen Enden zum Zimmer hin, damit sich der Stapel nicht nach außen wölbte. Das war zwar kein Teil ihrer Abmachung, doch er wollte Ellinor helfen, ihr zur Hand gehen.

Sie hatte keinen Mann. Keine erwachsenen Kinder. Herrman sann einen Moment über den Brief nach. Den Brief, den er vom alten Algot erhalten hatte und in dem er über Ellinors neues Leben in Kenntnis gesetzt worden war. Doch ganz offensichtlich war es zu diesem neuen Leben nie gekommen.

Bevor sie nach Hause gegangen war, um nach ihrem Vater zu sehen, hatte er versucht, sie nach dem Hund zu fragen: »Wie ist es passiert? Wieso wurde dein Hund erschossen?«

Sie war bleich geworden. Hatte sich auf die Unterlippe gebissen und mit zitternder Stimme gesagt: »Es war ein kristallisierender Augenblick.«

Herrman verstand, dass es das Beste war, nicht weiter nachzubohren. Ich muss ihr ihre Ruhe lassen. Er versuchte zu verstehen, was ein kristallisierender Augenblick sein mochte, konnte sich aber keine Vorstellung davon machen.

Ellinors Leben schien sich ausschließlich um den lästigen alten Kauz im Obergeschoss mit den chronischen Magenbeschwerden und schwachen Nerven zu drehen. Das hatte sie doch so gesagt, oder nicht? Aber wer bin ich, dass ich mir herausnehme, über ihr Leben zu urteilen? Vielleicht ist sie ja glücklich? Aber ihre Augen waren traurig. Und sie hinkte, schleppte sich durchs Leben. Tun wir das nicht alle? Besteht unser Leben nicht vor allem darin, besserer Leute Drecksarbeit zu verrichten? Eine alte Redewendung, die ihm da plötzlich in den Sinn gekommen war.

Es war ein Leben wie im Hamsterrad.

Das Hamsterrad sah anders aus in der Stadt, wo die Menschen immer im Kreis umherhetzten, häufig mit dem Handy am Ohr, mit Ohrstöpseln und in sich selbst verschlossen. Herrman hatte sich immer noch nicht daran gewöhnt, dass Menschen auf offener Straße Selbstgespräche zu führen schienen. Manchmal antwortete er ihnen, doch keiner begegnete seinem Blick. Im Grunde war niemand da, nur Stimmen, die Dinge sagten wie: Hallo, grüß dich, na klar.

Ellinor, mein Eiderweibchen, sie ist hier. Sie ist tatsächlich hier.

Mit einem Mal verspürte er eine Mattheit im ganzen Körper.

Er war todmüde, vom Kopf bis in die Fußspitzen, und wünschte sich nichts sehnlicher, als ein gutes Essen und ein Bett.

ZU TISCH

In Ellinors Küche hing ein holzgeschnitzter Kronleuchter von der Decke, klar lackiert in Rot, Gelb und Blau. Den Tisch hatte sie mit gemangelten weißen Leinenservietten eingedeckt, die sie hübsch gefaltet hatte. (Das hatte sie von ihrer Mutter gelernt.)

Herrman hatte sich aus seinem altmodischen Mantel geschält. In seinem karierten Flanellhemd und der dunkelgrauen Strickweste sah er jetzt geradezu modern aus. Auf der Leinenhose entdeckte Ellinor ein paar Farbspritzer. Sie selbst trug ein einfaches schwarzes Kleid, ihr Haar war gebürstet und mit einer perlenverzierten Haarnadel hochgesteckt, ein Erbstück ihrer Mutter. Sie nahmen Platz.

Auf dem Tisch stand eine Suppenterrine, daneben lag das frisch gebackene Brot, das nur noch in Scheiben geschnitten werden musste. Eine Butterdose, ein großes Stück Käse; der Tisch sah rustikal aus. Üppig.

»In den Schären sind die Menschen nie arm dran gewesen«, sagte Herrman. »Als es zu Beginn des zwanzigsten Jahrhunderts in Stockholm zu Hungerkrawallen kam, ist man mit Strömlingen in die Stadt gefahren. Mit dem Schärenfleisch.«

Ellinor nickte. »Uns fehlt es an nichts«, antwortete sie. »Vater und ich kommen zurecht. Wir sind weder reich noch arm. Lieber Weiß oder Rot?«

»Rot, bitte.«

Ellinor entkorkte eine Flasche Wein und füllte sein Glas, Herrman bedankte sich mit einem Nicken. Sich selbst schenkte sie nur wenig Wein ein und füllte das Glas mit Limonade auf. Sie lächelte. »Ich trinke nur Schorlen. Es ist übrigens ein richtig guter Wein. Ich habe immer ein Fläschchen für die Sommergäste im Haus. Entweder sie vergessen, etwas mitzubringen, oder sie haben nicht genug dabei. Und dann machen sie einen Heidenaufstand. Als wären sie in Seenot. Ellinooooor!«

Herrman lachte. »Und jetzt hast du mich auch noch am Hals …«

Sie hatten eine gemeinsame Tonlage für ihr Gespräch gefunden.

Ellinor sagte: »Ich habe über das, was du erzählt hast, nachgedacht. Darüber, dass man in vielen Sprachen Eider sagt. Wenn man hier auf der Insel lebt, zusammen mit allen Vögeln – dreiundfünfzig Arten hat mal jemand gesagt –, also, wenn man hier in der Mitte der Welt lebt, dann fragt man sich immer, wo die Vögel eigentlich hinfliegen. Wenn ein Schwarm vorüberzieht oder sich die Zugvögel unter den Wolken in kleinen Scharen zusammenfinden. Es ist so hübsch anzuschauen, wenn sie sich zu einem Keil formieren, als wollten sie den Himmel pflügen. Stell dir nur einmal vor, was sie alles zu sehen bekommen – die Pyramiden, die Chinesische Mauer, die Sahara, den Atlantik –, ja, vielleicht habe ich die Landzunge deshalb ›Kap der Guten Hoffnung‹ getauft. Also, *deine* Landzunge meine ich.«

Herrman lächelte. Ihm gefiel, was sie erzählte. Gerade als er etwas über die Keilformationen von Kranichen, die einer Kamelherde glichen, bemerken wollte, klopfte es an der Decke.

»Ich habe ihn doch gebeten …«, murmelte Ellinor zerknirscht.

Ihre Blicke trafen sich über den Rändern ihrer Weingläser. Es war ein magischer Moment, und kurz wurde es mucksmäuschenstill. Ellinor fühlte sich überrumpelt von Gefühlen, die sie in dieser Form nicht kannte.

Dann bemühte sie sich um Fassung. »Was hat dich ausgerechnet an die Eisorgelküste von Labrador verschlagen?«

»Eine tiefe Enttäuschung und eine große Faszination für Vögel. Außerdem war Mutter dort hingezogen, aber sie ist vor einiger Zeit gestorben. Und jetzt ist auch Vater tot. Ich bin für die Beerdigung hergekommen und um den Hof zu verkaufen. Und natürlich um Eiderenten zu malen. Die Eiderente ist für einen Maler so etwas wie die Meisterprüfung. Ich hab mir überlegt, ein ganzes Buch daraus zu machen.«

»Warum malst du gerade Vögel?«

»Vögel *wissen* etwas.«

Sie nickte. Die Antwort behagte ihr.

Er trank einen Schluck Wein und erzählte dann weiter. »Es gibt jede Menge zu klären, jetzt, wo Vater tot ist. Er hat die letzte Zeit in einem Altenheim gewohnt, und offensichtlich dachte er, er gehört zum Personal. Er hat den alten Damen ihre Gebisse versteckt. Und er hatte ein Techtelmechtel mit so einem kleinen Mütterchen, das mit ihrem Rollstuhl gerne rückwärtsfuhr und dabei *Alexander's Ragtime Band* trällerte.«

»Dann bist du jetzt also der letzte Engström.« Sowohl ihr Blick als auch der Tonfall waren schärfer geworden.

»Ja, der Erbe der Engströms«, erwiderte Herrman mit einem schiefen Lächeln.

Ellinor schwieg eine Weile. »Und bald ist Frühling«, sagte sie dann unvermittelt. »Auf der Insel gibt es ein Plätzchen, wo dunkelviolette Leberblümchen wachsen. Ich pflücke jedes Jahr ein Sträußchen. Und an derselben Stelle im Wald liegt eine Glücksstätte. Du weißt doch was eine Glücksstätte ist, oder? Ein Ort, an den sich die Rehe zum Sterben zurückziehen. Ich habe eine kleine Sammlung Rehschädel daheim. Damit könnte ich gut den Hamlet spielen: *Reh sein oder nicht Reh sein ...*«

»Der Frühling ist eine harte Zeit. Eine Übergangszeit. Viele alte Leute sterben, wenn das Eis schmilzt und die Bäume Knospen treiben.«

»Aber nicht mein Vater«, sagte Ellinor, das beharrliche Klopfen an der Zimmerdecke weiterhin ignorierend. »Es heißt, wenn alte Schärenbewohner sterben, ist entweder das Eis oder der Wald schuld. Aber da Vater eh nicht mehr vors Haus kommt, wird er vermutlich bis in alle Ewigkeit leben.«

»Wahrscheinlich«, antwortete Herrman mit leicht ironischem Tonfall. »Der Tod meines Vaters ist wie aus heiterem Himmel passiert. Er beschwerte sich eben noch übers Essen – er hatte ja an so ziemlich allem etwas auszusetzen –, und kurz drauf schlief er friedlich ein. Es gab Fleischauflauf.«

»Na, immerhin etwas Leckeres«, lachte Ellinor.

»Dass wir jetzt hier beisammensitzen ...«, sagte Herrman.

»Ja«, erwiderte Ellinor, ohne näher darauf einzugehen. »Probier die Suppe! Und das Brot – wusstest du, dass ich immer ein zusätzliches Gedeck parat habe für den Fall, dass ein ungeladener Gast zur Tür hereinschneit? Das hat mir das Inselmütterchen beigebracht. Und jetzt ist er hier. Du bist mein ungeladener Gast.«

Ich fühle mich jedenfalls willkommen, dachte Herrman. Er schöpfte sich Suppe in seinen Teller. Dann aßen sie unter Schweigen.

»Ich baue das Wurzelgemüse selbst an«, erklärte Ellinor.

»Man könnte fast auf die Idee kommen, dass du sogar deine Schuhe anbaust«, sagte Herrman.

»Selbstverständlich. Meine Stiefel sind aus ökologischem Anbau.« Herrman verzog das Gesicht zu einer lustigen Miene, und auch Ellinor lachte. »Vielleicht hinke ich ja deshalb? Die Dinge wachsen ja nicht immer ganz gleichmäßig. Nimm mehr Brot! Hab ich selbst gebacken. Die Butter kaufe ich immer auf Tasslan. Da gibt es eine Frau, die Fjäll-Rinder hält. Sie betreibt auch einen kleinen Hofladen, der richtig gut läuft. Die Stockholmer sind ganz verrückt nach allem, was *ursprünglich* ist. Und ich auch.«

»Wenn etwas ursprünglich ist, dann du, Ellinor. Du bist die Frau im Meer.«

»Erzähl mir etwas von deinem Leben in Kanada. Verheiratet? Kinder?«

»Sie heißt Meryl«, antwortete Herrman. »Und sie ist meine Exfrau.«

Er versuchte auszumachen, wie sie die Information aufnahm, doch ihr Gesicht war genauso ausdruckslos wie das von Buster Keaton. Er atmete tief ein. Atmete aus und wieder ein. Schließlich sagte er: »Sie war wie ein Deerhound, immer mit dem Blick auf der Jagd. Am Anfang war alles eitel Sonnenschein, *honey pany* und *Schätzchen* und so weiter, aber dann wurden ganz andere Töne angeschlagen, wenn du verstehst, was ich meine. Es war wie im Krieg. Eins musste man Meryl lassen, auf ihre üble Laune war Verlass. Wäre sie nicht so schnell schwanger geworden, hätten wir uns schon viel früher scheiden lassen. One big mistake«, resümierte er.

One big mistake! Er sagte nicht: Ich habe eine andere geliebt, und die andere bist du, Ellinor. Für mich war es nie vorbei mit uns. Du bist ein Teil von mir, so selbstverständlich wie ein Bein oder ein Arm.

Ellinor konnte nicht umhin, sich ein wenig darüber zu freuen, dass sein Leben mit Meryl unglücklich gewesen war. So was Dummes, dachte sie. Was habe ich schon damit zu tun?

Sie stand auf und griff nach einer großen Keramikkanne. Sie war glasiert und mit dem Bild einer schwarzen Henne verziert. Ellinor füllte sie mit Wasser und holte ein paar Eiswürfel aus dem Gefrierschrank.

»Ich hab das Wasser ganz vergessen«, seufzte sie, als ob sie sich einer Todsünde schuldig gemacht hätte.

»In den Eiswürfeln sind ja blaue Blumen«, sagte Herrman.

»Das ist Borretsch, hat eine sehr belebende Wirkung. Früher

haben die Mönche das Kraut für ihre Tränke benutzt. Man wird fröhlich davon! Vater bekommt immer einen Eiswürfel zum Frühstück. Meine Bienen lieben Borretsch, wenn er blüht.«

»Vielleicht solltest du damit aufhören«, witzelte Herrman. »Ich meine – deinen Vater damit zu beleben.«

Ellinor starrte ihn an. »Ich liebe meinen Vater«, sagte sie. »Versuch ja nicht, einen Keil zwischen uns zu treiben. So einen wie beim Holzhacken. Das wird nicht funktionieren.«

»Entschuldige ... es war nicht ernst gemeint ... Die meisten würden wohl denken, dass dein Vater es dir nicht unbedingt leicht macht.«

Ellinor unterdrückte einen Seufzer.

Herrman wechselte das Thema: »Glaubst du, du kannst mir dabei helfen, hier im Frühling Eiderenten zu finden? Das würde mir wirklich viel bedeuten.«

Sie zögerte. »Nimm noch ein bisschen Suppe, Herrman.«

Er bediente sich. Die Suppe war köstlich und hatte eine würzige, sehr besondere Note. Ellinor schwieg, nahm einen Schluck von ihrer Weinschorle und biss vom Brot ab. Sie sagte nicht: Es gibt in den ganzen Schären nur noch einen einzigen Ort, wo du Eiderenten findest. Ich beschütze sie vor den Möwen, außerdem gibt es dort noch Muscheln am Strand. Ich habe kleine Steinhäuser für sie gebaut. Ich kann Eiderenten auch gut leiden, Herrman, wenn auch auf eine etwas handfestere Weise als du. Aber rechne dir keine Nettigkeiten aus, nur weil – ja, warum eigentlich? Aber all das sagte sie nicht. Stattdessen saß sie wortlos da, und es war an Herrman, die Situation zu retten.

»Ich weiß, dass ich bloß ein dahergelaufener Nichtsnutz bin, der das Haus halb abfackelt, fast vom Dach fällt, dir die Haare vom Kopf frisst und in deiner Scheune übernachtet.« Er gluckste. »Du hast mich jetzt am Hals, Ellinor!«

Sie lachte. »Allein deshalb sollten wir zumindest einen Versuch wagen und nach Skinnet rausfahren. Ich kann dir nicht versprechen, dass wir dort Eiderenten finden, aber einen Versuch ist es wert.«

Herrman berührte einen Augenblick lang ihre Hand, bereute es aber sofort, als sie ihre schnell wegzog.

»Es gibt auch Nachtisch«, sagte sie kühl. »Ein Hofdessert, wie Mutter immer gesagt hat. Baiser mit Früchten und Schokoladensoße.«

»So was Edles hast du im Haus?«

»Na, du weißt schon. An den Wochenenden kommen immer viele Kinder her. Dann machen wir oft Hofdesserts oder Himbeerkrater. Das macht ihnen Spaß. Ich sorge immer dafür, dass sie etwas zu tun haben. Sei so gut und schäle eine Kartoffel! Schneide doch bitte ein paar Möhren klein! Komm, wir holen ein paar Eier aus dem Hühnerstall! Lass uns die Beete umgraben! Aber ich bin kein Kindermensch im eigentlichen Sinne. Ich mag sie nicht mal besonders.«

»Aber sie mögen dich?«

Ellinor nickte.

»Vielleicht kommen sie gerade deshalb zu dir«, überlegte Herrman. »Weil du sie als Menschen siehst.«

»Aber ich kann es nicht leiden, wenn sie mit Zetteln in der Hand zu mir kommen, auf denen steht: ›Soll um fünf zu Hause sein‹.« (Doch was sie am meisten schmerzte, verschwieg sie, nämlich, selbst ein solches Zettel-Kind gewesen zu sein. Mit kleinen, klebrigen Zetteln in der Hand, die sie selbst geschrieben hatte.)

»Du machst also besserer Leute Drecksarbeit«, lachte Herrman. Und Ellinor stimmte in sein Lachen mit ein.

»Weißt du, eines Sonntagmorgens hat mal jemand an meine Tür geklopft oder, besser gesagt, gehämmert. Ich hatte schon Angst, dass es irgendwo brennt. Ich springe also auf, öffne die

Tür, und draußen steht ein Sommergast und fragt: Haben Sie auch Überweisungsformulare?«

»Ach, du liebes bisschen, ist das wahr? Was ist denn nur aus unserer Insel geworden?«

Unsere Insel?, überlegte Ellinor. Soweit ich weiß, bin ich diejenige, die hier wohnt, während du dich an der Eisorgelküste von Labrador herumtreibst. *Eisorgelküste.* Wenn ich nicht ganz falsch liege, hast du den Ausdruck aus einem Gedicht von Harry Martinson. Haben wir es nicht sogar zusammen gelesen?

Unsere Insel.

Ich bin diejenige, die hier wohnt. Mit einem in die Jahre gekommenen Vater mit chronischen Magenbeschwerden und schwachen Nerven.

»Was für ein Festschmaus«, sagte Herrman. »Irgendwie muss ich an die Rückkehr des verlorenen Sohnes denken.«

»Ich denke eher an den Film *Babettes Fest.*«

Was für feine Tischmanieren er hat, dachte Ellinor. Er hat die weite Welt bereist, und die weite Welt hat ihn geprägt. Und was habe ich gemacht? Ich habe ein Geheimnis aus Steinen gebaut und die wenigen Eiderenten versteckt, die noch übrig sind. Und jetzt –

Es klopfte wieder an der Decke.

»Warum kommt er nicht einfach runter?«

»Seine Beine spielen nicht mehr mit. Ein Unfall im Wald vor ein paar Jahren mit einem Windbruch oder Sturmholz. Wie gesagt: Einen alten Schärenkerl erwischt entweder das Eis oder der Wald. In diesem Fall war der Wald schneller.«

»Aber das Eis sorgt hier draußen auch für jede Menge Unruhe.«

Ellinor erhob sich und machte sich daran, ein Tablett für ihren Vater vorzubereiten. Im Vorbeigehen legte sie im Ofen Holz nach.

»Magst du vielleicht einen Likör?«

»Da sage ich nicht nein.«

»Ich habe eine kleine Flasche *Grand Marnier* da. Vater weiß nichts davon.«

Sie klang wie ein kleines, schlitzohriges Mädchen. Eine Frau über fünfzig, die sich wie eine Schneekönigin über ihren geheimen Likör freute.

»Mein Lieblingslikör«, antwortete Herrman, und das war nicht einmal gelogen.

Ellinor nahm das Tablett für ihren Vater, auf dem auch ein kleiner Teller Hofdessert stand. Als sie damit die Küche verließ, bemerkte Herrman, wie ihre schmalen Hüften mit einem leichten Ruck zur Seite schwangen.

Was genau war eigentlich los mit Ellinor und ihrem Vater? Das alles ging sich nicht recht aus, wie man so schön sagte.

Jetzt, da er allein war, schaute Herrman sich in der altmodischen Küche um. An der Kühlschranktür hingen ein paar mit Magneten fixierte Kinderzeichnungen. Er stand auf und besah sich das Bild einer schwarzen Henne. Darunter stand: »Heenne«. Außerdem eine klobige Figur. »Saaana«. Auf einem anderen Papier stand: »Ich libe Älinor«.

Wer tat das nicht?

Und vielleicht würde er schon bald seine Eiderenten malen können. Dunkelbraun gefärbte Eiderweibchen. Die Meisterprüfung.

EIN HAUCH VON GLÜCK

Algot war zerknirscht, wie immer. Das Essen war viel zu spät gekommen. Außerdem war es schon fast kalt, als er mit seinem Löffel darin herumrührte. War da unten in der Küche etwa ein Tätatät im Gange? So ein *Bon soir* und *Ça va bien*? Er liebte es, französische Ausdrücke umzukrempeln und ins Lächerliche zu ziehen. Tätatät.

»Nichts Besonderes«, antwortete Ellinor tonlos. »Eine einfache Suppe kann man wohl kaum als Galadinner bezeichnen?«

»In trauter Zweisamkeit kann eine einfache Suppe etwas sehr Appetitliches sein«, bemerkte Algot und linste zu ihr hinüber.

Sie gab keine Antwort und dachte darüber nach, wie sehr die Begegnung mit Herrman die Sicht auf ihren Vater in ein anderes Licht gerückt hatte. Wie schnell es gehen konnte. Binnen einem einzigen Tag. Dieser verdammte, miesepetrige Tattergreis, dachte sie.

Aber das sagte sie natürlich nicht laut. Nicht im Traum wagte sie daran zu denken, ihrem Vater etwas Derartiges an den Kopf zu werfen. Manchmal genügten schon ein paar Worte, um die Büchse der Pandora zu öffnen. Sie hatte kein anderes Leben als das mit ihm. Und bisweilen fühlte sich dieses Leben an wie ein Tanz auf einem zu schlaff gespannten Seil.

Wie hübsch sie alles hergerichtet hat, dachte Herrman, als er die Scheune betrat, die ihm heute Nacht als Schlafstätte dienen sollte. Das Bett war ordentlich gemacht; ein mit Monogramm versehenes Laken und darüber eine hübsche Patchworkdecke – ob sie die selbst genäht hatte? Und schau an, in einer Fensternische stand das kleine Schneeglöckchen und wippte hin und her.

Während er allein in der Küche gesessen hatte, war ihm einiges durch den Kopf gegangen. Es war so gemütlich hier, bei ihr. Fast so, als würde man auf einem weichen Kissen liegen. Doch mit einem Mal hatte sich die Stimmung im Haus verändert und es war ihm so vorgekommen, als säße er unter einer Hochspannungsleitung oder vor einem tiefen Abgrund. Täuschte er sich? Die Stimmen im Obergeschoss hatten auf einen niedrigintensiven Streit hingedeutet; Vater und Tochter, die sich in den Haaren lagen, wobei keiner der beiden wirklich laut wurde, die Stimmen hatten eher etwas Ersticktes, Unterdrücktes, Eingefahrenes. Also hatte er seinen Teller abgeräumt und war hinaus in die Scheune gegangen.

Hier auf Hustrun schienen an jeder Ecke alte Fehden zu lauern. Wie Strandgut, das nach einem schweren Schiffbruch an Land gespült worden war.

Als er mit einer Hand über das Laken und die Decke strich, musste er daran denken, dass der Stoff auch von Ellinor berührt worden war, als sie das Bett gemacht hatte.

Hier trafen sich ihre Hände.

Wenn auch nur in seiner Fantasie. Pure Einbildung, nicht mehr, und doch war es ihm im Laufe des Abends so vorgekommen, als ob sie ihm zumindest einen kleinen Einblick in ihre Welt gewährt hätte. Ein kleines Guckloch – wie das Auge einer Pfauenfeder.

Sein Blick fiel auf einen Nachttopf voll Kohle, seine Wärmequelle. Es würde eine kühle Nacht werden. Und doch ging er mit einem warmen Gefühl im Körper zu Bett.

Ellinor, dachte er. Mein Eiderweibchen.

Ich empfinde tatsächlich einen Hauch von Glück. Zum ersten Mal seit langer Zeit.

Die Zankereien mit Algot waren so furchtbar überflüssig. Oder gerade notwendig, je nachdem, aus welchem Blickwinkel man die Angelegenheit betrachtete. Er kümmerte sich nicht mehr um seine Körperhygiene und stank nach altem Mann. Eine Mischung aus Urin, schweißnassen Strümpfen und schlechtem Atem, gepaart mit etwas anderem, Undefinierbarem. Er war ein alter Greis, dachte Ellinor bei sich, während sie ihm behutsam zu erklären versuchte, dass es an der Zeit für eine ordentliche Wäsche war. Sie musste dabei an diese Vertreter denken, die es hin und wieder auf die Inseln verschlug und die es fertigbrachten, ihrem Vater Unmengen an Putzmitteln anzudrehen, nur weil sie ihn »Herr Direktor« nannten. Ein bisschen um den Mund geschmierter Honig hatte noch nie seinen Zweck verfehlt. Inzwischen hatten sie genug Putzmittel für ein paar Menschenleben im Haus. Aber Ellinor wollte nicht nur Herrn Direktor Ingman abschrubben, sondern am liebsten gleich die ganze Insel – das Geschwätz von den Stegen scheuern, von den Trockengestellen und Bootshäusern, einfach alles sauber machen und den Schmutz der Jahrzehnte wegwischen. Alles sollte vom Alter-Mann-Gestank befreit werden!

Das Bild, das von den Schären gezeichnet wurde, war ein Konstrukt der Männerwelt, erstunken und erlogen. Nur allzu gern wollte sie eine Kuh mitten ins Bild stellen. Eine Kuh in einem flachbodigen Kahn, mit einer Frau am Riemen.

Wieder stieg die Wut in ihr auf. Ihre Mutter wollte *ma mère* genannt werden, doch Ellinor wollte Mama zu ihr sagen. Geeinigt wurde sich auf Mutter. Trotzdem hatte Direktor Algot Witze über »die Märre« gerissen. *Ma mère* – die Märre. Ellinor hatte daran zu knabbern gehabt, und das hatte sicher auch für ihre Mutter gegolten. *Ma mère* – das klang beinahe wie »mein Meer«. Mit seinen Mäkeleien konnte Algot alles, was schön war, zwischen den Fingern zerbröseln.

Bücher. Manche Bücher las Ellinor immer und immer wieder, Harry Martinsons *Der Weg nach Glockenreich* zum Beispiel. Vom Landstreicher Bolle und seinen illustren Weggefährten konnte sie nicht genug bekommen. Ein anderes Buch, das ihr sehr am Herzen lag, war eine französische Studie über ein kleines Dorf, nicht weit von Paris entfernt, aber bäuerlich, nach Erde duftend, mit nur dreihundertfünfzig Einwohnern. Das Buch hieß *Drei Frauen. Das Leben auf dem Dorf* und war gegen Ende der Siebzigerjahre erschienen. Ein Sommermann hatte es ihr geschenkt. In dem Buch wurde das Dorf aus der Perspektive der Frauen geschildert. Es ging um festgelegte Geschlechterrollen unter Menschen, die doch eigentlich gleichberechtigt hätten sein sollen. So beschrieb das Buch, wie die Frauen des Dorfes, als ein Schwein geschlachtet werden sollte und der Schlachter seinen Platz neben dem kreischenden Tier eingenommen hatte, vor ihren Häusern standen und sich Mund oder Ohren zuhielten.

Weil das ihre Aufgabe war.

Ellinor war auf der Insel gleichzeitig Frau und Mann. Weil das ihre Aufgabe war.

Das Dorf war tot; für die einen ein Sommerparadies, für die anderen ein Sommeralbtraum.

Ellinor wollte am liebsten die Insel abscheuern, jeden Winkel sauber machen. Stattdessen sah sie ein letztes Mal nach den Tieren und sicherte die Hühnerklappe. Die Hühner und der Hahn trippelten stets von selbst hinein und nahmen artig auf ihren Stangen Platz. Sie mochten naturbelassene Äste lieber als rund geschliffene Stäbe, wie Ellinor wusste.

Weiter zum Pferd, zu Edison. Er stand in seiner Box und dämmerte vor sich hin. Ellinor verstreute frisches Stroh auf dem Zementboden. Wenn es um ihr Pferd ging, war sie äußerst penibel. Einmal hatte ein argwöhnischer Nachbar sie wegen Verwahrlosung angezeigt. Sie hatte jedoch nie in Erfahrung bringen können, wer dahintersteckte; es hätte jeder sein können. Also war ein Beamter der Veterinärbehörde mit Algots Schärentaxi angereist und hatte dem Hof einen Besuch abgestattet. Er war völlig perplex, als er einen gepflegten Ardenner in seinen besten Jahren vorfand. Muskulös, bestens trainiert, sauber gestriegelt, mit guten Hufen. Nicht einmal Mauke in der Fesselbeuge hatte der Beamte finden können. Es gab frisches Wasser, gutes Heu und nicht die Spur von Schimmel.

»Was tue ich hier?«, hatte er gefragt. Doch Ellinor hatte keine Antwort für ihn.

Sie ließ ihre Gedanken zu Herrman schweifen. Ob ihm aufgefallen war, dass sie die Scheune extra für ihn hergerichtet hatte? Vermutlich nicht.

Die meisten Menschen, wenn nicht gar alle, hatten kein Auge dafür, welche Mühe Ellinor sich gab.

Für all ihre Bemühungen. Die Bemühungen, ein Mensch zu sein. Wen kümmerte das schon? Die Kinder vielleicht? Im Grunde sollte es mir leichtfallen, klare Grenzen zu ziehen, überlegte sie. Ich könnte die Kinder ja nach Hause schicken, wenn es mir gerade nicht passt. Aber sie gingen nicht nach Hause.

Was nicht passte, wurde passend gemacht.

Auf gewisse Weise hatte sie die Rolle des Inselmütterchens übernommen. Vielleicht war es wichtig, dass es einen Ort gab, wo die Kinder willkommen waren?

Wahrscheinlich hatte er noch nicht einmal das Schneeglöckchen in der Fensternische bemerkt, überlegte sie. Aber es sah dort so hübsch aus.

Ob sie womöglich nur träumen? Die jungen Leute, die dort draußen auf dem Eis um ihr Leben bangen, inmitten eines Sturms, an den man sich als den schrecklichsten Sturm des Jahrhunderts erinnern wird. Liegen sie womöglich in ihren Betten und träumen ein und denselben Albtraum?

Daheim ist die Aufregung groß, alles sitzt hellwach in den Schärenhäusern. Nur einer dreht Däumchen und macht die altkluge Bemerkung, die Jugendlichen hätten sich bei dem Unwetter wohl kaum nach draußen begeben. Bei Sturmwetter hinaus aufs Eis gehen – nein, das ist schier unvorstellbar.

Und doch hat die meisten die Angst gepackt. Immer und immer wieder spricht man sich Mut zu: Bestimmt übernachten sie auf Tasslan, in der Scheune ist ja genug Platz. Außerdem haben sie warme Kleider.

Auch bei Mandis und Octavia zu Hause wird auf die Ankunft der Kinder gewartet. Ihre Großmutter sagt: »Die Wege des Herrn sind unergründlich.«

Wenn sie doch nur damit aufhören könnte. Aber sie lässt keine Ruhe: »Die Wege des Herrn sind unergründlich.«

Die Mutter der Mädchen ist der festen Überzeugung, dass bereits ein Unglück geschehen ist. Sie ist außer sich vor Angst. Pirscht durchs Haus, immer im Kreis, einem Uhrzeiger gleich, nur nicht auf Zeit.

»Setz dich doch, Liebes«, sagt ihr Mann.

Doch sie kann nicht sitzen. Nicht liegen. Nicht in ihrem eigenen Körper sein. Die Angst wütet wie ein Feuerball in ihrer Brust.

Es gibt weit und breit kein Telefon, nicht eine einzige Leitung auf ganz Hustrun. Alles Neumodische erreicht die Schären zuletzt. Und Mandis' und Ottas Mutter ist der festen Überzeugung, dass ihre Kinder auf dem Eis sind, weil es doch am frühen Abend nur ganz leicht geschneit hat. Keinerlei Anzeichen für einen Sturm.

»Gönn dir 'nen Kurzen!«, sagt der Vater brüsk, steht auf und füllt ein Glas randvoll mit Branntwein.

Sie trinkt, ohne zu zögern. Sie weiß, dass dies eine Schicksalsstunde für die ganze Familie ist; wenn nicht gar für die gesamte Insel. Dort draußen auf dem Eis könnte die Zukunft verlorengehen. Und trotzdem fährt ihr Mann damit fort, im Brustton der Überzeugung zu verkünden, die Kinder hätten sich ganz gewiss nicht aufs Eis begeben.

Da klopft es an der Tür.

Noch während Vater Sjöblom öffnet, denkt er: Warum klopfen die Mädchen denn an? Denn wer sollte es sonst sein, wenn nicht die Mädchen. Der Wind erfasst die Tür, reißt sie auf und draußen steht Mutter Ingman, das Gesicht grau vor Angst.

Stumm.

Entsetzt.

Sie hat eine Vorahnung.

* * *

Algot hatte seine liebe Mühe, sich oben in seiner Kammer auf die Nachtruhe einzustellen. Erinnerungen und Nachtmahre, deren er sich entledigt gewähnt hatte, waren aufgewirbelt worden. Ja, sogar solche Dinge, von denen er gedacht hatte, dass auch Ellinor sie längst vergessen oder verdrängt hätte. Doch jetzt, nach all den Jahren, war dieser verfluchte Engström-Bursche auf die Insel zurückgekehrt und hatte sich prompt unter seinem Dach eingenistet. Algot zwang seine Gedanken, noch weiter zurück in die Vergangenheit zu reisen, in die Zeit, bevor all das geschah, woran er beileibe nicht denken mochte.

Er erinnerte sich an die große Quellblasenschnecke, die ausgesehen hatte wie eine Spirale aus Perlmutt. Sie hatte, als er noch klein war, immer auf einer Fensterbank gelegen. Sie hatte Kyra gehört. Ein Monument des Verlustes im Hause Ingman. Nichts, was die Lebenden erschufen, konnte mit Kyras Fund mithalten, den sie in einem Tümpel bei Gilleskär gemacht hatte. Die Schnecke war ein heiliges Relikt, und Algot hatte nie erklären können, was in ihn gefahren war, als er die Schnecke wieder im Tümpel versenkt hatte. Sein Vater Sailor hatte ihm nie verziehen.

Kyra. Als Kind hatte Algot geglaubt, der Name bedeutete *kyrka*, Kirche, und er hatte sich vorgestellt, wie eine Kirche im Eis eingebrochen war, mit Gott und allem Drum und Dran. Ein grausiger Gedanke.

Heute schien niemand mehr daran zu glauben, dass Gott seine schützende Hand über die Inseln hielt. Es war kein Zuckerschlecken, hier draußen an der Menschengrenze zu leben, wo das Wetter so unbarmherzig, die Lebensumstände so hart und der Lohn für all die Plackerei nicht der Rede wert waren, wenn man nicht genug Glaube, Liebe und Hoffnung in sich trug. Nicht umsonst waren das die Symbole des Seemannsgrabs. Doch genauso lebte Algot, lebte vor sich hin und erfreute sich, wie er dachte, gesunder Bestheit. Oder so ähnlich.

Endlich konnte Ellinor es sich auf dem ausziehbaren Schlafsofa in der Küche bequem machen. Sie zog die Decke bis unters Kinn. Als sie im Dunkeln lag, kam ihr die Strophe eines unbekannten, fast völlig vergessenen Gedichts von Wem-auch-immer in den Sinn. »Wir trafen uns tausendmal und eine Sekunde.« Mit diesem Vers auf den Lippen schlummerte sie ohne Umschweife ein.

Sie träumte.

Träumte von einem grünen Sturm, einem Wirbel aus Grün, ein Grün wie Laub oder Gras, das mitsamt seinen Wurzeln aus der Erde gerissen wurde, oder grünen, im Sturm flatternden Stofffetzen, ein Grün wie kleine Frösche, die in einer grünen Staubwolke vor sich hin quakten, und plötzlich war da der steingesäumte Bach, der das Grün davonschwemmte.

Schweißgebadet wachte Ellinor auf. Der Blättersturm, die gesprenkelten Laubwolken, der Strudel im steingesäumten Bach.

Sie strich sich mit der flachen Hand über den Bauch und über die Innenseite eines Oberschenkels. Atmete tief ein und dachte an den verschlissenen Pyjama, den sie Herrman in die Scheune gelegt hatte. Ob ihm dort draußen kalt war? War ein Eimer voll Kohle vielleicht doch nicht ausreichend?

Im Laufe des Tages hatte er so viele Anspielungen auf eine gemeinsame Vergangenheit gemacht. Anspielungen, die sie nicht verstand. Sie konnte all diese Dinge doch nicht einfach vergessen haben? Sie erinnerte sich an Herrman, gewiss, doch in diesen Erinnerungen war er einer von vielen Jugendlichen, die in der Sommerzeit auf der Insel herumflatterten wie die Tauben am Himmel. Mal übernahm der eine die Führung, mal die andere.

Da nahm ein neuer Traum Form an, noch wirrer als der zuvor. Sie sah Muscheln. Und im Traum sagte sie zu sich selbst: Ich träume. Ich bin eine träumende Muschel, ich träume davon, eine Wolke zu sein.

Alles ist hergerichtet und bereit, sagte eine innere Stimme. *Ma mère*? Mama. Ja, vielleicht war es ihre Mutter, vielleicht aber auch sie selbst. Die Stimme sagte: Ich bin eine Esche.

Ich bin eine Esche. Lass mich aus dieser vermaledeiten Sardinenbüchse heraus!

Wir trafen uns tausendmal und eine Sekunde.

Das war alles. Dann war ihr, als hörte sie von irgendwoher

Musik. Spielte Herrman etwa in der Scheune Mundharmonika? Mit einem Mal wurde sie ganz ruhig. Wenigstens fror er nicht! Er spielte *Kristallen den fina*. Das Lied spielte sie hin und wieder auf der Orgel.

Die restliche Nacht verflog im Halbschlaf.

1914

Jene, die daheim auf der Insel warten, wollen nicht wahrhaben, dass ihr Warten womöglich vergebens ist. Für irgendetwas muss die Angst doch gut sein. Pferde werden angeschirrt, Schlitten aus den Schuppen geholt, doch bei dem Wetter kann man sich unmöglich auf den Weg machen. Also werden die Pferde wieder abgeschirrt, die Schlitten zurück in die Schuppen geschoben, und dann beginnt das Spiel von Neuem. Doch angesichts des tosenden Sturms kommt man stets zu demselben Schluss: Bei diesem Unwetter können die Jugendlichen nicht draußen unterwegs sein, das wäre menschenunmöglich. Bei Windstille und im Tageslicht ist es eine kurze Strecke, doch im Dunkeln, mitten in einem Schneesturm ist sie umso länger. Gewiss sind sie auf Tasslan geblieben und in Sicherheit. Und wenn sie sich doch auf den Weg gemacht haben, liegt jetzt alle Hoffnung auf dem Ältesten, auf Werner Engström mit dem Kompass. Werner hat sich stets durch sein gutes Urteilsvermögen hervorgetan, auf See wie an Land. Er holt nie die Netze bei Gegenwind ein, geht nicht achtlos mit Säge und Axt um, führt seine Aufgaben mit größter Sorgfalt aus. Sein Kompass ist nun den Daheimgebliebenen ein besonderer Trost – wie ein Lauffeuer breitet sich die Botschaft von Hof zu Hof aus.

Man räsoniert wie folgt: Erstens können sich die Jugendlichen unmöglich in den Sturm hinausgewagt haben. Zweitens:

Fall sie es doch taten, ist der Weg mit dicht beieinanderstehenden Wacholdersträuchern abgesteckt. Und drittens: Werner Engströms Kompass (mit dem er, wie man aus sicherer Quelle weiß, auch umgehen kann) wird die Jugendlichen jeden Moment nach Hause bringen.

Alles andere ist schlicht undenkbar.

DIE GLÖCKCHEN

In den Schären war ein neuer Tag angebrochen. Der Morgen begann mit einem blutroten Streif am Himmel, als hätte jemand die Sonne in der Mitte aufgetrennt und in zwei Stücke geteilt. Eine Elster nahm mit dem Schnabel ein Stöckchen auf, flog davon und fütterte damit den Himmel.

Ellinor erwachte wie immer um kurz vor sechs, pünktlich zum Seewetterbericht.

Sie dachte ihren ewigen Gedanken: Das Universum ist Gottes Gehirn. Als sie mit der Grübelei fertig war, rappelte sie sich auf, um ihre übliche Routine aufzunehmen. Heute würde es neblig werden, hieß es, weiter südlich sollte eine steife Brise aufziehen, doch rings um Hustrun war Windstille angesagt. Im Seewetterbericht war nun von der Insel Märket die Rede.

Bisweilen ließ Ellinor sich leicht ablenken, sie war oft zerstreut, weshalb sie eine Devise hatte: Das Wichtige kommt immer zuerst! Und das Allerwichtigste war ihr Vater Algot. Seine Mixtur, sein Kaffee, sein Butterbrot, seine Marmelade, sein Viereinhalbminuten-Ei – kurzum: sein Wohlbefinden. Sie holte einen Eiswürfel mit der belebenden blauen Sehnsuchtsblume aus dem Gefrierschrank. Dann hielt sie einen Moment inne.

Der Schuss Whiskey. Ausnahmsweise gönnte sie sich selbst einen Schraubverschluss voll.

Ordnung ist das halbe Leben. Das Wichtige kommt immer zuerst.

Herrman wachte auf, er hatte gut geschlafen und die hübsche Decke hatte ihn ordentlich warm gehalten. Nur ein klitzekleines bisschen Raureif glitzerte in seinen Augenbrauen.

Er hatte Kaffeedurst und warf einen Blick auf die Uhr. Es war erst sieben.

Als er Ellinors Haustür zufallen hörte und somit gewahr wurde, dass sie bereits auf den Beinen war, zog er sich rasch an und fuhr sich mit der Hand durch die Haare.

Zum ersten Mal seit vielen Jahren war er auf Hustrun aufgewacht. Ein Blick auf sein Handy verriet ihm, dass Meryl sieben Mal versucht hatte, ihn zu erreichen. Ihrem Kontrollbedürfnis hatte die Trennung rein gar nichts anhaben können. Nicht einmal nach all den Jahren ließ sie ihn in Frieden. Er löschte die Nachrichten ungelesen. Als ein guter Freund ihm einmal geraten hatte, Meryls Nummer sperren zu lassen, hatte Herrman das nicht für nötig gehalten, aber vielleicht war es jetzt so weit.

Denn jetzt war er hier. In der Welt seiner Kindheit. In den grünen Tälern der Jugend. Hier und nicht bei Meryls Problemen mit der Gesundheit, dem Geld, bei ihren ständigen Konflikten – Herrman war hier und er brauchte eine Tasse Kaffee.

Er nahm die zehn Schritte bis zu Ellinors Tür, klopfte an und fühlte sich wie ein kleiner Schuljunge. Er hatte Angst, sie zu stören. Angst, etwas zunichtezumachen. Doch als sie aufmachte, hatte sie ein leichtes Lächeln auf den Lippen.

»Der Kaffee ist fertig, und in der Küche ist der Ofen angeheizt.«

»Ich kann den Kaffee auch mit in die Scheune nehmen.«

»Der Frühstückstisch ist schon gedeckt. Komm ins Warme«, forderte Ellinor ihn mit einer ausladenden Geste auf. »Vater hat sein Frühstück schon bekommen, wir dürften also unsere Ruhe habe. Die Sauermilch habe ich selbst gemacht. Das Inselmütterchen hat mir eine Kultur vererbt. Schon ein ulkiges Erbe – eine Sauermilchkultur!«

»Klingt wunderbar«, sagte Herrman und trat ein. Er legte den

Mantel ab, der Robbenfellkragen schimmerte im Licht der Dielenlampe.

Ellinor schenkte ihm Kaffee ein, und er trank begierig. Auf dem Tisch stand frisch gebackenes Brot, kleine Weißbrotlaibe in einem Flechtkorb. Er griff nach dem Glas Hagebuttenmarmelade.

»Du machst wirklich alles von Hand, von A bis Z. Ich hätte gar nicht gedacht, dass es solche Menschen noch gibt. Höchstens im Märchen.«

Sie lachte laut auf.

»Du sagst also, dass mein Vater verhindert hat, dass die Insel ans Stromnetz angeschlossen wird«, sagte Herrman überraschend ernst.

»Ja, seinetwegen lebe ich wie im Mittelalter. Aber immerhin habe ich meine Solarzelle. Am Ende habe ich dem alten Wollmar also doch ein Schnippchen geschlagen!«

»Vielleicht war ich auch nicht ganz unschuldig«, gab Herrman zu und schlug betreten den Blick nieder. Dass der ewige Clinch ausgerechnet Ellinor treffen würde – damit hatte er nicht gerechnet. »Wir Engströms«, fuhr er fort, »hatten wohl die fixe Idee, die Insel beschützen zu müssen und sie vor dem ganzen modernen Schnickschnack zu bewahren. Na ja, ein bisschen alter Groll spielte wohl auch mit rein. Sollen die verfluchten Insulaner doch im Dunkeln hocken.« Er lachte, wie um sich zu entschuldigen.

Ellinor sah ihn an. Sie spürte, dass er die Wahrheit sagte. Mit einem Mal glaubte sie das Bimmeln von Glöckchen zu hören. Die Glöckchen, die die Pferde hier immer um den Hals getragen hatten. Kleine, hell klingende Glöckchen. Jetzt wurden sie zusammen mit den alten Schlitten, den Jochen und dem Geschirrzeug in einem Schuppen aufbewahrt. Alles war feinsäuberlich gestapelt und von einer neuen Zeit in die Ecke gedrängt worden. Als hätte man die Dinge mundtot machen wollen.

»Nimm noch Kaffee. Ich setze eine neue Kanne auf.«

Sie warf ein Holzscheit in den Ofen, und Herrman trank wie ein Durstiger in der Wüste. Als er glaubte, Ellinor würde nicht hinsehen, schlürfte er den Kaffee aus der Untertasse, wie es auf Hustrun Brauch war. Ellinor musste lächeln, als sie Herrman dabei aus dem Augenwinkel beobachtete.

»Vielleicht wird sich das mit dem Strom ja jetzt ändern?«, sagte sie. »Weißt du, als wir beide jung waren, rollte gerade die linke Welle über Schweden hinweg. Ich wollte natürlich mitmischen, ein Mensch will ja immer irgendwo dazugehören. Nicht dass ich die größte Proletarierin gewesen wäre, aber ich las viel über Entfremdung und Dialog. Nein, nicht Dialog, Dialektik meine ich natürlich. Ich habe mich auch mit Lenins Werk über die Elektrizität beschäftigt, ein dickes gelbes Buch. Im Sommer hat es hier draußen von Linken immer nur so gewimmelt. Sie trugen ziemlich eigentümliche Kleidung, flattrige Hosen und Streifenpullis. Witzigerweise hatte außer mir niemand eine Ahnung von Lenins Gedanken zur Elektrizität. Obwohl das ja ein großes Problem auf der Insel war … und immer noch ist.«

Herrman war versucht zu lächeln, doch er verstand, dass es für sie eine ernste Angelegenheit war. Keinen Strom zu haben bedeutete für Ellinor eine tägliche Belastung, Knochenarbeit und dunkle Winter. Und er war eine ehrliche Seele. »Genauso ein Problem wie die ganzen alten Fehden. Vielleicht sind sie sogar das Hauptproblem.«

Ellinor antwortete nicht sofort und schenkte Kaffee nach. Dann sagte sie: »Vielleicht wartet ja doch elektrisches Licht am Ende des Tunnels!«

Sie verließ die Küche, schwer hinkend. Wie schafft sie das alles nur mit diesem Handicap?, überlegte Herrman. Die Katze schmiegte sich an seine Beine.

Ellinor legte im grünen Zimmer Holz im Ofen nach. Alle Zimmer waren nach einer Farbe benannt, die Küche war gelb. Das Rauchrohr verschwand in der grünen Wand und schlängelte sich durch die Decke in Algots Zimmer hinauf. Der Kamin hielt die Wärme bei ihm.

Es ist so angenehm, mit Herrman zu plaudern, dachte Ellinor bei sich. Es sprudelt nur so aus mir heraus, und ich bekomme Lust zu backen. Am frühen Morgen! Aber eins steht fest: Erst einmal soll er das Holz hacken. Lass dir bloß nicht den Kopf verdrehen, Ellinor – bis hierher und nicht weiter.

Sie ging zurück in die Küche. Herrman trank seinen letzten Schluck Kaffee und verdrückte den letzten Bissen der Hagebuttenmarmeladenstulle. Fast hätte man meinen können, die zwei wären ein altes, beflissenes Ehepaar.

»Du hast heute Nacht Mundharmonika gespielt, Herrman.«

»Nein«, lachte er, »ich weiß ja gar nicht, wie das geht.«

»Aber ich habe *Kristallen den fina* gehört. Ich bin mir ganz sicher.«

»Das musst du geträumt haben, Ellinor.«

»Ja, ich habe geträumt, dass ich träumte. Irgendwas mit Quellblasmuscheln, die plötzlich faustgroß waren.« Sie blickte ihn an. »So groß wie deine Hand. Wahrscheinlich habe ich geträumt, ich würde aufwachen und dich Mundharmonika spielen hören.«

Bei diesem Gedanken durchfuhr ein Schauer ihren Körper. Herrman legte ihr eine Hand auf den Arm und sah sie an. Diesmal begegnete sie seinem Blick.

1914

Sina Sjöblom ist außer sich vor Angst. Ihr ganzes Leben hat sie auf den Inseln verbracht. Der Schärengarten ist ihre Welt. Unzählige Unwetter hat sie hier bereits miterlebt. Als kleines Mädchen hat sie zu Hause immer darauf gewartet, dass ihr Vater vom Meer zurückkehren würde. Jetzt, da sie eine erwachsene Frau ist, muss sie auf die Heimkehr ihres Mannes und der Kinder warten und lenkt sich immer damit ab, Pfannkuchen zu machen oder einen Teig anzusetzen.

Victor Sjöblom, ihr Mann, hingegen redet sich ein, dass die Kinder auf Tasslan geblieben sind und dort übernachten. Alles andere wäre schlicht undenkbar.

Sina knetet ihre Hände. Sie versucht, sich die Heimkehr der Kinder auszumalen. Wir werden feiern wie einst in Kafarnaum! Schon jetzt tut ihr das Schwein leid, das sie schlachten lassen wird. Vermutlich wird es Jösse treffen, denn der kleine Feinschmecker ist schön fett. Ja, so läuft das: Man verurteilt das Schwein, das geschlachtet werden soll.

Sie schickt auch einige Gelöbnisse in den Himmel. Wenn nur Otta und Mandis wohlbehalten nach Hause kommen, wird sie eine Bratpfanne verschenken. Sie hat ohnehin zwei Stück. Es gibt da diesen armen Schlucker auf der Insel, Aksel, ein Seemann, der von einem Schiff namens *Copenhagen* auf Hustrun zurückgelassen wurde. Kurz darauf war das Schiff vor Kap Hoorn gekentert. Und weil Aksel knapp dem Tod entronnen war, wurde sein Inselname *Glückskerl*. Der Glückkerl ist ein kleiner Tausendsassa und lässt niemals durchklingen, woher er kam, ehe er an Bord der *Copenhagen* ging. Eigentlich ist er ein Same, weit weg von seinem Fjäll. Als er noch voll im Saft stand, fand er immer irgendwo auf der Insel Arbeit. Seine Wohnstatt ist nicht viel mehr als ein Freilandkeller, doch er klagt nicht. Immerhin hat er das Schiffsunglück von Kap Hoorn überlebt. Bestimmt kann er die Bratpfanne gebrauchen. Und Sina fällt noch etwas ein; der Glückskerl soll jeden Tag ein Ei bekommen. Nein – zwei Eier! Und ein bisschen Butter dazu.

Vater im Himmel, betet Sina mit gefalteten Händen und halblauter Stimme, wenn du mir doch nur meine Kinder zurückbringst!

Wenn du mir beistehst, allmächtiger Vater, soll der Glückskerl seinem Namen alle Ehre machen.

IM VERSCHLAG

Herrman stand am Hauklotz und spaltete das Holz voller Hingabe. Dass er es für Ellinor tat, verschaffte ihm eine tiefe Befriedigung. Als er aufblickte, sah er, wie sie zum Meer hinunterging, das Pferd mit einer Hand in der Mähne führend. Als Herrman die Axt mit doppelter Wucht schwang, hielt Ellinor inne, linste zu ihm hinauf, und auch das Pferd blieb augenblicklich stehen. Mit einem einzigen Hieb spaltete Herrman ein großes Scheit.

Er sah, wie sie an dem kleinen Friedhof vorbeiging, auf dem, wie er wusste, ihre Mutter begraben lag.

Hertha. Er hatte noch ein paar verschwommene Kindheitserinnerungen an sie. Hertha war die einzige Frau auf der Insel gewesen, die auf dem Dorfweg eine Duftmarke hinterließ. Den Duft eines kräftigen Parfüms.

Selbst hier draußen auf der Insel war sie immer so apart gewesen. Im Haus hatte sie stets Pumps getragen, nur wenn sie im Freien unterwegs war, musste sie mit klobigen Stiefeln vorliebnehmen. Es hieß, Hertha sei nicht »geländetauglich«. Was natürlich ungerecht war; sie hatte sicher ihr Bestes getan, um zu sein wie alle anderen. »Wer geboren wurde, soll auch leben«, war ihr Motto, das sie am Ende selbst vergessen zu haben schien. Es wurde geschwatzt, sie würde Ton essen und Seetang kauen. Für sie hatte es bestimmt eine Bewandtnis gehabt.

Ellinor. Welchen Kummer ihr das Geschwätz bereitet haben musste. Und dann noch der Tod ihres Bruders. Trotzdem hatte sie sich nie etwas anmerken lassen.

Ellinor. Er erinnerte sich an ihre luftige Musselinbluse mit Stickereien am Kragen, der nie zugeknöpft war.

Nein, damals war da noch nichts Zugeknöpftes gewesen.

Er schwang die Axt und spaltete einen weiteren dicken Kloben. Ein Span flog durch die Luft, landete in einem Schneefleck und bohrte sich geradewegs in die Erde.

Als sie mit der Morgenzeitung unterm Arm die Treppe hinaufstieg, war Ellinor mulmig zumute. Die Zeitung wurde jeden Morgen an den Bootsanleger geliefert, zumindest wenn das Wetter es zuließ, und nicht selten war darin ein Leserbrief von einem gewissen *Insel-Greis* abgedruckt. Der Anlass war häufig sein Argwohn gegenüber Einwanderern. *Der Letzte schließt die Tür.* Las man die Briefe, hätte man meinen können, man sei hier ständig von Eiwanderern umgeben, doch in Wahrheit hatte nur ein einziges Mal ein Schwarzer die Insel betreten, als Ellinor noch ein Kind gewesen war. Ein Matrose. Guck mal, ein Neger!, hatte Algot gerufen. Der Schwarze hatte bloß gelacht.

Der Insel-Greis – so unterschrieb Algot seine Leserbriefe, und jeder wusste, dass er dahintersteckte. Diesmal ging es um ein paar kleinere Delikte, die in Telje vorgefallen waren. Alles deutete auf ein paar junge Burschen aus zweiter Generation hin.

Da die *Telje tidning* ohnehin alles abdruckte, was hereinkam, konnte Algot freiheraus schreiben, die Burschen mögen doch bitte nach Hause fahren, Bananen fressen und in ihren Hütten hausen. Ellinor schämte sich in Grund und Boden.

Der Insel-Greis hatte gesprochen. Das Schlimmste war, dass er sogar einige treue Anhänger hatte, die ihm beipflichteten. Gut gebrüllt, Löwe!

Ellinor kannte sich in dieser Angelegenheit nicht besonders gut aus, denn Hustrun war beinahe klinisch frei von Menschen aus anderen Erdteilen. Zu ihrem Bedauern. Dabei waren früher, zu Seefahrerzeiten, große Schiffe in der Öjan-Bucht vor Anker gegangen, was immer eine gehörige Auffrischung der kleinen Inselgemeinde zur Folge gehabt hatte.

Warum schreibt Papa nur so ein Zeug? Im Grunde ist er doch

ein guter Mensch. Wobei – ist er das wirklich? Ist er ein guter Mensch? Guck mal, ein Neger. Sagt man so etwas? Sagt ein guter Mensch solche Dinge?

Als Ellinor das Zimmer betrat, saß Algot da und starrte die Tür an. Er sah aus, als hätte er schlecht geschlafen; die Haare standen ihm zu Berge, und im Zimmer waberte ein muffiger Geruch.

»Aha«, sagte er angesäuert.

»Für dich«, antwortete Ellinor und reichte ihm die Lokalzeitung, die im Volksmund nur *Salatblatt* genannt wurde. »Ein Leserbrief von dir ist mit drin.«

»Und der Engström-Bursche ist am Holzhacken, wie ich höre«, erwiderte Algot. »Du weißt genau, dass wir mit dem Engström-Pack nichts zu schaffen haben, Ellinor. Unser Holz hacken wir immer noch selber.«

»Wir? Ich kann ein bisschen Hilfe gut gebrauchen.«

»Ums Holzhacken musst du dich allein kümmern. Was ist denn schon dabei? Ein paar Tage Arbeit, mehr nicht. Und von ein bisschen Arbeit ist noch niemand gestorben. Und lass dir gesagt sein: Er wird keine Nacht länger in unserer Scheune schlafen! Er kann wieder schön rüber ins Engström'sche ziehen. Hier bin immer noch *ich* Herr des Hauses, Ellinor. Auch wenn ich krank bin.«

»Aber weshalb soll er denn nicht hier sein dürfen?«

»Weil man einen Baum an seinen Früchten erkennt«, gab Algot zur Antwort. »Und solange du deine Füße unter meinen Tisch steckst …«

Ellinor schossen Tränen in die Augen. Tränen vor Wut. »So was sagt man kleinen Kindern, wenn überhaupt.«

»Das ist mein Haus. Wenn es dir hier nicht gefällt, dann nimm das Pferd und such dir eine Einzimmerwohnung mit Kochnische auf dem Festland.«

Ellinor rang nach Atem. Sie hatte sich ihrem Vater noch nie widersetzt. Jedenfalls nicht seit dem einen Mal, das vielleicht gar kein richtiges Mal gewesen war.

»Ich kann dich ja nicht alleine lassen. Wer soll sich dann um dich kümmern?«

»So manch eine Thailänderin würde sich den rechten Arm dafür abhacken, einen netten alten Herrn auf Hustrun versorgen zu dürfen.«

Ellinor seufzte. Jeder Versuch des Widerstands endete mit den Thailänderinnen. Ob sie sich auch um Algots Schärentaxi kümmern würden?

»Vielleicht befolge ich deinen Rat, Papa. Herrman soll zurück aufs Engström'sche ziehen.«

»Recht so«, meinte Algot. »Weg mit ihm!«

Doch ganz so hatte sie es nicht gemeint. Sie dachte an einen Umzug, daran, ihren alten Herrn mit jemandem zurückzulassen, der des Schwedischen nicht mächtig war. Sollte er doch seine idiotischen Leserbriefe über Einwanderer schreiben, sollte er doch ...

Doch obwohl sie ursprünglich etwas anderes im Sinn gehabt hatte, würde sie Herrman jetzt wohl oder übel wegschicken müssen. In der Ferne hörte sie seine gleichmäßigen Axthiebe.

Die Thailänderinnen. Der Gedanke daran ließ ihr keine Ruhe, als sie sich allmählich an ihr Tagwerk machte. Hatte ihr Vater etwa schon vergessen, welchen Trubel sie vor ein paar Jahren mit einer Gruppe thailändischer Beerenpflücker gehabt hatte? Sie waren auf Idskär abgesetzt worden, um Preiselbeeren zu pflücken. So weit, so gut. Idskär war eine felsige, spitzförmige Insel in den äußeren Schären, auf der es Preiselbeeren in Hülle und Fülle gab. Jeden Herbst färbten die Felsen sich rot. Als Ellinor selbst Beeren pflücken wollte, wurde sie der prekären Situation der thailändischen Beerenpflücker gewahr. Zwölf

Männer an der Zahl. Sie hatten Regenwasser aus einer Felspalte getrunken, das Essen war ihnen bereits vor einer Woche ausgegangen. Sie sagten ihr, sie würden auf einen »Mr Goran« warten. Herr Göran. Oder wohl eher Godot? Denn dieser Mr Goran schien wie vom Erdboden verschluckt, und Ellinor musste zwei Touren fahren, um die Beerenpflücker nach Tasslan zu bringen. Durch Beziehungen gelang es ihr, den Bus einer Tourneetheatertruppe aufzutreiben, die dort gerade gastierte. Mr Goran wurde nie wieder gesehen. Und ehe sie sichs versah, hatte Ellinor hundert Liter Beeren am Hals, sodass sie den ganzen Herbst mit der Zubereitung von Preiselbeeraufstrich befasst war, den sie später verkaufte.

Ihr Vater wollte also eine Bedienstete im Haus. Aber hatte er die nicht schon längst?

Jetzt galt es, einen Weg zu finden, wie sie weder Herrman verletzen noch ihren Vater vor den Kopf stoßen würde. Aber wie sollte das gehen? Sie steckte in der Klemme.

Da kam ihr eine Idee: Buller! Das war die Lösung.

Herrman spaltete die dicken Holzkloben, nicht für sich selbst, sondern für Ellinor und den griesgrämigen Algot. Die Axt im Haus erspart den Zimmermann, schoss es ihm durch den Kopf. Die Arbeit machte ihm Freude. Er spürte jene Zufriedenheit, die man empfand, wenn man etwas Sinnvolles tat. Der Stapel mit dem Brennholz wuchs kontinuierlich. Er erinnerte sich an einen Spruch seiner Mutter: Reich ist, wer reichlich Holz hat.

Es war noch immer Vormittag. Er hatte Ellinor zu den Tieren gehen gehört. Hier draußen wurden die Geräusche vom Wasser getragen. Die Geräusche schollen wider. Sagte man so? Er konnte sich nicht recht erinnern; die Sprache seiner Kindheit war ziemlich eingerostet.

Und dann kam sie vorbei, warm gekleidet und mit einem blau lackierten Eispickel in der Hand.

»Willst du raus aufs Eis?«

»Ich werde etwas für dich besorgen, Herrman. Etwas, das du gut gebrauchen kannst.«

»Kleidung? Meine Koffer sind das Karussellfahren am Flughafen bestimmt bald leid und werden hergebracht.«

»Nein, etwas anderes. Wir sehen uns heute Nachmittag.«

»Musst du weit raus?«

»Ein paar Meilen. Aber das Boot kann ich nicht nehmen, es gibt keine Fahrrinne im Eis.«

»Soll ich dich vielleicht begleiten?«

»Am Hauklotz bist du mir eine größere Hilfe.«

Damit machte sie sich mit ihrem charakteristisch hinkenden Gang auf den Weg.

Auf dem Eis ließ Ellinor stets größte Vorsicht walten. Kein Eis war dem anderen gleich. Vor jedem Schritt stieß sie das Eis mit dem Eispickel drei Mal an, um zu kontrollieren, ob es halten würde. Die Wetterberichte im Radio waren die eine Sache, die Wirklichkeit hier draußen zwischen den Inseln etwas völlig anderes. Am tückischsten waren die Strömungen, die das Eis von unten anschliffen. Die Eisdecke konnte an der einen Stelle mehrere Dezimeter dick sein und schon im nächsten Moment, wo eine Strömung verlief, hauchdünn. Ellinor trug zwei alte Eisdorne an einem Riemen um den Hals. Sie hatten kräftige Metallspitzen, die in mit roter Rostschutzfarbe lackierten Holzgriffen steckten. Sie hatte ihre dicke Schafsfellmütze auf dem Kopf, Schuhe mit Spikes an den Füßen und im Rucksack lag trockene Wechselkleidung. Kurzum: Sie war bestens ausgerüstet.

Und hier komme ich angewatschelt, dachte sie, als sie unten

bei Skäret aufs Eis ging. Entlang dem Ufer war es immer eine besonders heikle Angelegenheit, das Eis zu betreten.

Bestimmt ist Herrman Frauen gewöhnt, die sich die Beine rasieren, sich die Haare färben und aufreizende Paillettenkleider tragen, überlegte sie. Frauen, die Schirmchendrinks schlürfen und mit ein bisschen Augenklimpern den Mond vom Himmel holen können. Und hier komme ich, ein vierschrötiges Menschenbündel. Ich, die Frau, die Schärentaxi fährt, mit dem Pferd die Äcker pflügt und nicht schwimmen kann. Ich, der perfekte Schärenkerl, wenn alle anderen Schärenkerle ausgegangen sind.

Das Eis lag blank vor ihr. Am Wochenende würden sicher Tourenschlittschuhläufer herkommen, um sich auf ihre waghalsigen Ausflüge zu begeben. Die Geschwindigkeit verleitete sie zum Übermut. Nicht selten strandeten sie erschöpft und verirrt vor Ellinors Tür. Sie brauchten dann Wärme, etwas zu trinken, trockene Kleider und wollten nach Tasslan gebracht werden, um dort in den Bus zu steigen. Einmal hatte ihr ein Gotländer eine Postkarte mit der Ringmauer geschickt. Das Bild hatte eine symbolische Bedeutung für sie gewonnen. Gab es in ihrem Innern womöglich auch so eine Mauer? Oder eine, die sich rings um Hustrun zog?

Sie ging mit gleichmäßigen und ruhigen Schritten voran, ihre schlimme Hüfte verbot ihr, schneller zu gehen. An einer kleinen Schäreninsel, die *Ohr des toten Mannes* hieß, machte sie Halt und trank etwas von dem Kaffee, den sie eingepackt hatte. Dann zog sie sich wieder ihre Handschuhe an. Mit einem Mal packte sie der Übermut und sie ging dort entlang, wo die Sonne das Eis bereits aufgeweicht hatte.

Und da geschah es.

Trotz aller Sicherheitsvorkehrungen.

Just in dem Moment, als sie ihren Fuß auf das Eis setzte, bemerkte sie den dunklen Fleck. Doch es gab kein Zurück mehr. Sie brach ein. Sie war allein in dieser Eiswelt, und der Himmel war ihr einziger Zeuge. Die Kälte des Wassers umschloss sie so plötzlich, dass ihr der Atem stockte.

Ihr erster klarer Gedanke war: Jetzt ist es so weit. Endlich ist es so weit. Jetzt war die Zeit gekommen, Lebewohl zu sagen. Aber es würde kein beschämender Freitod sein, sondern ein Unglück auf dem Eis. Sie hatte sie lange in sich getragen, die Sehnsucht, alles hinter sich zu lassen und der Kulisse zu entfliehen, die sie einzig für ihre Umgebung aufrechterhielt.

Der erste Kälteschock vor vorüber. Sie sank und kämpfte nicht dagegen an. Ließ sich von der Kälte umschließen. Als ihr Wasser in den Mund drang, erinnerte sie sich, so absurd das auch war, an ein paar Zeilen von Michaux: »Wenn du ein zum Scheitern Berufener bist, so scheitere vor allem nicht *irgendwie*.«

So ein Irrsinn, dachte sie. Ins Eis einbrechen und an französische Lyrik denken. Aber scheitere ich denn *irgendwie*?

Sie sank auf eine seltsam schwerelose Weise, wie in Zeitlupe, und als sie mit dem Kopf unter der Eisdecke war, wartete sie darauf, dass ihr Leben wie eine Revue an ihr vorbeiziehen würde. Doch sie sah nur ein einziges Bild, ein Fragment.

Das Inselmütterchen mit ihrem einen Zahn.

Das Inselmütterchen, alt wie eine Trollfrau und schrumpelig wie eine Rosine. Und jetzt streckte das Inselmütterchen eine Hand nach ihr aus und sagte ein einziges Wort: Herzchen. Mein Herzchen kann doch nicht einfach so ertrinken? Mein Herzchen wird doch wohl nicht scheitern?

Und zum ersten Mal, seit sie in die Wake eingebrochen war, regte Ellinor sich, griff mit einer Hand nach der Eiskante und hatte Glück, sie fand Halt und bekam mit der anderen Hand einen der Eisdorne zu greifen. Als sie ihren Kopf über die Wasseroberfläche brachte, spuckte und schnaubte sie wie eine Giftschlange. Sie spürte eine Wut in sich, einen Zorn – nein, so konnte sie nicht sterben. Sie rammte einen Eisdorn ins Eis. Vor ihrem inneren Auge sah sie das Inselmütterchen, das sich mit ihrem einen Zahn im Eis festbiss. Als wollte sie ihn für Ellinor opfern. Ellinor strampelte mit den Beinen, merkte das Gewicht der Stiefel, die mit Wasser vollgesogen waren, und auch der Rucksack zog schwer nach unten, aber sie schaffte es, den Oberkörper über die Eiskante zu stemmen. Ein Dorn im Eis, ein brennender Schmerz in der Hüfte, ihre Kräfte versiegten – doch wieder sah sie das Inselmütterchen vor sich. *Herzchen*. Seit du so groß warst wie eine Faust, hast du aus nichts als Liebe bestanden, Herzchen.

Ich tue es für das Inselmütterchen, dachte Ellinor. Ich tue es, weil das Inselmütterchen stets eine Umarmung, ein paar freundliche Worte und warme Blicke für mich übrig hatte. Wild um sich tretend versuchte sie, den anderen Eisdorn loszumachen. Es ging nicht. Sie balancierte auf der Eiskante, doch dann, in einem günstigen Augenblick gelang es ihr, den intakten Eisdorn zu bewegen und sich aus dem Wasser zu hieven.

Jetzt war sie wieder auf dem Eis.

Mit vorsichtigen Schritten tappte sie landwärts und riss sich dabei die nassen Kleider vom Leib. Kurz stand sie nackt da. Sie war durchgefroren, ihre Zähne klapperten, aber sie war am Leben. Dank der Liebe des Inselmütterchens.

Sie fischte die Plastiktüte mit der Wechselkleidung aus dem Rucksack und zog sich an. Ihre Schuhe waren triefnass. Sie kam sich vor wie eine Molluske. Und trotzdem – sie würde Buller holen. Koste es, was es wolle.

Sie würde sich mit einem neuen Gefühl auf den Weg machen, mit frisch beseelten Lebensgeistern. Sie hatte die alte Sackgasse verlassen und damit auch den beständigen Gedanken, das Leben möge ein Ende nehmen, und den Wunsch, die Kulissen um sie herum niederzureißen.

Jetzt wollte sie leben.

Sie hatte eine Prüfung bestanden.

Eine alte Weise, die ihr das Inselmütterchen oft vorgesungen hatte, kam ihr in den Sinn. Als hätte das Eis eine Stimme. Eine Landschaft sucht sich ihre Menschen. Also ging sie los und sang dabei:

Gesegnet ist, wer zu fliegen vermag,
wir flögen davon, welch ein glücklicher Tag!
Schau dort an der güldnen Insel Strand,
steht ein Engel, die Leier in der Hand.
Ins Gold der Gedanken greift freundlich der Herr
Lauscht den Lauten; dem Gesang aus dem Meer!
Ihr vertrauten Klänge, die so oft gesungen,
im Traum meiner Seele seid ihr erklungen.

DER TROSSENSTEK

1914

Werner Engström ist so fest überzeugt, dass sein Kompass die rechte Richtung weist, dass er den eingeschlagenen Kurs nicht infrage stellt. Dabei scheint sich ringsherum alles zu drehen. Sie müssten längst am Ziel sein, doch stattdessen irren sie umher wie in einer völlig fremden Stadt ohne jede Orientierung. Sie sind verloren. Keine Straße ist da, wo sie sein sollte, dabei gibt es hier noch nicht einmal Straßen. Nur Eis. Und Mandis' Unglück hat gezeigt, dass hinter jedem Schritt ein Windbrunnen lauern kann.

Der Sturm zwingt sie, gebückt zu gehen, als würde eine Sturmhand auf ihre Oberkörper eindreschen, und der Schnee scheint nicht länger aus Flocken, sondern aus Felsblöcken zu bestehen. Ihre letzte Hoffnung ist der Kompass, der so klein ist, dass er in eine Hand passt. In einen Fäustling, zusammen mit einem Ring. Was, wenn der Kompass sie doch in die falsche Richtung führt? Ist das möglich? Werner bekommt es mit der Angst zu tun.

Doppelkorn-Arthur ist womöglich der Einzige, der sich der Ausweglosigkeit ihrer Situation in vollem Maße bewusst ist. Er lässt seine Fantasie rückwärts in die Vergangenheit schweifen, zurück zu seinem Leben auf Hustrun, zu seiner Familie, der Schule und der Konfirmation.

Er ist als das fünfte Rad am Wagen geboren worden. Er war einer zu viel, wo es ohnehin schon genug Mäuler zu stopfen gab. Bei seiner Geburt hatte seine Mutter die vierzig bereits überschritten, weshalb sie Angst hatte, ein Wechselbalg zur Welt zu bringen, doch sie gebar einen quicklebendigen Burschen.

Schon früh stand fest, dass der Junge zur See gehen würde, denn es gab auf der Insel nicht ein einziges Fleckchen, wo Platz für ihn war. Keine Landzunge, nicht einmal die winzigste Schäre. Schon früh musste Doppelkorn-Arthur die für einen Seemann erforderlichen Fähigkeiten erlernen, zum Beispiel, wie man einen richtigen Knoten machte.

Und jetzt muss er an einen Trossenstek denken, jenen Knoten, der auf unübertroffene Weise zwei Leinen miteinander verknüpft. Er wünschte, er könnte einen solchen Knoten zwischen der Sehnsucht der Menschen daheim und dem Ort hier im Nichts knüpfen – wo auch immer er gerade sein mochte. Mit einem Trossenstek könnten die Daheimgebliebenen sie nach Hause ziehen. Das Herumirren auf dem Eis ist sinnlos, und Doppelkorn-Arthur ist der Erste, der das einsieht. Wenn die Menschen auf Hustrun nicht bald ihre Laternen anzünden, die Pferde anspannen und sich auf die Suche machen, sind sie verloren.

Schritt für Schritt schleppt er diese Erkenntnis mit sich. Irgendetwas mit Werner und dem elenden Kompass stimmt nicht. Doch wie könnte ausgerechnet er einen Einwand lautwerden lassen?

Er kann die anderen nicht mehr sehen. Hin und wieder kann er einen schwarzen Rock ausmachen, ein ängstliches Auge, eine nicht behandschuhte Hand. Es könnte Kyra sein. Oder Otta. Vielleicht Kummer-Lise? Oder war es Fischer-Stina? Wie lange werden sie ihre Namen noch tragen? Und Mandis – ob sie nun oben im Himmel ist? Ob sie noch immer Mandis heißt?

Vielleicht werden daheim ja doch die Pferde angespannt. Vielleicht werden ja doch die Laternen angezündet. Vielleicht traben die Pferde, die großen, stattlichen Pferde bereits eifrig schnaubend über das Eis. Die Pferde sind stark genug, um gegen den Orkan anzukämpfen. Ja, so starke Pferde haben sie auf der Insel. Pferde wie Pontus und Perle mit ihren bimmelnden Glöckchen.

Ein Hoffnungsschimmer.

* * *

Wenn sie den Hund abholte, würde sie sich bestimmt ein paar trockene Stiefel borgen können, dachte Ellinor. Spätestens in einer Woche würde das Eis verschwinden. Dann würden sich die Fjärde vor den Ufern aufbäumen, und die Eisdecke würde knirschend und tosend aufs Meer hinaustreiben. Manchmal klang es wie das Brüllen einer Kuh. Und dann würde sie das Boot nehmen, ihre Stiefel holen und das geliehene Paar zurückbringen.

Sie strebte weiter und als sie bemerkte, dass der Eispickel immer noch an seinem Riemen um ihr Handgelenk hing, begann sie, ihn hin und her zu schwingen. Sie sang die eine oder andere Strophe vom Inselmütterchen-Lied. *Gesegnet ist, wer zu fliegen vermag.* Sie ging weiter. *Schau dort an der güldnen Insel Strand.*

Eine lustige Erinnerung schoss ihr durch den Kopf: Mr Spoons. Sie war Mr Spoons an einem jener seltenen Tage in Stockholm begegnet, als sie sich genüsslich den Vorzügen der Stadt hingab. Als sie mal in der einen, mal in der anderen Menschentraube verschwand, auf dem Gehsteig den anderen Passanten ausweichen musste und in das Lichtermeer und das Gewusel der Stadt eintauchte. Als sie Parfümerien und Boutiquen am Stureplan besuchte, stets begleitet von den Erinnerungen an ihre Mutter. Das Beste war eben gut genug. Ein Flakon *Oud Immortel*, eine schöne Tunika von *Nygårds Anna …*

In der U-Bahn fiel ihr Blick auf einen jungen Mann in schwarzem Paletot und Fellmütze. Er ging herum und sprach diverse Leute an, die daraufhin den Kopf schüttelten; offensichtlich konnten sie ihm nicht weiterhelfen. Er hatte einen Block in der Hand. Ellinor hörte, dass er Englisch sprach. Ihr eigenes Englisch war ziemlich antiquiert, da sie es sich vor allem durch die Lektüre von John Donne und John Suckling angeeignet hatte. Trotzdem fragte sie: »Can I help you, young man?«

»Yes!« Er nahm neben ihr Platz und zeigte ihr seinen Block. Darauf war eine Handynummer notiert. Er bat sie, die Nummer zu wählen. Er besitze kein Handy, sagte er. Sein Name sei Mr Spoons und er sei *hopelessly in love*. Das Gespräch wurde sofort angenommen: »Where are you?« »At Stadion station.« Die Frau am anderen Ende der Leitung antwortete: »I will meet you there!« Mr Spoons sprang auf, flatterte davon wie eine freudentaumelnde Krähe und rief, dass es über den ganzen Bahnsteig hallte: »I am hopelessly in love.«

Der Gedanke an den jungen Mr Spoons verlieh Ellinor Kraft, als sie jetzt über das Eis ging, bei jedem zweiten Schritt mit sich hadernd. Sie war auf dem Weg, einen Hund für Herrman abzuholen. *It's a very romantic story,* hatte Mr Spoons gesagt. Ellinor fühlte sich von diesem Gefühl beflügelt. Wenn auch nur für eine Sekunde, höchstens zwei.

Drei Kubikmeter Holz hatte er nun gespalten. Herrman war ordentlich ins Schwitzen gekommen und hatte Sailors Mantel ausgezogen. Er nahm die Mütze ab und blickte sich um. Plötzlich durchfuhr ihn ein flüchtiges, doch starkes Gefühl, dass in just diesem Moment etwas passiert war; irgendwo war etwas geschehen, das ihn anging.

Die Märzsonne sengte schräg hinab, der Schneehaufen vor dem Holzschuppen glitzerte zitronengelb. Der Himmel war lavendelblau und ohne Mondsichel.

Das war alles. Ein gewöhnlicher Augenblick.

Nur ein paar Farbtupfen rings um den Hauklotz, mehr nicht, doch zugleich wusste er, dass sich dieses Bild in ihm festgeätzt hatte. Er würde sich an die Farben erinnern, und er würde sie malen. Häufig waren es ganz belanglose Momente, die sich in sein Gedächtnis einprägten: ein paar Worte im Bus; ein Ortsname; Moy. Er war eben ein Künstler, der die Dinge im Vorbeigehen wahrnahm. Die großen Ereignisse des Lebens ließen sich jedoch nicht im Vorbeigehen einfangen. Als Vater einer Tochter hätte er sich an den ersten Zahn erinnern sollen, die ersten Schritte, das erste Wort. Doch stattdessen hatte er Erinnerungen an Frühstücke, ein Lätzchen mit einem Hasen darauf, zwei winzige rote Schuhe. Als Vater eines Sohnes erinnerte er sich daran, wie der Junge sich schon früh für alles, was mit dem Meer zu tun hatte, interessierte. Die Badewanne war der Atlantische Ozean, ein Stück Seife eine Brigg.

Ob es sich für jeden so anfühlte?

Ellinor war in seinen Erinnerungen eine lange Bildsequenz, als wären unzusammenhängende Bilder zu einem holprigen Film aus den Siebzigern zusammengeschweißt worden. Ein knallgelber Schlapphut; ein orangefarbener Pullover; eine braune Cordhose; Sandalen. Ihr offenes und glückliches Lächeln.

Noch hatte er dieses Lächeln nicht an ihr wiedergesehen. Ob das Leben es womöglich fortgeschliffen hatte?

Sie leidet an einem Trauma, dachte er bei sich. Und ich glaube nicht, dass sie sich darüber im Klaren ist. Aber wer bin ich schon, dass ich mit ihr darüber reden könnte?

Sie hat hier ihr Leben. Ihr Pferd. Ihren Greis unter dem Dach. Ihre Sommermänner und ihre Geheimnisse. Nur das offene Lächeln, das hat sie nicht.

TEIL II

Raison d'Être

Plumpsbarsche, schoss es Ellinor durch den Kopf. So hatte ihre Mutter klobige Stiefel und Schneeschuhe genannt. Und jetzt stapfte Ellinor in ihren schweren, triefnassen Plumpsbarschen voran, während sie vorsichtig ihren neugewonnenen Lebensmut auskostete, als lutschte sie ein dickes Bonbon.

Es schmeckte nach Veilchen – lila, wie die Farbe des Todes – und ließ ihr das Wasser im Mund zusammenlaufen.

Ihr Körper war warm. Sie würde niemandem erzählen, dass sie ins Eis eingebrochen war, dass sie fast – aber nur fast – ums Leben gekommen wäre. In gewisser Weise hatte sie seit Langem an der Schwelle zum Tod gelebt, ohne sich dessen so wirklich bewusst zu sein. Ein paar Zeilen aus einem Gedicht von Paul Muldoon kamen ihr in den Sinn:

So, wie der größte Teil des Windes
Dort geschieht, wo es Bäume gibt,

Ist der größte Teil der Welt
Um uns selbst zentriert.

Sie hatte das Gedicht in einem schmalen Band mit Muldoon-Gedichten entdeckt, den sie zu Weihnachten bekommen hatte – von sich selbst. Wer sonst würde auf die Idee kommen, einen Gedanken an sie zu verschwenden oder ihr etwas zu Weihnachten zu schenken. Sie war ja für die anderen da.

»Ist der größte Teil der Welt um uns selbst zentriert.« Sie wiederholte die Zeile wie ein Mantra. O nein, werter Herr Muldoon, wenn Sie sich da mal nicht täuschen!, hätte sie ihm gern gesagt.

Meine Welt war noch nie um mich selbst zentriert. Ich bin nicht die Achse, sondern das Rad. Ich bin ein Wagen, wie in dem Gedicht von Harry Martinson. Der Wagen, der beladen wird. Das bin ich.

Nun war es nicht mehr weit bis nach Lygna, wo sie ihn abholen würde. Als Dankeschön hatte sie ein kleines Nadelkissen dabei, das sie nach einer englischen Anleitung genäht hatte.

You will need:

Paper templates

Tailor's chalk

Two or three autumn colours of wool

Sheep's wool

Needle and thread.

Herrman.

Ellinor kicherte in sich hinein. Was, wenn sie jedem Rezept oder jeder Bedienungsanleitung ein Quentchen Herrman hinzufügte? Und dann noch eine Prise Herrman! Man nehme einen Herrman und stelle ihn an den Hauklotz.

Woran er jetzt wohl dachte? Ob er auf die Axt gestützt am Hauklotz stand? Ob er sich fragte, wo sie war? Oder hackte er Holz und philosophierte vor sich hin? Sie überlegte, ob sie ihn in ihr Geheimnis einweihen und ihm die Eiderenten am »Kap der Guten Hoffnung« zeigen sollte. Nein. Dafür war es noch zu früh. Aber eines Tages vielleicht? Immerhin wusste sie jetzt, dass sie noch einige Jahre zu leben hatte.

Und da vernahm sie in ihrem Innern, völlig unvermittelt, die vierte, von einem Jubelgefühl durchsetzte Strophe des Köln-Konzerts. Ihr war, als hätte sie jemand wachgerüttelt.

Jetzt brauche ich eine Pause, dachte Herrman und wischte sich mit dem Ärmel den Schweiß von der Stirn. Rücken und Knie machten sich allmählich bemerkbar. Man war eben nicht mehr der Jüngste. Früher hatte er von früh bis spät Holz gehackt, und die Arbeit, die jetzt mehrere Tage in Anspruch nehmen würde, hatte sich damals wie von selbst erledigt.

Er streckte sich.

Sobald er aufhörte, sich zu bewegen, wurde ihm kalt, weshalb er rasch in seinen Mantel schlüpfte und die Persianermütze aufsetzte. Da kam ihm eine Idee: Vielleicht könnte er sich eine Flöte aus Salweide schnitzen.

Es gab eine große Salweide auf dem Engström'schen, also stapfte er schnurstracks heimwärts. Irgendwo lag bestimmt noch das kleine Sami-Messer, ein Vermächtnis vom Glückskerl. Das Messer war das Einzige, was der arme Tropf besessen hatte. Wie es in den Besitz der Familie Engström gekommen war, konnte niemand mehr sagen.

Und tatsächlich – das Messer lag in der untersten Küchenschublade. Es war einen knappen Dezimeter lang, hatte einen Griff aus Rentierhorn und eine schmale Holzscheide mit Silberverzierungen, und die Klinge war immer noch scharf; es musste inzwischen ein kleines Vermögen wert sein. Das Messer war das Einzige, was Herrman während seiner Jahre in Kanada wirklich vermisst hatte. Nun ja – vielleicht nicht das Einzige, aber der einzige *Gegenstand*.

Dann ging er zur Salweide hinaus und schnitzte eine kleine Kerbe in die Rinde, wie er es als Kind gelernt hatte. Nur wenn der Baum im Saft stand, ließ sich aus einem Weidenast eine brauchbare Flöte schnitzen. Als Baumsaft austrat, sägte er einen kleinen, daumendicken Zweig ab und schnitt die Rinde am unteren Ende ringsum ein, löste dann vorsichtig die Rinde vom Ast und machte sich an das Mundstück. Schließlich stülpte er die Rindenhülle vorsichtig wieder über den Zweig und blies in die fertige Flöte. Ein Ton wie ein schrilles Signal. Jetzt habe ich meine eigene Hirtenflöte, dachte er.

Er ging zurück in die Küche und legte das Messer wieder in die Schublade. Ihm fiel ein, dass in der Fensternische in Ellinors Scheune ein schmaler Gedichtband von Paul Muldoon gestanden hatte. Die Nachtlektüre. Er konnte sich vage an einen Vers erinnern – wie ging er noch gleich? »Ein kleines Eichhörnchen knetet seine«, nein falsch, »schlurft händeringend in seiner Tretmühle.«

Ob er Ellinor mit der Flöte aus ihrem Käfig locken könnte? Er blies hinein. Die Flöte gab einen herzzerreißenden Klang von sich. Ob es die Seele der Salweide war, die da sang?

Endlich war Ellinor am Ziel. Neta wartete bereits am Steg und winkte ihr zu. Der Hund an ihrer Seite schien Ellinor unter Einsatz seines ganzen Körpers zu begrüßen.

Er hieß Buller.

Ellinor winkte zurück. Sie wusste, dass Neta sich über das Nadelkissen freuen würde, das sie ihr als Dankeschön mitgebracht hatte. Denn bisher hatte das Leben sie nicht gerade verwöhnt.

EIN RISS IM EIS

Während Ellinor über das Eis zurück nach Hustrun wanderte, dachte sie: Ich habe mich für das Leben entschieden.

»Ich habe mich für das Leben entschieden.« Das klang wie aus einer Sorgentelefonsendung im Radio. »Sie war im Eis eingebrochen und entschied sich für das Leben.«

Und jetzt? Wie sah das Leben aus, für das sie sich entschieden hatte?

Ein weiteres Paul-Muldoon-Gedicht kam ihr den Sinn, so unvermittelt, als wäre es ihr eigener Gedanke. Als Kind hatte sie Psalmen und Verse auswendig lernen müssen, und die Angewohnheit hatte sie beibehalten. Wenn sie ein Gedicht besonders mochte, verinnerlichte sie es so lange, bis es sich unwiderruflich in ihrem Gedächtnis verankert hatte. Wie Muldoons *Vico*:

Ein kleines, graues Eichhörnchen
schlurft händeringend
in seiner Tretmühle

aus Weide, ein
fein ausgeklügeltes
System aus Hebeln

Und Knaggen und Kurbeln
Und Taljen
Und Gewinden
Und Keilen und Ketten
Und Nocken und Nägeln
Und Nieten

An dieser Stelle hielt sie inne. In ihrem Gedächtnis schlummerten noch weitere Zeilen, doch ihre Aufmerksamkeit heftete sich an den tiefen Riss, der vor ihr in der Eisdecke klaffte. Sie würde den Hund und sich auf die andere Seite bringen müssen, ehe das Eis noch weiter aufriss.

Ein Riss. Reißen. Sich hinreißen lassen. Sich im Leben zu etwas hinreißen lassen. Aufreißen. Ein Riss im Innern. Ein tiefer Riss.

Schluss mit dem Herumphilosophieren! Sie suchte nach einer geeigneten Stelle, um den rund einen Meter breiten Riss zu überqueren. Der Hund könnte einfach einen großen Satz hinüber machen, doch sie selbst war zu steif in den Knochen. Vermutlich würde der Heimweg länger dauern als erwartet, aber immerhin hatte sie noch etwas heißen Kaffee in der Thermoskanne. Damit würde es schon gehen. Sie musste einfach nur bis zu der Stelle, von wo der Riss im Eis ausging.

Jetzt sollten mich die Sommergäste einmal sehen, dachte sie. All die Journalisten, die Ärzte und Fotografen, die im Sommer mit ihren Sprösslingen antanzen, die sie dann zu mir rüberschicken, weil sie selbst nicht mit ihnen fertig werden. *Kommt, lauft zu Ellinor und spielt ein bisschen mit dem Pferd! Um fünf seid ihr zurück!* Glauben die Leute eigentlich, ich bin zu blöd, um zu kapieren, wo der Hase langläuft? Aber warum? Weil ich auf der Insel lebe? Weil ich hinke? Weil ich keinen Mann und keinen Titel habe, mit denen ich angeben könnte? Weil ich eins mit dem Meer bin? Weil ich Ellinor bin? Ellinor, die schon immer auf der Insel war und vermutlich immer da sein wird.

Schließlich gelangten Ellinor und Buller an eine Stelle, wo der Riss nur rund einen Dezimeter breit war. Nur ein Schritt, dachte sie. Unter ihr das Meer, hundert Meter tief.

Im nächsten Augenblick konnte sie Hustrun ausmachen. Da die Nordseite mit einem Nadelwald bewachsen war, hatte die

Insel eine unverwechselbare, leicht kuppelförmige Silhouette. Sie vernahm die dumpfen Hiebe einer Axt. Herrman! Ellinor überlief ein warmer Schauder. Mit einem Mal spürte sie, wie ein Gefühl der Vorfreude in ihr aufstieg.

Der Hund tollte aufgeregt neben ihr her; er hatte Land gewittert. Der Moment, wenn man nach einer Weile auf dem Wasser oder dem Eis zum ersten Mal wieder Land sichtet – die Landkennung. Ellinor mochte das Wort. Sie liebte ihre alte Schallplatte von *Gott in Verkleidung,* auf der der Schauspieler Lars Ekborg einen mit seiner Stimme in den Bann zog. Sie konnte sich nicht entsinnen, ob das Wort »Landkennung« in dem Text tatsächlich vorkam, doch er handelte von ebendiesem Gefühl, so viel wusste sie.

Zum ersten Mal seit sie ihren Fuß an jenem Morgen, der mittlerweile in den Nachmittag übergegangen war, aufs Eis gesetzt hatte, dachte sie an die jungen Leute, die im Jahr 1914 über das Eis gewandert waren.

Und in der Ferne hörte sie Herrman eine Esche spalten.

REICH MIR DEINE HAND

Die Hustruner Grundstücksbesitzer hatten in den Sechzigerjahren damit begonnen, beträchtliche Anteile ihrer Grundstücke und Fischgewässer zu verkaufen. Dass das ein kolossaler Fehler gewesen war, stand völlig außer Zweifel. Es war damals die Zeit gewesen, in der die meisten aufgaben. Die Zeit, in der man die Kühe mit einem alten VW Käfer auf die Weide trieb. Die meisten Käufer waren entfernte Verwandte der alteingesessenen Inselfamilien gewesen, einen der Höfe jedoch hatte der Automobilhändler Lönnbom erstanden, für den Spottpreis von fünfundzwanzigtausend Kronen – sämtliche Inselfehden mit inbegriffen. Als plötzlich kreuz und quer über die Insel kleine Ferienhäuser gebaut wurden, verdoppelten und verdreifachten sich die Fehden wie der Kopf einer Hydra. Die Familien, die nunmehr auf den ehemaligen Grundstücken der Normans, Sjöbloms und Södermans wohnten, wetterten gegen die Engströms, und die Engströms stänkerten mit den Ingmans. Letztere waren die einzigen zwei Familien, die kein Land verkauft hatten.

Man hatte die Büchse der Pandora geöffnet.

Bis dahin war Hustrun eine Insel beinahe wie im Paradies gewesen, unberührt und unschuldig. Hier gab es Sümpfe, Rotbauchunken und Salamander; in den Buchten vermehrten sich die unterschiedlichsten Libellenarten, und im Schilfgestrüpp brüteten die Seevögel alljährlich ihre kleinen Daunenbällchen aus. Am von Erlen gesäumten Ufer tummelten sich Fisch- und Seeadler sowie Sprosser; in den Vogelhäuschen pickten Wintergoldhähne und Sperber. Doch dann kamen die Inselfehden zurück, wie Habichte, die sich auf ein Vogelhäuschen stürzten. Und genau so ein Vogelhäuschen war Hustrun, eine Insel von nur vier Quadratkilometern, auf der im Sommer urplötzlich Hunderte Menschen miteinander auskommen sollten. Natürlich ging die Rechnung nicht auf.

Und mittendrin – Ellinor, die von den Leuten behandelt wurde wie eine Dienstmagd. Wenn das Arbeiten nur leicht wär, tät's der Bürgermeister selber, hatte das Inselmütterchen immer gesagt, und Ellinor verstand dieses Sprichwort nur allzu gut.

Wenn das Arbeiten nur leicht wär, tät's der Bürgermeister selber. Wie gerne sie das den Sommergästen manchmal ins Gesicht gesagt hätte. Doch andererseits lebte sie von ihnen, von all den Vettern und Nichten zweiten und dritten Grades der Inselfamilien. Der Einzige, mit dem sie partout auf keinen grünen Zweig kommen wollte, war Lönnbom, der es doch tatsächlich einmal fertiggebracht hatte, den Ingman'schen Steg zu verkaufen. Das wieder geradezubiegen, war eine Heidenarbeit gewesen.

Die Devise lautete: Zähne zusammenbeißen und durchhalten. Wie das Eichhörnchen in der Tretmühle, die immer wieder ins Stocken geriet.

Als Ellinor ihrem Vater später am Abend das Essen hinaufbrachte, schien die Treppenstufe lauter als gewöhnlich zu knarzen. Das Natürlichste wäre gewesen, von ihrem Unglück zu berichten, ihm zu erzählen, dass sie dem Tod um Haaresbreite entgangen war, doch zwischen ihr und ihrem Vater gab es nichts, was natürlich oder selbstverständlich war. Hier bei uns ist das Unnatürliche das Natürliche, dachte sie, spann den Gedanken aber nicht weiter, um nicht darüber nachdenken zu müssen, was es mit dem Wort »uns« auf sich hatte.

Zum Abendessen gab es Rentiergeschnetzeltes. Sie briet das Fleisch immer scharf an, goss Sahne darüber und ließ das Ganze einkochen. Sie benutzte Dörrfleisch, das sie von einem Geschäft im Binnenland von Norrbotten bezog. Günstige und gute Kartoffeln hatte sie aus dem eigenen Garten. Die Sorte hieß

»Blauer Schwede« und war eigentlich etwas für Festtage, doch weil Ellinor ohnehin keine Feste feierte, konnte sie die Kartoffeln genauso gut unter der Woche verwenden. Sie pflanzte die Kartoffeln in Seetang, den sie jedes Jahr mit Edisons Hilfe vom Strand heraufbeförderte, eine Fuhre nach der anderen, denn das Tangbett musste eine gewisse Tiefe haben, damit die Kartoffeln nicht faulten.

Dörrfleisch und Kartoffeln aus dem eigenen Garten – wie zu Großmutters Zeiten. Wenn sie es sich recht überlegte, schien ihr ganzes Ich aus Großmutters Zeiten zu stammen. Als wäre sie eine alte Kommode mit vier wuchtigen Füßen und schweren Türen, die ständig zufielen. Was für ein seltsames Bild.

Wer bin ich? Ich bin eine Frau, die die Treppe hochgeht, um ihrem Vater seine Mahlzeit zu servieren. Nicht dass er das verdient hätte, aber ich tue es trotzdem. Ich bin Ellinor Hertha Ingman, getauft nach Sonne und Mond, Grundstücksbesitzertochter auf Hustrun.

Und da drinnen hockt der Alte in seiner Krypta, dachte sie. Sie stellte sich ihren Vater häufig als einen steinalten Beichtvater in einer Krypta vor. Ein echter Beichtvater hätte natürlich in einem Beichtstuhl gesessen und Halstabletten gelutscht, hinter einem Vorhang versteht sich.

Sie öffnete die Tür, schob den linken Fuß vor, damit sie nicht zufiel, und hielt ihrem Vater das Tablett hin.

»Was gibt's heute?«, fragte Algot und lunste sie mit großen Augen an, als wäre er einer Posse aus den Dreißigerjahren entsprungen.

»Rentiergeschnetzeltes in Sahnesoße«, antwortete Ellinor tonlos. »Mit feinen grünen Kräutern.«

»Tja, Hunger ist das beste Gewürz«, sagte er. Wenn er doch nur zur Abwechslung mal etwas anderes sagen könnte, dachte Ellinor.

»Gibt's denn keine Marmelade?«

»Doch, da ist ein bisschen Johannisbeermarmelade mit drauf.«

»Aha«, antwortete Algot. »Und was soll der Hund hier?«

»Ich darf mir Buller ausleihen, solange wir ihn hier brauchen.«

»Dann zieht unser Gast also heute noch um«, gluckste Algot.

Ellinor war flau im Magen. Sie war es nicht gewohnt, ihrem Vater direkt ins Gesicht zu widersprechen. Sie zauderte einen Moment, dann sagte sie mit fester Stimme: »Unser Gast wird umziehen, aber noch nicht heute. Wir bringen Buller morgen ins Haus, damit er die Ratten jagt.«

»Sagte ich nicht eben, unser Gast zieht *heute* um?«, wiederholte Algot, wie taub für ihre Einwände.

Ellinor reckte sich. »Ich tue, was für uns alle das Beste ist.« Damit verließ sie das Zimmer und ließ die Tür laut zuknallen.

Im nächsten Moment klopfte es zaghaft unten an der Haustür, während Algot gleichzeitig mit der Büchse auf den Fußboden stampfte.

Es klopfte oben, es klopfte unten, und der Hund fing an zu kläffen.

Auf wen sollte sie hören? Obwohl es sie innerlich beinahe zerriss, entschied sie sich dafür, die Treppe, die gottverdammte, knarzende Treppe, hinunter und zur Haustür zu gehen, wo Herrman auf sie wartete. Er trug Sailors Mantel und die Mütze, das Leder war nach außen gestülpt und der Pelzbesatz schmiegte sich wie ein Rahmen um sein Gesicht.

Buller saß erwartungsfroh zu Ellinors Füßen.

»Komm rein«, sagte sie. »Das Essen steht schon auf dem Tisch.«

Herrman streifte die Mütze ab, wie die Männer es früher getan hatten, mit einer höfischen Geste. Dazu hob er die rechte Hand bis über die Schulter, griff nach der Mütze und ließ sie geschickt in die andere Hand wandern, damit er sie mit der rechten begrüßen konnte. Ellinor wollte sich einen Spaß erlauben und streckte kokett die Hand zu einem Handkuss aus. Herrman schien verwirrt und zögerte eine Sekunde, aber dann nahm er ihre Hand, drehte sie ganz unvermittelt um und gab ihr einen Kuss in die Handfläche.

Ellinor rang nach Atem. »Ja, wie gesagt, das Essen steht auf dem Tisch, nimm doch Platz!«

Herrman schlüpfte aus seinem Mantel. Ellinor nahm ihn entgegen und hängte ihn auf einen Kleiderbügel. Als würde man einen Körper an den Galgen hängen, dachte sie, griff nach seiner Mütze und verstaute sie auf der Hutablage. Dann deutete sie mit dem ausgestreckten Arm zur Küche hin, während der Hund um Herrman herumscharwenzelte, als kannte er bereits den Grund für seine Anwesenheit.

Das Klopfen an der Zimmerdecke war unterdes verstummt.

Auf dem Küchentisch brannten zwei Kerzen in alten silbernen Kerzenhaltern, außerdem hatte Ellinor wieder ein kleines Schneeglöckchen gepflückt und in ein Schnapsglas gesteckt.

»Es ist Frühling«, sagte sie lächelnd.

Das Rentiergeschnetzelte in Sahnesoße schwamm in einer hübschen, blau glasierten Terrine. Die Kartoffeln hatte Ellinor zu einem Püree verarbeitet.

»Du hast dich ja richtig ins Zeug gelegt«, witzelte Herrman.

»Nicht doch«, sagte sie, setzte sich und lehnte sich – endlich – entspannt zurück. »Ich habe mir angewöhnt, mit Dörrfleisch zu kochen. Manchmal muss der Teufel eben Fliegen fressen, wie du weißt.«

»Da kann ich ein Liedchen von singen. Bei mir gibt's auch nur Trockenfutter, wenn ich draußen unterwegs bin. Bei den Vögeln. Ich suche in meiner Malerei immer nach Bewegung, nach Leben. Es gibt Vogelmaler, die einfach nur Bilder toter Vögel studieren, um dann ihre Version davon zu produzieren. Aber mich reizt der Flug, der Wind. Es mag vielleicht anders wirken, aber ich bin nicht schlecht vorbereitet nach Hustrun gekommen, Ellinor.«

»Du bist kein Sommermann«, entfuhr es ihr.

Herrman lachte.

»Ich meine, du hast einfach Pech gehabt«, setzte sie schnell hinzu. »Du konntest ja nichts von dem Elsternest oder den Ratten wissen. Aber um die kümmert sich jetzt Buller. Er ist übrigens der Letzte seiner Rasse. Es gab noch eine Hündin auf der Nachbarinsel, aber die zwei sind nie dazu gekommen, sich zu paaren.«

»Rattler kenne ich noch aus meiner Kindheit. Hat man sie nicht in der Öjan-Bucht auf die Schiffe getrieben?«

Ellinor nickte und betrachtete den Hund – zotteliges, gelocktes Fell, ungefähr spanielgroß –, der auf einem Schafsfell vor sich hin döste. Zu fressen hatte er eine Brotkruste bekommen, er war ja nicht verwöhnt. Nein, im Grunde war in den Schären niemand verwöhnt, weder Mensch noch Tier.

»Bon ap«, sagte Ellinor und hörte innerlich die Stimme ihrer Mutter. *Bon ap!*

»Merci«, antwortete Herrman mit einem verschmitzten Blinzeln in den Augen. Er sah glücklich aus. Und ich? Wie sehe ich aus?, überlegte Ellinor.

Herrman nahm den ersten Bissen. Das Essen schmeckte vorzüglich. »Hunger ist das beste Gewürz«, sagte er, worauf sie beide in Gelächter ausbrachen. »Die Soße hat so einen besonderen Geschmack …«

»Ich sammle jeden Herbst Blutreizker und lege sie ein. Sie geben ein gutes Würzmittel ab. Man darf nur nicht zu viel nehmen, sonst wird man trübsinnig.«

»Du machst alles auf deine eigene Weise, Ellinor.«

Mit einem Mal verspürte sie das tiefe Bedürfnis, ihn in ihr

Unglück auf dem Eis einzuweihen. Ihm zu erzählen, dass sie kurz ... einen Augenblick lang ... bis der einzige Zahn des Inselmütterchens sich in der Eiskante festgebissen und sie im Leben gehalten hatte.

Doch sie schwieg. Sagte nichts über die Hoffnung. Denn die stirbt zuletzt, wie es gemeinhin hieß, doch das Inselmütterchen hatte immer gesagt, ohne eine gute Tasse Kaffee hilft auch keine Hoffnung mehr.

»Schließ die Augen, Ellinor.«

»Willst du Tango tanzen? Drei Schritte zurück ...«

»Nein, schließ einfach die Augen und reich mir deine Hand.«

Nach langem Zögern schloss sie die Augen.

»Jetzt mach die Hand auf.«

Sie gehorchte und spürte im nächsten Moment einen Gegenstand in ihrer Hand, der sich anfühlte wie ein kleiner Zweig. Sie schlug die Augen auf. Eine Flöte aus Salweide. Sie führte die Flöte zum Mund und blies hinein. Ein Ton kam heraus, ein E, und der Hund sprang auf. Herrman lächelte.

»Danke. Besser eine Flöte in der Hand als eine Elster auf dem Dach.« Etwas Besseres fiel ihr in diesem Moment nicht ein.

Jetzt sah sie aus wie ein junges Mädchen, ein Mädchen mit leicht gealtertem Haar und dem einen oder anderen Fältchen zwischen den Augenbrauen, doch ihr Lächeln war das eines Mädchens. Da war es endlich – ihr offenes Lächeln.

»Erzähl mir von deiner Arbeit, Herrman.«

»Da wären zum Beispiel Flamingos.«

»Flamingos?« Ellinor blickte ihn verdutzt an.

»Ich habe viel Zeit und Mühe darauf verwendet, Flamingos zu malen. Die rosafarben schimmernden Körper, die halbmeterhohen rot-schwarzen Beine und natürlich die Flügel. Wenn man sie mit dem Pinsel malt, sehen sie schnell so aus, als ob sie aus Plastik wären. Man muss sich Mühe mit der Textur geben.

Mit Flamingos habe ich mich vor allem in der Camargue beschäftigt. Ich weiß auch nicht, was mich nach Frankreich verschlagen hatte«, – das wusste er natürlich sehr gut –, »es hat sich einfach so ergeben.« Er gestikulierte mit den Armen. »Die Textur der Flügel ist das ganze Geheimnis. So, wie die Blutreizker in deiner Soße.«

»Camargue … Da kann man die Strände entlangreiten«, sagte Ellinor. Ihre Mutter hatte ihr davon erzählt.

Herrman nickte. »Aber zum Reiten habe ich mir keine Zeit genommen. Und dein Leben, Ellinor? Was bedeuten Vögel für dich?«

Sie zögerte und wandte den Blick ab. »Ich habe eher mit Sperlingen zu tun, vor allem Haussperlingen. Ich füttere sie in meinem Vogelhäuschen mit Sonnenblumenkernen aus dem eigenen Garten.« (Sie wollte ihm davon erzählen, dass die Sonnenblumen eine Art Wall bildeten, eine gut zwei Meter hohe Hecke, hinter der sich ihr Klostergarten verbarg – doch sie besann sich.) »Ich mag Vögel. Ich hänge Nistkästen für sie auf. Aber ich bin nicht besonders gut darin, sie auseinanderzuhalten. Und dann habe ich natürlich meine Habichte. Jeden Herbst verirrt sich ein Jungvogel her und versucht, ein Huhn zu reißen. Er darf dann in meiner Voliere überwintern. Die Viecher haben vielleicht Krallen!«

Herrman betrachtete sie. Die Frau mit den Habichten.

»Ja, viel mehr gibt es nicht zu erzählen«, fuhr sie fort. »Ich male ja nicht. Ich nähe, stricke, mache hin und wieder Schiffchenarbeiten, koche Marmelade ein und fahre Schärentaxi. In meinem kleinen Kopf sind etliche Seemeilen Schärengarten gespeichert, sämtliche Flachwasserstellen.« Sie lachte auf. »Ja, das bin ich. Und ich hab das Radio und die Musik und natürlich die Poesie. Im Moment mag ich Paul Muldoon besonders gern.«

Herrman klopfte sich auf den Schenkel. »Du hattest mir ein Buch von ihm in die Scheune gelegt. Ich habe darin gelesen. Wirklich schön.«

KEINE NAMEN

1914

Alles ist Schnee, Schnee, der immer dichter fällt, Schnee, der durch die Luft schwärmt, Schnee, der sich zwischen Schal und Hals stiehlt, als wollte er den jungen Leute die Köpfe abschneiden. Sie gehen und kriechen in Serpentinen voran, streben verzweifelt nach Hause, doch einer nach dem anderen geraten sie auf dem schneebedeckten Eis ins Straucheln, und in ihrem Innern reißt etwas auf; sie sehen nicht, wie die anderen stürzen, sie sind zu Tode erschöpft und kennen nicht einmal mehr den eigenen Namen.

Jetzt komme ich zu Gott, denkt das Mädchen, das nicht mehr weiß, wie es heißt. Gott kennt meinen Namen. Was soll ich sagen, wenn ich vor der Gnadenpforte stehe? Dass ich ein Mädchen aus den Schären bin? Ich bin nur irgendjemand, und da drüben geht noch irgendjemand – wir sind einfach nur *wir*. Wir haben uns verirrt, wir sind verloren.

Daheim auf der Insel greift die Panik immer weiter um sich, und die Menschen haben begonnen, Haus und Heim dem Glückskerl zu versprechen, wenn nur die Kinder heil nach Hause kommen. In dieser Nacht ist der Glückskerl Herr über Höfe, Stege, Trockengestelle und Bootshäuser, über Schniggen, Ruderboote, Strömlings- und Lachsnetze, Flunder- und Barschnetze, Angelruten und Posen, Töpfe und Bratpfannen und etliche Haustiere wie Hunde und Katzen und die Schafe auf der Weide sowie drei Ziegen und einen Zinkeimer. Kein Wunder, dass ihn jene Nacht schon bald teuer zu stehen kommen wird.

Dies ist die Nacht, in der Gott seine schützende Hand von

den Inseln genommen hat. Die Nacht, in der die Namen zerfetzt werden und die Buchstaben mit den Schneeflocken in der Luft zerstieben. Und trotzdem herrscht noch ein letztes Fünkchen Hoffnung in den warmen Schärenhäusern, wo die jungen Leute sicher bald eintreffen, wo Türen aufgehen und man den Schnee im Hausflur von den Schuhen stampft.

* * *

Die Nacht legte sich wie ein Schatten über die Küche, in der Ellinor und Herrman mit ihren mit Zitronencreme gefüllten Schaumweingläsern beisammensaßen. Ein Keks und ein Löffel, ein wenig Orangenabrieb obenauf.

Zu ihrem eigenen Entsetzen stellte Ellinor fest, dass Herrman die schönsten Augen auf der Welt hatte. Habe ich etwa ein ganzes Leben durchquert, um am Ende zu Herrman Engström zurückzukommen? Zurück? Gab es überhaupt ein *zuvor*? Ein *früher*?

»Das wird deine letzte Nacht in unserer Scheune sein!«, sagte sie schroff und betonte das »unserer«. Er nickte. »Und wenn du zu den Eiderenten willst, wirst du Algots Schärentaxi bestellen müssen wie jeder andere auch.«

»Dann fahren wir raus nach Skinnet. Du hast gesagt, da könnte es welche geben, nicht wahr?«

»Lass das mal meine Sorge sein«, antwortete Ellinor prompt. »Koste lieber die Zitronencreme. Ist aus echten Zitronen gemacht.«

Herrman spürte, dass in der Küche das Wetter umgeschlagen hatte; von Frühling zu Herbst. Das sonnige, freudige Gefühl war etwas Kaltem und Finsterem gewichen, ohne dass er wusste, was passiert war. Hatte sie Angst?

Eine Angst ohne Namen. Eine Angst, wie man sie empfindet, wenn man dunkle Bündel auf dem Eis entdeckt, und wenn im Morgengrauen die Schlitten angespannt werden.

Ein weiteres Buch, das Ellinor sehr mochte, war Janet Frames *Zu den Inseln*. Es handelte vor allem davon, was es hieß, am Leben zu sein – entgegen allen Widrigkeiten.

Und an genau diesem Punkt war Ellinor nun angekommen. Sie hatte den tröstlichen Gedanken, dem Leben zu entfliehen, hinter sich gelassen – endgültig. Jetzt würde sie ein Mensch sein, der leben *wollte*. Ihre Tage würde sie wie von Lebensmut erfüllte Perlen auf eine Kette fädeln. Anstatt nur einjährige Pflanzen in ihrem Klostergarten zu ziehen, würde sie Samen für Stockrosen, Rittersporne, Akeleien und Pfingstrosen kaufen. Da sie sich keine fertigen Blumen leisten konnte, würde sie alles unter dem alten, an die Südwand gelehnten Innenfenster ziehen. Wenn die Sonne allzu stark auf das Glas hinabsengte, hängte sie ein ausrangiertes Bettlaken darüber.

Sie würde Pläne schmieden. Wer leben will, der hat Pläne, sinnierte sie, als sie hinaus zur Scheune ging, die Herrman soeben verlassen hatte. Buller hatte er mitgenommen. Ellinor hatte ihm außerdem ein Paket Butter, eine Palette Eier, ein frisch gebackenes schwarzes Buttermilchbrot, das sich problemlos ein paar Tage hielt, sowie Hagebuttenmarmelade mitgegeben. Ellinor hatte ihm zu verstehen gegeben, dass er nun erst einmal allein zurechtkommen müsse. Er hatte die Sachen mit einer höfischen Verbeugung entgegengenommen und sie auf die Stirn geküsst.

Ja, er hatte sie tatsächlich auf die Stirn geküsst. Und sie hatte einen Knicks gemacht.

Als sie die Scheune betrat, erkannte sie auf den ersten Blick, dass er sich Mühe gegeben hatte, alles ordentlich zu hinterlassen. Er hatte die Patchwork-Decke, das Laken und den Kissenbezug zusammengefaltet und das Wasser ausgegossen. Es war kaum mehr etwas zu tun.

Auf der Insel war das Wissen um die Brutstätten der Eiderenten seit jeher von Mutter zu Tochter überliefert worden. Man hatte die Eiderdaunen gerupft, sie in Jutesäcke gestopft und in lauwarmem Wasser gewaschen, ohne Seife oder Lauge, denn das hätte die Daunen zerstört. Seit Ewigkeiten wussten die Hustruner Frauen, dass die Brutzeit der Eiderenten begann, wenn am Ängslöt die Leberblümchen aufblühten; irgendwann musste jemand den Zusammenhang entdeckt haben.

Ellinor stand eine Weile da und inhalierte den Duft, der in der Scheune hing. Es war ein guter, anregender Duft.

Herrmans Duft?

Sie hatte ihm auch ein paar Anziehsachen mitgegeben – Straßenkleidung, wie man auf dem Festland sagte; weiße Unterhemden, schwarze Hosen, Gürtel, Socken und ein kariertes Flanellhemd. Alles hatte bereitgelegen, für den Fall, dass sich Algots Gesundheitszustand besserte. Doch er war nach wie vor gefangen in der oberen Etage. Was hieß das für Ellinor – war sie die Gefangene des Gefangenen?

Algot saß da und versank in Erinnerungen, ließ Bilder aus seinem Leben an sich vorbeiziehen. Das Kino des armen Mannes, dachte er. Er sah die kleine Ellinor vor sich, die mit den Fingerspitzen Blüten pflückte, ohne Stängel. Hertha legte die Blüten anschließend in eine große, mit Wasser gefüllte Schale. Das Bild hatte er ganz deutlich vor sich. Oder Ellinor, wie sie ihren kleinen Bruder Huckepack nahm und ihn immer weiter trug, obwohl er ihr in die Schulter biss. Manchmal konnte der Kleine ein richtiger Quälgeist sein. Wenn Ellinor ihre Hausaufgaben erledigte, hatte sie immer auf ihrem Bleistift gekaut. Daran konnte er sich deutlich erinnern. Nach Herthas Tod hatte Ellinor im Kleiderschrank ihrer Mutter gesessen und sich durch jedes einzelne Kleidungsstück getrauert. Kleid um Kleid. In allen hatte Herthas Duft gesteckt. Irgendwann hatte Algot den Anblick nicht mehr ertragen und den ganzen Krempel weggeworfen.

War es denn so seltsam, dass er Ellinor für sich haben wollte? Ellinor, das Letzte und Einzige, das ihm geblieben war. Gut, womöglich hatte er dabei zu unlauteren Mitteln gegriffen, aber hatten die tragischen Umstände sein Handeln nicht gerechtfertigt? War die Trauer nicht Grund genug?

Hier endete der Film für dieses Mal.

DAS KLEINE CAFÉ

Es war Freitag. Herrman sah Ellinor mit dem Schärentaxi hinausfahren. Es gab einige Sommergäste, die die Saison verlängerten und auch im Frühjahr und Herbst an den Wochenenden herauskamen. Ellinor heizte dann immer für sie vor.

Aber sie entschädigen dich dafür doch wohl, oder?, hatte er gefragt.

Sie hatte ihn nur verwundert angesehen. Entschädigen?

Edison stand am Ufersaum. Herrman hatte beobachtet, wie Ellinor ihn mit einer Hand in der Mähne dort hingeleitet hatte, als wäre ihre Hand das Zaumzeug.

Alles an Ellinor faszinierte ihn. Ihre gefühlsbetonte Art. Doch gleichzeitig war er beunruhigt. Er war ja nicht hergekommen, um eine alte Romanze aufzuwärmen. Außerdem war sie auf eine äußerst seltsame, geradezu beunruhigende Weise mit ihrem Vater verbunden, der wie ein garstiger Troll im Obergeschoss hauste und sie herumkommandierte. Und es schien, als ob sie sich nicht im Geringsten an all die Dinge erinnern konnte, die damals geschehen waren. Herrman hatte viel über Traumata gelesen. Ob sie die Erinnerung an das Geschehene womöglich verdrängt hatte?

Das Geschehene.

Das, was Herrman von der Insel vertrieben hatte – bis nach Kanada.

Das, was Ellinor an die Insel kettete, wie ein an den Flügeln festgenagelter Schmetterling.

Bei einer polizeilichen Ermittlung wäre das Ganze vermutlich als Familienstreit abgetan worden. So hieß es doch für gewöhnlich, selbst wenn nur ein Familienmitglied streitlustig war. Ein Mann, ein Vater. Und eine Tochter, die sich gegen den Streit und die häusliche Gewalt nicht zur Wehr setzen konnte. Damals hatte Herrman geglaubt, es wäre das Beste, wenn er die Insel verließe.

Doch manchmal war das Beste nicht das Richtige, das war ihm nun klargeworden.

Mein kleiner Schmetterling, dachte er.

Die Nymans warteten bereits am Dampfschiffanleger von Tasslan. Man konnte mit dem Auto bis zum Anleger vorfahren, und die Familie hatte einen ganzen Gepäckberg ausgeladen, der nun mithilfe von Algots Schärentaxi nach Hustrun transportiert werden sollte.

Ellinor nannte die Nymans im Stillen »die Nölmänner«, doch wenn sie Schärentaxi fuhr, machte sie stets gute Miene.

In der Familie Nyman gab es zwei Kinder, beide noch nicht eingeschult. Sie waren spät ins Leben der Nymans getreten und – wenn es nach Ellinor ging – schlechterdings verzogen. Bill und Bob, zwei richtige Rotzlöffel. Doch Ellinor wusste sie während der Überfahrt am Gängelband zu führen; sie gab ihnen einfach ein Stück Seil und zeigte ihnen, wie man einen Knoten machte. Einen Trossenstek.

»Der Knoten ist wichtig, damit wir durchs Eis fahren können«, schwindelte sie.

Bill und Bob waren mit Feuereifer dabei. Demselben Eifer, den sie sonst darauf verwendet hätten, auf dem Boot umherzujagen und Dinge wie »Peng peng, du bist tot!« zu krakeelen. Derlei Unfug konnte Ellinor glatt aus der Fassung bringen.

Jetzt waren die Jungs mit ihren Knoten zugange, während die Eltern ihr Gepäck an Bord hievten. Schlitten, Einkaufstüten und einen Karton Wein. Der Vater, Lennart, zeigte ein schiefes Lächeln und witzelte, sie hätten ihren halben Haushalt dabei. Sehr witzig. Die Mutter, Lisa, lachte beschämt. Schließlich setzte Ellinor zurück und brachte das Boot in die Fahrrinne. Das Eis schabte am Rumpf. Dann war einer der Jungs mit seinem Knoten fertig.

»Danke schön«, sagte Ellinor. »Und dieses Jahr spielen wir wieder ›Unser kleines Café‹, nicht wahr?«

»Ich mal schon mal die Tassen«, sagte Bob.

»Und ich die Untertassen«, warf Bill ein.

»Na, dann legt mal los«, antwortete Ellinor und zog einen großen Zeichenblock und ein Etui mit Buntstiften aus einer Kiste hervor, so etwas hatte sie auf dem Boot immer zur Hand.

Bob malte eine hübsche große Tasse und meinte: »Die sollst du haben, Ellinor. Die ist für dich!«

In dem Moment erreichten sie das offene Meer.

Herrman stand wieder am Hauklotz. Die Arbeit war ihm schneller als erwartet von der Hand gegangen, so als hätte ihm irgendetwas zusätzliche Kräfte verliehen. Schon bald würde er acht Kubikmeter Holz gespalten haben, die er nur noch stapeln müsste. Daheim ging derweil Buller seiner Arbeit nach und machte den Ratten kurzen Prozess. Vor seinem inneren Auge sah Herrman die Ratten, die es lebend aus dem Haus schafften, querfeldein über die Insel flüchten.

Mein Leben hat gewisse Einschränkungen, hatte Ellinor gesagt, und dass es auf einer Insel so viele Kanten gebe.

Ein Eisschmetterling, ging es ihm plötzlich durch den Kopf. Ellinor hat Flügel aus Eis.

Bald würden sie nach Skinnet fahren. Der Name tauchte auf keiner Seekarte auf, denn Ellinor selbst hatte die Insel, zu der außer ihr niemand den Weg kannte, so getauft. Sie lag weit draußen in den äußersten Schären. Doch zuvor musste erst das Eis aufbrechen. Es würde sich aufbäumen, die Stege ergreifen und sie aufs offene Meer hinaustreiben. Früher war es üblich gewesen, die gefundenen Stege bei den Behörden zu melden. Wen rief man heutzutage an? Das Versicherungsunternehmen?

Eis. Das Wort schnitt einen fast in den Mund.

Schließlich erwachte Herrman aus seinen Tagträumen und merkte, dass er mit sich selbst sprach. Er raunte: »Eisschmetterling. Eine seltene Art.«

1914

Über Nacht ist das Eis aufgebrochen, und bei Tagesanbruch liegt der Fjärd nun offen da. Die Zurückgebliebenen können ihren Augen kaum glauben. Bestimmt kommen die jungen Leute schon bald übers Meer gefahren. Auf Tasslan gibt es ein großes Boot, in dem sie alle Platz finden. Alle sieben.

Bis auf den letzten Teelöffel ist nun sämtliches Hab und Gut dem Glückskerl versprochen. Manch einer bereut sein Versprechen bereits, denn jetzt, da das Wetter sich beruhigt hat, der Fjärd spiegelblank liegt und die jungen Leute, die vermutlich auf Tasslan genächtigt haben, schon bald heimkehren werden, scheint es maßlos übertrieben, dem Glückskerl die Kühe und den Spinnrocken zu überlassen. Und so beginnt man seine Versprechungen Gott gegenüber anzuzweifeln.

Es ist Morgen. Der Sturm hat den Himmel rot gefärbt. Bestimmt bekommen die jungen Leute noch schnell eine Tasse Kaffee, ehe sie in aller Seelenruhe ins Boot klettern.

Wir nehmen uns den Tag frei, denkt man sich auf Hustrun, denn heute kehren unsere Kinder wohlbehalten heim.

Doch die Zeit verstreicht, und der Morgen weicht dem Tag. Manchmal vergeht die Zeit so schleppend, dass sie rückwärts zu laufen scheint. Von den Jugendlichen ist noch immer keine Spur.

Die Engströms stehen mit dem Fernglas am Ufer; sie sind die Einzigen, die so ein Gerät ihr Eigen nennen. Man ruft ihnen zu, und die Rufe hallen hinunter zum Wasser, zum Ufer, zu den Stegen.

»Boot in Sicht?«

»Noch nicht. Alles ruhig.«

Die Zeit tickt weiter, und schließlich, die Uhr hat gerade zwölf geschlagen, besteigen vier Männer ein Boot. In letzter Sekunde rafft Amanda ihren langen Rock und klettert ebenfalls an Bord. Die Männer sitzen an den Doppelrudern, und das Boot gleitet schnell über den Fjärd. Ihre Frauen haben sie für die Fahrt mit Kaffee und Liebkosungen gerüstet.

Keiner sagt etwas.

Und während sie Hustrun hinter sich lassen, sehen sie, dass der Sturmwind die Rinde von den Bäumen geschält hat, die Erlen am Ufer sind nackt; die Stämme erinnern an entblößte Haut. Die Bäume sind so wund wie Handflächen nach einer anstrengenden Ruderfahrt. So sehr hat der Sturm gewütet. So eine Nacht liegt hinter ihnen. Hoffentlich hat Gott trotz allem seine schützende Hand über die Inseln gehalten.

* * *

Algots Schärentaxi strebte in der Fahrrinne vorwärts. Ellinor fuhr langsam, wohl wissend, dass die Eiskante den Rumpf aus dickem Kunststoff aufschlitzen konnte, wenn sie ihr zu nahe kam. Das Fahren in der Rinne war eine Kunst für sich, doch von alledem hatte die kleine Familie an Bord nicht den blassesten Schimmer. Der Klügste von ihnen war Bill, der offensichtlich unter ADHS oder einer vergleichbaren Verhaltensauffälligkeit litt. So viele Kinder hatten heutzutage irgendeine Modediagnose – getarnt mit allen erdenklichen Buchstabenkombinationen, von A bis Z. Aber lag der Fehler tatsächlich bei den Kindern?, überlegte Ellinor.

Sie machte ein bisschen Musik an. Joni Mitchell sang *The Circle Game*. Bill und Bob strahlten. Jetzt waren sie bei Ellinor, und das bedeutete: Musik!

»Wie geht die Geschichte vom kleinen Café?«, wollte Bill neugierig wissen.

»Es beginnt damit, dass eine italienische Kaffeemaschine kaputtgeht. Mehr kann ich im Augenblick nicht sagen«, antwortete Ellinor ernst. Sie wusste, dass es Kindern gefiel, wenn sie das Gefühl hatten, in ernste Angelegenheiten eingeweiht zu werden.

»Und dann kommen große Wacholderdrosseln«, fügte sie hinzu.

»Die Drosseln kommen in das Café?« Bob blickte sie groß an.

»Es ist ein Straßencafé.«

Mehr Informationen brauchte es nicht. Schwups waren die Jungen eifrig am Malen. Die Eltern beäugten ihre Kleinen mit leichter Verwunderung. Was war das für ein Zaubertrick, den Ellinor anwandte? Dabei hatte sie doch noch nicht einmal eigene Kinder!

»Was hast du gemalt?«, fragte Ellinor, als Bill mit seinem ersten Bild ankam.

»Ein Problem«, sagte Bill. »Ich meine, die kaputte Kaffeemaschine.«

Ellinor nickte ernst. »Die ist aber schön. Vielleicht können wir so eine bauen?«

Bill strahlte.

Nein, ich weiß wirklich nichts über Kinder, sinnierte Ellinor, als Bill und Bob sich wieder ihren Zeichnungen zuwandten. Sie malten Sonnenschirme und Stühle in fröhlichen Farben, und das ganz ohne zu quengeln. Dieser Tage konnten Kinder doch so schrecklich quengelig sein. Ellinors Gegenmittel bestand darin, eine Geschichte zu erfinden, die sie immer weiterspann. Im kleinen Café musste natürlich gebacken werden. Was brauchte man zum Backen? Klar, Hefe und Zucker. Das wiederum bedeutete, dass man so viel verkaufen musste, bis man hundert Kilo Münzen beisammen hatte. Und wie sahen eigentlich die Kaffeetassen im kleinen Café aus?

Voilá, fertig war die Geschichte!

Vom frühen Frühling bis in den späten Herbst hinein war Ellinors Welt von einer ganzen Horde Kinder bevölkert. Und diesen Sommer würde also ein kleines Café entstehen, zuerst in Form von Bildern und schließlich mit ein paar im Garten aufgestellten Möbeln – wie in einem kleinen Theater.

»Die Muttern in der Kaffeemaschine sind locker«, erklärte Bill, als sie sich dem Anleger näherten.

»Die Muttern?«, fragte Ellinor.

»Jawohl! Und die Schrauben und die Ösen – das ganze Gedöns eben.«

»Alles locker?«

»Ja, aber ich schraube alles wieder ordentlich fest«, erklärte Bill.

»Sie haben ein Händchen für Kinder«, sagte die Mutter auf dem Weg aus der Kajüte.

»Da würde ich nicht drauf wetten«, sagte Ellinor. »Für mich ist jedes Kind wie die Nummer eintausendeins. Wenn tausend Kinder so oder so ticken, gerate ich an das eintausendunderste.«

Als die Familie vom Boot kletterte, hielten die Kinder ihre Bilder fest umklammert. Im Sommer würden sie viel Zeit bei Ellinor verbringen. Bei ihr gab es Vierbeiner, das Pferd zum Beispiel, und Hühner, die davonflatterten, wenn man sie einzufangen versuchte. Bei Ellinor gab es Marmelade, und man durfte sich aussuchen, ob man süße oder saure wollte. Und nicht zuletzt gab es bei ihr eine Erinnerung an das Inselmütterchen, das einst ein so großes Herz für Dutzende Inselkinder gehabt hatte. Vielleicht hatte sich diese Liebe auf Ellinor übertragen? Ellinor, die Kinderlose. Wobei, kinderlos war ihr Leben eigentlich nicht. Ganz im Gegenteil.

»Ich kümmere mich um die Muttern, versprochen!«, rief ihr Bill vom Bootsanleger aus zu.

»Und auf den Tassen sind gelbe Blumen!«, warf Bob ein.

Ellinor setzte mit dem Boot zurück. Sie hatte etwas ins Leben gerufen, das nun ihren gesamten Sommer prägen würde. Ein kleines Café.

1914

Die Repräsentanten der vier großen Hustrun-Familien sind in dem Boot versammelt, das die Jugendlichen von Tasslan nach Hause holen soll. Ein Sjöblom, ein Engström, ein Ingman, ein Norman – und am Steuer Amanda, die in letzter Sekunde ins Boot gehüpft ist, da es an Bord erstens einen Rudergänger und zweitens eine Frau braucht. Es wird kaum ein Wort gewechselt. Alles schweigt und rudert und steuert mit sicherer Hand auf Tasslan zu.

Das Meer ist verblüffend ruhig. Ein leichter Nebel liegt wie eine Decke über dem Wasser. Es scheint, als wäre dem Sturm nach der anstrengenden Nacht die Puste ausgegangen, der Orkan hat sich gelegt. Noch vor wenigen Stunden hat er auf Hustrun die Ziegel von den Dächern gerissen und – was das Schlimmste ist – die Rinde von den Bäumen geschält.

Ingman muss an die große, umgestürzte Esche vor seinem Stall denken. Engströms Steg wurde samt Boot und allem Drum und Dran aufs offene Meer getrieben. Und Norman hat bezeugen müssen, wie sein mit einem großen Stein beschwerter Brunnendeckel weggepustet wurde, als wäre nichts weiter dabei. Ein Brunnendeckel! So etwas hat die Welt noch nicht gesehen.

Tiefe Schläge mit den Doppelrudern; sie kommen gut voran. Die Männer rudern frischen Mutes, und Amanda sitzt furchtlos am Steuer. Ihre Köpfe lugen aus der Nebeldecke hervor.

Wohin kann die Eisdecke nur getrieben worden sein? Der gesamte Hustrun-Fjärd ist aufgebrochen und fortgeschwemmt worden. Aufs offene Wasser, mitten im Winter – so etwas Seltsames. Sjöblom denkt an den abgesteckten Weg, der nun weit draußen im Meer schwimmt. Oder treibt er Richtung Festland? Hierhin oder dorthin? Als sie schließlich mit dem Boot anlegen, herrscht auf Tasslan eine gespenstische Stille. Norman greift nach einem Tamp und legt einen Mastwurf um einen Pfahl, während die anderen die Ruder einholen. Jetzt sollten die jungen Leute angelaufen kommen, fröhlich und voller Leben, dankbar dafür, dass man sie abholt. Keiner von ihnen hat damit gerechnet, dass das Eis mitten in der Nacht verschwinden würde.

So *sollte* es sich abspielen.

Doch so kommt es nicht. Es ist mucksmäuschenstill. Der Schnee liegt in wellenförmigen Wehen rings um die alte Scheune und das Gebetshaus, wo die jungen Leute noch zu schlafen scheinen. Keine Spuren im Schnee. Alles sieht finster und verlassen aus. So merkwürdig verlassen. Gespenstisch. Sollte ein Haus, in dem sieben junge Leute übernachtet haben, nicht vor Leben sprudeln? In den Fenstern stehen keine Lampen. Aber das wird sicherlich daran liegen, dass am Öl gespart werden muss.

Amanda spurtet zum Haus hinauf und klopft an. »Seid ihr wach?«

Ihre Stimme hallt leer wider. Sie rüttelt an der Tür – abgeschlossen. Also stapft sie durch den tiefen Schnee ums Haus und späht durch die Fenster. Keiner da.

»Jemand anders muss sie mitgenommen haben«, ruft sie zum Steg hinüber.

Noch im selben Moment scheint es, als ob der Himmel über ihnen einstürzt. Es ist, als würde man ihnen das Fleisch von den Knochen reißen.

Es gibt kein anderes Boot auf Hustrun. Es gibt niemanden, der sie mitgenommen haben könnte. Und es gibt keinen anderen Weg, den sie genommen haben könnten, als den über das Eis.

Engström ruft: »An die Ruder!«

* * *

Ellinor musste oft daran denken, was sich im Jahr 1914 auf dem Eis zugetragen hatte. An den Vorfall, der die Insel für immer prägen sollte; der das Leben auf der Insel oder, besser gesagt, den Mangel an Leben bedingte. Das Unglück war der Beginn der Fehden und des Hasses gewesen und hatte sicherlich auch auf das Inseldasein ihrer Mutter abgefärbt. Ständig hatte man ihr über die Schulter geschaut. Ellinor selbst hatte sich auf gewisse Weise besonders angepasst und sich in allem, was das Meer und die Ufer, die hohe See und das Sturmholz betraf, ein besonderes Geschick angeeignet. Das Meer gab, und das Meer nahm – und sie ließ sich darin treiben.

Sie hatte mit dem Schärentaxi an ihrem Steg angelegt, wohl wissend, dass bald zwei kleine Jungs angelaufen kämen, um »das kleine Café« zu spielen. Sie versuchte, sich die morgendliche Unterhaltung mit Herrman noch einmal zu vergegenwärtigen. Was hatte Herrman noch gleich gesagt?

»Ich möchte das Schärentaxi für eine Eiderexpedition mieten.«

Glücklich und verlegen zugleich hatte sie geantwortet: »Das gibt es aber nicht umsonst, Herrman.«

Die Antwort war natürlich dumm und geizig gewesen, aber sie entsprach der Wahrheit. Das Schärentaxiunternehmen gehörte schließlich ihrem Vater, und sie konnte nicht einfach irgendwelche Sonderregelungen treffen.

»Alles hat seinen Preis«, hatte er geantwortet.

»Wir fahren raus, wenn beim Ängslöt die Leberblümchen blühen«, hatte sie erwidert und auch irgendetwas von Eiderdaunen im Sommer gefaselt, aber da hatte es an der Zimmerdecke geklopft. Diesmal klopfe ich zurück!, hatte Ellinor gesagt. Ein »Fahr zur Hölle!« klopfe ich ihm.

Sie hatten gelacht. Das Lachen war nach Hustrun zurückgekehrt – von der Eisorgelküste auf Labrador.

Kaum war Ellinor zurück im Haus, standen sie schon in der Tür. Die Kindersaison war eröffnet.

»Kommt rein, Jungs«, sagte sie und ließ sie ausnahmsweise die Schuhe anbehalten, weil sie ohnehin mit ihnen in den Wald zu einer Glücksstätte gehen wollte. Feine Menschen ziehen niemals die Schuhe aus!, hatte ihre Mutter stets beharrt. Ellinor hoffte insgeheim, dass die Leberblümchen bereits blühten und es damit an der Zeit für einen Schärentaxi-Ausflug mit dem Vogelmaler wäre.

»Können wir Saft und Gebäck bekommen?«, fragte Bill, und Bob setzte hinzu: »Du weißt doch noch, wie sehr wir deinen Saft und dein Gebäck mögen, Ellinor?«

Sie nickte.

Bill streckte eine Faust aus. Ellinor klopfte darauf, und als er die Hand öffnete, lag eine Mutter darin.

»Das ist die Mutter, die in der kaputten Kaffeemaschine in unserem kleinen Café fehlt«, sagte Bill.

»Ausgezeichnet.«

Ellinor holte selbstgemachten Himbeersaft.

»Und Gebäck«, sagte Bob.

»Und Gebäck«, stimmte Ellinor zu.

Sie hatte süße Brezeln mit einer Prise zerstoßenem Kardamom, Zimt, Apfelmus und Rosinen gebacken – Ellinors Brezeln. Sie steckte sie kurz in den Ofen.

Dann zog sie eine hübsche Karte hervor, die sie einmal von einem Mädchen, das mittlerweile eine erwachsene Frau war, bekommen hatte. Eine Märchenkarte über das Fryksdalen in Värmland. Darauf waren Orte mit ihren wirklichen Namen abgebildet, aber auch mit jenen Namen, die Selma Lagerlöf ihnen für ihre Geschichten gegeben hatte. Der See Fryken hieß bei Lagerlöf Löven, der See Visten wurde zum Siken. Über die gesamte Postkarte verstreut lagen Dörfer und Kirchen, und alles war ein in der Wirklichkeit gründendes Märchen. Sie stellte den Saft auf den Tisch, in dem ein paar Eiswürfel mit blauen Sehnsuchtsblumen schwammen. Die Brezeln schmeckten köstlich. Plötzlich hatte Ellinor das Gefühl, dass alles, was sie für die Kinder auf der Insel tat, einen tieferen Sinn ergab.

»Du, du bist eine Bibbliothekarierin«, sagte Bill.

Ellinor lachte. Eine Bibbliothekarierin!

»Ja, so eine nette alte Tante«, sagte Bob.

Das war das erste Mal, dass sie jemand »alte Tante« nannte. War sie schlagartig gealtert? War sie jetzt eine andere – nach dem Unglück auf dem Eis? Nachdem sie ihre Sehnsucht nach dem Tod überwunden hatte? Sahen die Kinder es ihr an? War es so?

HUNDSKÄRSKNUV

1914

An Bord des Bootes, das vom ausgestorbenen Tasslan wieder in Richtung Hustrun ablegt, sitzen vier Männer und am Rudergänger eine Frau. Keiner sagt ein Wort. Keiner artikuliert die Angst, die sie alle empfinden.

Doch es gibt noch einen Hoffnungsschimmer. Irgendwo da draußen auf dem Eis müssen die sieben jungen Leute ja sein. Irgendwo auf dem Eis, das nunmehr eine Insel ist, da die Eisdecke des ganzen Fjärds in einem Stück davongeschwemmt wurde. Sie sind irgendwo da draußen und warten auf Rettung. Und gleichwohl die Männer nichts anderes wollen als zu rudern, fällt es ihnen immer schwerer, denn die Angst lässt ihre Körper steif werden. Sie rechnen sich im Stillen aus, dass das Eis bei den Felsen am Hundskärsknuv angeschwemmt worden sein muss.

Norman sagt: »Wenn ihnen etwas zugestoßen ist, dann ist das Werner Engströms Schuld.«

Damit ist der erste Stein geworfen.

Engström Senior erwidert lakonisch: »Werner hat seinen Kompass dabei. Er weiß, wie man ihn liest.«

Norman gafft ihn bloß an. So, wie die anderen auch. Der Sündenbock ist gefunden.

Allmählich kommen Zweifel daran auf, dass die jungen Leute noch am Leben sind. Diese Zweifel sind eine Vorahnung, ein lähmendes Gefühl, das sich ihrer bemächtigt – das Gefühl der Machtlosigkeit.

»Am besten gehe *ich* ans Doppelruder«, sagt Amanda. »Sonst wird das ja nie was.«

Sie rudert für vier Männer.

Fast jedes Jahr wird das Eis in einem Stück aus dem Hustrun-Fjärd davongeschwemmt. Wie ein Kontinent, der in Richtung Hundskärsknuv treibt, eine große, felsige Untiefe, wo der Fjärd aufgehalten wird. Der namensgebende Felsen ragt aus dem Meer, scharf, gewaltig und bedrohlich, nahe dem Kockargrunden, einer flachen Felsplatte, auf der die Vögel brüten. Auf Hundskärsknuv ist nichts Lebendiges. Und zwischen diesen beiden Vorposten wird für gewöhnlich das Eis aus dem Hustrun-Fjärd gefunden. Und mit ihm die von der gewaltigen Eishand losgerissenen Stege.

Die Kerle sitzen wie versteinert im Boot, während Amanda rudert, mit ausgestreckten, kräftigen Armen.

* * *

Der Frühling kam plötzlich, wie ein Regenschauer aus Licht. Es war Nachmittag, und Ellinor und die Jungen gingen gerade auf einen Laubengang zu.

Das Gefühl war unbeschreiblich; die hüpfenden Jungs im Schlepptau, die Sonne, die ihre Beine zur Erde hinabbaumeln ließ, und eine Nachtigall, die am von Eschen gesäumten Ufer ihr Liedchen sang. Es war ein starkes und wohliges Gefühl. Wie ein Kribbeln und Blubbern im Bauch. Das Gefühl, der rechte Mensch am rechten Fleck zu sein. Jetzt würde es nicht mehr lange dauern, bis das Eis des Hustrun-Fjärds aufs offene Meer hinausgetrieben würde. Ellinor dachte zurück an jenen Frühling, als die Boote der Sommergäste vom Hochwasser erfasst worden waren und schließlich mit der Unterseite himmelwärts in der Bucht trieben. Ellinor war daraufhin mit dem Schärentaxi hinausgefahren, um die roten, blauen und gelben Boote einzusammeln und sie an einen knietief im Wasser stehenden Baum zu binden, wo sie aussahen wie ein Schwarm Seidenschwänze. Ach, immer diese Vögel!

Häufig sind die Wälder frisch, dachte Ellinor mit Emily Dickinsons Worten.

So ein Gefühl war es, als der Frühling kam!

1914

Weit draußen im Meer, am Hundskärsknuv, wo der Horizont eine zarte Linie ist, die Himmel und Meer voneinander trennt, finden sie das Eis aus dem Hustrun-Fjärd. Es hat den Engström'schen Steg samt Boot und allem Drum und Dran mit hierhergetragen. Jetzt ragt er aus dem Meer wie ein erhobener Zeigefinger. Wie der Finger Gottes.

Der Engström'sche Steg samt Boot und allem Drum und Dran – so wird man es sich später erzählen.

Hoffnung steigt auf. Die Männer im Boot versuchen, ihre verlorenen Gesichter wiederzufinden – oder wenigstens ihre Nachnamen.

Sjöblom.

Norman.

Ingman.

Engström.

Amanda sitzt noch immer an den Doppelrudern und bringt sie näher ans Eis. Jeden Augenblick werden die sieben Verschollenen auf sie zugelaufen kommen, mit ausgebreiteten Armen und gerafften Röcken. Danke, dass ihr gekommen seid. Danke, Vater!

Solche Dinge werden sie sagen.

Doch woher sollen sie schon kommen? Aus dem Eis?

Amanda legt das Boot an, die Kerle rappeln sich auf und gehen auf zitternden Beinen an Land. Wenn hier überhaupt von Land die Rede sein kann, schließlich betreten sie eine Eisscholle.

Schnee. Wohin sie auch schauen – überall Schnee.

Schnee im Norden; Schnee im Osten; Schnee im Süden; Schnee im Westen. Gespenstische Unmengen Schnee. Hier und da sind kleine Hügel zu erkennen, um die herum sich die Schneewehen wellengleich auftürmen. Und wieder stehen die Männer ratlos da.

Amanda legt einen Tauwurf um einen Pfahl am festgefrorenen Engström-Steg und klettert aus dem Boot. Sie schirmt die Augen mit einer Hand gegen die Sonne ab und blickt über die Eisdecke. Über den Schnee und die kleinen Hügel.

Da geht es ihr auf.

Aber noch hat die Einsicht Amanda nicht mit voller Wucht getroffen, noch ist es eher ein Staunen, ein Staunen über diesen strahlenden Wintertag am Hundskärsknuv, über das Eis, das sich zum Horizont voranzutasten scheint, über die kleinen Hügel, die Schneewehen, den festgepappten Schnee.

Wo können die Verschollenen sein? Wo verstecken sie sich und warum?

Amanda geht los. Ein Stück vor sich entdeckt sie einen winzigen rosafarbenen Fleck im endlosen Weiß. Die Männer stehen wie angewurzelt da. Amanda beugt sich hinab.

Sie sieht eine Hand.

Die Hand eines Mädchens.

Sie erkennt die Hand am kleinen Finger, der leicht gekrümmt ist, weil er einmal in der Stalltür eingeklemmt wurde.

Es ist Kyra Ingmans Hand. Sie kratzt ein bisschen Schnee weg. Da liegt Kyra, nur mit dem Hemdchen bekleidet, das sie unter Rock und Bluse trug, kein Halstuch, kein Mantel. Ihr Gesicht wie Wachs.

Schweigend geht Amanda zum nächsten Schneehaufen. Und zum nächsten. Und zum nächsten. Und zum nächsten. Und zum nächsten. Sie findet sie alle, außer Mandis Sjöblom. Und das Seltsamste ist, dass sie als Letztes Werner Engström findet, begraben unter einem Berg warmer Kleider, der Kleider der anderen.

Es ist das Jahr 1914. Schon bald wird die Welt in Flammen stehen, doch Hustrun ist schon jetzt kaum mehr als Asche. In der Weihnachtszeit wird ein deutscher Soldat *Stille Nacht* singen, und an beiden Fronten werden die Waffen niedergelegt werden, um in kurzweiligem Frieden miteinander Weihnachten zu feiern. Auf Hustrun allerdings wird es lange keinen Frieden mehr geben.

Wer trägt die Schuld? Irgendeiner muss schuld sein.

Werner Engström ist es. Er hat den anderen die Kleider gestohlen und sie in die Irre geführt! Man schält ihn aus seinen Kleidern, und sein Mantel wird zu Sailors Mantel, obwohl er noch immer die Initialen W E trägt, als könnte dieser Diebstahl irgendetwas wiedergutmachen.

Die Schlitten, die in jener Nacht nicht hinausfuhren, um die sieben jungen Leute zu suchen, werden in einem Schuppen verriegelt, den Ellinor und die Kinder jetzt auf dem Weg zum Ängslöt passieren. Ellinor verliert kein Wort über die Geschehnisse von 1914. Sagt nichts von den Schlitten, deren Kufen niemals wieder Fahrt aufnehmen sollten, oder vom Glückskerl, der splitterfasernackt in einen Verschlag gesperrt wurde, wo er fürderhin von Fischabfällen leben musste. Dabei hatte er doch eine Nacht lang fast die gesamte Insel besessen – und sogar einen Zinkeimer.

Doch das kam ihn teuer zu stehen.

* * *

Frühlingsanfang. Ellinor ging Richtung Ängslöt durch den Wald und bestaunte die Natur. Ich bin wie ein Kind, dachte sie. Trabe dem Inselmütterchen hinterher, das sich unsichtbar vor mir her bewegt.

Daheim in ihrer Küche hatten Bill und Bob aus einem leeren Schuhkarton, Pfeifenreinigern, Muttern und Klebstoff eine kaputte Kaffeemaschine gebastelt. Sie waren mit viel Freude dabei gewesen und hatten nur hin und wieder eine Pause eingelegt, um Pfannkuchen zu essen. Und jetzt tollten sie vor ihr den Weg entlang, im Zickzack wie die Hühnerhunde. Ihre Bäuche waren gut gefüllt. Mit marmeladenbestrichenen Pfannkuchen.

Ja, Marmelade. Wider jede Vernunft hatte Hertha Ulendorff sich mit Algot Ingman verheiratet, weil ihre gemeinsamen Nächte von etwas erfüllt waren, das sich zwar erleben, aber nicht in Worte fassen ließ. Kurz nach der Hochzeit begann sie damit, Preiselbeermarmelade im Glas zu kaufen und sie – nach reiflicher Überlegung – in alte Einmachgläser aus der Ingman'schen Vorratskammer umzufüllen. Das war der Anfang vom Ende. Für die Beschriftung der Etiketten überlegte sie zwischen Inselnamen aus den äußeren Schären hin und her – Skurhatten, Idskär, Hundskärsknuv –, Namen, die sie auf einer Seekarte gelesen hatte. Sie entschied sich für Hundskärsknuv. Dann ging sie von Tür zu Tür und verschenkte ein Glas nach dem anderen, zum großen Entsetzen der Leute. Nicht genug damit, dass auf Hundskärsknuv überhaupt keine Preiselbeeren wuchsen. Den Namen des Orts überhaupt in den Mund zu nehmen, war eine pyramidale Torheit.

Hertha gab sich die allergrößte Mühe, ein echtes Schärenweib zu werden. Doch wenn es etwas gab, das sie hasste, dann, zu warten. Und als Inselfrau wartete man ständig.

Auf besseres Wetter. Auf schlechteres Wetter.

Auf den Mann, der draußen auf dem Meer unterwegs war (und das Meer kennt keine Pünktlichkeit).

Auf die Kinder, die auf der Nachbarinsel zur Schule gingen.

Auf die Kuh und das Schaf, auf besseres und auf schlechteres Wetter, auf bessere Zeiten und schlechtere Zeiten. Darauf, sich der anderen Insel zu nähern. Auf Landkennung. Während die Schärenmänner ein freies Leben lebten, oblag es den Frauen, daheim auszuharren, eine Hand an die Gardine gelegt.

Das andere Gesicht der Insel, dachte Ellinor, wie sie jetzt durch den Wald ging. *Die Insel der Frauen.*

Der Pfad war vom Wild ausgetreten. Ein Wildwechsel. Ellinor mochte das Wort. Dann gaben die Bäume den Blick frei auf eine Lichtung, wo das erste Grün aus der Erde spross. An die Baumstämme schmiegten sich kleine Blätterrosetten, die sich schon bald in Leberblümchen verwandeln würden. Ellinor stand mitten im Frühling. Bald würde also die Zeit für die Eiderexpedition kommen. Zumindest für einen Versuch. Den Versuch, nicht belogen zu werden.

Die Jungen tollten ausgelassen um sie herum. Fast hatte sie vergessen, dass sie hier waren.

»Suddenly, I find a new path to the waterfall.« Herrman lächelte. Ob sie wisse, von wem diese Zeile stammte?

Sie schüttelte den Kopf.

»Raymond Carver.«

Das Boot tuckerte durch die Rinne und steuerte aufs offene Meer zu. In der Ferne konnten sie Hundskärsknuv ausmachen.

»Dont't give me problems. I need waterfalls«, sagte Ellinor und blinzelte zu ihm hinüber. »Von wem ist das?«

»Muss von einer Frau sein. Ihr Frauen wollt nie Probleme haben, immer nur Wasserfälle.«

»Carly Simon«, antwortete Ellinor. »Und im Übrigen hast du recht.«

Wortlos fuhren sie weiter. Ellinor kam es vor, als wäre eine Schale, die lange Zeit ihr Inneres umschlossen hatte, aufgesprungen. Eine erdverkrustete Schale. Ob er etwas merkt?, überlegte sie. Ob er es mir ansieht? Ist es womöglich nur ein Gefühl, ein Geheimnis? Und wann ist die Schale aufgebrochen? Neulich? Gestern? Als ich Wasser für die Hühner geholt habe? Als ich eine Nadel eingefädelt habe? Ist es vielleicht beim Essen geschehen? Oder als ich gerade einen Schritt tat?

Nein, so war es nicht. Nein, es ist geschehen während eines Atemzugs. Ihre Schale war während eines Atemzugs aufgeplatzt, und jetzt lebte sie ohne diese äußere Hülle. Befreit. Ungeschützt.

Herrmans verschollenes Gepäck war inzwischen wieder aufgetaucht, und sie hatte es in Tasslan für ihn abgeholt. Nun wollte er ein paar Tage in freier Natur auf Skinnet verbringen. Buller, der seine Pflicht getan hatte, würde sie bald nach Hause zurückbringen.

Der Frühling schien alles zu beschleunigen, so als donnerte man auf Skiern einen Abhang hinunter. Es war Ende März, doch das Wetter mutete eher nach April an. Die Winde peitschten mal hierhin, mal dorthin, die See war rau. Die große schwarze Scholle aus verrottetem Eis war noch nicht aufs offene Meer getrieben worden, sie lag noch im Fjärd. Ellinor mochte das schwarze Eis, es hatte etwas Schönes an sich.

Algots Schärentaxi passierte Hundskärsknuv. Sie sind mit offenen Augen gestorben, dachte Ellinor, als sich vor ihr die Bucht auftat.

Die Schneehaufen auf der Eisdecke von 1914 waren so etwas wie Hinterlassenschaften gewesen, und die Menschen auf Hustrun die Hinterlassenen. In Ellinor hallte die Geschichte so lebendig und so laut wider wie ein Alarm im Zimmer nebenan, wie ein dumpfes Poltern und Rumpeln. Das Unglück hatte die ewigen Inselfehden in Gang gesetzt und den Grundstein für Neid, Misstrauen, Gier und Hass gelegt. Man stritt sich über Hydranten, den Dorfweg, Wegerechte, Zäune, in Nachbars Garten hineinragende Zweige, Bootsanleger, Stege … Die Elektrizität war schließlich der Tropfen gewesen, der das Fass zum Überlaufen gebracht hatte.

Alle permanent bewohnten Inseln waren ans Stromnetz angeschlossen worden – nur nicht Hustrun. Als sich zu guter Letzt alle Bewohner einig waren, hatte Wollmar Engström dagegen gestimmt. Was nicht weiter verwunderlich war, wenn man bedachte, dass die anderen seit einer Ewigkeit gegen die Engströms wetterten. Dass beim Hundskärsknuv alles ein böses Ende genommen hatte, sei einzig und allein Werner Engströms Schuld gewesen, hieß es. Dabei habe er doch einen Kompass gehabt. Als Ältester hätte er die Jüngeren nicht vor lauter Übermut aufs Eis drängen und sich mit einem Orkan anlegen dürfen. Und zu allem Übel hatte Werner, als er gefunden wurde, unter den Kleidern der anderen gelegen.

Der Dialekt, der in den Schären gesprochen wurde, zeichnete sich mitunter dadurch aus, dass den Wörtern häufig ein h hinzugefügt oder auch ein h weggenommen wurde. Diesmal war ein h hinzugefügt worden, sodass aus Engström Hengström wurde. Ein Name, der klang wie ein Programm: Mit einem kleinen h war einer am Galgen aufgeknüpft worden.

Herrman Engström ging dasselbe durch den Kopf. Mit dem kleinen Unterschied, dass sich die Geschichte in der Familie Engström anders erzählt wurde.

DIE ANDERE GESCHICHTE

Es hatte eine große Verteidigungsrede gegeben. Werner Engström habe das Eis in guter Hoffnung und im Vertrauen auf Gott betreten. Gewiss seien die Schneeflocken so dick wie Fäustlinge gewesen, doch immerhin sei der Weg mit Wacholdersträuchern abgesteckt gewesen. Die anderen, das könne man gar nicht genug betonen, seien ihm aus freien Stücken übers Eis gefolgt, denn sonst hätten sie ja auf Tasslan bleiben können.

Der Sturm, mutmaßte man, müsse so plötzlich und mit solcher Wucht aufgezogen sein, dass der Kompass aus irgendeinem unerfindlichen Grund verrückt gespielt habe. Die Engströms verdächtigten den Ring, der an Werners kleinem Finger gefunden worden war, verloren aber kein Wort darüber. Dass ein winziger Verlobungsring den Kompass fehlgeleitet haben sollte und dass Werner so dumm war, nichts davon mitzubekommen, schien völlig albern, geradezu absurd.

Dieser verfluchte kleine Ring aus emailliertem Metall. *Kyra.*

Sie waren im Sturm gestorben: Werner Engström, Doppelkorn-Arthur, die verschwundene Mandis und *die Anderen*. Der Sturm war es, der die Schuld trug, nicht Werner. Und nicht zuletzt auch Gott, der seine schützende Hand von den Inseln genommen hatte. Der Schriftzug im Gebetshaus »Und Gott hielt seine schützende Hand über die Inseln« hatte seine Wahrheit eingebüßt.

Zum Teufel!

Und gewiss habe Werner den Kleiderhaufen nur deshalb zusammengeklaubt, um einen Hinweis darauf zu hinterlassen, wer mit ihm auf dem Eis gewesen war, für den Fall, dass nicht alle wiedergefunden wurden.

Doch vor allem – und das sei der endgültige Beweis für Werners Unschuld – sei in jener Nacht der Himmel zerborsten, zerfetzt vom Orkan, er sei aufgerissen, und ein Stück sei aus ihm herausgebrochen, und das gesamte Firmament sei auf sie niedergestürzt. Und so waren die jungen Leute ums Leben gekommen.

Die eisstarren Leichen hatte man in dem Boot, mit dem man hinausgefahren war, nach Hause gebracht. Heimwärts. Dorthin, wo man dem Glückskerl seine Lumpen nahm und ihn splitterfasernackt in einen Verschlag warf – zur Strafe!

An all diese Dinge dachten Herrman und Ellinor, auch wenn ihre Gedanken in unterschiedlichen Bahnen verliefen.

»Don't give me problems. I need waterfalls. Das gefällt mir«, meinte Herrman. »Bleibst du noch ein bisschen, bevor du zurückfährst?«

»Ich bleibe, bis du deine Sachen verstaut und dein Zelt aufgebaut hast«, antwortete Ellinor. »Ich habe einen Korb mit Essen mitgenommen.«

»Du hast einen Picknickkorb gemacht?«

»Na, wo du doch die nächsten Tage nur noch Trockensuppen kriegst. Ich habe ein Hühnchen gebraten.«

»Eine schwarze Henne?«

»Ein schwarzes Hühnchen«, Ellinor lächelte. Sie war glücklich. Den Korb, in dem auch frisch gebackenes Brot und ein paar hartgekochte Eier lagen, hatte sie mit einem rot-weiß karierten Geschirrtuch bedeckt.

Herrman schüttelte den Kopf. Dann beugte er sich lächelnd vor und zeichnete ihre Umrisse in der Luft nach.

EIN ANDERES TEMPUS

1914

Um jeden Hals auf Hustrun hängt jetzt ein Bojenstein. Ein Stein aus Trauer, die am stärksten ist, wenn man einen Handschuh in den Händen hält. Den Handschuh hat sie damals angehabt. Er ist alles, was mir von meinem Kind geblieben ist. Im Flur stehen die Stiefel meines Sohnes. Da werden sie jetzt für immer stehen.

Mein armes Kind!

Die Trauer umhüllt alles und jeden, wie ein feinmaschiges Strömlingsnetz. Sie ist wie ein quälendes Geräusch, das nimmermehr aufzuhören scheint. Ein Geräusch, als riebe man Schneckenhäuser aneinander.

Trauer bei Tag, Trauer bei Nacht. Morgentrauer, Abendtrauer. Und alles bricht entzwei. Jeden Tag aufs Neue. Alles zerbricht, in jedem Einzelnen.

Der Erste greift zur Flasche, dann der Nächste. Und während sich die Frauen in wilder Verzweiflung in ihre Schiffchenarbeiten vertiefen, greift auch der dritte Kerl zur Flasche. Die Flaschen tauchen an den unwahrscheinlichsten Plätzen wieder auf; unter der Spüle, in einer Schublade, im Holzschuppen, mal sind sie voll, mal halbvoll, mal leer. Ausgesoffen. Und so entsteht ein Sprichwort: Im Lot sein. Gerade genug betrunken. Und die Frauen besticken die Bettlaken mit Namen (auch mit den Namen der Toten) und häkeln Spitzen. Das Unglück, das den Leuten auf der Insel widerfahren ist, hätte unmöglich passieren dürfen. Sie leben davon, was das Meer ihnen gibt, sind auf alles vorbereitet gewesen, aber nicht auf ein solches Unglück. Wie sollen sie weiterleben?

Und alles nur wegen Werner Engström!

Man beginnt, in der Vergangenheitsform zu sprechen.

Damals, als Kyra noch lebte …

Damals, als Werner noch bei uns war. Er hätte doch …

Damals, als Doppelkorn-Arthur zum Steg hinunterrannte, um Felchen zu holen …

Damals, als Mandis noch am Leben war …

Die gesamte Insel ist in ein anderes Tempus getaucht. Ein Damals. Damals lachten wir, damals lächelten wir. Damals schmeckte uns das Essen, und das Wasser war frisch und nicht bitter. Damals hatten wir Speck und silbern funkelnde Strömlinge. Damals ging es uns gut. Damals gab es einen Gott, der uns Gehör schenkte. Das tat er doch, oder nicht? Damals war der Himmel anders. Damals war das Meer anders. Damals schien das Leben einen Sinn zu haben.

Aber diese Zeiten sind vorbei.

Jetzt ist alles fort, und man steht da mit einem Handschuh oder einem Stiefel, und draußen in der Welt herrscht zu allem Übel Krieg. Das Leben auf Hustrun ist so schwer, dass die Insel im Meer zu versinken droht. Die Erinnerungen werden zum Leben an sich.

Die Trauer gibt sich in den unterschiedlichsten Formen zu erkennen. Im Hause Sjöblom wird nur noch saure Milch getrunken, weil man glaubt, mit frischer Milch die Erinnerung an Mandis zu verspotten.

Im Hause Engström dürfen keine Blumen mehr gepflückt werden, denn mit Blumen würde man Werner, Gott habe ihn selig, verhöhnen. Und diese Gepflogenheit ätzt sich fest, überträgt sich von einer Generation auf die nächste, bis eines Tages ein junger Herrman am Ängslöt einen Strauß Schlüsselblumen für eine junge Ellinor pflückt. Beide erröten.

Im Hause Ingman macht sich ein starkes Gefühl der Angst

und der Machtlosigkeit breit. Wäre diese Angst ein Baum, eine große Kastanie vielleicht, sie würde ihren Schatten über das gesamte Grundstück werfen. Für einen Tanz in der Scheune von Tasslan hat Kyra mit dem Tod auf dem Eis bezahlt. Und so werden Musik und Tanz aus dem Hause Ingman verbannt.

Im Hause Norman darf nicht mehr gelacht werden. Und wenn es doch einmal vorkommt, dass man nicht an sich halten kann, verschwindet man hinters Haus. Im Dorf heißt es dann: Guckt mal, Norman steht wieder hinterm Haus und lacht sich schlapp.

Auf einer Insel gibt es keine Geheimnisse. Die Zeit steht nicht still. Sie krabbelt rückwärts, wie ein Krebs. Die Zeit ist ein Geschwulst, das inwärts wuchert – bis zu den Knochen.

* * *

Algots Schärentaxi brauste über das offene Meer. Kein Kratzen oder Schaben am Rumpf. Zwei Stunden Fahrt bei acht Knoten.

Herrman und Ellinor waren warm angezogen, und vorn im Schiff stand der Picknickkorb. Ellinor rief durch die Musik: »Erzähl mir etwas, Herrman. Etwas, das ich noch nicht weiß.«

Einen kurzen Moment war er versucht, die Wahrheit zu sagen, sie zu erinnern, dass sie vor langer Zeit ein Paar gewesen waren, dass es für sie beide das erste Mal gewesen war, doch stattdessen sagte er: »Wusstest du, dass ein Vogelherz vier Kammern hat? Es sieht aus wie eine Kompassrose.«

Ellinor fühlte sich frei und ausgelassen und antwortete: »Wusstest du, dass ich einen kleinen Klostergarten mit neun Beeten habe?«

Nein, das wusste er nicht. Welche Blumen dort wuchsen, fragte er.

»Gemeine Akelei zum Beispiel. Wusstest du, dass sie auch ›Unserer lieben Frauen Handschuh‹ genannt wird, weil die Blüte an einen Handschuh erinnert? Die Akelei steht für die Unschuld der Jungfrau Maria. In einem anderen Beet habe ich Duftveilchen. Sie symbolisieren Demut. Borretsch habe ich als Zeichen für meine eigene Sehnsucht. Und dann noch einfache Ringelblumen. Der Klostergarten ist hinter dem eigentlichen Garten versteckt.«

»Du mit deinen Geheimkammern. Du bist ein richtiges Vogelherz, Ellinor.«

Eine große Welle brandete gegen das Boot und brachte es zum Schaukeln. Als es sich wieder gefangen hatte, brauste es weiter über den offenen Fjärd.

»Ein Teil meines Lebens ist unsichtbar«, sagte Ellinor zu ihrer eigenen Verwunderung. »Das Inselmütterchen hat immer gesagt: Wer ein Rabenherz bei sich trägt, der ist unsichtbar. Offensichtlich trage ich ein Rabenherz bei mir.«

»Rabeneier sind rot, wusstest du das?«, erwiderte Herrman. »Wenn man sie weiß kocht und sie zurück ins Nest legt, fliegt der Rabe los und sucht nach einem roten Stein, um ihn ins Nest zu legen. Wenn man so einen Stein nimmt und ihn gegen ein Schloss hält, springt es von selbst auf. Aberglaube.«

»Gib mir einen roten Stein«, sagte Ellinor.

Wortlos fuhren sie weiter.

Ja, ja, hier hockt man irgendwo zwischen Alaska und Hawaii, dachte Algot und nippte an seinem Kaffee aus der Thermoskanne, die Ellinor ihm vor ihrer Abfahrt gebracht hatte. Eiderenten auf Skinnet? So ein Humbug. Aber immerhin würde die Fahrt ein paar Kröten für Algots Schärentaxi abwerfen. Ja, ja, hier sitze ich, ein alter Witwer, der in Selbstmitleid ertrinkt. Aber es ist so ein tröstliches Gefühl.

Algots Gedanken suchten sich zurück in die Vergangenheit, zurück zu ihr.

Zu Hertha. Hertha Viola Ulendorff, verh. Ingman.

Hertha, die sich französische Tischmanieren zugelegt hatte und ihre Ausdrucksweise mit kleinen französischen Bonmots würzte.

So eine Verschwendung – hier auf Hustrun! Was nützte es schon, wenn man auf Französisch fragen konnte: Wie steht's? *Qu'y a-t-til?* Oder: *Comment ça va?* Nichts als Unfug!

Hertha, die nicht gewusst hatte, wie sie sich auf einer Insel mit einem steingesäumten Bach um ihre zwei kleinen Kinder zu kümmern hatte und wie die Sache mit den Apfelbäumen funktionierte.

Im Mai und im Juni war die Insel ein Paradies, wohingegen sie im Juli von Menschen überrannt wurde, von deren Anwesenheit im August nur noch der zurückgelassene Abfall zeugte. Der Rest des Jahres war die reinste Hölle. So jedenfalls sah es Hertha, nachdem sie ein wenig vom Inselleben gekostet hatte. Hertha mit ihrer Preiselbeermarmelade und ihren zu einem Bienenstock hochtoupierten Haaren – der letzte Schrei, auf dem Festland.

Eine Insel, auf der nicht gelacht werden durfte.

Eine Insel, auf der die Toten auf leeren Stühlen saßen.

Eine Insel, auf der man Dinge sagte wie: zu Kyras Zeiten. Weißt du noch, als Kyra dies, weißt du noch, als Kyra jenes, weißt du noch, wie Kyra über die Wiesen rannte, und damals, als das Kalb ausgebüxt war, ach, wenn Kyra doch noch am Leben wäre –

Kyra Ingman war auf dem Heimweg übers Eis ums Leben gekommen. Hertha Viola Ulendorff, verh. Ingman, wurde von dieser Erinnerung überwältigt. Als sie sich ertränkte, war ihr Körper mit Steinen beschwert, roten Steinen aus einem Rabennest.

Bis dahin hatte sie sich damit getröstet, dass ein Leben im Fjäll sicher noch viel schlimmer wäre. Also lauschte sie allmorgendlich voller Sehnsucht dem Radio, um zu hören, welches Wetter in den Bergen herrschte. Eiswinde, Nebel, raue Kälte, Unwetterwarnungen. Wenigstens lebt man nicht im Fjäll, pflegte sie zu sagen. Vielleicht geht es ja doch. *Peut-être*.

Pötätä, hatte Algot dann erwidert. Er hatte sich über ihr Französisch lustig gemacht, während sie in ihrem Herzen Steine sammelte. Rote Steine.

Früher dachte ich auf Französisch, hatte sie Algot einmal anvertraut. Wenn ich in einem Haus war, war ich *dans la maison*. Wenn ich im Bett lag, lag ich *dans le lit*. Eine Flasche war *en flacon*. Und *vivir* bedeutete leben. Sie hatte noch viel mehr Worte in petto, kleine Worte, Gedankenfetzen, doch sowie ihr auf Hustrun ein solches Wort herausrutschte, wurde sie dafür an den Pranger gestellt.

Man äffte sie nach. Und obgleich Algot versuchte, dem Ganzen Einhalt zu gebieten, suchten sich die Verunglimpfungen immer neue Wege. Neue Münder, die neue Wörter nachäfften.

Anfangs nahm sie sich die Dinge noch nicht so zu Herzen. Sie würde ihnen schon noch zeigen, wer sie war und was sie auf dem Kasten hatte, doch irgendwann verlor das Wort *vivir* seine Bedeutung. Im Grunde waren es doch nur Buchstaben.

Wir hätten die Insel verlassen sollen, dachte Algot, als er jetzt allein in seiner Kammer saß. Wir hätten die Kuh vom Eis holen und an Land gehen sollen, doch die Chance haben wir vertan. *Ça va* zum Henker!

Der Stadtplan von Paris

Es brachte natürlich einige Probleme mit sich, auf Hustrun zu leben und als Wegweiser einen abgegriffenen Stadtplan von Paris zu benutzen. Zu glauben, man sei auf dem Weg zur Bastille, wenn man doch eigentlich Richtung Gilleskär ging, um Kartoffeln zu holen – nein, da stimmte etwas nicht.

Hertha bekam allmählich Angst vor *la camisole,* der Zwangsjacke, und fühlte sich *pris de vertige,* schwindelig. Ihre Gedanken wurden zu Pulver zermahlen, weil sie nicht in ihrer natürlichen Sprache gedacht werden durften. Wenn sie den grasbewachsenen Dorfweg entlangging, fühlte sie sich so schrecklich verloren. War das die Rue de Fleurus? Sie war ängstlich und erschöpft – *angoissant* –, weil sie sich unablässig alles Wort für Wort übersetzen musste.

Lange kam es ihr vor, als lebte sie in einem Niemandsland. In einer von geheimnisvollen, rätselhaften, prophetischen und bedeutungsschwangeren Gedanken erfüllten Seifenblase.

Sie wollte lieber tot als verrückt sein. *La petite enfant* bekam sie kaum zu Gesicht, denn die kleine Ellinor büxte ständig aus zu diesem alten, zahnlosen Schrapnell, dem Inselmütterchen.

Hertha träumte von einem *jardin,* einem wunderbaren Garten. Dort würde sie endlich Ruhe finden. So malte sie sich den Tod aus.

Doch all das war ihr nicht anzusehen. Denn Herthas Gefühle führten ein eigenständiges, heimliches Leben in ihrem tiefsten Innern.

Ein Gartenfest

Ein Fest für die gesamte Insel (mit Ausnahme der Engströms).

Hertha hatte sich mächtig ins Zeug gelegt. Sie hatte lange, aus Planken gebaute Tafeln eingedeckt und ein köstliches Menü geplant.

Vorspeise: Löjrom-Kaviar auf Toast.

Hauptspeise: Blini.

Dessert: Crème brûlée mit Mandelplätzchen.

Den Tisch hatte sie mit Lupinen dekoriert.

Zu jedem Gang wurde Weißwein gereicht. Die meisten hatten so etwas noch nie gekostet. Schmeckt wie Katzenpisse, murmelte ein Gast.

Außerdem hatte Hertha für sich und die kleine Ellinor Musselinkleider mit langen Ärmeln genäht. Ein fataler Fehler. Ellinors maulwurfgraues Kleidchen saß wie angegossen, an ihr hatte Hertha ja alles gut abstecken und Änderungen vornehmen können. Ihr eigenes Kleid hingegen war ein Reinfall. An der Taille passte es tadellos, doch an den Schultern war es so eng geschnitten, dass Hertha die Arme seitwärts ausstrecken musste. So was Idiotisches!, dachte sie schon bei der Vorspeise.

Als die Gäste Herthas Dilemma bemerkten, brachen sie in schallendes Gelächter aus. Sie lachten das Lachen, das über viele Generationen hinweg unterdrückt worden war. Gehörten die Lupinen etwa auch zum Essen?, gackerten sie. Das Zeug auf dem Brot schmeckt ja wie *Kalles Kaviar.* Und was waren das überhaupt für komische Eierkuchen?

Zu den Blini reichte Hertha kross angebratenen Speck, Lachs, Zwiebeln sowie Schmand. Die Gäste langten so begierig zu, dass schon bald nichts mehr übrig war. Zum Nachtisch kriegen wir bestimmt die Lupinen, witzelte wieder einer.

Algot hatte sich vollkommen machtlos gefühlt.

Und nach diesem Fest hatte Hertha, gewandet in ihre eigenhändig geschneiderte Zwangsjacke, aufgehört, auf Französisch zu denken. Es versiegte einfach.

Das letzte Wort, das sie dachte war: *Désarmer.* Entwaffnen. Dann: nichts mehr.

Sie stand vor einem Abgrund. Ihr Leben war desarmiert. Endlich ein Wort, das in beiden Sprachen existierte. Der inneren und der äußeren.

Die Schaukelkiefer

Für Hertha Ingman fühlte sich das Leben allmählich so stumpf an wie ein altes Messer. An so einem Messer konnte man sich leicht schneiden, und Hertha schnitt sich am Leben. Wenn ihr auf dem grasbewachsenen Dorfweg Leute entgegenkamen, streckten die ihre Arme seitwärts aus und fingen an zu lachen. Und die Lupinen wachsen gut?, feixten sie.

Hertha hatte es sich wirklich nicht leicht gemacht, und die Hustruner waren – in ihrem Vokabular – ausgemachte Pupsköpfe. Das Wort spendete ihr Trost. Diese Pupsköpfe! Diese Beerenpupse – grau, hässlich, muffig, pfui.

Hertha war dazu erzogen worden, niemals das Gesicht zu verlieren, die Contenance zu wahren. Als Frau war es ihre Aufgabe, der Welt ein Lächeln zu schenken. Und sie lächelte, bis es in den Backenzähnen wehtat. Als würde jemand in meinen Zähnen Polka tanzen, dachte sie – und lächelte.

Das war, bevor sie zum Glauben gefunden hatte.

Das geschah an einem Donnerstag um Punkt zehn Uhr, als ihr mit einem Mal aufging, dass sie inmitten von Dämonen lebte. Auf einer Insel der Toten. Dass ihr das nicht schon früher aufgefallen war! Dabei war es doch so offensichtlich, dass auf Hustrun nicht das Leben, sondern der Tod regierte. Und inmitten all der lebenden Toten wandelten auch die Jugendlichen, die auf dem Eis ums Leben gekommen waren. Hertha überlief ein kalter Schauer, als sie begriff, dass sich die toten Jungen und Mädchen in den Schattenwürfen der Bäume verbargen.

Sie war sich bewusst, dass sie niemandem davon erzählen durfte, am allerwenigsten ihrem Mann Algot oder der kleinen Ellinor, denn niemand ließ sich gern das Wort »tot« auf die Stirn schreiben. Trotz dieses inneren Tumults gelang es ihr, ihren Alltag zu bewältigen, sich ums Essen zu kümmern und alle anderen Pflichten zu erledigen; der Rest spielte sich in ihrem Innern ab.

Immerhin sprachen die Bäume mit ihr. Und das auf Französisch! Ellinors Schaukelkiefer hieß Monsieur. Außerdem sprach Hertha mit dem Pflaumenbaum, Reineclaude. Sie erzählte den Bäumen vom Elend, das die unterdrückte Trauer über die Insel gebracht hatte.

Merde!

Algot erinnerte sich an das Gefühl der Machtlosigkeit, als er seine Frau mit der Kiefer sprechen hörte. Und zu allem Übel gab es niemanden, den er um Rat fragen konnte. Im Sommer waren immer ein paar Psychologen auf der Insel, aber die waren vornehmlich damit beschäftigt, zu viel Wein zu trinken und sich gegenseitig Bratpfannen an die Köpfe zu pfeffern. Nein, er konnte niemanden um Rat fragen. Also griff er letzten Endes zur Säge und fällte die große Kiefer in der Hoffnung, damit einen Schlussstrich unter die Unterhaltung zwischen Hertha und dem Baum zu ziehen.

Als Hertha sah, was er getan hatte, stieß sie einen gellenden Schrei aus.

Sie in ein Krankenhaus zu bringen hatte er niemals in Erwägung gezogen, weil man sie dort mit Sicherheit für verrückt erklärt hätte.

Ein guter Hafen

Pappnägel! Warum musste jeder verfluchte Pappnagel erwähnt werden? Algot erinnerte sich lebhaft an die flammende Rede, die Hertha gehalten hatte. Es war zu der Zeit, als man damit anfing, das Leben in den Schären zu schildern, es nachzuerzählen oder zu fotografieren, sodass es sich in eine Geschichte verwandelte. Allerdings fand in diesem Bild nicht der gesamte Schärengarten Platz, sondern lediglich die Männerwelt. Hertha meinte, es sei, gelinde gesagt, beschämend, dass einzig die Schärenkerle im Rampenlicht stünden.

Es gab zahlreiche Bilder vom Schärenkerl im dicken Strickpullover, aber kein einziges Bild von der Frau, die den Pullover nach familieneigenem Muster – dem Stundenglas oder dem Gänseauge – gestrickt hatte. Nein, man hätte meinen können, der Pullover sei aus dem Meer geangelt worden. Allerorts wimmelte es plötzlich von Fotografien, die den Schärenkerl auf einem Felseneiland zeigten, einen Vogel oder eine Robbe jagend. Doch kein einziges Bild zeigte die Frau, die ihm seinen Proviant – eingelegten Hering und Kümmelbrot – eingepackt hatte. Am schlimmsten waren die Bilder von Männern, die mutterseelenallein vor dem Trockengestell hockten und die Netze saubermachten. Im Hintergrund die untergehende Sonne, wo doch eigentlich die Frauen und Kinder hätten sitzen sollen, die die Netze knüpften.

Irgendwo gibt es einen guten Hafen, dachte Hertha. Einen Hafen für die Frauen. Mit eigenen Bootsstegen. Ihre Gedanken waren nicht klar, nicht eindeutig, eher trübe, und trotzdem sah sie, was sie sah. Ihre Geschichten handelten von Wettern und Winden auf hoher See und nicht vom steingesäumten Bach. Über solche Dinge sprach Hertha.

Nach Herthas Tod hatte Algot von Schärenpfarrer Agardson den Rat bekommen, ihren Namen Ellinor gegenüber nicht mehr zu erwähnen. Das sei das Beste für das Kind.

Auf seltsame Weise schien Ellinor in dieses Arrangement bereits eingewilligt zu haben, vermutlich weil sie dachte, dass ihr Vater es nicht übers Herz brachte, über das Geschehene zu sprechen.

Also schwiegen sie gemeinsam, doch anstatt sich zu schonen, quälten sie einander mit Schweigen, plagten sich mit fehlenden Erinnerungen an Hertha und bestraften sich selbst, indem sie Herthas Kleider verbrannten.

Weder durften Herthas Bonmots in den Mund genommen noch ihre französischen Rezepte zubereitet werden – nicht einmal ein Omelett. Letzteres Verbot wurde irgendwann aufgehoben, denn wenn im Hause Ingman etwas im Übermaß vorhanden war, dann doch Eier. Pragmatismus – eine Eigenschaft derer Algot sich rühmte.

Wenn es ihnen gutgetan hätte, zusammen zu weinen, hieß es nur: »Gute Nacht!« Nicht einmal »Schlaf gut!«, denn »Schlaf gut!« gehörte einer Vergangenheit an, die für immer fort war. Wenn es sie überhaupt gegeben hatte.

Aber der Pfarrer hat es mir doch geraten, dachte Algot.

Und Ellinor fand Trost beim Inselmütterchen. Vielleicht war sie es, die das Mädchen davor bewahrte, innerlich zu Eis zu werden. Nicht dass am Inselmütterchen eine Kinderpsychologin verlorengegangen wäre, aber dafür hatte sie ein unbeirrbares Gespür fürs Leben. Sie backte Teilchen, die sie »Pariser Schnecken« nannte, und hatte stets eine Umarmung übrig.

Das Inselmütterchen brachte Ellinor das Stricken bei. Handarbeit zerstreut die Gedanken, meinte sie, und ließ Ellinor außerdem kochen. Ein Umstand, der Ellinor gut zupasskam, als sie daheim den Haushalt übernehmen musste. Wie hätte Algot den Haushalt sonst bewältigen sollen? Vom Rest der Insel war keine Hilfe zu erwarten. Die Leute schämten sich dafür, wie sie mit Hertha umgesprungen waren, weshalb sie die Ingmans nun auf Abstand hielten. So war es mit der Scham – sie fiel auf einen zurück. Die kleine Ellinor hätte genauso gut über die Höfe wandern und fragen können: Könnt ihr mir bitte verzeihen, dass ihr damals im Unrecht wart?

Algot. Der Witwer. Besitzer von einem Schärentaxi, Fischereigewässern für den eigenen Bedarf und einem kleinen Kartoffelacker. Ein Ingman. Ein Vater, der ein Kind an den steingesäumten Bach verloren hatte. Algot, der kein Französisch sprach. Der überhaupt kaum sprach, aus Angst, das Gesagte könnte ihn an die Vergangenheit erinnern. Er hatte nichts mehr zu verlieren. So einfach war das.

Wo ist der sichere Hafen?, waren Herthas letzte Worte an ihren Mann, den Schärenkerl, gewesen. Mit glühenden Wangen, sehnsüchtigem Blick, rudernden Armen und windzerzaustem Haar hatte sie gefragt: »Wo ist der sichere Hafen, Algot?«

Er hatte das Ganze als Albernheit abgetan.

Hertha musste an das Wort Auslöschung denken. Daran, dass all die lebhaften Schilderungen des Insellebens oder, besser gesagt, des Männerlebens, die Frauen ihrer Menschlichkeit beraubten, ja ihre Menschlichkeit auslöschten.

Und man sollte nichts davon merken, sollte einfach nur einen Eimer Milch schleppen, Kümmelbrot backen und den Rand halten. Es gab keinen sicheren Hafen.

Algot nahm an, dass die Lücke, die Hertha hinterlassen hatte, Ellinor am meisten schmerzte. So jedenfalls war es für ihn. Hertha war fort, und überall klaffte eine Lücke in Form eines Menschen; vor dem Herd in der Küche und im Badezimmer, gebeugt über die neue Emaillebadewanne, über die Hertha sich so gefreut hatte – jedenfalls hatte sie so getan. Niemand machte Witze über das Land Apfelsinien, das Ellinor als kleines Mädchen auf einer von Sailors alten Karten entdeckt haben wollte. Niemand sagte Bonmots oder hing die Wäsche so zum Trocknen auf, wie Hertha es getan hatte, kreuz und quer, die Hemden an den Ärmeln festgesteckt, sodass es aussah, als streckten sie einem die Arme entgegen. Hertha hatte immer mit der flachen Hand über den Stoff gestrichen, eine Geste, die Ellinor von ihr übernommen hatte. Algot hatte es durchs Fenster beobachtet, und es hatte ihm einen Stich in die Brust versetzt. Hände, die über die kunstvoll gestickten blauen Monogramme strichen. Die Geste hatte sich vererbt.

Nein, er konnte keine weiteren Erinnerungsbilder an seine beschwerliche Frau ertragen. Ein gutes Gedächtnis war ein Fluch.

In der Thermoskanne war kein Kaffee mehr. War es nicht langsam Zeit, dass Ellinor nach Hause kam und sich um ihren gebrechlichen Vater kümmerte? Ein Tagesausflug mit einem Engström. Wäre das Geld nicht gewesen, hätte er nie im Leben sein Einverständnis gegeben.

Nein, schalt er sich, denk an etwas anderes. Denk an die glücklichen Tage deiner Jugend!

Mit fünfzehn, kurz nach der Konfirmation, wurde er zum Mann. Als sein Vater Sailor verschwand, der mit dem Boot zum Fischen hinausfuhr und nicht wiederkam. Das Meer hatte spiegelglatt gelegen, und niemand konnte sich einen Reim darauf machen, was sich in dem kleinen Ruderboot abgespielt haben musste. Er war in aller Herrgottsfrühe aufgebrochen, um nach den Netzen zu sehen, die er an einer tiefen Stelle östlich von Hustrun ausgeworfen hatte, um Felchen zu fangen. Fünf aneinandergeknüpfte Netze. Die Felchen sollten gebeizt und an ein Fischgeschäft in Telje verkauft werden.

Zeitlebens sollte Algot sich an jene zwei Stunden des bangen Wartens erinnern. Sicher würde sein Vater bald nach Hause kommen. Doch Vater kam nicht nach Hause. Die Stunden verstrichen; unaufhaltsam bewegten sich die Zeiger der Küchenuhr im Minutentakt voran. Zum Schluss zog Algot sich an und fuhr mit dem Boot hinaus. Allein zu rudern war mühsam, doch er nahm sich zusammen. Bei der Landzunge im Osten entdeckte er schließlich ein Ruder. Noch immer herrschte totale Flaute, das Wasser lag vollkommen still.

Ein Ruder.

Etwas später fand ein Fischer in einem seiner Netze einen Arm; darauf war noch immer die Tätowierung einer zweiköpfigen Katze aus dem Südchinesischen Meer zu erahnen, die Algot identifizieren sollte. Schließlich wurde Sailor für tot erklärt, und der Hof ging an Algot. Alles war ein großes Rätsel.

Einige Jahre später wurde auch das Ruderboot gefunden, am Hundskärsknuv an Land gespült. Als wäre das Felseneiland den Bewohnern von Hustrun ein Stein des Anstoßes. Keiner hatte vergessen, was sich 1914 zugetragen hatte, und auch alle kommenden Generationen sollten sich daran erinnern. Die Erinnerung lebte. Sie alle hatten eine Lücke hinterlassen: Mandis Sjöblom und Kyra Ingman und Werner Engström und Doppelkorn-Arthur und *die Anderen*. Die Trauer und der Schmerz wurden zur Luft, die man atmete, zum Meer, auf das man hinausfuhr, und zum Leben, das man lebte – gezeichnet von der Schuld der Überlebenden.

Algot biss die Zähne zusammen. Er biss die Zähne zusammen, um zu überleben.

Die Albernheiten

Algot dachte daran, dass er als kleiner Knirps nicht die geringste Ahnung gehabt hatte, welch widerspenstige Angelegenheit das Leben doch war. Als Kind stopfte man Pfannkuchen mit Marmelade in sich hinein, hing der Mutter am Rockzipfel, bekam hin und wieder einen Schnupfen oder einen Klaps auf den Allerwertesten. Heute konnte er sich mit Müh und Not bis zum Klo schleppen und sah mit Schrecken dem Tag entgegen, an dem selbst das nicht mehr möglich war. Um seine Körperhygiene war es so lala bestellt – eher *so* als *lala*. Mal schaffte er mehr, mal weniger, meistens weniger.

Ja, solche Gedanken schwirrten ihm nunmehr im Kopf herum.

Früher war er berüchtigt für seine List gewesen, doch er hatte fast sein gesamtes Pulver verschossen, bis auf einen letzten Funken Hinterlist. Sonst war da nur noch Leere. Die wenigen Freunde, die er gehabt hatte, stammten nicht von der Insel, denn in den seit Generationen auf der Insel ausässigen Familien, wurden die Inselfehden schon mit der Muttermilch aufgesogen.

Das Werk eines Augenblicks. Was er Ellinor angetan hatte, war eine flüchtige Eingebung gewesen; er hatte nichts geplant. Geplante Gewalttaten wurden härter bestraft als Affekthandlungen, allerdings war er ohnehin nie zur Rechenschaft gezogen worden. Hin und wieder fürchtete er sich davor, und bisweilen befiel ihn eine Angst vor dem Jüngsten Gericht. Davor, dass oben im Himmel irgendjemand, womöglich Hertha, bezeugt haben könnte, wie er Ellinor die Treppe hinuntergestoßen hatte. Seine letzte Hoffnung war, dass es keinen Gott gab. Kein Jüngstes Gericht. Keine polizeiliche Untersuchung. Und wenn doch, dann hatte er zumindest eine kleine Verteidigungsrede in petto.

Seit Herthas Tod war Ellinor sein Ein und Alles. Er war auf der Insel geblieben, mit seiner kleinen Tochter und einem abgegriffenen Stadtplan von Paris. Er hatte an seinem Leben auf Hustrun festgehalten, im festen Vorsatz, Ellinor ein guter Vater zu sein. Er hatte sich vorgenommen, selbst bei rauem Wetter fischen zu gehen, ihr Frühstück und Abendessen zuzubereiten und sie zur Schule zu rudern. Ihr bei den Hausaufgaben zu helfen und gelegentlich in die Stadt zu fahren, um ihr neue Kleider zu kaufen. Ihr Mutter und Vater zugleich zu sein. Im Frühling Schneeglöckchen zu pflücken, um sie in einem Schnapsglas auf den Tisch zu stellen. Und er würde sehen, wie sehr sie ihrer Mutter ähnelte.

Doch Ellinor war, wie sich herausstellte, geländetauglich. Auf der Insel hatte man immer gewitzelt, Hertha sei nicht geländetauglich. Hertha mit ihren ausgestreckten Armen und den Lupinen. Man konnte froh sein, wenn sie einem keine Lupinen zum Essen vorsetzte! Oschonté! Märt! Französische Wörter, die die Leute von ihr aufgeschnappt hatten. Wullewuh. Und selbst auf Schwedisch musste sie sich immer so piekfein ausdrücken: Gestatten Sie mir eine einfache Frage? Wer ordentlich vom Leder ziehen wollte, äffte einfach Hertha nach. Vor allem im Hause Engström war dies eine beliebte Beschäftigung.

Diese verfluchten Engströms!

Ellinor, dass hatte er sich geschworen, würde er niemals im Stich lassen. Er würde sie niemals verlieren, denn noch mehr zu verlieren konnte er sich nicht leisten.

War es denn so merkwürdig, dass er seine Tochter hatte beschützen wollen? War es nicht recht und billig, dass er an dem Einzigen, das ihm geblieben war, festhalten wollte?

DÉJÀ-VU

Algots Schärentaxi brauste übers offene Meer; Hundskärsknuv war vergessen. Jetzt galt es, sich vor Untiefen in Acht zu nehmen, doch Ellinor, die alle gefährlichen Stellen wie aus dem Effeff kannte, führte das Steuer mir sicherer Hand. Herrman hatte sich hingesetzt. Ellinor ließ Keith Jarretts Köln-Konzert durchs Boot schallen. Die Musik strömte hinaus zum Horizont, als wollte sie das gesamte Universum erfüllen.

Ellinor kam es vor, als wären sie die zwei einzigen Menschen auf der Welt.

»Ich kann mich jetzt wieder erinnern, Herrman«, sagte sie. »Daran, wie wir zusammen das Köln-Konzert gehört haben.« Sie zögerte. »Ich weiß es wieder.«

»Ist das alles, woran du dich erinnerst?«

»Woran denn noch? Da war die Musik, und dann hast du im Öjan auf einem Schiff angeheuert, oder etwa nicht?«

Herrman schüttelte den Kopf. »Wir waren ein Paar, Ellinor. Und wir wären beinahe eins geblieben.«

»Was meinst du mit *Paar* und mit *beinahe*?« Sie musste sich bemühen, nicht die Fassung zu verlieren. Was sie gerade miteinander erlebten, sollte schon einmal geschehen sein? War dieses Gefühl der Vertrautheit eine Art Déjà-vu, hatte sie es schon einmal empfunden?

Als sie in seichteres Gewässer glitten, bremste Ellinor das Boot ab. »Du meinst, ich sollte mich an so etwas erinnern wie einen Kuss?« Sie umschiffte die unsichtbaren Untiefen. »So etwas würde man doch nicht vergessen«, setzte sie vorsichtig hinzu.

In dem Moment merkte sie plötzlich, dass sie sich erinnern konnte. Bruchstückhaft, in verschwommenen Bildern. Wie ein

Stapel unsortierter Fotografien. Flüchtig betrachtete sie ein Bild nach dem anderen, ohne wirklich zu registrieren, was sie sah. Durch Zufall hatte sie einen Schlüssel im Gras am Himbeerhügel gefunden. Den Schlüssel zu allen Geheimnissen. Den *richtigen* Schlüssel. Was sollte sie jetzt tun? Plötzlich erinnerte sie sich, wie es sich angefühlt hatte, den tönernen Kuckuck in der Hand zu halten. Das Liebesgeschenk. Ellinor, ich lass dich nie wieder los, hatte er gesagt. Doch die Hände ihres Vaters waren stärker gewesen.

Der Skuruhatten, ein Fels in Form eines Südwesters, war das Erste, was man von Skinnet erspähte. Ein großer Felsbrocken im Meer, erhaben und bedrohlich, der vielen Seeleuten zum Verhängnis geworden war. Er lag dort, wo er nicht hätte liegen dürfen, und bewegte sich nicht vom Fleck. Hinter dem Skuruhatten erstreckte sich die weitläufige Insel mit ihrem weißen Leuchtturm. Um zu der Stelle auf Skinnet zu gelangen, wo sie an Land gehen würden, mussten sie einen schmalen Sund passieren. Der Beginn ihrer kleinen Eiderexpedition.

Und da kam der Nebel; so plötzlich, wie Nebel für gewöhnlich aufzieht. »Ich habe Radar an Bord«, sagte Ellinor, und sie fragte sich, ob es womöglich auch in den Menschen ein solches Radar gab, das einen vor Untiefen warnte. Eine Art Schattenriss der Welt.

»Kannst du damit fahren?«, fragte Herrman besorgt.

Ellinor gab keine Antwort. Stattdessen drosselte sie den Motor auf zwei Knoten Fahrt und umschiffte Landzungen und Buchten. Sie war die Ruhe selbst, denn sie kannte die Gewässer wie ihre eigene Westentasche.

Unterdes wurde der Nebel immer dichter.

»Könntest du mir bitte ein Tau vom Bug holen?«, bat Ellinor, und Herrman tat, wie ihm geheißen. Zwei Schritte, dann war er wie vom Nebel verschluckt, verschwunden. So, wie er schon einmal verschwunden war. Aber warum? Ellinor musste schmerzlich erkennen, dass ihr etwas fehlte. So, als wären viele Jahre aus ihrem Gedächtnis radiert worden. Eben war sie noch ein junges Mädchen mit Zöpfen und plötzlich eine erwachsene Frau. Und jetzt behauptete Herrman von sich, ein verlorengegangenes Teil dieses Puzzles zu sein. War das denn möglich?

Sie verringerte die Geschwindigkeit auf einen Knoten. Während das Ruder vor sich hin rotierte, fädelte sie sich in die Bucht ein, in der sie für gewöhnlich anlegte. Endlich stieß das Boot gegen den Fels – sie waren am Ziel.

Herrman rief: »Ich gehe an Land.«

Der Nebel hatte sich so schnell verflüchtigt, wie er gekommen war. Sie standen jetzt bei den großen Elefantenrücken, wie die vom Meer rund geschliffenen Felsen genannt wurden.

»Sieht aus wie eine Herde Kriegselefanten, fehlen nur noch die Rüstungen«, sagte Herrman. »Genau wie auf Hustrun. Alle wollen sich gegenseitig an den Kragen – bevorzugt auch an meinen. Da ist ein Ingman, der sich seit neunundneunzig Jahren mit einem Norman in den Haaren liegt, der wiederum Streit mit einem Sjöblom hat. Und seit Generationen sind alle gegen die Engströms. Sogar die Sommergäste werden da mit reingezogen.«

Aus dem Augenwinkel bemerkte er den Ernst in ihrer Miene. Und noch etwas anderes. »Die Engströms«, fuhr er fort, »sind allen verhasst, weil Werner Engström die anderen überredet haben soll, aufs Eis zu gehen. Ist es nicht so?«

Eine siebte Welle, größer als die vorigen, brandete gegen die Elefanten.

»Aber genauso ist es doch gewesen, Herrman. Es *war* Werner Engströms Schuld.«

»Aber wer weiß schon, was wirklich passiert ist? Sie sind doch alle ums Leben gekommen. Wer kann sich wirklich gewiss sein? Es war das Unwetter, Ellinor, all die Unwetter, die auf einen Schlag über sie hereinbrachen. Als wäre der Himmel über ihnen eingestürzt. Denk mal darüber nach! Der Himmel stürzte ein, und Gott hat seine schützende Hand *nicht* über die Inseln gehalten. Vielleicht gab es keinen Schuldigen!«

Ellinor schluckte. Kurz darauf saß sie auf einer karierten Decke, die an ein Schachbrett erinnerte. Schwarze und weiße Karos. Sie trank Kaffee und knetete nervös ihre Hände. Alles war aus den Fugen geraten. Sie packte den Picknickkorb aus.

Herrman stand ein Stück abseits und zeichnete einen Baum, der mit Federn geschmückt war. Was, wenn der Baum plötzlich fliegen könnte? Wenn er wie im Psalm seine weiten Schwingen ausbreiten würde ... und fliegen?

Algot starrte auf die säuberlich geschriebenen Druckbuchstaben in dem kleinen Schulheft, das einmal Kyra Ingman gehört hatte. *Skizzenheft für Volksschulen. Heft 4* stand darauf. Neben Hasen und Schwänen hatte Kyra auch eine Wasserpumpe, einen Eimer und eine Gießkanne hineingezeichnet. Als Ellinor klein war und die Bilder abgemalt hatte, war der Hase einem Hasen immer unähnlicher geworden, der Schwan hatte sich in eine Gans verwandelt und die Pumpe sah irgendwann eher aus wie ein Zaunpfahl, nur die Kanne blieb sich gleich. Es war wie mit der Wahrheit, ging es Algot durch den Kopf, als er das Heft durchblätterte. Die Wahrheit war ein Hase, der mit jeder Generation, die ihn abzeichnete, Schritt für Schritt zu einer Kröte wurde.

Die Wahrheit.

Nun, es gab solche und solche Wahrheiten, spann er den Gedanken weiter. Manche müssen ans Tageslicht, andere sollten begraben bleiben.

Er blickte durch die von Bläschen durchzogene, mundgeblasene Glasscheibe seines Fensters. Hier bin ich mutterseelenallein in meiner Kammer. Ich, der Greis, in dem kaum noch Leben steckt. Aber immerhin kann ich noch klar denken.

Wir haben es einfach nicht besser gewusst, Hertha und ich. Wir haben versäumt, uns von Hustrun loszueisen. Aber wir waren nun mal nicht klüger, als wir waren. Und Ellinor hatte alles ausbaden müssen, dachte Algot und fuhr mit dem Daumen über den Hasen, der eine Kröte geworden war.

Wenn doch diese verflixte Treppenstufe nur nicht so knarren würde. Dann wäre schon längst alles vergessen.

Was hat mich damals nur geritten? Die Angst?

Auf dem Meer habe ich niemals Angst gehabt, nicht mal bei Windstärke zwölf. Doch hier im Haus, in meinen eigenen vier Wänden, bekam ich es mit der Angst zu tun. Hertha hat mich mit ihrem Irrsinn halb zu Tode erschreckt, und Ellinor ... Ich wollte sie nicht verlieren, so einfach ist das, und während er das dachte, zeichnete er mit einer für ihn typischen Geste eine Figur in die Luft.

So einfach ist das.

Kurz kam es Ellinor so vor, als ob die Elefanten anfingen zu tanzen, als ob sich die großen Felsblöcke mit einem Mal bewegten. Doch es war nur ein letzter Nebelschleier, der über das Gestein kroch.

Ich bin auch aus Stein, dachte Ellinor. Was für eine schreckliche Vorstellung.

In Romanen sind die hinkenden und krüppeligen Figuren oftmals böse Menschen. Als wäre ihr Gebrechen kein Handicap, sondern ein Charakterzug. Und ich bin ungeschickt, plump, humpelnd. Warum habe ich ausgerechnet jetzt solche Gedanken, wo ich auf einer karierten Decke sitze und für Herrman und mich ein Picknick vorbereite? Ein Frühstück unter freiem Himmel. Ein Frühstück am Horizont.

Plötzlich war es ihr, als gäbe es in ihrem Innern eine Tür, eine schwere steinerne Tür, die vor langer Zeit zugeschlagen wurde. Und weil die Tür kein Schloss hatte, ließ sie sich nicht öffnen, nicht einmal, wenn man den Schlüssel gefunden hatte. Doch wie brachte man jemandem bei, dass der Weg hier zu Ende war?

Herrman hatte am Rand der Decke Platz genommen.

Nein, dachte Ellinor. Jetzt bin ich hier. Im Hier und Jetzt.

Für den Moment fühlte sie sich federleicht, als hätte sich die Steintür einen Spaltbreit geöffnet. Vielleicht hatte ein Tropfen den Stein ausgehöhlt. Aber was für ein Tropen? Der Tautropfen von einem Schneeglöckchen vielleicht? Von einem Schneeglöckchen in einem Schnapsglas auf dem Küchentisch, das hin und her wippte, weil Herrman es angetippt hatte.

In ihrer Schreibtischschublade bewahrte sie eine Postkarte auf, auf der ein älterer schwarzer Herr abgebildet war, der in sich zusammengesunken dasaß. Er trug einen Hut, an dem zwei weiße Federn steckten. Das Bild hatte den kryptischen Titel *A living man declared dead and other chapters*.

So wie ich, dachte Ellinor. Ich bin ein lebendiger Mensch, der jahrelang für tot galt. Aber jetzt beginnt ein neues Kapitel! Hier und jetzt.

Doch all dies behielt sie für sich und sagte stattdessen: »Ich habe Teigtaschen auf chilenische Art gemacht, mit Rosinen, Ei und Hackfleisch.«

»Köstlich.«

»Bon ap! Na, du weißt schon, Mutter hat das immer gesagt.«

»Merci, mon chérie.«

Das Meer lag vollkommen still. Herrman streifte seine Mütze ab und fuhr sich durch das leicht feuchte Haar.

»Es hat sich seltsam angefühlt, als du mich damals verlassen hast«, sagte Ellinor. »Wirklich seltsam.«

»Nein!«, sagte er bestimmt. »Ich habe dich nicht verlassen, Ellinor. Nein!«

Ein unangenehmer Schauer lief ihr über den Rücken. Was war es, woran sie sich nicht erinnern konnte?

»Du hast dich jedenfalls aus dem Staub gemacht.«

»Um dich zu beschützen. Vor den Elefanten! Vor dem Inselkrieg, der bei dir zu Hause ausgefochten wurde. Kannst du dich wirklich an nichts mehr erinnern?«

Sie rang nach Atem.

Herrman überlegte einen Moment. Schließlich fasste er sich ein Herz. »Ich glaube, du solltest deinen Vater etwas fragen«, sagte er ruhig. »Frag ihn, ob irgendwo bei seinen Sachen ein alter Brief von mir liegt.«

»Ein Brief? Ich habe viele Briefe bekommen«, entgegnete Ellinor. »Aber keinen von dir, so viel steht fest.« Ihr Misstrauen war geweckt.

Herrman dachte lange noch, ehe er weitersprach. »Kurz nach meiner Ankunft auf Labrador habe ich dir einen wichtigen Brief geschrieben, damals schrieb man sich ja noch Briefe. Frag den Postmeister von Hustrun, ob irgendwann ein Brief von einem gewissen Herrman Engström, Labrador, an Ellinor Ingman, Hustrun, angekommen ist.«

»Mit der Post hat Vater nie geschlampt. Für ihn wäre es eine Katastrophe, wenn ein Brief verschüttginge.«

»Frag ihn trotzdem. In dem Umschlag lag auch etwas Geld.«

»Geld?«

»Für die Reise. Ich hatte mich ein halbes Jahr in einer Mine abgerackert, um das Geld für deine Überfahrt zu beschaffen. Die ganze Zeit nichts als Güterloren und Erz, Erz und Güterloren. Aber ich sah immer dein Lächeln vor mir.«

»Du wolltest, dass ich zu dir komme?«

»Ja, wir wollten doch ein *Wir* sein«, lächelte Herrman.

»Ich erinnere mich, dass du einen Handstand machen konntest. Aber das ist auch schon alles. Und ich kann mir beim besten Willen nicht vorstellen, dass Vater mit der Post geschlampt haben soll!«

»Wenn du schon mal dabei bist, kann du ihn gleich nach einem weiteren Brief fragen. Ein Brief, den er mir geschrieben hat. Offenbar hatte der Postmeister alle Hände voll zu tun.«

Ellinor spürte ein Stechen, eine plötzliche Übelkeit, wie nach einem kräftigen Schlag in die Magengrube. Sie rappelte sich hastig auf, ließ die Decke und den Picknickkorb zurück, stürzte zum Boot hinunter und ergriff Hals über Kopf die Flucht.

Herrman rief ihr hinterher, doch sie war nicht aufzuhalten.

»JA, ES SCHMERZT GEWISS, WENN KNOSPEN SPRINGEN«

Die Woche, die Herrman draußen auf Skinnet verbrachte, war auch die Woche, in der der Frühling kam; schlagartig und mit all seiner Kraft. Leberblümchen und Buschwindröschen blühten auf, in den Beeten vermischten sich gelbe und weiße Narzissen, während in Ellinors tiefstem Inneren die Gefühle wie Winterstürme rumorten. Die Birken schlugen aus, die Kastanien bekamen pflaumengroße Knospen, die Espen schossen in die Höhe, und die Baumkronen der Eschen und der Erlen am Ufersaum wurden zusehends üppiger. Die Nachtigallen sangen in ihren Revieren so verlockende Töne, dass man meinen konnte, sie entströmten einer Bach-Partitur. Larven kletterten zaghaft die Grashalme empor, bis die Imagos schließlich als Libellen ihren Hüllen entschlüpften. Die Mückenlarven erwachten aus ihrem Schlummer, und die Kleinvögel kehrten zurück; Sperlinge vom Brahmaputra, Finken aus dem Senegal, Mauersegler und Rauchschwalben – sie alle schwirrten durch die Lüfte, sausten und brausten umher, und der Fischadler machte sich mit seinen gewaltigen Flügeln den Himmel untertan. Astlöcher und Nistkästen wurden bevölkert. Kein Wunder, dass Hustrun eine Insel in der Mitte der Welt war, genau in der Mitte!

Doch dieser Frühling hatte einen seltenen Gast mitgebracht. Keinen Fink, keine Schnepfe, keine Schwalbe – nein, einen Flamingo von der Eisorgelküste auf Labrador. Brennend rosafarbenes Gefieder. Brennendes Eis. Wie sollte Ellinor sich verhalten? Wo ihr Herz doch so vieles vergessen hatte. Doch da war auch eine vage Ahnung. Es war ihr, als stünde sie inmitten lodernder Flammen.

Wie jedes Frühjahr pflückte sie einen großen Strauß Buschwindröschen, die Leberblümchen durften nicht angerührt, nur betrachtet und bewundert werden. Als sie ihrem Vater die Blumen brachte, zusammen mit seiner Mixtur, Kaffee und frisch gebackenem Brot, dachte sie daran, wie unschuldig die Buschwindröschen doch wirkten. Ängstlich stieß sie die Tür zu Algots Kammer auf. Wieder einmal schwoll ihr der Alte-Mann-Geruch entgegen, und als sie den zerknirschten Ton in seiner Stimme vernahm, fühlte sie sich vollkommen erschöpft.

Hinter ihr befand sich die Tür zu ihrem alten Mädchenzimmer. Plötzlich erinnerte sie sich an die Tapeten, rosa mit gelben Rosen. Ein Zimmer, das eine Mutter einmal für eine Tochter eingerichtet hatte, so romantisch und niedlich wie geblümte Haarbänder. Seit dem Tod ihrer Mutter hatte Ellinor keine einzige Nacht mehr dort geschlafen. Das ausziehbare Sofa in der Küche war ihr lieber.

Später saß Ellinor einsam da, über den Küchentisch gebeugt, die Ellbogen auf die Tischplatte gestützt und die Hände unters Kinn geschoben, und versank in Gedanken. Keine Musik, kein Radio. Sie mochte nichts hören von Bürgerkriegen und Aufständen und Krisen, sie ertrug keine Gedanken an Konflikte oder Demonstrationen – in ihr spielte sich ein eigener Aufruhr ab, und sie wollte nur noch ihre Ruhe.

Ruhe. Vor allem und jedem. Dass jetzt bloß keine Kinder an ihre Tür klopften, um das Spiel des Jahres mit ihr zu spielen, das kleine Café war geschlossen, ja, das würde sie ihnen sagen. Irgendwer hätte alle Kuchen gemopst. Und dass ja kein verfrühter Sommergast an die Tür klopfte, um nach einer Tasse Zucker, vier Kartoffeln und etwas Hefe zu fragen.

Nachdem sie eine Weile so dagesessen hatte, versuchte sie ihre Angst mit einer anderen Taktik zu beruhigen. Irgendwo hatte sie einmal aufgeschnappt, Angst sei der Motor für Veränderungen. Das klang besser.

Veränderungen – doch was gab es zu verändern?

Ihren Vater konnte sie doch nicht im Stich lassen? Die Tiere vielleicht? Nein. Edison war ihr Ein und Alles, und die Hühner legten wunderbare Eier. Auch am schlechten Verhältnis zu den Nachbarn ließ sich kaum rütteln, denn der Zwist, der dem Ganzen zugrunde lag, bestand seit beinahe hundert Jahren. Die Kinder, die sie besuchten, hatte sie alle ins Herz geschlossen. Blieben nur noch die lästigen Erwachsenen, die sich ständig Dinge von ihr borgten und sie dann nicht zurückbrachten. Wer kam schon mit einer Tasse Zucker zurück?

Na also. Ans Werk!

Fall Sie vergessen haben, Zucker, Sahne, Milch, Kartoffeln, Speck, Grillkohle, Hefe oder etwas anderes einzukaufen, wenden Sie sich zukünftig bitte an den Lebensmittelhandel auf Tasslan, der zu den üblichen Zeiten geöffnet hat.
Mit freundlichen Grüßen,
Ihre Ellinor Ingman

Sie pinnte den Zettel an die Haustür. Erledigt!

Dennoch wollte ihre Angst nicht weichen. Lag es womöglich an dem ungewohnt heftigen Frühling? Sie entsann sich einer Gedichtzeile Karin Boyes, die so oft bemüht und zitiert worden war, dass sie schon fast ihren Glanz eingebüßt hatte: »Ja, es schmerzt gewiss, wenn Knospen springen.« Wie wahr.

Sie beschloss, Inventur bei ihren Blumensamen zu machen. Anstatt ständig neue zu kaufen, sammelte und verwahrte sie Blumensamen in braunen Papiertütchen, die sie mit dem Etikett vom Hof der Schwarzen Henne versah. Malven, Schmuckkörbchen (die roten), Studentenblumen (gegen Ungeziefer) und Ringelblumen (für den Salat). Sämtliche Tütchen waren trocken und in gutem Zustand, und die Samen kitzelten in der Hand. Es würde nicht mehr lang dauern, dann war die Erde bereit, um die Samen aussäen zu können.

Doch Ellinors Angst wollte noch immer nicht weichen. Obwohl sie sich nie vor irgendetwas gefürchtet hatte, nahm die Angst sie jetzt in den Schwitzkasten, um sich im nächsten Moment wie ein großer Stein auf ihre Brust zu legen und schließlich zu einer Feuerkugel in ihren Eingeweiden zu werden. Sie musste versuchen, sich Klarheit zu verschaffen. Sie brauchte eine Erklärung.

Verschwommene Erinnerungen an Begegnungen mit einem jungen Herrman wirbelten auf, doch kaum schienen sie zum Greifen nah, hatten sie sich auch schon wieder verflüchtigt.

Er kam über die Felder gelaufen; die Sonne im Gesicht, ein Lächeln auf den Lippen, die Arme weit ausgebreitet ...

Dann saßen sie auf dem Engström'schen Bootssteg, bevor ihn das Eis geraubt hatte, die Füße im Wasser. Es war das größte Glück auf Erden, genau dort zu sitzen, gemeinsam ...

Sie verhakten ihre Finger, es war dunkel. Das mächtige Gefühl zusammenzugehören. Hände ...

In den kommenden Tagen konzentrierte sich Ellinor darauf, ihren Pflichten nachzugehen und alles andere zu verdrängen, so, als ob nichts geschehen wäre. Sie mischte die Mixtur für ihren Vater, sah nach dem Pferd, ging hinunter zum Ufer, zum Postboot, holte Eier, schlug die Eier auf – existierte.

Die Woche verging.

Das Letzte, was Ellinor tat, bevor sie losfuhr, um Herrman abzuholen, war, Edison zu striegeln. Sie sehnte sich nach seinem warmen Körper und schmiegte sich an den großen Ardenner. So blieb sie ein Weilchen stehen, so lange, bis am Ängslöt die Schlüsselblumen in der Morgensonne aufblühten. Jetzt war es Zeit, ihn zu abzuholen. Herrman. Den Engström. In der Stille ringsum glaubte sie das Klingen der glockenförmigen Blüten der Schlüsselblumen zu vernehmen. Und wieder kamen Ellinor Zeilen aus dem totzitierten Boye-Gedicht in den Sinn. Das Ende lautete:

Da, wenn keine Angst sie mehr kann halten,
Tropfen flimmernd in die Tiefe dringen,
Und vergessen ist die Scheu der Reise,
Und vergessen Angst vor neuem »Werde« –
Fühlen einen Augenblick sich sicher,
Ruhn im Zutraun, das erschafft die Erde.

Sie murmelte die Zeilen vor sich hin, die Lippen ganz nah am Hals des Pferdes. Ob Edison wusste, was los war?

DER GREIS UNTERM DACH

Der Leuchtturm auf der anderen Seite des Sunds schien durch eine optische Täuschung für einen Moment über dem Felsuntergrund zu schweben. Eine Woche war vergangen. Zu Ellinors Füßen bildeten wilde Stiefmütterchen in Blau, Violett, Gelb und Weiß einen dichten, farbenprächtigen Teppich. Sie hatte ihre klobigen Stiefel ausgezogen, saß jetzt barfuß da und ließ die Beine in eine Felsspalte hinabbaumeln. Sie war, wenn auch nur für den Augenblick, wieder ein junges Mädchen.

Aber wo steckte Herrman? Sie hatten doch verabredet, dass sie ihn abholen würde. Eine Nebelbank stahl sich über das offene Meer davon. Ob er wohl ein paar Eiderenten gefunden hatte? Ob es ihm gut ergangen war?

Da hörte sie eine Stimme. »Ellinor! Ellinor!«

Wenn die Zeit doch nur stehenbliebe, dachte sie, als sie ihn über einen Felsabsatz hechten sah. Er kam zu ihr. Barfuß, obwohl der Frühling dafür noch viel zu jung war.

Algot langweilte sich zu Tode. Gedankenverloren blätterte er in der Zeitung und murmelte: »Diese verfluchten Wölfe! Vielleicht muss ich einen Leserbrief schreiben.«

Auf dem Festland, ein Stück ins Landesinnere hinein, trieb ein Rudel Wölfe sein Unwesen, was ihn weitaus mehr in Rage brachte als irgendeine Hungersnot oder ein Bürgerkrieg.

Er legte die Zeitung beiseite und ließ den Blick über sein kleines Imperium schweifen. Seine Kammer. Der Schreibtisch aus Eiche für die Post – massiv, stabil, gediegen. Das gelbe Schild. *POST*. Ein Globus und eine antike Anrichte. Ein ungemachtes Bett.

Dass sein Tochterherz sich vor ihrer Abfahrt nicht einmal dazu bequemt hatte, das Bett zu machen.

Ein Rollator. Den brauchte er, um sich ins Badezimmer und zurück zu schleppen. Ein Kaktus, ungefähr einen Meter hoch, eine Dreikantige Wolfsmilch.

An einer Schmalwand eine Fotografie von Hertha Ulendorff aus der Zeit, bevor sie zu einer verheirateten Ingman wurde. Obwohl er schon oft im Begriff gewesen war, das Bild herunterzunehmen, hing es noch immer dort, als ob es sich nicht fortbewegen ließe. Selten hatten zwei Menschen so wenig zueinander gepasst wie Hertha und Algot – doch es hatte zwischen ihnen gefunkt. Und nach dem Funken hatte es gebrannt. Dann war das Feuer erloschen.

Das Amt des Postmeisters lag schon seit vielen Genrationen in der Familie Ingman. Algot zog ein paar alte Belege heraus.

Der Unterzeichnende, Kapitän des Dampfschiffs Hysingö Richtung Göteborg, erklärt hiermit, 75 Säcke Hafer, entgegengenommen vom Landwirt Engström, an Bord zu haben. Laut Auftrag sollen diese unversehrt an den Krämer Oskar Kvarnström übergeben werden, auf dass der sie nach Lersjöholms gård bringe.

Die haben sich damals vielleicht ausgedrückt!, seufzte Algot und befühlte die Quittung eine Weile mit den Fingern. Fünfundsiebzig Säcke Hafer – mein lieber Herr Gesangsverein!

Die Worte beflügelten seine Fantasie und beschworen Bilder herauf. Er sah das Dampfschiff Hysingö vor sich. Man schrieb das Jahr 1924, es war Januar und der Fjärd lag frei.

Was für ein Mensch mochte der Krämer Kvarnström gewesen sein? Groß und beleibt vermutlich, mit einem schmalkrempigen Hut auf dem Kopf.

Algot kramte weiter in den Belegen und zog schließlich eine zerrissene Quittung hervor. Die Sendung hatte aus einem Paket bestanden, adressiert an: B. Holmgren, stud. phil. Vermutlich ein Sommergast, denn einen stud. phil. hatte Hustrun nie hervorgebracht.

Plötzlich kam Algot ein eigentümliches Bild in den Sinn: Kathleen Kock Friberg zu Pferd, mit einem hohen schwarzen Hut, schwarzem Reitsakko, weißer Reithose und schwarzen Reitstiefeln. Ein schlanker schwarzer Hengst namens Mon Cheval. Er war in einem flachen Kahn, der normalerweise Kühe zwischen den Inseln transportierte, hergebracht worden. Ein Elefant hätte nicht mehr Aufmerksamkeit erregen können. Es war im Jahr 1939. Sailors letztes Lebensjahr. Kathleen Kock Friberg hatte einen Sommer auf Hustrun verbracht. Jeden Morgen ritt sie einmal um die Insel, pünktlich wie ein Uhrzeiger. Sie war das Symptom einer neuen Zeit, die Zeit der Urlauber. Dann jedoch kam der Krieg, und die Urlauber tauchten erst wieder in den Fünfzigerjahren auf. Hertha hatte ihm später erklärt, dass Mon Cheval etwas so Belangloses wie »mein Pferd« bedeutete. Trotzdem war es ein bezaubernder Anblick gewesen, wenn Kathleen Kock Friberg den Dorfweg entlanggaloppiert kam. Bis dahin waren die Pferde auf Hustrun reine Nutztiere gewesen.

Algot ließ von seinen Erinnerungen ab. Er dachte an Ellinor und verspürte ein tiefes Unbehagen. Er klammerte sich an seine Tochter, um am Leben zu bleiben. Sein Unbehagen wog so schwer wie fünfundsiebzig Säcke Hafer, nur dass es keinen Abnehmer gab, denn kein Händler kaufte oder verkaufte Angst.

Obwohl er wusste, dass Ellinor mit dem Schärentaxi unterwegs war, klopfte er mit dem Büchsenschaft gegen den Fußboden. Keine Antwort. Er klopfte noch einmal. Das Klopfgeräusch hallte durchs leere Haus. Vielleicht hatte er ja wenigstens den Mäusen einen Schreck eingejagt …

Herrmans Gepäck war in der Pflicht verstaut, sie hatten Kurs auf Hustrun genommen. Als sie den ersten Fjärd durchquerten, kam ihnen das Boot wie eine winzige Nussschale vor, eine Walnussschale, und Ellinor war Däumelinchen.

Vereinzelte Eisschollen trieben im Wasser und schoben sich unter das Boot. Der Rumpf war verstärkt, denn das Boot musste jedem Wetter trotzen. Ein kurzer Ruck, dann brauste die Walnussschale auch schon weiter vorwärts.

Inseln, Schären, Unterwasserfelsen – alles war in Ellinors Kopf gespeichert. Wie ging es an, dass sie einerseits all diese Dinge wusste und sich andererseits nicht mehr an ihre Zeit als junges Mädchen erinnern konnte?

Herrman saß mit Block und Stift da.

»Darf ich sehen, was du zeichnest?«, fragte Ellinor

Lächelnd schüttelte er den Kopf.

»Wann hast du eigentlich dein Talent entdeckt?«

»Immer, wenn die anderen damals Comics gelesen haben, habe ich meine eigenen Figuren gezeichnet. So hat alles angefangen. Schon früh – schon zu unserer Zeit.«

»*Unsere Zeit* ...« Sie wollte ihn fragen. Die steinerne Tür in ihrem Innern stand einen Spaltbreit offen, und ihre Neugier war stärker als ihre Angst. Trotzdem sagte sie: »Ach, eigentlich will ich es gar nicht wissen.«

Er sah sie an, und sie erwiderte seinen Blick. Für einen Moment glaubte sie im Augenwinkel eine große Eisscholle zu erkennen, die aufs Meer hinaustrieb; darauf die Leichen der Jugendlichen, nackte Bündel. Ihre Familien wurden zersplittert. Ihre Namen verhallten im endlosen Nichts. Einer brüllte Kyras Namen, andere riefen nach Mandis, nach Werner, nach Doppelkorn-Arthur.

Und hier, dachte Ellinor, sitzen jetzt eine Ingman und ein Engström auf dem Rückweg von der Elefanteninsel, und Herrman setzt zum Sprechen an, und seine Stimme klingt so ruhig und fest, so sicher.

»Ellinor, dein Vater hat dir Schlimmes angetan.« Er sah sie unverwandt an. »Erst dachte ich, du bist einfach nur abweisend. Dass du mir zeigen willst, dass das Vergangene vergessen ist, Schnee von gestern. Na ja, vielleicht nicht vergessen, aber verdrängt.«

Ellinor begann zu husten. Sie hustete, bis ihr die Augen tränten.

»Soll ich sagen, was ich denke?«, fragte Herrman, und Ellinor hörte auf zu husten.

»Hast du mir denn etwas Wichtiges zu sagen?«

»Ich glaube, du leidest unter einer Art Amnesie. Als wären die Erinnerungen wie Inseln im Nebel. Die Ursache könnte ein traumatisches Erlebnis oder eine tiefe Enttäuschung sein.«

Ellinor antwortete zaghaft, während sie zugleich den Kurs korrigierte: »In den Schären ist Nebel das allerschlimmste Wetter, man muss sich vollkommen auf das Radar verlassen. Aber mein inneres Radar zeigt mir im Moment überhaupt nichts an, weder Inseln noch Ufer. Ich weiß, dass da etwas war, dass etwas passiert sein muss, aber ich weiß nicht was. Davon abgesehen ist diese Sache mit Gedächtnislücken ziemlich umstritten.«

»Weißt du, man hat dazu Tests mit Kriegsveteranen durchgeführt, und auf gewisse Weise bist du auch im Krieg gewesen. Dem Krieg, der hier auf Hustrun ausgetragen wird, Mann gegen Mann und Frau gegen Frau. In dem Brief, den ich erwähnt habe, hat dein Vater mir mitgeteilt, du wollest mit mir Schluss machen und hättest einen anderen getroffen –«

»Ich? Aber wieso?«

»Wenn ich das wüsste. Du wirst ihn das selbst fragen müssen. Jetzt, wenn ich bei dir bin, fühle ich mich wie ein Zugvogel, der den Weg nach Hause gefunden hat. Wie ein Zugvogel, den die Sonne, der Magnetsinn und sogar Düfte nach Hause geführt haben. Durch ein ganzes Menschenleben bin ich geflogen.« Er blickte sie an und rückte ein Stück näher. »Ich bin angekommen.«

»Bei mir? Herrman, ich bin ein Standvogel. Das ist ein Vogel, der überwintert, das habe ich in der Schule gelernt.«

Er zeigte ihr das Bild mit dem Federnbaum. »Ich nenne es *Die Frau im Meer.*«

»Also, ich sehe einen Baum«, entgegnete Ellinor mit einem verhaltenen Lachen in der Stimme.

»Der Baum bist du.«

Sie näherten sich Hustrun. Ob Herrman hier draußen in der Natur wohl überleben könnte?, überlegte Ellinor. Ja, vermutlich könnte er das.

Sie schwiegen, glitten wortlos über den Fjärd, und Ellinor legte ein Album von Tom Waits ein, *Tom Tales*, das sie so gerne mochte. Darauf erzählte er Geschichten. Von Vögeln und Ratten und Elefanten.

Plötzlich lachte Herrman. »Übrigens gab es auf Skinnet keine Eiderenten.«

GÜTERLOREN UND ERZ

Ellinor hatte Edison bereits in den Stall gebracht und das Hühnergatter verriegelt. Der Tag neigte sich dem Abend zu, es dämmerte. Güterloren und Erz, Erz und Güterloren – der Gedanke daran streifte sie, berührte sie, schwirrte um sie herum, schmiegte sich an sie, bohrte sich in sie hinein und ließ ihre Knie weich werden.

Sie summte Tom Waits' Ballade *Lucky Day*. Ein Klavier, eine Ziehharmonika, *Old Johnny … I'll be back some lucky day … Old Johnny …*

Zum Abendessen sollte es Fleischbällchen geben, dazu Kartoffelstampf und kaltgerührte Preiselbeeren von Idskär. Auf dem Tablett stand auch ein helles Bier. Aber sollte sie ihrem Vater stattdessen nicht lieber eine gesalzene Backpfeife servieren? Ja, vermutlich Letzteres. Dem Alten mit der größten Bratpfanne, die sie auftreiben konnte, ordentlich eins überziehen. Rück den Brief raus! Her mit meinem Brief, sonst kannst du was erleben! Oder doch bloß Fleischbällchen mit Kartoffelstampf und kaltgerührten Preiselbeeren.

Güterloren und Erz. Erz und Güterloren.

Meine gottverdammten Pflichten. Und ständig diese vermaledeite, knarzende Treppe. Rauf und runter, runter und rauf. Ein Leben, das für Außenstehende exotisch wirken mag. Ach, hier draußen in den Schären müsste man leben! Mitten in der Natur. Im Meer! Man könnte die Ufer entlangwandern und beobachten, wie die Fischadler kopfüber ins Wasser eintauchen. Aber was wussten die Leute schon von *hardship*, um es mit Tom Waits zu sagen?

Im Hause Engström prasselte ein Feuer im Ofen. Nun, da das Elsternest beseitigt war, funktionierte der Küchenofen tadellos, und auch Buller hatte ganze Arbeit geleistet.

Ellinor war mit einem Korb voller Köstlichkeiten vorbeigekommen: ein großer Laib selbst gebackenes Brot, würziger Västerbotten-Käse, echte Butter in einem mit einem Stempel versehenen Fässchen, ein frisch gerupftes Huhn sowie ein Glas Marmelade, beklebt mit dem Schwarze-Henne-Etikett. Außerdem ein Körbchen mit rosafarben schimmernden Eiern. Er strich mit der Hand über das Brot.

Ellinor.

Die Frau ohne Erinnerungen.

Die Frau im Meer.

Ich will sie nicht in Schwierigkeiten bringen, dachte er. Aber wer weiß. Hier und jetzt ist der Himmel endlos.

Mit dem hübsch arrangierten Tablett in den Händen betrat Ellinor die Kammer ihres Vaters. Der war so angesäuert, dass er einem Zitronenbaum in nichts nachstand.

»Lässt du dich auch mal wieder blicken? Wo bist du den ganzen Tag gewesen?«

»Ich habe den Vogelmaler abgeholt«, antwortete sie ruhig. »Bis nach Skinnet ist man ein Weilchen unterwegs. Aber es gab dort keine einzige Eiderente, wir können unmöglich Geld für die Fahrt nehmen.«

Sie hielt inne. Ließ den Blick durchs Zimmer schweifen und blieb am Globus hängen. All die Orte, die sie niemals besucht hatte.

Die Savannen in Afrika.

Die Inka-Tempel in Peru.

Das tiefste Meer und den höchsten Berg.

Meere und Berge und Dörfer ohne Namen.

Flachland und Moore.
Fundorte von Mammuts.
Die Taiga.
Solche Orte.
Die Eisorgelküste auf Labrador.

Algot räusperte sich. »Seit wann werde ich über die Geschäfte von Algots Schärentaxi nicht mehr informiert?«

»Inzwischen bin ich doch Algot«, erwiderte Ellinor. Ihr Blick war noch immer auf den Globus geheftet. Auf die Meere, die sie nicht befahren, die Kontinente, die sie nie betreten hatte. All die exotischen Namen: Shangri-La, Kathmandu, Timbuktu, Norrköping. Weiße Flecke.

Im Radio wurde *Bridge over troubled water* gespielt, ein herzzerreißend schönes Lied. Mit einem Knall stellte sie das Tablett ab.

»Algot bin immer noch ich«, fauchte ihr Vater und klang dabei wie ein zänkisches Wiesel. »Lass bloß keinen Engström zu nah an dich ran! Der frisst dir nur die Haare vom Kopf!« Er spießte ein Fleischbällchen mit der Gabel auf. »Ich hab den siebten Sinn, Ellinor, mich führt keiner so leicht an der Nase rum. Ein Engström hätte damals fast die ganze Insel umgebracht.«

Sie löste ihren Blick vom Globus und fokussierte ihren Vater. »Das ist jetzt fast hundert Jahre her. Und vielleicht hat es sich ganz anders abgespielt. Vermutlich ist die Geschichte mit der Zeit ziemlich verzerrt worden.«

»Der Engström hat Haare auf den Zähnen. Glaub bloß nicht, ich sei von gestern!«

Sie atmete tief durch. Jetzt würde sie es sagen. »Ich habe gehört, dass einmal ein Brief für mich gekommen ist. Schon vor langer Zeit.«

Sie musterte ihren Vater eindringlich, fühlte sich ruhig und gefasst.

Er wandte den Blick ab. Schließlich antwortete er, mit spröder Stimme: »Davon weiß ich nichts.«

Er log.

Und Herrman hatte die Wahrheit gesagt. Eine Wahrheit, wie ein fürchterlicher Schmerz.

Mit einem Mal fühlte Ellinor sich zerbrechlich, fast zerschmettert, obwohl sie doch eben noch so gefasst gewesen war. Es war, als ob die Erde unter ihren Füßen zu beben begann. Wenn er doch wenigstens die Wahrheit sagen würde. Wenn er nicht einfach nur dasitzen und ihr mit seinen ehrlichen blauen Augen ins Gesicht lügen würde.

UNGEFÄHR 1975

Ellinor saß in der Küche und blätterte im Bonniers-Atlas von 1975. Ausgerechnet dieses Jahr. Das Jahr des Köln-Konzerts. Ein magisches Jahr?

Sie schlug aufs Geratewohl eine Seite auf. Der Brahmaputra, Indien. Ein aus dem All aufgenommenes Bild. Rechts der Himalaya, links das Khasigebirge in Assam. Im Mittelalter, das wusste Ellinor, schrieben die Kartographen, wenn sie auf unbekannte Gebiete stießen: *Hic sunt dracones*. Hier sind Drachen.

Als Kind hatte sie immer gedacht, dass es überall auf der Welt Drachen gab, nur nicht auf Hustrun, der Insel in der Mitte der Welt. Aber was, wenn es umgekehrt war? Sie atmete tief durch und murmelte vor sich hin: »Hier sind Drachen.«

Sie erinnerte sich an einen Abend vor vielen Jahren, es herrschte ein strenger Winter und die Fjärde waren von Eis überzogen, da hörte sie ein Klopfen am Küchenfenster. Draußen war es so finster, dass die zwei Schlittschuhläufer, die dort standen, kaum zu erkennen waren. Sie hatten die Karte falsch herum gehalten und waren geradewegs auf dem Weg in die Fahrrinne gewesen, die den ganzen Winter schiffbar gehalten wurde, als sie das Licht von der Karbidlampe in Ellinors Küchenfenster erspäht hatten. Also hatten sie kehrtgemacht und erhofften sich Hilfe.

Einer war Arzt, der andere Anwalt. Sie durften neben den Hühnern übernachten, in der Scheune, in der auch Herrman geschlafen hatte. Sie hatten eine warme Mahlzeit und eine Tasse Kaffee bekommen und sich von Ellinor und ihrem Leben faszinieren lassen. Sie versprachen ihr, sich in irgendeiner Form erkenntlich zu zeigen, doch dieses Dankeschön war nie gekommen. Ellinor hatte sie am nächsten Morgen nach Tasslan gebracht.

Hier sind Drachen, dachte sie erneut. Dann schlug sie eine

neue Seite im Atlas auf. Die Mongolei; Ningxia; Millionen unbekannter Menschen.

Sie blätterte weiter, immer aufs Geratewohl. Namen wie North Dakota, Great Divide, Shandong und Kalmückien stachen ihr ins Auge. Nirgendwo war sie gewesen, nicht einmal an so gewöhnlichen Reisezielen wie London, Berlin oder Paris.

Irgendwo in diesem dicken Atlas war auch Hustrun eingezeichnet. Ein eigentümliches Plätzchen, dessen Bewohner die gehässige Angewohnheit hatten, einander nachzuäffen. Ellinor war Teil dieser Parodien, eine Frau, die hinkte, mit dem Pferd die Äcker pflügte und ihre Nase in den Wind hielt.

Doch mit dem Pferd zu pflügen war nun einmal das Praktischste. Ein Traktor würde auf Hustrun nur unnötig viel Diesel schlucken und die Graswege zermalmen. Außerdem würde jedes Reserveteil per Schiff hergebracht werden müssen, und auf einer Insel hatte man die Frachtkosten immer im Hinterkopf.

Etliche Sommergäste hatten sich Kompakttraktoren angeschafft, die offiziell nur für den sogenannten Nutzverkehr zugelassen waren. Also dockten sie ein leeres Gespann an, und schon waren die Kompakttraktoren von »Nutzen«. So sehr, dass sie die Eiderenten ein für alle Mal aus ihren Nestern entlang der Uferlinie verscheucht hatten, abgesehen von einer Stelle, die so abgelegen und unzugänglich war, dass sie nicht zu ihr vorkamen. Das Getöse verschreckte die Fischadler, die Blässhühner und die Haubentaucher, nur damit man aus Spaß an der Freude die Strände entlangbrettern konnte. Dabei hinterließen die Traktoren tiefe Spuren, und es sah aus, als hätte jemand die Ufer zerfetzt und sie anschließend wieder zusammenflicken wollen. Die Sommergäste, die Schärenliebhaber. Drachen.

Plötzlich bekam Ellinor Lust, den Daumen auf einen beliebigen Ort im Atlas landen zu lassen und sich vorzustellen, wie es sich dort wohl lebte. Als würde man per Anhalter mit der Fantasie fahren.

Sie schlug rasch eine Seite auf, und ihr Daumen landete auf Marseille, einer französischen Hafenstadt. Dort, so viel wusste sie, gab es Gezeiten. Die Gezeiten wurden auch »die zwei Hunde des Mondes« genannt. Einer ging im Zenit, der andere im Nadir, mit der Betonung auf a, so hatte sie es in der Schule gelernt. Sie war eine fleißige Schülerin gewesen, die das Abitur hätte ablegen sollen, doch das Schicksal hatte andere Pläne für sie gehabt; das elende Hüftleiden war ihr in die Quere gekommen. Sie wusste, dass sie um das Jahr 1975 herum sehr krank gewesen war.

Hic sunt dracones. Weiße, unbekannte Flecke gibt es auch in mir, dachte sie. Drachen, die in meinem Inneren hausen.

Sie schlug das Buch mit einem Knall zu.

Wieder stieg diese Angst in ihr auf. Beinahe ein Gefühl der Panik. Wem konnte sie trauen? Wem in aller Welt konnte sie vertrauen? Ihrem Vater? Herrman? Mindestens einer von beiden log, und sie selbst war nicht imstande, diese vermaledeite Erinnerung heraufzubeschwören, die sie so dringend brauchte. Belog sie sich womöglich selbst?

Alles geriet ins Wanken, es war, als versinke sie im Schlick.

EINE ANDERE KARTE

Ellinor war plötzlich wie umgekrempelt. Sie zeigte Herrman die kalte Schulter, ging ihm aus dem Weg, und jedes Mal, wenn sie sich auf dem Dorfweg begegneten, wandte sie den Blick ab. Irgendetwas musste vorgefallen sein. Wieder einmal.

Kein Wunder, immerhin war sie Algots Tochter. Ein Vater, der so launisch war wie das Wetter, und eine Tochter, die sich wie ein Fischer ständig nach dem Wetter zu richten hatte.

Herrman wollte sie auf keinen Fall bedrängen. Sie sollte nicht das Gefühl haben, zwischen den Stühlen zu sitzen, sich zwischen ihrem Vater und ihm entscheiden zu müssen, zwischen den alten und festgetrampelten Pfaden und etwas Neuem.

Doch worin bestand das Neue?

Herrman studierte unterdes das Vogeltreiben auf der Insel, unternahm Spaziergänge auf seinem Grundstück, ließ aber das steile, unwegsame Ufer am Kap der Guten Hoffnung aus. Außer Unkraut und Gestrüpp gab es dort eh nichts zu sehen.

Ellinor durchforstete den Sekretär ihrer Mutter, ein elegantes kleines Möbel in Grau. Der Schlüssel steckte im Schloss. Vielleicht war er ja dort verwahrt, der berüchtigte Brief von Labrador. Vielleicht hatte sie ihn ja doch erhalten und ihn versteckt. Sich selbst betrogen.

Doch alles, was sie fand, war *Ellinors Vogelbuch.*

Die Texte darin waren einfach gestrickt:

Du kannst sehr stolz auf die Haussperlinge sein, die bei dir brüten. Die werden immer seltener. Zerbrich dir nicht den Kopf darüber, dass der Sperling in Frankreich für Unglück steht. Hier auf Hustrun verheißt er Glück.

Wenn ich mich nicht verzählt habe, hast du sage und schreibe siebzehn Mauerseglerpaare in den Nistkästen und unterm Stalldach. Sie mögen alte Dächer. (Darüber die detaillierte Zeichnung eines Mauerseglers mit seinen spitzen Flügeln.)
In deinen Nistkästen tummeln sich etliche Kohlmeisen, Feldsperlinge, Stare und Blaumeisen. (Bilder dieser Kleinvögel erstreckten sich über eine Seite.)
Außerdem haust ein schwarz-weiß gefiedertes Fliegenschnäpperpaar auf dem Hof.
Zwei Bachstelzenpärchen, die Vorboten des Frühlings, teilen sich ihr Revier.
Und nicht zu vergessen: Steinschmätzer und Braunkehlchen, die sich in Astlöchern niederlassen. Bäume hast du ja zur Genüge.
Rauchschwalben hausen unter dem Stalldach.
Ab und an zeigt sich ein Seeadler.
Das, Ellinor, sind deine Vögel.
(Und auf der letzten Seite eine Unterschrift:)
Dein Herrman, 1975

Herrman streifte weiter über sein Grundstück, mit jedem Schritt wanderten seine Gedanken zu Ellinor. Hin und wieder war ihm, als könne er einen flüchtigen Augenblick Kontakt zu ihr aufnehmen, als stimmten sie in denselben Vogelgesang ein, doch schon im nächsten Moment war alles wieder vorbei. Bisweilen überlegte er, was wäre, wenn er den Hof nicht verkaufen und bleiben würde – bei ihr. Dann wollte er am liebsten rufen: Ellinor, ich bin dein.

Draußen auf Skinnet hatte es einen kurzen Moment gegeben, eine Art Lichteffekt, das flüchtige Aufblinken eines Leuchtturms, und es hatte den Anschein gemacht, als ob sich endlich ein Kreis schließen könnte.

Doch dazu war es nicht gekommen. Sie hatte ihn ein Stück

in ihr Leben eintreten lassen – doch dann hatte es wieder geheißen: Bis hierhin und nicht weiter.

Ja, sie war wie umgekrempelt, wie ein auf links gedrehter Pullover. Sie war das Wetter, und er war ihr Fischer. Aber vielleicht nahm es sich für sie ganz anders aus?

Plötzlich tat sich ein Fjärd zwischen ihnen auf, doch obwohl das Eis aufs offene Meer hinaustrieb, gelang es keinem, ans andere Ufer zu gelangen. Wie sollte man ohne Wind segeln, wie ohne Ruder rudern?

Ellinor wartete am Dampfschiffanleger auf das Postboot. Mit einer Hand schirmte sie die Augen gegen die Sonne ab und linste hinüber zum Kap der Guten Hoffnung. Wenn doch nicht alles so verzwickt wäre.

Das Postboot wurde von Bewohnern der Insel Tasslan betreut. Hier draußen musste sich jeder irgendwie durchs Leben schlagen, nicht selten indem man Dienstleistungen für andere erledigte.

Schließlich legte das Boot mit dem Bug zum Steg hin an. Der Postsack war nicht besonders schwer, aber sperrig. Hoffentlich sind meine Samen dabei, dachte Ellinor. Sie hatte zum ersten Mal seit einer halben Ewigkeit neue Blumensamen bestellt, denn sie wollte ja leben.

Und wer leben wollte, der linste hinüber zum Kap der Guten Hoffnung, in der Hoffnung, ihn dort zu entdecken, wenn auch nur als winzigen Punkt am Ufer. Ein Stück Strandgut. Die letzten Tage hatte sie ihm die kalte Schulter gezeigt, sie wusste selbst nicht warum. Jetzt hatte sie den zimtbraunen Postsack geschultert, und das Schloss schnitt ihr zwischen die Schulterblätter. Wie jeden Tag, seit jeher. Das Schloss schnitt ihr ins Fleisch, doch der Schmerz war auszuhalten. Verhielt es sich mit dem Leben nicht ähnlich?

Endlich schloss sie den Sack in Algots Arbeitszimmer auf, es war eine Art Ritual. Der Verschluss wurde mit einem speziellen Schlüssel geöffnet, und siehe da, das Päckchen mit den Samen und einem hübschen Saathelfer purzelte heraus.

»Weißt du«, begann Algot ernst, »hin und wieder kann es schon mal vorkommen, dass – na ja, dass Post verschüttgeht. Man ist ja auch nur ein Mensch, oder so etwas Ähnliches.«

Ellinor schwieg. Sie wollte davon nichts hören.

Algot griff nach dem Gartenwerkzeug. »Was ist …«, brachte er gerade noch heraus, ehe Ellinor sich mit ihrer Beute aus dem Staub machte. Sie eilte die Treppe hinunter, beflügelt von dem dummen Gedanken, Herrman von ihrem Päckchen erzählen zu wollen. Von weiß blühendem Borretsch und Habanero-Chili, dem Echten Johanniskraut und dem Ysop. Schluss mit dem Klosterleben! Es war Zeit für Neues. Zeit für Düfte, Farben, Geißraute, Schwarzkümmel und Kamille.

Sie setzte Kaffee auf dem Holzofen auf, ließ sich am Küchentisch nieder und befühlte und bestaunte ihre Samentütchen. Wahrscheinlich habe ich viel zu viel bestellt, überlegte sie, aber Hornveilchen konnten ja nie schaden. Die Kinder könnten sie pflücken und mit nach Hause nehmen. Sie las die Beschriftungen: große, tiefblaue Blüten. Und hier: Nepal-Fingerkraut. Miss Willmott. Gezähnte Blätter. Karminrosa – so ein schönes Wort –, oder was meinst du, Herrman? Doch Herrman war nicht da. Weiß blühende Tränende Herzen. Blumen sind wirklich unverschämt teuer, Herrman. Rosenkohl von 1890. Exzellenter Geschmack, robust. So wie ich, Herrman. Ich bin doch robust, oder nicht?

Da klopfte es wieder an der Decke.

Herrman hatte eine alte Petroleumlampe angezündet, die die Küche mit ihrem Flackerlicht erfüllte. Er selbst verwandelte sich zu einem Schattenwurf an der Wand. Keine Elektrizität im Jahr 2013, neunundneunzig Jahre nach dem großen Unglück. Das Sterben auf dem Eis und später, noch im selben Jahr, das Sterben in den Schützengräben.

Für die Engströms war es ein kleiner Triumph gewesen, die Insel weiterhin im Dunkeln tappen zu lassen. Doch auf wessen Kosten ging das Ganze? Auf Ellinors. Sie war es, die im Zwielicht umherhinken musste. Ein widerwärtiger Gedanke.

Er nahm einen Kohlestift zur Hand und begann zu zeichnen, zuerst eine Kralle, die er mit dem Daumen leicht verwischte. Allmählich entstand ein Eiderweibchen, das er aus dem Gedächtnis zeichnete. Plötzlich glaubte er, Musik zu hören. War das die Melodie von *Kristallen den fina*?

Es gab einen Zeitvertreib, der Ellinor Theaterbesuche, Kino und Konzerte ersetzte – all die Dinge, mit denen sich normale Menschen amüsierten. Die Orgel.

Dafür, dass sie in der Kapelle sauber machte, durfte sie auf der kleinen Orgel spielen. Jetzt saß sie da, unter dem großen Schriftzug *Und Gott hielt seine schützende Hand über die Inseln*. Das Saubermachen war schnell erledigt, da sich außer ihr ohnehin niemand in der Kapelle aufhielt. Einmal im Jahr, um Mittsommer herum, kam ein Pfarrer vom Festland und hielt eine Predigt. Ellinor spielte dann *Morgen zwischen den Fjälls* auf der Orgel, was angemessen schien angesichts der Tatsache, dass man hier in einer Art Fjäll-Landschaft mit vom Meer erfüllten Talschluchten lebte. Außer den Sommergästen kam niemand zum Gottesdienst, denn die Urbevölkerung der Insel, von der es ohnehin kaum mehr jemanden gab, hatte ihren Glauben vor langer Zeit verloren.

Herrman saß wie verzaubert im flackernden Schein der Petroleumlampe. War das eine Orgel? Oder wehte die Musik vom Meer herüber?

Rasch zeichnete er ein Bild aus dem Gedächtnis. Ein Portrait von Ellinor. Aber nicht von der jungen Ellinor, nein, er zeichnete Ellinor, wie sie jetzt vor seinem inneren Auge Gestalt annahm. Vor dem Hintergrund der Musik, die die Stille und das Meer mit ihren eigentümlichen Klängen erfüllte.

Dann fischte er einen abgegriffenen Zettel aus seiner Börse. Die Quittung eines Einschreibens. Die würde er Postmeister Algot Ingman vor die Nase halten, damit der endlich den Brief herausrückte, den er so listig hatte verschwinden lassen.

Ellinors Gedanken kreisten und drehten sich, wie immer, wenn sie spielte. Die Musik war wie das Meer – tief, klar und eiskalt. Wenn ein Wald in Flammen steht, dachte sie, springen Samenkapseln auf, die lange geschlummert haben. Hundert Jahre vielleicht, oder zumindest neunundneunzig. Und jetzt stand etwas in Flammen. Ein Herz – vielleicht sogar zwei?

DIE HARKE

Aprilwetter, so wechselhaft und unbeständig wie Ellinors Laune. Zeit zu prüfen, ob die Erde für die Saat bereit war. Dafür nahm man eine Handvoll Erde, umschloss sie fest mit der Faust und öffnete die Hand wieder, um zu sehen, ob die Erde locker auseinanderfiel. Sie war bereit.

Einstweilen war Herrman mit seinen eigenen Angelegenheiten beschäftigt. Auf dem Engman'schen Hof gab es eine Scheune, wo das Sonnenlicht durch die Ritzen in den Bretterwänden sickerte. Unter einer abgegriffenen grauen Stoffplane lag ein mehr oder weniger undichtes Boot; sieben Meter lang, rund zwei Meter breit, mit einem schalenförmigen Boden, der hier in den Schären *tilder* genannt wurde. Er zog die Plane beiseite und strich über das Holz, wobei er sich ein paar Splitter einfing. Als er sich die Hand am Hosenbein rieb, musste er an Ellinor denken.

Das Boot stand auf zwei Holzböcken, am Mast hing ein vertrockneter Erikazweig. Und wieder drifteten seine Gedanken zu Ellinor.

Ellinor hatte Edison angespannt und pflügte ihr kleines Feld. Das Pferd bewegte sich mit langsamen, aber gleichmäßigen Schritten voran. Es würde ein gutes Jahr für Kartoffeln werden. Ellinor schnalzte mit der Zunge und zog leicht an den Zügeln, woraufhin Edison ein klein wenig schneller trabte. In ihren schweren Gummistiefeln hinkte sie ihm hinterher. Man muss schließlich leben, dachte sie.

Vögel gebären Vögel, Salamander gebären Salamander; und ein Mensch, der setzt Kartoffeln.

Herrman legte eine Planke über zwei Holzböcke und kletterte hinauf, um das Bootsinnere zu inspizieren. In seinem Kopf drehten sich die Gedanken. Es hieß, es sei mucksmäuschenstill gewesen, als die Toten auf dem Eis gefunden wurden. Eine stumme Trauer habe sich breitgemacht und Hustrun in eine Insel des Todes verwandelt. Eine Insel auf der falschen Seite der Menschengrenze. War es wirklich so einfach?

Ellinor schirrte Edison ab, legte ihm eine Decke übers Kreuz und führte ihn auf die Koppel am Meer. Sie kamen an dem kleinen Friedhof mit den sieben verstreuten Grabsteinen vorbei. Genauso haben sie damals auf dem Eis gelegen, dachte Ellinor. Außer Mandis, die man nie gefunden hatte. Trotzdem hatte auch sie einen Stein bekommen.

KYRA INGMAN
* 1900
† 1914

Ellinor ließ Edison, der seinen Weg auch von allein kannte, frei laufen. Auf der Oberkante des Grabsteins saß ein kleiner Keramikvogel. Als Ellinor ihn berührte, musste sie an Herrman denken.

DIE WÜRFEL SIND GEFALLEN

Ellinor backte einen Sonnenkuchen, eine Biskuittorte mit reichlich Eiern, viel Zucker und Butter, aber nur wenig Mehl. Sie würde ihrem Vater ein Stück hinaufbringen, um die hässlichen Gedanken wettzumachen, die sie im Laufe des Tages beschäftigt hatten. Es konnte einfach nicht sein, das wäre entsetzlich. Würde er sie wirklich so schamlos belügen? Und warum hatte sie nicht schon früher etwas gemerkt? Herrman bildete sich ganz schön was auf sich ein. Sicher, er war ein berühmter Vogelmaler. Und jetzt glaubte er wohl, ihm gehöre die halbe Insel. Womit er, das musste man zugeben, nicht ganz falsch lag. Ständig will er mir weismachen, wir hätten eine gemeinsame Vergangenheit. Und manchmal fühlt es sich fast so an, als hätte er recht …

Sie schob den Sonnenkuchen in den Holzofen und setzte sich mit einer kleinen Schachtel Zauberwürfel an den Küchentisch. Ellinor hatte sie während ihrer letzten Stockholmreise gekauft. Sie stöberte gern bei Designtorget am Sergels Torg und hatte sie dort entdeckt, neun Würfel mit Bildern auf jeder Seite. Damit würde sie den Kindern im Sommer die wundervollsten Geschichten erzählen können. Den Kindern, die vor ihrer Tür herumlungerten. Den Kindern, die sie sich ausborgte.

Ellinor nahm die Würfel aus der Verpackung, sie waren schwer und lagen gut in der Hand. Sie warf alle auf einen Schlag. Die Bilder zeigten eine Hand, einen Fuß, eine Uhr, einen Luftballon, einen Regenbogen, ein aufgeschlagenes Buch, eine Sternschnuppe und eine Weltkarte. Zufall oder Schicksal? War das Ellinors Geschichte?

Als der Kuchen fertig war, stürzte sie ihn auf einen Teller. Die kupferne Backform war alt und mit einer eingestanzten Birne verziert. Noch war es nicht zu spät, es sich anders zu überlegen, nicht zu ihrem Vater hinaufzugehen und jedem noch so kleinen Wink seinerseits zu gehorchen.

Noch konnte sie sich querstellen.

Da klopfte es auch schon an der Decke; vermutlich hatte ihr Vater die Torte gewittert. Ellinor reagierte nicht. Sie erinnerte sich an Träume von Buffalo und Alice Springs, von Darjeeling und Verona. Träume, an die sie lange nicht mehr gedacht hatte. Bis Herrman wieder aufgetaucht war und sie sich aus dem Eisloch gerettet hatte. Jetzt hatte sie plötzlich Lust, den Globus zu holen, der in Algots Zimmer verstaubte. Sie hatte ihn nach dem Tod ihrer Mutter dorthin gestellt. Damals hatte sich so vieles geändert, viel mehr, als sie begreifen und verarbeiten konnte, wie ihr jetzt klar wurde.

Buffalo. Alice Springs. Darjeeling. Verona. Tee, Stoffe, Mosaike – und so weiter und so fort.

Nein, den Sonnenkuchen sollte Herrman bekommen! Soll der alte Bock (nannte Herrman ihn nicht so?) mit seiner Büchse ruhig auf den Fußboden einschießen, er würde trotzdem kein Stück abkriegen. Er hatte schon viel zu viel bekommen. Halblaut murmelte Ellinor: »Du verfluchter alter Dummkopf.«

Doch schon im nächsten Moment hatte sie Angst, dass er sie gehört haben könnte. Sie fürchtete sich vor ihren eigenen Worten. Sie lauschte. Doch im Haus war es still. Ganz anders als in ihrem Innern.

Sie legte ein mit Initialen – K I in Blau und Weiß – besticktes Geschirrtuch über die Torte und trug sie wie eine Königskrone vor sich her, als wäre sie auf dem Weg zu einer feierlichen Zeremonie. Dabei schoss ihr wieder das Gedicht von dem Eichhörnchen in den Kopf:

Ein kleines graues Eichhörnchen
Schlurft händeringend
In seiner Tretmühle

(Sie hielt inne und atmete tief durch.)

Aus Weide, ein
Fein ausgeklügeltes
System aus Hebeln

Und Knaggen und Kurbeln
Und Taljen
Und Gewinden
Und Keilen und Ketten
Und Nocken und Nägeln
Und Nieten

(Schon von Weitem konnte sie ihn in der Scheunentür stehen sehen.)

Und Stößeln und Schrauben
Und Spirochäten
Und Winden

Und Flusen und Flöhen
Und Pumpen
Und Possen

Und dem ganzen Kladderadatsch
Aus Stäben
Und Sperrrädern

Zu einer Tretmühle
Aus Weide, in der es händeringend schlurft
Das kleine graue Eichhörnchen

(Sie sah, dass er ihr mit leicht verdatterter Miene zuwinkte.)

Da stand er, Herrman, und hob eine Hand. Und hier war sie, Ellinor, mit ihrem Sonnenkuchen unter einem flatternden weißen Geschirrtuch. Mit einem Mal stand die Zeit still. Als sie unvermittelt innehielt und Herrmans Hand erstarrte, war es ihr, als wäre sie die ganze Zeit allein in einem Ozean umhergetrieben, in der Bucht von Bengalen oder warum nicht dem Arktischen Ozean, rettungslos verloren, und selbst der Hustrun-Fjärd hätte gereicht, da sie nicht einmal ein morsches Schiff besaß.

Herrman überquerte den Hof und fragte: »Du hast gebacken?«

Sie lüpfte das weiße Geschirrtuch.

»Soll ich Kaffee aufsetzen?«

»Nach Mutters Rezept, französisch natürlich. Die Franzosen geizen wirklich nicht mit Eiern.«

Herrman lächelte. Ein Funkeln in seinen Augen.

»Die Torte ist für dich«, sagte Ellinor.

Ihre Augen glänzten, fast ein unheilvolles Leuchten. Doch sie war schließlich lange in einem Ozean getrieben, ganz allein mit einem Rettungsring aus Perlen, den Perlen des Lebens, die das Inselmütterchen auf alte Garnreste gefädelt hatte.

»Das Leben fängt spät an«, sagte sie.

»Lars Gustafsson?«

Sie nickte. »Ich habe heute jede Menge zu erledigen«, fuhr sie fort. »Kein Wunder, das Leben hat ja so spät begonnen.«

Als Herrman die Torte entgegennahm, beschlich ihn das Gefühl, es wäre nun an ihm, etwas zu tun, aber was?

Ellinor machte auf dem Absatz kehrt und ging zurück nach

Hause, hinkend, aber schnell. Sie war zu aufgewühlt, um auch nur einen Moment länger zu bleiben. In ihrem Bauch kribbelte es, und vor ihrem inneren Auge sah sie plötzlich einen großen Käfer, der in ihren Eingeweiden rotierte, gegen den Uhrzeigersinn, als drehte er die Zeiger einer unsichtbaren Uhr. Sie marschierte einen verschlungenen, unwegsamen Pfad entlang. Ihre Füße kannten jede Wurzel, jeden Stein, jedes Hindernis – denn sie erinnerte sich.

Ja: Sie erinnerte sich!

Sie hatte den Ozean überquert. Und der Sonnenkuchen war ihr Rettungsring gewesen.

Am liebsten hätte er Ellinor bei der Taille gefasst und sie hochgehoben, was vermutlich nie geschehen würde, da sie in der Insel feststeckte wie ein Pfahl.

Fast schien es, als ob er geradewegs durch sie hindurchsehen könnte, aber nur fast. Er erinnerte sich, wie sie ihn auf Tasslan abgeholt hatte und wie er bibbernd am Kai gestanden hatte. An die Wärme, die seinen Körper in jenem Moment durchströmte, als er sie erkannte. An das Boot, das aus dem Nebel hervortrat, das Knattern des Motors.

Nie im Leben hatte er daran geglaubt, Ellinor noch einmal wiederzusehen. Sie hatte schließlich einen Franzosen getroffen (was, wie er nun wusste, Algots Worte waren) und war nach Frankreich gezogen (Herthas Traum), um dort eine Familie zu gründen, mit einem Mann, der mit einem Strich eine ganze Kirche samt Glockenturm zeichnen konnte. (Typisch Algot!)

Dieser verflixte Brief! Doch er würde die Worte nicht in Ellinor hineinzwingen, denn der Krieg, der nun ausgebrochen war, war ein Krieg, den sie allein austragen musste.

UNTER DER FUCHTEL

Alles war beim Alten – ja, zunächst war alles beim Alten. Ellinor gab sich die allergrößte Mühe, so normal wie möglich zu wirken. Es klopfte an der Decke, und sie klopfte zurück. Es war an der Zeit für Algots Nachmittagskaffee, für ein kleines Tablett mit einer blauen Tasse auf einer blauen Untertasse, dazu ein trockenes Stück Nusskuchen. Und es war höchste Zeit für das Barskär-Tröpfchen, das Algot sich jeden Nachmittag genehmigte, wenn er in seiner Erinnerung die Insel Barskär passierte. Also goss Ellinor vier Zentiliter Apfelbranntwein in ein Schnapsglas. Sie war etwas zittrig, und ein paar Tropfen gingen daneben, die sie rasch mit dem Daumen aufwischte und ableckte. Der Schnaps war stark.

Als sie die Treppe hochging, hielt sie an der knarzenden Stufe inne und wog den nächsten Schritt ab. In ihr drehte sich der unsichtbare Käfer. Schließlich ging sie weiter und öffnete die Tür zu Algots Fuchsbau. Da saß er. Wo auch sonst? Sein Gesicht war ausdruckslos und verriet nicht die geringste Gefühlsregung, seine Augen hingegen schienen sich in sie hineinzubohren.

»Hier kommt der Kaffee.«

»Nicht in diesem Ton!«

»Was für ein Ton?«

»Das weißt du ganz genau.«

Sie stellte das Tablett auf den kleinen Tisch, der früher einmal in der Kapelle gestanden hatte.

Algot räusperte sich. (Hatte er schon immer so geklungen?) »Mir ist da zufällig ein alter Brief in die Hände gefallen. Ich glaube, auf dem Umschlag steht ›An Ellinor Ingman‹. Allerdings ist er leer.«

»Leer?«

»Er war bereits leer, als er damals vor langer Zeit hier ankam. Ich wollte nicht, dass du traurig wirst. Du weißt, dass ich dich niemals traurig sehen wollte, Ellinor.«

Das Schlimmste waren seine ehrlichen blauen Augen, mit denen er sie groß ansah. Als könnten sie niemals lügen. Doch genau das tat er gerade schon wieder.

Und während sie ihrem Vater zuhörte, sah sie ihn vor sich, den Mistkäfer, der seine Dungkugeln bergauf und bergab rollte. Ein Käfer, der zu einem Bestandteil der Mythologie der alten Ägypter geworden war – ein Skarabäus. Ein Mistroller.

»Aha«, sagte Ellinor. Was sollte sie auch sonst sagen?

»Ich hab dich immer nur beschützen wollen«, meinte Algot. »Ich hab dich unter meine Fittiche genommen.«

»Du hattest mich unter deiner Fuchtel, meinst du wohl.« Sie hätte noch so viel mehr sagen, ihren Vater mit ein paar Dungkugeln bewerfen wollen, doch für das, was sich gerade in ihr abspielte, existierte kein Wort. Es war nur ein Gefühl. Ein rotierender Splitter in ihrem Herzen.

»Du hast mich hier festgehalten«, sagte sie. »Hast mich belogen und betrogen. Und auch wenn es hier auf der Insel keinen Gott mehr gibt, der Gebete erhören kann, so kann man immer noch verflucht werden. Vergiss das nicht!«

Damit stürmte sie hinaus und die Treppe hinab. Sie spürte, dass soeben etwas geschehen war. Als hätte jemand einen Zweig von einem jungen Baum abgebrochen.

EINMAL UMS DORF

Ellinor ging barfuß den grasbewachsenen Weg entlang. In ihrem Innern wütete ein Orkan. Ihr war, als würde sie durch den steingesäumten Bach gewirbelt, als wäre sie Espenlaub, das nicht mehr im Wind zitterte, sondern vom wild strömenden Wasser erfasst worden war. Ihre Gedanken waren so flink wie Projektile, nein, es waren nicht mehr bloße Gedanken, sondern Einsichten, die wie Sternschnuppen auf sie niederprasselten. All die Jahre war sie bar jeder Erinnerung an die wirklich wichtigen Dinge über die Insel gehinkt, als ein Abbild ihrer selbst, das sich mit Verdrängungsstrategien über Wasser hielt. Noch bis vor Kurzem wäre dies ein befremdlicher Gedanke gewesen, doch jetzt schien alles sonnenklar. Ich bin ja verrückt gewesen, dachte sie. Ich muss schleunigst ins Hier und Jetzt zurückfinden.

Sie ging barfuß über halb vermodertes Laub und Eispfützen. Schließlich blieb sie stehen und bohrte einen Fuß in die feuchte Erde. Wer sie sah, hätte ihr vermutlich Strümpfe und Schuhe geben wollen, aber sie hätte abgelehnt. Sie haben meinen Hund erschossen, dachte sie. Sie hätten lieber mir den Gnadenschuss geben sollen. Und was noch schlimmer war … was viel schlimmer war … was das Allerschlimmste war …

Es war ein kristallisierender Augenblick.

Mit einem Mal verstand sie, dass da in ihrer Brust schon viel zu lange ein Käfer saß, der sein Lebtag Dungkugeln gerollt hatte, ein Skarabäus, und sie rief: »Mutter!«

Sie fand sich im Freilandkeller wieder und versuchte, ihre Gedanken zu ordnen. Ihr war, als könnte sie sich von außen sehen. Barfuß auf dem Erdboden, zerbrochene Einmachgläser mit Walderdbeermarmelade zu ihren Füßen, inmitten eines großen Durcheinanders. Auf der Schwelle zum Chaos, wie in einem Gemälde von Hilma af Klint.

Und plötzlich erschien ihr ihre Mutter.

Sind die nicht schwer?, fragte Ellinor, als sie die Steine im Haar ihrer Mutter bemerkte.

Es sind Federsteine, erwiderte Hertha.

Können Federsteine fliegen?

Sie können Eier legen.

Gibt es sie wirklich?

Es sind Steine, die man seinen Kindern vererbt.

Und wann schlüpfen die Küken?

Heute.

Mehr hast du mir nicht zu sagen, Mutter?

Ist das denn nicht wichtig genug, ma jeune fille?

Sag mir, dass ich mir Handschuhe anziehen soll.

Na, das weißt du doch selbst.

Ihre Mutter sah sie verwundert an. Dann löste sie sich im Dunkel des Freilandkellers auf und alles, was von ihr übrigblieb, war ein kleiner Stein am Boden. Ellinor dachte an die Blumen, die sie auf dem Dach des Freilandkellers ausgesät hatte; Mohn, Kornblumen und Margeriten. Noch hatten sie nicht gekeimt. Plötzlich merkte sie, dass sie die Flöte aus Salweide in der Hand hielt. Ob es womöglich ein Zauberstab war?

Von der Decke hingen Fledermäuse, große Spinnen krabbelten über das Gebälk. Widerlich. Ellinor fragte sich, ob das die Wirklichkeit war?

Herrman hatte das Boot ordentlich abgedichtet. Jetzt musste es nur noch zu Wasser gelassen werden, damit sich das Holz vollsog. Er trat zur Tür und warf einen Blick nach draußen, konnte am Bootssteg aber lediglich einen zarten Nebelschleier ausmachen. Weit und breit kein Mensch.

Er verspürte ein heftiges Unbehagen. Das Gefühl war so stark, dass er nicht umhinkonnte, augenblicklich zu handeln. Also zog er sich Mantel und Mütze über und stapfte durchs Dickicht zum Ingman-Hof hinüber. Irgendetwas stimmte nicht. Nicht dass er einen triftigen Grund hätte benennen können, doch das Gefühl ließ sich nicht einfach so abschütteln.

Er klopfte an. Als niemand aufmachte, drehte er eine Runde über den Hof. Die Hühner nahmen in einem Zipfel Sonnenlicht ein Sandbad, das Pferd stand unten am Ufer. Er konnte die Beete des Klostergartens erahnen, von dem Ellinor ihm berichtet hatte. Sie hatte versucht, ihm von ihrer Einsamkeit zu erzählen. Plötzlich war ihm zum Weinen zumute. Sie hatte versucht, sich mitzuteilen, aber hatte er ihr überhaupt zugehört? Hatte er nicht in erster Linie an seine eigenen Sehnsüchte gedacht, seinen Verlust, ihr von seinen Erinnerungen erzählt, seinen ach so fantastischen Erinnerungen, ihr, die sie so gut wie keine Erinnerung besaß? Aber warum? Hatte er sie übertrumpfen wollen?

Jetzt stand er auf Ellinors Hof, und sie war nicht da. Und während er sich bemühte, nicht auf einer Eispfütze auszurutschen, fasste er sich ein Herz.

Er ging zurück zum Haus, öffnete ohne anzuklopfen die Tür und trat ein. Keine Ellinor, nur ein schwacher Duft, der in der Luft hing. Mit drei Schritten erklomm er die Treppe ins obere Stockwerk; er war schon einmal hier oben gewesen. Damals hatte er nicht gewusst, was er sagen sollte, hatte nur Rotz und Wasser geheult.

Jetzt öffnete er die Tür zu seiner Linken, wohl wissend, dass Algot eine Waffe bei sich hatte. Er trat ein und begegnete Algots Blick, registrierte gleichzeitig seine eisblauen Augen, die Büchse in seinem Arm, den Alter-Mann-Geruch und einen umgekippten Globus. Dann sagte er mit ruhiger Stimme: »Jetzt wollen wir mal unter vier Augen reden, nur du und ich. Es ist wichtig.«

»Was könnten wir schon Wichtiges zu bereden haben?« Algot versuchte, möglichst selbstsicher zu klingen.

»Wir wissen beide, warum Ellinor humpelt.«

»Solche Dinge bleiben in der Familie.«

»Ein Buchfink bleibt immer ein Buchfink, und Gewalt bleibt Gewalt. Und Diebstahl bleibt Diebstahl.«

Algot hob die Büchse, lehnte den Kopf zurück, schob das Kinn etwas nach vorn und kniff die Augen zusammen. Aber Herrman ließ sich nicht beeindrucken.

»Und eine Elster bleibt eine Elster«, fuhr er fort. »Sag mir jetzt, wo Ellinor ist! Wir beide wissen, was damals geschehen ist. Dass du schuld daran bist, dass sie durchs Leben hinken muss. Aber das war gestern, und jetzt geht es um die Zukunft. Und die werde ich dir wegnehmen, Algot.«

»Woher soll ich wissen, wo Ellinor steckt? Sie kann sich frei bewegen, wie ihr die Nase gewachsen ist. Ist ja nicht so, dass sie ein Seil um den Bauch gebunden hat. Und ich bin kein Apfelbaum.«

»Heute früh hatte sie ganz glasige Augen. Ihr geht es nicht gut. Ich muss sie finden!«, sagte Herrman nachdrücklich.

Algot zuckte zusammen. Dann legte er die Büchse beiseite und brummte: »Ich glaube, wenn Ellinor traurig ist – also, wenn das überhaupt mal vorkommt –, dann geht sie in den Freilandkeller. Sie hat dort köstliche Marmelade.«

Ohne sich noch ein einziges Mal umzuwenden, stürzte Herrman nach unten.

Bis zum Freilandkeller waren es nur wenige Schritte vom Haus. Der mit Steinen gepflasterte Boden war von einer schwarzen Eiskruste überzogen. Herrman ging vorsichtig. Es war ganz still;

kein Vogelgezwitscher, keine im Wind säuselnde Baumkrone, kein rauschender Bach, keine gegen das Ufer brandenden Wellen. Kein Laut.

Die Kellertür war halb geschlossen. Oder einen Spaltbreit geöffnet, je nachdem, wie man es besah.

Herrman holte tief Luft, ging die zwei Stufen hinab und stieß die Tür auf. Als er in das Halbdunkel trat, kam es ihm vor, als betrete er ein Grab. Ein süßlicher Duft hing in der Luft. Er kniff die Augen etwas zusammen und konnte ein Schimmern ausmachen. »Ellinor?«, flüsterte er.

Und da entdeckte er sie. Eine Frau ohne Konturen, verschwommen wie eine mit dem Daumen verwischte Bleistiftskizze. Das Schimmern kam aus ihren Augen. In der einen Hand hielt sie eine Kartoffel, in der anderen die Flöte aus Salweide. Sie war barfuß. Am Boden lagen Glasscherben.

»Ich trage dich, Ellinor.«

IN DER PYRAMIDE

Ich bin eine Mumie, schoss es Ellinor durch den Kopf. Ich habe dreitausend Jahre geschlafen. Ich stecke in einer Hülle, und die Hülle liegt in einer steinernen Kiste, und irgendwer klopft dagegen, hämmert auf den Stein und ruft meinen Namen, Ellinor, Ellinor, aber ich kann nicht antworten, weil ich eine Dungkugel im Mund habe.

Ellinor lag auf der Küchenbank, in eine warme Decke gehüllt, Herrman saß auf einem Stuhl daneben. Einen ganzen Tag hatte sie nun geschlafen. Oder vor sich hin gedämmert, das konnte er nicht so genau sagen. Er hatte sie aus dem Freilandkeller zu sich nach Hause getragen.

Wie eine Braut.

Er hatte sich um ihre Aufgaben gekümmert, hatte Edison von der Koppel geholt, ihm zu trinken gegeben und die Hühnerklappe für die Nacht verschlossen. Der alte Algot hatte nicht schlecht gestaunt, als Herrman ihm am Abend ein Butterbrot gebracht hatte, es fiel kein Wort, Herrman sagte lediglich, er sei kein Fischerjunge mehr, das solle Algot klar sein, er sei jetzt Herr Man, ja, das habe er ganz richtig verstanden. Algot hatte kein Wort herausgebracht. Daraufhin war Herrman zurück zum Engman-Hof und zu Ellinor gegangen, die da auf seiner Küchenbank lag und schlief – oder vor sich hin dämmerte –, und er hatte ihr die Lippen mit lauwarmem Wasser benetzt, ihr über die Stirn gestrichen und ihren Namen gesagt. Einmal hatte sie die Augen geöffnet und gesagt: »Der Federstein.«

»Das war nur eine Kartoffel, Ellinor.«

Vielleicht war es dumm gewesen, sie mit der Wahrheit zu konfrontieren, denn sie hatte sogleich wieder die Augen geschlossen. Wenn sie jetzt nicht bald aufwachte, würde er den Schärendoktor rufen. Doch Herrman unternahm einen letzten Versuch.

»Lulu«, sagte er. »Pumpum.«

Kleine Liebesbeteuerungen, die sie einmal füreinander benutzt hatten. Worte wie kurze Trommelwirbel. Pumpum.

Als er sie im Freilandkeller gefunden hatte, dachte er: Liebes, warum stehst du hier mit einer Kartoffel in der Hand und redest von einem Stein mit Federn? Was soll ich sagen, was soll ich tun? Du redest von Federn, bist verheult und barfuß, mitten im Frühlingswinter, und der Boden ist voller Glasscherben und Marmelade.

»Keiner hilft mir«, sagte Ellinor nur. »Keiner hilft mir!«

Dann war sie in sich zusammengesackt, und Herrman war es mit Müh und Not gelungen, sie aufzufangen. Er hatte sie hochgehoben und sie die zwei Schritte an all dem Kummer vorbei und dann bis zu sich nach Hause getragen.

Dort hatte er sie auf die Küchenbank gelegt und ihr eine Decke umgewickelt. Hatte ihr wie einem kleinen Kind mit einem Löffel warme Milch mit Honig eingeflößt. Früher hätte man gesagt, sie habe schwache Nerven. Hatte sie einen Nervenzusammenbruch gehabt? Vielleicht bräuchte sie ärztliche Hilfe, doch Herrman hatte Angst, dass es ihr in der Obhut eines anderen schlechter ergehen könnte.

Aus seinem kleinen, batteriebetriebenen Radio tönte Billy Joel. *But we went right on with the show.*

»Seen the lights go out on Broadway«, wisperte Ellinor da.

»Vielleicht war das unser Licht«, antwortete Herrman.

»Ja, vielleicht ...«

»Weißt du noch, wie wir im Bootshaus deines Vaters auf den Netzen gelegen und gekuschelt haben? So unbeholfen wie zwei zappelnde Fische ...«

»In Vaters Bootshaus? Das sollen wir uns getraut haben?«

»Damals haben wir uns so einiges getraut, Ellinor.«

Ellinor schloss die Augen.

»Möchtest du weiterschlafen?«

»Nein, ich möchte wach sein. Ich möchte wirklich wach sein, Herrman. Ich will –« Sie wusste es nicht. »Ich glaube, mehr möchte ich gar nicht«, fuhr sie schließlich fort. »Das Leben kann doch nicht nur aus Verpflichtungen bestehen, oder?«

»Als Mädchen hattest du so große Pläne. Es betrübt dich doch nicht, wenn ich das sage, oder? Du wolltest schreiben. So, wie Kyra es sich damals erträumt hatte. Der Traum scheint in der Familie Ingman zu liegen. Es ist nicht zu spät dafür.«

»Dann würde ich über das Eis im Jahr 1914 schreiben. Darüber, wie unsere Insel ihre Jugend und ihre Hoffnung verlor. Über den Himmel, der aufriss. Darüber, wie alles in Stücke gerissen wurde. Aber vor allem möchte ich leben, Herrman, und jedes Gefühl genießen.«

Er holte ein wenig heißes Wasser mit Milch.

»Und was fühlst du?« In seiner Stimme schwang ein Funken Hoffnung mit.

»Etwas«, erwiderte sie, was nicht unbedingt die Antwort war, die er sich erhofft hatte.

Dann wurde es eine Weile still, aber nicht auf eine unbehagliche Weise.

»Ich möchte mich so gerne an dieses Bootshaus erinnern«, sagte Ellinor schließlich. »An dich und mich, wie unbeholfene Fische auf den Netzen.«

Dann schwiegen sie wieder, und Herrman strich sanft über ihren Handrücken.

Er holte tief Atem und sagte, beinahe im Flüsterton: »In meinem Kopf schwirrt auch ein anderes Bild von einem Fisch herum. Wenn man in einer unglücklichen Beziehung lebt … dann fühlt es sich an, als würde jemand eine Schuppe abreißen. Und dann noch eine. Und zuerst glaubt man, das ist egal, weil man ja so viele Schuppen hat. Bis irgendwann das Fleisch völlig nackt ist.«

Ellinor betrachtete ihn. »Manchmal spiele ich in der Kapelle *Kristallen den fina* auf der Orgel«, sagte sie. »Es handelt von der Jungfrau Maria. Weißt du, dass man Marienfiguren während der Reformation die rechte Hand abschlug? Die gesegnete Hand. Und – stell dir vor! – ich kann mich erinnern, wie das Inselmütterchen mir mit der rechten Hand über die Stirn strich und sagte: Gesegnetes Kind. Die rechte Hand ist wichtig.«

Das Gespräch verlief langsam, so, als stimmten zwei Musiker ihre Instrumente ein; tastend, sachte, behutsam.

»Ohne das Inselmütterchen wäre ich verloren gewesen«, sagte Ellinor und rang nach Atem. Erinnerungsfetzen stürmten auf sie ein. »Ich hatte gedacht, ich sei schwanger, als wir ... du weißt schon. Als du und ich ... Und ich bekam solche Angst, dass ich zu Papa gegangen bin und ihm davon erzählte.«

Jetzt waren ihre Instrumente gestimmt. Sie spielten Chopin in g-Moll. Wortlos. Wie an einem gewöhnlichen Nachmittag.

WAHRESVÖGEL

Ellinor lieh sich ein Paar Stiefel von Herrman und ging durch die Abenddämmerung nach Hause. Das Meer lag spiegelglatt. Nein, dachte sie, ich will die Welt nicht bereisen. Ich gehöre nach Hustrun. Aber gehöre ich auch zu Herrman? Ich gehöre ans Meer, das ist eine unumstößliche Tatsache.

Sie ließ den Tag noch einmal Revue passieren. Er hatte sich um sie gekümmert wie um ein kleines Kind. Hatte sie gestreichelt und ihre Stirn befeuchtet wie früher das Inselmütterchen, ihre verfrorenen Füße massiert und ihr warme Socken angezogen. Er hatte heiße Milch mit Honig gemacht und aus dem Kleiderschrank ein altes Halstuch geholt, an dessen Saum sie ein Monogramm entdeckt hatte, K I, doch sie hatte nichts gesagt. Er hatte ihr von seinen ersten Vögeln erzählt, den Vögeln, die er in der ersten Klasse gezeichnet hatte. »Unser Fogelbuch. Plaumeise. Spärlich. Ein Spärlich ist ein Wahresvogel«, stand dort in krakeligen Buchstaben. »Er frisst In Sekten und Sahmen. Der Zaumkönig haust in einem verroteten Baumstupf. Fiele Fögel sind Wahresfögel.« Sie hatten gelacht.

Ja, solche Dinge waren an jenem Nachmittag geschehen, an dem Ellinor wieder zu Sinnen kam. Sie hatten den Geist zurück in seine Flasche gesteckt und sich allen Ernstes über Wahresvögel unterhalten.

Ich bin auch ein Wahresvogel, ein Jahresvogel, dachte sie, als sie die Haustür aufmachte und eintrat.

Sie machte sich ans Kochen, Pfannkuchen, die gelangen ihr immer. Sie verzierte sie mit einer Girlande aus Sirup und schmierte ihrem Vater ein Knäckebrot mit Senf. So wie immer. Mit keinem Wort und keinem Wimpernzucken verriet sie, was passiert war. Und Algot tat es ihr gleich.

»Hunger ist das beste Gewürz«, sagte er, und Ellinor nickte. So wie immer.

Schließlich ging sie die Treppe hinunter. Sie wusste jetzt genau, was sich auf der knarzenden Treppenstufe zugetragen hatte. Doch sie behielt es in sich verschlossen.

DIE WAHRE BEDEUTUNG EINES SOMMERMANNS

Es hatte durchaus Männer in Ellinors Leben gegeben. Auf die Besucher der Insel hatte sie oft wie ein Magnet gewirkt; schön, kühl, geheimnisvoll und einsam. Das mit der Schönheit hatte sich natürlich im Laufe der Zeit relativiert. Die Jahre hinterließen ihre Spuren, doch ihr geheimnisvolles Lächeln zog die Männer nach wie vor an. Sie erinnerte sich an einen Mann, der beim Anlegen immer in den Steg hineindonnerte. Sein Schweiß roch nach Alkohol. Trotzdem schenkte sie ihm einen Sommer. Aber keine Gedichte. Wie in aller Welt hätte sie die Poesie mit jemandem teilen sollen – mit einem anderen? Ihre Erinnerungen schweiften weiter zu einem gut gebauten Mann, einem Argentinier, der sich eines schönen Tages in die Schären verirrt hatte – der Zweiminutenmann. Er hatte hinterher immer geweint, und sie war sich vorgekommen wie eine tröstende Mutter. Aber auch mit ihm hatte sie keine Gedichte geteilt. Mit niemandem hatte sie ihre Poesie geteilt außer – versehentlich – mit dem Mann, der von sich behauptete, tausend Gedanken zu haben. Sie entsann sich seiner schweißnassen Handflächen an ihren Hüften und Augenblicken, in denen ihr alles wehtat und sie sich wünschte, es möge bald vorbei sein. Dann wünschte sie sich nur noch, dass endlich der Herbst käme. Und so waren die Jahre verstrichen, und sie hatte niemanden an sich herangelassen. Keiner hatte einen Kuss bekommen. Denn in Wahrheit gab es nur einen Mann, von dem sie berührt werden wollte. Und das war Herrman. Seine weiche auf ihrer rauen Haut, sein weiches Haar in ihren Händen, seine Hände an ihren Brüsten, ihr Gekicher, seine Küsse auf ihrem Bauch und das Gefühl, die Beine öffnen zu wollen – für ihn. Ja, sie erinnerte sich und spürte die Netze im Rücken, die Korkschwimmer, den Duft.

EIN FLECKCHEN UNBERÜHRTE SCHÄRENLANDSCHAFT

Herrman holte den Makler mit dem Boot ab. Wie in alten Zeiten hisste er das Sprietsegel und glitt über den Hustrun-Fjärd. Der Makler hieß Patrik Sjöblom – ein Sjöblom im Exil – und zeigte sich schwer beeindruckt. Richtig zünftig, meinte er. Das Boot müsse unbedingt mit in die Anzeige.

Als sie anschließend das Grundstück begingen, abgesehen von dem schmalen Ufersaum beim Kap der Guten Hoffnung, begann Sjöblom augenblicklich zu *visionieren*, wie er es nannte. Das Kap der Guten Hoffnung, das sich über das Ufer erhob, sei ein feines Plätzchen, um ein paar Berghütten hinzubauen.

»Berghütten?«

»Ja, ich sehe die Leute schon über die Felsen kraxeln – wie in den Alpen. Chalets heißen solche Hütten dort, nicht wahr? Wenn man schön dicht baut, kommen da einige zusammen.«

Sjöblom war hin und weg. Ein Fleckchen unberührte Schärenlandschaft, meinte er. »Und hier, wo einmal der Steg war, könnte man eine Marina hochziehen, Sie wissen schon, Jetskis, Schlauchboote – das ganze Programm! Und da drüben auf der Wiese könnte man einen Tennisplatz anlegen.«

»Vielleicht auch noch ein Karussell oder bunte Laternen in den Bäumen?«, schlug Herrman vor, doch die Ironie kam bei seinem Gegenüber nicht an.

»Als Erstes müssen wir natürlich Stromleitungen verlegen. Aber für einen Mann wie Sie sollte das doch ein Kinderspiel sein, hab ich recht?«

Herrman nickte zaghaft.

Sjöblom schätzte das Grundstück auf zwanzig Millionen Kronen. Mindestens. Pi mal Daumen.

Aber konnte Herrman der Insel so etwas zumuten? Würde er es tatsächlich fertigbringen, Ellinor mit Pest, Cholera und Heuschrecken zu strafen? Er war kurz davor, die Hoffnung zu verlieren. In der Abenddämmerung war sie wieder nach Hause verschwunden.

DER MARIENKÄFER

Während Ellinor ihren üblichen Pflichten nachging, sinnierte sie vor sich hin, denn die Hand konnte das eine tun, während der Geist etwas völlig anderes tat. Dass praktisch veranlagte Menschen dumm seien, war ein großer Trugschluss. Ein Tischler musste nicht weniger intensiv nachdenken als ein Atomphysiker. Und wie viel musste eine Ellinor nachdenken?, überlegte sie. Ellinor auf Hustrun? Ellinor, die im Sommer rund um die Uhr mit einer Tasse Zucker, drei Eiern, einem Topf mit Kartoffeln und Spielen für die Kinder parat stand und sich um die Leute ringsherum kümmerte.

Wie eine Magd, dachte sie. So eine brauchte es hier auf Hustrun, wo es sonst keinen Service gab.

Trotzdem will ich nirgendwo anders sein. Ich bin die Insel.

Und dann, just als sie den kleinen Friedhof passierte, musste sie daran denken, wie oft sie in der Vergangenheit Nein gesagt hatte, anstatt ihre Gefühle laut werden zu lassen. Sie hatte zu ihren Sommermännern Nein gesagt, wenn die auf eine Fortsetzung im Herbst gehofft hatten. Manche von ihnen hatten es tatsächlich ernst mit ihr gemeint. Aber ich bin die Insel und ich habe meinen Vater, dachte sie. Ja, genauso habe ich es gesagt: Ich habe meinen Vater und schon mehr als genug Sorgen.

Ein lauer Wind streifte ihre Wangen, das Meer lag spiegelglatt. Sie wusste, was sie zu tun hatte. Eine Strophe des persischen Poeten Nawid Akhgar kam ihr in den Sinn:

Die Gefangene der Trauer
bat den Marienkäfer
sie zu befreien

Die junge Ellinor schaut auf ihre Füße, während sie den Dorfweg entlanggeht. Er ist grasbewachsen, als läge er unter einer grünen Schwarte. Hufen, Klauen und Füße haben das Gras zertrampelt. Sie hat neue Schuhe, rote Sandalen, sie kann auch ihre knubbeligen Knie sehen. Neben ihr geht ihre Mutter Hertha, sie wollen Milch holen. Ihre Mutter hat keine eigene Kuh, weil sie nicht melken kann und es auch nicht lernen wird. Kühe sprechen nämlich kein Französisch.

Da kommt ihnen Getrude Sjöblom mit einem vollen Eimer entgegen und nickt Hertha kurz zu.

»Warum sagt sie denn nicht guten Tag?«, will Ellinor wissen.

»Weil sie keine Manieren hat«, antwortet Hertha. »Auf dieser Insel wünschen sich die Leute nicht mal guten Appetit, man sagt nur: Hunger ist das beste Gewürz. Die Insel ist trist, Ellinor. Ich hoffe für dich, dass dich das Leben von hier fortbringt, weit weg von diesem Weg, wo man sich nur kurz zunickt, dem Weg mit der Grasschwarte und den Disteln an der Seite.«

Da riss die Erinnerung ab. Sie dachte an Alice Springs und Buffalo, sah Regenwälder und rote Affen vor sich. Berggorillas und schwarze Schwäne, Bilder, die an ihr vorbeiflimmerten, die nicht so recht zusammenpassen wollten und aus den unterschiedlichsten Winkeln nach ihr riefen. Eine Zebraherde. Vögel. Kakadus, Finken, Meisen, Adler und Flamingos.

Flamingos!

Eine weitere Kindheitserinnerung flimmerte an ihr vorüber: Es ist kurz nach ihrer Einschulung. Ellinor trägt ein Kleid mit kleinen gelben Rosen und einer Schleife am Rücken, das ihre Mutter für sie genäht hat. Die Schule liegt auf Tasslan, und die Kinder rudern in kleinen Booten hinüber. Ganz ohne Erwachsene. Drei Boote sind es, die einen Konvoi bilden. Wenn etwas passiert, sollen sie sich gegenseitig retten. Doch wie sollen siebenjährige Kinder sich gegenseitig retten? In einem der Boote sitzt Ellinor, sie friert in ihrem dünnen Kleidchen. Ihre Mutter denkt nicht daran, wie kalt es hier draußen auf dem Meer ist, wo der Wind tut, was er will, und die anderen Kinder dicke Pullover tragen. Und Ellinor erwähnt ihrer Mutter gegenüber mit keinem Wort, dass sie einen Pullover über dem Kleid tragen müsste; das wäre ihr peinlich. Lieber friert sie den ganzen Herbst in ihrem Kleidchen mit den gelben Rosen und der Schleife.

Der Marienkäfer aus dem Gedicht hatte die Tür zum blauen Schrank der Erinnerungen aufgesperrt. Und die Gefangene der Trauer brachte jetzt das Pferd in den Stall, gab ihm Futter und zu trinken.

Ich bin die Insel, ich bin hier. Und jetzt muss ich etwas erledigen, dachte sie, als sie die schwere Stalltür schloss und die Hühnerklappe verriegelte.

Herrman fühlte sich erschöpft und traurig. Hatte er sich etwa ein Wunder erhofft? Hatte er tatsächlich zu hoffen gewagt, dass Ellinor an seine Tür klopfen und sagen würde: Ja! Ja, Herrman. Ja, es gibt ein du und ich. Und so hätte es immer sein sollen.

Sie hatten so wundervolle Momente der Freude, des Vertrauens und womöglich auch der Zuversicht miteinander geteilt. Ein Sonnenkuchen auf dem Hof. Alles, was einmal gewesen war, hatte er in sich getragen wie einen Kern. Und sowie er sie an Bord von Algots Schärentaxi erblickt hatte, hatte er diesen Kern wieder gespürt. War es ihr ebenso ergangen? War das der Grund für ihren Zusammenbruch gewesen?

Auf dem Festland hatten Winde andere Namen als hier draußen im Meer. Derselbe Wind, der auf dem Festland ein sanftes Lüftchen war, war auf dem Meer eine Brise, ein stärkerer Wind war eine Bö. Ob Ellinor dort leben konnte, wo die Winde andere Namen hatten? Er wollte sie in den Arm nehmen, ein für alle Mal, und sie von hier wegbringen. Ich muss mit ihr sprechen, dachte er. Aber worüber? Über Winde? Über das Sturmauge?

SOUVENIR

Ellinor saß am Küchentisch, das Kinn in die Hände gestützt. Vor ihr stand ein kleines Porzellaneichhörnchen. *Ein kleines graues Eichhörnchen schlurft händeringend in seiner Tretmühle,* ging es ihr durch den Kopf. Sie hatte es von ihrer Mutter bekommen. Ein Souvenir; eine Erinnerung.

Dann holte sie ein Tintenfass, hundert Jahre alt und aus satiniertem Glas, ein Deziliter Tinte darin. Alte Tinte. Es handelte sich um ebenjenes Tintenfässchen, das die kleine Kyra einst umgestoßen hatte.

Ellinor griff nach dem Federhalter, der seit Ewigkeiten unangerührt in einem Blumentopf steckte. Sie betrachtete das kleine Eichhörnchen und murmelte vor sich hin: »Taljen und Spirochäten.«

Es war vollkommen still, abgesehen von dem Knarren und Knarzen, das in den alten Holzwänden des Hauses steckte.

Unzählige Male hatte sie versucht, diesen Brief zu Papier zu bringen. Aber sie hatte nie gewusst, was sie eigentlich sagen wollte und warum. Jedes Mal hatte sie die belanglosen Zeilen, die sie geschrieben hatte, gleich wieder zusammengeknüllt und im Ofen verbrannt. Ich schreibe ihn an einem anderen Tag. In einem anderen Jahr.

Aber jetzt war es an der Zeit.

Sie zog einen Bogen Papier hervor, Leinenpapier mit drei Lilien, und begann zu schreiben. Sie dachte an Evert Taubes Weise *Brevet från Lillan* – Brief von der Kleinen. »Papa, komm heim«, begann der Brief. »Weil ich dich vermisse.«

Algot Ingman,
Jetzt erinnere ich mich. Auf wundersame Weise erinnere ich mich. Das Vergessen hat mich überleben lassen und ist Dir zum Vorteil gewesen. Es kommt nicht alles zurück, die Erinnerungen wollen sich nicht zu der ganzen, wahren Geschichte zusammenfügen. Sie sind wie Inseln im Nebel. Seltsam, im Nebel zu wandern, wie Hermann Hesse schrieb. Du verachtest meine Vorliebe für die Poesie genauso sehr, wie du Mutters Bonmots verabscheut hast.

Sie atmete tief durch, wiegte den Federhalter in der Hand. Er war leicht und ließ sich gut führen.

Ich sehe Dich so deutlich wie einen Dieb bei Tag. Aber das ist jetzt vorbei. Ich ziehe von Buffalo nach Alice Springs. Bestell Du Dir einen Pflegedienst oder geh in ein Heim auf dem Festland.
Als ich mich Dir in meiner Not anvertraut habe, hast Du mich die Treppe hinuntergestoßen, als wolltest Du ein Netz auswerfen. Du hast mich bei den Handgelenken gepackt, mich herumgerissen und dann bin ich kopfüber gestürzt. Ich brach mir die Hüfte an der Treppenstufe, die seither knarrt. Du hast aus Eifersucht gehandelt. Das Knarren der Stufe bezeugt es. Ich habe mich im Vertrauen an Dich gewandt, und Du hast mir mein Leben genommen.

An dieser Stelle hielt sie inne. Mehr hatte sie ihm nicht zu sagen. Gleichwohl es eigentlich noch so viel mehr zu sagen gab.

Sie schüttete die restliche Tinte in den Ausguss, um nicht in Versuchung zu kommen. Dann, mit dem letzten Tropfen, der noch in der Federhalterspitze steckte, setzte sie ihre Unterschrift unter den Brief:

Ellinor Ingman Ulendorff

Sie hatte nur eine einzige Briefmarke, die sie extra für diese Gelegenheit aufgehoben hatte. Darauf war der Schriftsteller Harry Martinson abgebildet. Eine *Frei*marke, dachte sie, frankierte den Brief und klopfte die Briefmarke mit dem Handrücken fest. Dann stieg sie die Treppe hinauf, um eine Eilzustellung zu erledigen. Ihr Vater blickte sie verdattert an. »Post, jetzt?«

Es war vorbei. Sie hatte sich an den Treppensturz erinnert. Zurück in der Küche, kam es ihr so vor, als zeigte das kleine Eichhörnchen ein Lächeln. In seinem gebrannten Porzellan hatte es den Gesichtsausdruck verändert.

Sie ließ Edison frei, indem sie ihre Hand von seiner Mähne nahm. Er trabte davon. Es gab keine Koppel, die ihn zurückhielt, nur die Kanten der Insel. Ellinor atmete tief ein. Sie empfand nun Gewissheit, wo sie vorher im Dunkeln getappt war.

Sie schloss die Augen und begegnete dem Blick ihres kleinen Bruders, seinen hellblauen Augen. Und wie sie so dastand, im toten Herbstgras der Wiese, über die schon bald der Frühling hereinbrechen würde, sagte sie halblaut: »Adieu, mein Bruder. Ich habe dich geliebt.«

Sie atmete noch einmal tief ein und blickte ihrer Mutter in die dunklen veilchenblauen Augen. Sie wisperte: »Adieu, Mutter. Ich hatte dich lieb.«

Ein letzter tiefer Atemzug, dann, mit gut gefüllten Lungen, geschlossenen Augen und einem fröhlichen Hundegebell in den Ohren, flüsterte sie: »Adieu, mein Hund. Du warst mein einziger Freund.«

Unter ihren Augenlidern sammelten sich ein paar Tränen, die sie mit dem Handrücken wegwischte. In der anderen Hand hielt sie den tönernen Kuckuck, der womöglich gar kein Kuckuck war. Hatte Herrman nicht gesagt, es sei eine amerikanische Wandertaube?

Das Pferd war inzwischen weit entfernt, es kostete seine neu gewonnene Freiheit aus. Der Schweif schwang hin und her, und der Kopf pendelte von einer zur anderen Seite.

Vater, dachte sie. Wahrscheinlich hat er sein Bestes getan. Jetzt habe ich endlich gesagt, was ich denke, und meine Gefühle laut werden lassen. Gegenüber meinem Vater und meinem kleinen Bruder und meiner Mutter und meinem vierbeinigen Freund. Meinen Sorgen Luft gemacht. Nicht der großen Sorge der Insel, der endlosen Wanderung heimwärts über das Eis, nein, meinen eigenen Sorgen.

Meinem Kummer.

Meinen Worten.

Meinen Herzensangelegenheiten.

DER SCHLUSSSTEIN

Ellinor klettert über die Landzunge, die sie »Kap der Guten Hoffnung« nennt. In der Hand hält sie den tönernen Kuckuck, der in Wahrheit eine Wandertaube ist. Sie muss vorsichtig gehen, weil der Boden von Zwergwacholder überwuchert ist.

Sie ist frei.

Frei wie ein tönerner Vogel.

Wir waren doch bloß Kinder, denkt sie. Oder – standen an der Schwelle zwischen Kind und Frau, Kind und Mann. In uns war alles erwacht. Wir haben nichts falsch gemacht. Er war geschmeidig, ich etwas unbeholfener.

Sie sieht etwas unter dem Wacholdergestrüpp aufblitzen. Beugt sich hinab zu dem kleinen Haus aus Kieselsteinen, das sie eigenhändig gebaut hat. Ein hübsches, stabiles Gebilde. Eine erste Eiderente hat ihr Haus erreicht.

Sie ist angekommen. Wie ein Frühling mit taubenetzten Bäumen.

Herrman steht in der Küche. Das Fenster hinter der weißen Nylongardine ist nach all den Jahren schmutzig und von toten Fliegen übersät. Plötzlich sieht er Edison ruhigen, schweren Schrittes über die Salzwiese traben. Dann entdeckt er Ellinor unten am Kap der Guten Hoffnung. Rasch schlüpft er in Sailors langen Mantel und setzt sich die Persianermütze auf. Betastet den Ring in der Manteltasche. *Kyra*.

Ellinor verschwindet hinter dem Felsen. Er eilt ihr hinterher.

Da sitzt sie, in der Hocke, und türmt Kieselsteine zu einem kleinen Haus auf. Zuerst bemerkt sie ihn nicht, erst als er über einen Zwergwacholderbusch stolpert, dreht sie sich zu ihm um. Und lächelt.

»Bevor du das Grundstück verkaufst, will ich dir etwas zeigen, Herrman. Mein Geheimnis. Das hier sind meine Verstecke für die Eiderweibchen. Hier kommt ihnen keine Möwe zu nahe, und kein Mensch verirrt sich hierher. Nicht mal du. Ich baue Höhlen mit meinen Steinen. Vor langer Zeit ist der Himmel aufgerissen. Jetzt ist der Himmel genau hier. Am Kap der Guten Hoffnung.«

Sie wischt sich eine Träne aus dem Augenwinkel.

»Weißt du, Ellinor, du bist wie Martha, die letzte amerikanische Wandertaube. Du bist die Letzte deiner Art. Es gibt nur noch dich auf der Welt. Und du fliegst.« Er zögert einen Moment. »Wer seine Insel liebt, der verkauft nicht – so ist das von alters her. Und –«, – er holt tief Luft –, »wer seine Ellinor liebt, hält irgendwann um ihre Hand an.«

Er erhebt sich zu seiner vollen Größe, wenn nicht noch etwas mehr. Ellinor setzt die tönerne Taube als Schlussstein auf ihr Eiderhaus. Jetzt sagt sie: »Und wer seinen Herrman liebt, antwortet mit – Ja.«

Und da, in dem Moment, da ein Engström einer Ingman einen Ring an den Finger steckt, zieht ein Nebel übers Meer, und in dem Nebel, wie in einer Wolke aus Rauch, bewegen sich schwarz gekleidete Schatten, die früher einmal Namen hatten. Sowie sie das Land erreichen, heißen sie nur noch *wir. Wir,* die jungen Leute von Hustrun.

Wir sind jetzt zu Hause.

Und dann schwingen sie sich in die Lüfte wie eine Schar schwarzer Schwäne. Der Nebel verflüchtigt sich. Alles ist kaum mehr als eine Ahnung.

QUELLENNACHWEISE

Die im Roman zitierten Gedichte entstammen folgenden Quellen:

Karin Boye, »Ja, es schmerzt gewiß«. Aus dem Schwedischen von Nelly Sachs. Aus: Nelly Sachs, *Werke*. Kommentierte Ausgabe in vier Bänden. Herausgegeben von Aris Fioretos. Bd. 4: *Prosa, Übertragungen*. © Suhrkamp Verlag Berlin 2010

Emily Dickinson, »Häufig sind die Wälder frisch«. Aus: *Sämtliche Gedichte*. Zweisprachig herausgegeben und übersetzt von Gunhild Kübler. © Carl Hanser Verlag München 2015

Henri Michaux, *Eckpfosten*. Aus dem Französischen von Werner Dürrson. © Carl Hanser Verlag München 1982

Paul Muldoon, »Wind und Baum«. Aus: *Auf schmalen Pfaden durch den tiefen Norden*. Übersetzt von Margitt Lehbert und Hans-Christian Oeser. © Carl Hanser Verlag München 1998

Paul Muldoon, »Vico«. Aus dem Englischen von Stefan Pluschkat. Aus: *Madoc. A Mystery*. Faber & Faber, London 1990. © Paul Muldoon, 1990

Edith Södergran, »Die Bäume meiner Kindheit«. Aus dem Schwedischen von Richard Pietraß. Aus: *Klauenspur. Gedichte und Briefe*. Herausgegeben und mit einem Nachwort versehen von Richard Pietraß. Reclam, Leipzig 1990. Mit freundlicher Genehmigung von Richard Pietraß

Sir John Suckling, »Out upon it, I have love'd« [dt. »Ist's wahr, ich hab geliebt«]. Aus dem Englischen von Stefan Pluschkat. Aus: Jon Stallworthy (Hg.): *A Book of Love Poetry.* Oxford University Press 1986